HISTOIRE

DE LA

LITTÉRATURE FRANÇAISE

Ouvrage du même auteur

ESSAIS D'HISTOIRE LITTÉRAIRE

Seconde édition. 2 vol. in-18.

HISTOIRE DE LA LITTÉRATURE FRANÇAISE
PENDANT LA RÉVOLUTION

1 vol. in-18.

Paris — Imprimerie de P.-A. BOURDIER et Cie, 30, Mazari ic.

HISTOIRE

DE LA

LITTÉRATURE

FRANÇAISE

DEPUIS SES ORIGINES JUSQU'A LA RÉVOLUTION

PAR

EUGÈNE GERUZEZ

Quid verum atque decens curo et rogo et omnis in hoc sum.

HORACE.

OUVRAGE AUQUEL L'ACADÉMIE A DÉCERNÉ LE GRAND PRIX GOBERT

NOUVELLE ÉDITION

TOME SECOND

PARIS

LIBRAIRIE ACADÉMIQUE

DIDIER ET Cⁱᵉ, LIBRAIRES-ÉDITEURS.

35, QUAI DES AUGUSTINS

1861

HISTOIRE

DE LA

LITTÉRATURE FRANÇAISE

TEMPS MODERNES

LIVRE PREMIER

DE HENRI IV A LOUIS XIV

CHAPITRE PREMIER

Henri IV. — Malherbe. — École de Malherbe. — Racan. —
L'Astrée de d'Urfé. — Maynard. — Dissidents. — Théophile
Viaud. — La Régence de Marie de Médicis.

Les deux grands mouvements qui ont agité le
seizième siècle, la réforme religieuse et la renais-
sance des lettres antiques, se règlent enfin au terme
de cette période, et aboutissent à une double conci-
liation qui fait succéder la discipline à l'anarchie
dans le monde politique et dans ce qu'on est convenu
d'appeler la république des lettres. Dans l'ordre po-

litique, un roi s'établit glorieusement : c'est Henri IV ;
dans l'ordre littéraire, un dictateur s'impose : c'est
Malherbe. Avec eux et par eux commencent réellement les temps modernes ; ils annoncent Richelieu et
Corneille, qui préparent à leur tour Louis XIV et son
cortége de grands écrivains. Le Béarnais était bien
l'homme destiné à l'apaisement des troubles : égal à
toutes les croyances, il désarmait le catholicisme en
l'embrassant, et le souvenir de son hérésie ralliait à
lui les protestants. Toutefois ces gages donnés aux
deux partis, fatigués de la guerre, en aplanissant les
voies du trône, lui laissaient encore bien des difficultés à surmonter. En tenant la balance égale, il ne
devait satisfaire ni ceux qui l'avaient servi, ni ceux
qui l'avaient combattu. Il ne s'en inquiéta pas : rési-
gné d'avance aux plaintes, aux reproches amers des
uns, à la défiance des autres, il prit pour règle de
conduite l'intérêt de sa puissance propre et la grandeur du pays, qui se trouvaient d'accord par une
heureuse rencontre. Sans doute, comme homme privé,
il fut ingrat, oubliant les services au moins autant
que les injures ; mais, comme chef de l'État, il fut
irréprochable et fit courageusement son métier. Sa
politique mit les factions hors de cause.

Malherbe fit pour la langue française ce que son
maître, Henri IV, fit pour la France ; grâce au roi,
les Français furent une nation, et, par Malherbe, le
français fut un idiome : l'un établit et maintint l'indépendance du pays, l'autre celle du langage. Lorsque le Béarnais, maître de Paris, vit défiler devant
lui les soldats de l'Espagne, il leur dit : « Bon voyage,

messieurs ! mais n'y revenez pas. » Malherbe adressa
le même compliment aux mots étrangers qui avaient
fait invasion sous les auspices de Ronsard. Malherbe
organisa la langue sur le plan que Henri IV avait
adopté pour l'État. Il s'adjugea la souveraineté de cet
empire, ne craignant pas d'être appelé le tyran des
mots et des syllabes. Le premier soin du maître ,
dans son empire, fut de repousser les intrus et d'or-
ganiser une noblesse. Il fit avec un admirable discernement le départ de la langue noble et de la langue
vulgaire , sans toutefois établir de barrière insurmontable. Il savait que les mots sont comme les
pièces de monnaie, dont l'empreinte et le relief s'u-
sent et s'effacent par l'usage et la circulation : il ne
fit donc pas de castes comme dans les États despotiques, mais des classes ; de telle sorte que la classe
supérieure pût se recruter dans les classes inférieures.
Puisqu'il y a des mots qui doivent déchoir, il faut
qu'il y en ait qui puissent parvenir. Sans ce perpétuel
mouvement, la langue d'élite ne tarderait pas à dé-
périr, et, si ce mal survenait, il serait réparé par un
autre mal, c'est-à-dire par une irruption confuse et
désordonnée, par une ascension tumultueuse des
couches inférieures.

Le génie de Malherbe semblait prédestiné à l'accomplissement de cette œuvre. Plus étendu, il aurait
eu moins d'énergie : plus passionné et plus riche
d'idées, il aurait dédaigné un travail qui demandait
plutôt un grammairien qu'un poëte inspiré. Ses pensées , concentrées presque exclusivement sur la
grammaire et la prosodie, façonnèrent l'instrument

et le moule de la poésie ; d'autres viendront ensuite
qui pourront, grâce à lui, en tirer des accords plus
hardis et y jeter des pensées plus profondes. On ne
saurait nier que Malherbe ait eu peu d'idées et une
verve peu abondante ; mais il sut la ménager et ne
la répandre que lorsqu'elle s'était amassée et con-
densée au point de produire quelque œuvre virile.
Ses produits sont rares, mais vigoureux. Moins sobre
de son génie, il l'eût rapidement épuisé aux dépens
de sa gloire. On peut dire de lui,

> Qu'il pensait de régime et rimait à ses heures [1] ;

mais ce régime convenait à son tempérament poétique, et il l'a si bien conservé que, dans l'âge de la
caducité, son génie a su produire l'ode à Louis XIII,
où la vieillesse ne se montre que par l'aveu qu'il en
fait :

> Je suis vaincu du temps, je cede à ses outrages ;
> Mon esprit seulement, exempt de sa rigueur,
> A de quoi temoigner en ses derniers ouvrages
>   Sa premiere vigueur [2].

Malherbe ne s'est pas borné à épurer, à assainir la
langue, il en a su faire un emploi poétique. Certes, ce
ne serait pas une gloire médiocre que d'avoir connu
et déterminé le génie de notre idiome, introduit dans

---

[1]   Il vivoit de régime et mangeoit à ses heures.
                     (LA FONTAINE, liv. VII, fab. IV, v. 11.)

[2] *Poésies de François Malherbe*, commentées par André Chénier, éd. de MM. de La Tour, 1 vol. in-18; Charpentier, 1842,
liv. III, p. 261.

nos vers une harmonie régulière, une dignité soutenue, et d'en avoir modifié le rhythme et la prosodie :
mais Malherbe a fait plus, en revêtant de ce langage
plein et sonore des idées élevées et quelquefois des
sentiments touchants. Nos enfants savent par cœur
les stances à Duperrier, qu'on n'a pas surpassées
même de nos jours, où la poésie mélancolique a dé-
bordé. Ces stances ont été composées en Provence,
vers le temps où Malherbe adressait à Caritée des
consolations, moins émouvantes sans doute, mais
également poétiques. L'ode sur l'attentat commis en
la personne du roi, le 19 décembre 1605, d'un autre
ton, d'une inspiration plus élevée et presque pinda-
rique, n'est pas seulement populaire pour avoir
éveillé la muse qui sommeillait au cœur de notre La
Fontaine. On y remarque, entre autres, la strophe
suivante, que Racine n'avait pas oubliée :

> O soleil ! ô grand luminaire !
> Si jadis l'horreur d'un festin
> Fit que de ta route ordinaire
> Te reculas vers le matin,
> Et d'un esmerveillable change
> Tu couchas aux rives du Gange,
> D'où vient que ta severité,
> Moindre qu'en la faute d'Atrée,
> Ne punit point cette contrée
> D'une eternelle obscurité [1] ?

Où trouver plus d'énergie que dans cette invective
contre le maréchal d'Ancre :

[1] *Poésies de Malherbe,* liv. II, p. 76.

C'est assez que cinq ans ton audace effrontée,
Sur des ailes de cire aux estoiles montée,
  Princes et rois ait osé defier :
La fortune t'appelle au rang de ses victimes,
Et le ciel, accusé de supporter tes crimes,
  Est resolu de se justifier [1].

Il est vrai qu'ici Malherbe imite Claudien, mais il imite en maître. Voici maintenant une strophe tout ensemble noble et piquante, dont le tour et la pensée n'appartiennent qu'à lui : dirigée contre les mignons de Henri III, elle fait sentir, par un exemple frappant, la secrète analogie déjà remarquée entre la strophe ailée et l'épigramme empennée :

Les peuples pipés de leur mine,
Les voyant ainsi renfermer,
Jugeoient qu'ils parloient de s'armer
Pour conquerir la Palestine
Et borner de Tyr à Calis
L'empire de la fleur de lis ;
Et toutefois leur entreprise
Estoit le parfum d'un collet,
Le point coupé d'une chemise
Et la figure d'un ballet [2].

L'ode à Marie de Médicis sur les heureux succès de sa régence est peut-être la pièce la plus achevée de Malherbe : il faudrait la transcrire tout entière ; contentons-nous de cette admirable opposition entre les maux de la guerre et les avantages de la paix :

Poésies de Malherbe, l. III, p. 225
[2] *Ibid.*, liv. IV, p. 285.

La Discorde aux crins de couleuvres,
Peste fatale aux potentats,
Ne finit ses tragiques œuvres
Qu'en la fin mesme des Estats :
D'elle naquit la frenesie
De la Grece contre l'Asie ;
Et d'elle prirent le flambeau
Dont ils desolerent leur terre
Les deux freres de qui la guerre
Ne cessa point dans le tombeau.

C'est en la paix que toutes choses
Succedent selon nos desirs :
Comme au printemps naissent les roses,
En la paix naissent les plaisirs ;
Elle met les pompes aux villes,
Donne aux champs les moissons fertiles,
Et, de la majesté des lois
Appuyant les pouvoirs supremes,
Fait demeurer les diademes
Fermes sur la teste des rois[1].

Nous voyons dans ces traits, avec le génie de Malherbe, sa pensée d'homme et de citoyen. Le souvenir des guerres civiles lui pèse : cette image ne s'efface pas de sa mémoire ; il craint de revoir ce qu'il a déjà trop vu d'une fois. C'est ce qui lui fait dire :

Un malheur inconnu glisse parmi les hommes,
Qui les rend ennemis du repos où nous sommes :
La plupart de leurs vœux tendent au changement ;
Et comme s'ils vivoient des miseres publiques,
Pour les renouveler, ils font tant de pratiques
Que qui n'a point de peur n'a point de jugement[2].

---

[1] *Poésies de François Malherbe,* liv. III, p. 168 et 169.
[2] *Ibid.,* liv. II, p. 68.

Pour prévenir ce qu'il redoute, il compte sur la force, et il l'invoque, car c'est l'unique moyen de goûter les douceurs du repos :

> Tu nous rendras alors nos douces destinées;
> Nous ne reverrons plus ces fascheuses années
> Qui pour les plus heureux n'ont produit que des pleurs ;
> Toute sorte de bien comblera nos familles,
> La moisson de nos champs lassera les faucilles
> Et les fruits passeront les promesses des fleurs [1].

Quelle poésie ! André Chénier affirme que nous n'avons pas de plus beaux vers dans notre langue.

Ce n'est pas tout : Malherbe a devancé et surpassé Jean-Baptiste Rousseau par quelques strophes imitées du psaume CXLV : la poésie du roi-prophète, desséchée par Marot, amollie par Desportes, que Godeau devait délayer et Racan noyer dans leurs languissantes paraphrases, va paraître ici avec l'éclat de ses images et dans toute la profondeur du sentiment religieux :

> N'esperons plus, mon ame, aux promesses du monde
> Sa lumiere est un verre, et sa faveur une onde
> Que toujours quelque vent empesche de calmer
> Quittons ces vanités, lassons-nous de les suivre,
>   C'est Dieu qui nous fait vivre,
>   C'est Dieu qu'il faut aimer.

> En vain, pour satisfaire à nos lasches envies,
> Nous passons pres des rois tout le temps de nos vies
> A souffrir des mepris et ployer les genoux :

---

[1] *Poésies de Malherbe*, liv. II, p. 71.

Ce qu'ils peuvent n'est rien ; ils sont ce que nous sommes,
  Veritablement hommes,
  Et meurent comme nous.

Ont-ils rendu l'esprit, ce n'est plus que poussiere
Que cette majesté si pompeuse et si fiere
Dont l'esclat orgueilleux eblouit l'univers
Et dans ces grands tombeaux, où leurs ames hautaines
  Font encore les vaines,
  Ils sont mangés des vers.

Là, se perdent ces noms de maistres de la terre,
D'arbitres de la paix, de foudres de la guerre ;
Comme ils n'ont plus de sceptre, ils n'ont plus de flatteurs ;
Et tombent avec eux, d'une chute commune,
  Tous ceux que la fortune
  Fesoit leurs serviteurs [1].

Ces idées du néant de nos grandeurs et de la vanité de nos plaisirs se retrouvent encore dans des
vers de Malherbe, qui, cette fois, s'inspire d'Horace
et, dans cette lutte nouvelle, sait toujours être original :

  L'Orne comme autrefois nous reverroit encore,
  Ravis de ces pensers que le vulgaire ignore,
  Esgarer à l'escart nos pas et nos discours ;
  Et couchés sur les fleurs, comme estoiles semées,
  Rendre en si doux esbats nos heures consumées,
    Que les soleils nous seraient courts !

  Mais, ô loi rigoureuse à la race des hommes !
  C'est un point arresté que tout ce que nous sommes,
  Issus de peres rois et de peres bergers,

[1] *Poésies de Malherbe*, l. IV, p. 287.

La Parque egalement sous la tombe nous serre,
Et les mieux establis au repos de la terre
    N'y sont qu'hostes et passagers.

Tout ce que la grandeur a de vains equipages,
D'habillements de pourpre et de suites de pages,
  Quand le terme est eschu, n'allonge point nos jours :
Il faut aller tout nus où le destin commande ;
Et de toutes douleurs, la douleur la plus grande,
    C'est qu'il faut quitter nos amours [1].

On a bien souvent, avant et depuis Malherbe, essayé
de reproduire le charme attendrissant de la strophe
d'Horace *Linquenda tellus* et cette harmonie gémis-
sante du poëte latin ; mais personne n'en a plus ap-
proché que ne l'a fait dans ces admirables stances le
père de notre poésie. Après de pareilles inspirations,
on comprend que Malherbe, en se comparant à ceux
qui l'entouraient, ait eu quelques transports d'orgueil et qu'il ait promis l'immortalité à ses vers et à
ceux qu'ils célébraient. Qui donc lui ferait un crime
d'avoir prophétisé en beaux vers, lorsqu'il disait :

Les ouvrages communs vivent quelques années,
Ce que Malherbe escrit dure eternellement [2].

Ou encore :

    Apollon, à portes ouvertes,
    Laisse indifferemment cueillir
    Les belles feuilles toujours vertes
    Qui gardent les noms de vieillir ;

[1] *Poésies de Malherbe*, liv. I, p. 56 et 57.
[2] *Id., ibid.*, l. III, p. 250.

Mais l'art d'en faire des couronnes
N'est pas su de toutes personnes,
Et trois ou quatre seulement,
Au nombre desquels on me range,
Peuvent donner une louange
Qui demeure eternellement [1].

Malherbe fut chef d'école. Il en eut les avantages
et les inconvénients, c'est-à-dire de fervents admirateurs et des adversaires déclarés. Il accepta les
louanges, qui jamais ne lui parurent exagérées, et il
ne s'émut pas des critiques. En vain mademoiselle de
Gournay réclama pour Ronsard; en vain Regnier,
prenant en main la même cause, osa-t-il accuser le
sévère réformateur d'être de ceux de qui

Le savoir ne s'estend nullement
Qu'à regratter un mot douteux au jugement [2].

et de ne faire autre chose

Que proser de la rime et rimer de la prose,
Que l'art lime et relime, et polit de façon
Qu'elle rend à l'oreille un agreable son [3].

Malherbe laissa dire et ne crut qu'à sa gloire et à la
nécessité de la réforme qu'il avait accomplie. Pour
en assurer la durée, il fut même pédagogue; il forma
directement par des leçons orales plusieurs disciples
auxquels ils n'épargnait ni les conseils sévères ni les
réprimandes. Il tenait sa classe dans une petite

[1] *Poésies de Malherbe*, liv. III, p. 171.
[2] *Regnier*, sat. IX, v. 55.
[3] *Id., ibid.*, v. 74.

chambre de l'hôtel du duc de Bellegarde où il de-
meurait, vrai logis de poëte, à peine meublé ; c'est là
qu'on passait à l'étamine les œuvres des illustres
dont la gloire était importune, qu'on biffait tout
Ronsard, que l'on commentait outrageusement Desportes et Bertaut, que « le grammairien en lunettes, »
comme a dit Balzac, « dogmatisait de l'usage et de
la vertu des particules, » qu'il « traitait l'affaire des
gérondifs et des participes comme si c'était celle de
deux peuples voisins l'un de l'autre, jaloux de leurs
frontières ; » c'est là sans doute « que la mort l'at-
trapa sur l'arrondissement d'une période. » Les plus
dociles et les plus distingués de ces écoliers étaient le
marquis de Racan et le président Maynard. Racan
surtout mérite qu'on s'arrête à ses œuvres ; sa réputation se fonde sur des titres légitimes, son nom n'est
point destiné à périr, et bon nombre de ses vers or-
nent encore la mémoire des connaisseurs.

Boileau s'est permis, contre son habitude, une hyperbole de louange en faveur de Racan, lorsqu'il a
dit :

> Racan pourrait chanter au défaut d'un Homère [1].

Si La Fontaine ne le rapproche pas d'Homère, il ne
le sépare point de Malherbe et il n'y met aucune
différence :

> Ces deux rivaux d'Horace, héritiers de sa lyre,
> Disciples d'Apollon, nos maîtres, pour mieux dire [2]

---

[1] *Boileau,* sat. ix, v. 44.
[2] *La Fontaine,* liv. III, fab. i, v. 9

et ailleurs :

> Malherbe avec Racan parmi les chœurs des anges,
> Là-haut de l'Éternel célébrant les louanges,
> Ont emporté leur lyre [1].

La vérité, c'est que Racan est un poëte, mais un poëte nonchalant ; Malherbe n'a jamais pu obtenir de cet heureux génie qu'il se soumît aux rigueurs du travail, qu'il employât la lime pour polir les vers qui coulaient de sa veine : Racan était un rêveur, incapable d'attention soutenue et de forte méditation ; il a su voir et aimer la nature, il a peu connu et il n'a pas étudié les hommes. Lorsqu'il a voulu aborder la pastorale dramatique, il n'a pu ni inventer un caractère, ni combiner un plan. Ses *Bergeries*, dont l'idée lui fut suggérée par la vogue de l'*Astrée* et par l'ambition de réussir au théâtre, n'ont pas, il s'en faut de beaucoup, cette convenance idéale qui tient lieu de vérité dans ce monde d'Amadis à houlettes et à rubans complété par Honoré d'Urfé sur les données de l'Aminte du Tasse. L'analogie dans une fiction, même sans vraisemblance, produit une espèce d'illusion pour le cœur et pour l'imagination qui peuvent s'y laisser prendre ; mais lorsque cette analogie fait défaut, comme dans le drame pastoral de Racan, le cœur ne s'engage pas, car le poëte n'étale qu'un spectacle pour les yeux, et ne peut donner à l'esprit, par le charme de style et l'expression de quelques sentiments vrais, qu'un plaisir littéraire.

[1] *La Fontaine*, Épître à Huet, v. 95.

Nous devons au moins constater ici l'immense succès et l'influence de l'*Astrée*, quoiqu'on ne parle plus guère de cette œuvre longtemps estimée que pour s'en moquer, et il est vrai que cela est plus facile que de la lire. En effet, nous avons perdu le goût de ces sentiments délicats dont l'extrême retenue et les scrupules nous semblent de la fadeur. Il faudrait aussi bien des loisirs pour achever la lecture d'un livre dont la composition a occupé la vie entière d'Honoré d'Urfé, qui encore a légué à son secrétaire Baro le soin d'en écrire les derniers volumes. N'oublions pas cependant que La Fontaine, malgré la peur que lui causaient les longs ouvrages, faisait de l'*Astrée* ses plus chères délices. Il aimait à vivre par l'imagination dans ce monde idéal où la campagne est toujours fleurie, où les ruisseaux murmurent si agréablement, où les bergères ont des visages si gracieux et les bergers un langage si poli. Il entretenait ainsi ses douces rêveries. Le sévère Boileau, tout en blâmant la morale de l'*Astrée*, qu'il trouve « fort vicieuse, puisqu'elle ne prêche que l'amour et la mollesse, » avoue en même temps que d'Urfé a soutenu l'intérêt de sa longue pastorale « par une narration également vive et fleurie, par des fictions très-ingénieuses, et par des caractères aussi finement imaginés qu'agréablement variés et bien suivis. » La passion de La Fontaine pour l'*Astrée* et ce jugement de Boileau suffisent pour protéger l'œuvre de d'Urfé, non pas contre l'abandon, car l'indifférence a une force d'inertie qui est invincible, mais contre le mépris. Sans doute les bords du Lignon sont dépouillés sans retour

de leur charme poétique; le Forez, qu'arrose ce cours
d'eau où Céladon a vainement tenté de se noyer,
n'est plus la terre promise des amants, Céladon lui-
même est déchu, et il expie sa gloire passée sous le
ridicule que les railleurs ont attaché à sa résignation
langoureuse; mais il faut reconnaître de bonne grâce
que le peintre de tant de frais paysages, le créateur
de tous ces personnages qui ont intéressé une société d'élite à leurs mœurs et à leurs aventures, n'a-
vait pas une imagination sans puissance. Ainsi, pendant un demi-siècle, grâce à d'Urfé, Astrée, Céladon,
Sylvandre, Galathée, Hylas ont été des figures vivantes. Racan n'a pas eu ces bonnes fortunes pour
ses *Bergeries;* son Artenice n'est pas devenue la rivale d'Astrée, et son Alidor n'a rien enlevé à la popularité de Céladon.

Ce qui a fait et ce qui soutient encore la renommée
de Racan, c'est l'expression harmonieuse de quelques
sentiments naturels qu'il avait réellement éprouvés.
Ainsi, s'il est souvent faux et quelquefois maniéré
lorsqu'il fait parler des bergers de convention, il est
noble et touchant, il est tout à fait poëte en célébrant
les douceurs de la vie des champs comparées aux
agitations des courtisans de la fortune :

> Le bien de la fortune est un bien perissable :
> Quand on bastit sur elle on bastit sur le sable;
> Plus on est eslevé, plus on court de dangers;
> Les grands pins sont en butte aux coups de la tempeste,
> Et la rage des vents brise plustost le faiste
> Des maisons de nos roys que des toits des bergers.
>
> O bienheureux celuy qui peut de sa memoire
> Effacer pour jamais ce vain espoir de gloire

Dont l'inutile soin traverse nos plaisirs,
Et qui, loin retiré de la foule importune,
Vivant dans sa maison content de sa fortune,
A selon son pouvoir mesuré ses desirs ;

Il voit de toutes parts combler d'heur sa famille,
La javelle à plein poing tomber sous la faucille,
Le vendangeur ployer sous le faix des paniers,
Et semble qu'à l'envy les fertiles montagnes,
Les humides valons et les grasses campagnes
S'efforcent à remplir sa cave et ses greniers.

Toute la pièce est du même ton ému et pénétrant :
aussi ne doute-t-on point de la sincérité du vœu qui
la termine :

Agreables deserts, sejour de l'innocence,
Où, loin des vanités de la magnificence,
Commence mon repos et finit mon tourment ;
Valons, fleuves, rochers, plaisante solitude !
Si vous fustes tesmoings de mon inquietude,
Soyez-le desormais de mon contentement [1].

C'est encore le même sentiment qui anime ce tableau
mêlé aux regrets du vieil Alidor :

Soit que je prisse en main le soc ou la faucille,
Le labeur de mes bras nourrissoit ma famille ;
Et, lorsque le soleil, en achevant son tour,
Finissoit mon travail en finissant le jour,
Je trouvois mon foyer couronné de ma race.
A peine bien souvent y pouvois-je avoir place.
L'un gisoit au maillot, l'autre dans le berceau ;
Ma femme, en les baisant, devidoit son fuseau.

[1] *Œuvres complètes de Racan*, éd. de MM. de la Tour, 2 vol.
in-18. Bibliothèque Elzévirienne, 1857. T. I, p. 196.

Jamais l'oisiveté n'avoit chez moi d'entrée,
Le temps s'y menageoit comme chose sacrée;
Aussi les dieux alors benissoient ma maison;
Toutes sortes de biens me venoient à foison [1].

Racan aime donc sincèrement les champs et la
nature; cet amour se lie dans son âme au mépris des
vanités du monde et de l'ambition des hommes qu'il
exprime aussi par de nobles images. En voici quelques preuves :

Que sert à ces galants ce pompeux appareil
Dont ils vont dans la lice eblouir le soleil
        Des tresors du Pactole?
La gloire, qui les suit après tant de travaux,
Se passe en moins de temps que la poudre qui vole
        Du pied de leurs chevaux [2].

S'il y a quelque embarras au début de la strophe, la
fin en est admirable. Le bon Racan touche encore au
sublime dans ces vers dont Malherbe était, dit-on,
jaloux. C'est une stance de l'ode, généralement belle,
sur la mort de M. de Termes :

Il voit ce que l'Olympe a de plus merveilleux;
Il y voit à ses piés ces flambeaux orgueilleux
Qui tournent à leur gré la fortune et sa roüe :
Et voit comme fourmis marcher nos legions
Dans ce petit amas de poussiere et de boüe
Dont nostre vanité fait tant de regions [3].

Malherbe, avec non moins de raison, aurait pu en-

---

1 *Œuvres de Racan*, les Bergeries, acte V, sc. ı, p. 110.
2 *Ibid.*, Ode au comte de Bussy, p. 156.
3 *Ibid.*, Consolation à monseigneur de Bellegarde, p. 201.

vier encore à son élève cette autre strophe sur la
jeunesse du duc de Bellegarde. Le poëte s'adresse à
l'Amour :

> Quand ses jeunes attraits triomphoient des plus belles,
> Combien as-tu de fois fendu l'air de tes ailes
> Pour éclairer ses pas avecques ton flambeau ?
> Et quand toute la cour admiroit ses merveilles,
> Pour voir en tous endroits ses graces nompareilles,
> Combien as-tu de fois arraché ton bandeau [1] ?

Et ces vers de la même ode sur les épreuves dont
Bellegarde est sorti à son honneur :

> Plus il fut traversé, plus il fut glorieux,
> Sa barque triompha du courroux de Neptune,
> Et les flots qu'émouvoient les vents de la Fortune,
> Au lieu de l'engloutir, l'éleverent aux cieux.[2]

Ne sont-ils pas aussi beaux que les meilleurs de ceux
que le maître a composés ?

Racan est irréprochable tant qu'il suit les modèles
anciens, quoiqu'il ne les ait entrevus qu'à travers le
voile des traductions [3] ou qu'il s'abandonne à son

---

[1] *Œuvres de Racan*, t. I, p. 149.

[2] *Ibid.*, p. 150.

[3] Racan ne savait pas le latin, et cependant c'est d'après
Virgile qu'il a fait quelques-uns de ses meilleurs vers :

> Les ombres des costeaux s'allongent dans les plaines. (P. 134.)

> Le salut des vaincus est de n'en plus attendre. (P. 91.)

> Il me passait d'un an, et de ses petits bras
> Cueillait desjà des fruicts dans les branches d'enbas. (P. 43.)

> Et son tronc venerable aux campagnes voisines
> Attache dans l'enfer ses secondes racines
> Et de ses larges bras touche le firmament. (P. 149.)

heureuse nature; mais, chose étrange, son maître Malherbe est pour lui un mauvais guide, et toutes les fois qu'il le suit, soit humilité de disciple, soit opposition de tempérament poétique, son talent s'éclipse[1]. Ajoutons, ce qui est plus grave, que ce talent se fausse et s'égare sur les traces des Italiens. Voici, par exemple, des vers où l'effet du clair-obscur sur la vue, observé par le poëte, est heureusement peint :

> J'ouvre et hausse la vue, et ne vois rien parestre
> Que l'ombre de la nuit, dont la noire pasleur
> Peint les champs et les prez d'une mesme couleur [2].

Mais d'où vient cette pointe qui suit immédiatement?

> Et cette obscurité, qui tout le monde enserre,
> Ouvre autant d'yeux au ciel qu'elle en ferme en la terre.

N'est-ce pas du pur Guarini? et cette odieuse hyperbole qui se trouve un peu plus loin :

> Mes larmes de mon lict ont fait une rivière [3],

---

[1] Les preuves sont nombreuses, nous n'en citerons qu'une seule. Tout le monde sait par cœur la stance de Malherbe:

> Le pauvre en sa cabane, où le chaume le couvre,
> Est sujet à ses lois,
> Et la garde qui veille aux barrieres du Louvre
> N'en defend pas nos rois.

Voici la même pensée dans Racan :

> Les lois de la mort sont fatales
> Aussi bien aux maisons royales
> Qu'aux taudis couverts de roseaux. (P. 155.)

[2] *Racan*, t. I, les Bergeries, p. 26.
Id. ibid. p. 27.

ne vient-elle pas de ce Tansille, qui avait déjà four-
voyé Malherbe, lorsqu'il disait dans les *Larmes de
Saint-Pierre* :

> Ses souspirs se font vents qui les chesnes combattent[1].

Ne quittons pas Racan sur ces remarques, que
cependant il fallait faire. Nous avons mieux à dire.
Si Racan n'est pas un poëte dramatique, il est certainement le premier de tous nos poëtes qui ait parlé
la langue qui convient au théâtre ; avant Racine, il a
donné à notre hexamètre la noblesse et l'harmonie,
sans lui ôter ni le naturel ni la variété. Nous l'avons
déjà vu par les vers qu'il met dans la bouche du vieil
Alidor ; nous en avons une preuve plus frappante encore dans ceux que prononce le jeune Alidor, amant
d'Arténice :

> A ces vieux bastiments de qui l'on voit à peine
> Les ornemens du faiste estendus sur l'arene,
> A ces murs esboulez par la suite des ans,
> Je reconnois les lieux autresfois si plaisans,
> Quand la belle Artenice, honneur de son village,
> Amenoit son troupeau dans nostre pasturage ;
> Ces aliziers, tesmoins de nos plaisirs passez,
> Ont encor sur leur tronc nos chiffres enlacez ;
> Ceste vieille forest, d'éternelle durée,
> L'accusera sans fin de sa foi parjurée ;
> Ces vieux chesnes ridez savent combien de fois
> Ses plaintes ont troublé le silence des bois
> Lorsqu'en la liberté de leur ombre immortelle
> Elle osoit prendre part au mal que j'ay pour elle[2].

---

[1] *Malherbe*, liv. I, p. 17.
[2] *Racan*, t. I, les Bergeries, acte III, sc. IV, p. 80.

On a fait bien des vers français depuis Racan, on n'en a pas fait de plus pleins, de plus coulants, de plus harmonieux que ceux qu'on vient de lire. Avant lui, jamais pareille mélodie poétique n'avait charmé les oreilles. Ces belles périodes en vers sont les plus beaux titres de Racan, puisqu'il est le premier qui ait réussi à en faire de telles, mais elles ne nous dispensent pas de lui tenir compte de moindres efforts qui n'ont pas été moins heureux. Ces vers sur la puissance d'un magicien :

> Dieux! que sur ces démons il s'est acquis d'empire!
> Voyez quel changement! ils font ce qu'il desire,
> Et semble qu'il les tient sous son pouvoir enclos,
> Comme Eole les vents, ou Neptune les flots [1],

ne sont-ils pas d'une bonne facture, et ce distique sur la vanité de la gloire humaine :

> La gloire des mortels n'est qu'ombre et que fumée,
> C'est une flamme esteinte aussitôt qu'allumée [2],

n'exprime-t-il pas avec une précision lumineuse une belle pensée ?

Nous n'avons plus, après cela, à nous étonner du suffrage de Boileau et moins encore de l'admiration de la Fontaine. Pour la Fontaine, Racan est un précurseur, il aime les champs, il écrit sans effort, il passe naturellement du simple au sublime, il est rêveur, il est distrait, il est bonhomme, que fallait-il de plus pour reconnaître la parenté morale? Il est

---

[1] *Racan*, t. I, les Bergeries, acte II, sc. IV, p. 58.
[2] *Id.*, *ibid.*, acte III, sc. I, p. 69.

vrai que la Fontaine a ajouté à la bonhomie de son
ancêtre bien de la malice, mais il n'y a pas à s'en
plaindre. Nous savons que Malherbe a failli gâter la
Fontaine, nous ne croyons pas qu'il ait beaucoup
servi Racan. Malherbe et Racan n'en demeurent pas
moins inséparables dans l'histoire de notre poésie.
Malherbe a trouvé le ton de l'ode et sa mélopée;
Racan a rencontré le rhythme de l'alexandrin et sa
meilleure prosodie. Ce sont des maîtres qui n'ont pas
été surpassés dans la partie où ils ont excellé.

Il semble que Racan, par la noblesse et le naturel
de sa poésie, comme par la sincérité de sa foi religieuse, était préparé à reproduire la majesté de la
poésie sacrée et qu'il pouvait, après Malherbe et
comme lui, réussir dans l'imitation des psaumes.
Malheureusement Racan essaya tardivement cette entreprise et lorsque à sa nonchalance naturelle s'ajoutait la langueur de la vieillesse; aussi est-ce à grand
peine, et par une bonne fortune d'homme de goût,
que M. Patin a pu dégager de ce fond pâle et monotone quelques passages poétiques qui mériteraient
d'être mis à part et préservés de l'oubli.

Il ne faut demander à Maynard ni la veine fluide ni
l'harmonieuse mollesse de Racan, mais en retour il
est toujours châtié, souvent nerveux, quelquefois élégant. De plus, il a eu le courage d'aimer la clarté et
de le dire dans une épigramme qu'on n'a pas oubliée :

> Ce que ta plume produit
> Est couvert de trop de voiles;
> Ton discours est une nuit
> Veuve de lune et d'estoiles.

Mon ami, chasse bien loin
Cette noire rhetorique,
Tes ouvrages ont besoin
D'un devin qui les explique.

Si ton esprit veut cacher
Les belles choses qu'il pense,
Dis-moi, qui peut t'empescher
De te servir du silence [1] ?

Il avait à un haut degré le sentiment de son mérite,
et il se plaint, non sans amertume, que ce mérite ne
le porte ni aux dignités ni à l'opulence. Négligé sous
Henri IV, qui du moins ne se piquait pas de protéger
les poëtes, il eut encore à se plaindre de Richelieu,
dont il sollicita vainement les libéralités, et il paraît
que dans une dernière tentative il ne fut pas plus
heureux auprès de Mazarin et de la régente Anne
d'Autriche : c'est alors seulement qu'il se retira, sans
esprit de retour, à Aurillac, sa patrie, et qu'il fit
graver sur la porte de son cabinet ces vers devenus
célèbres :

Las d'esperer et de me plaindre
De la cour, des grands et du sort,
C'est ici que j'attends la mort
Sans la desirer ni la craindre [2] ?

Avant d'en venir à cette résignation philosophique,

---

[1] *Œuvres de M. Maynard*, 1 vol. in-4°, Paris, 1846, p. 195.
[2] Il faut rendre cette antithèse à qui elle appartient,
Martial, qui a dit (l. X, ép. 47) :

Summum nec metuas diem, nec optes.

plus noble si elle eût été moins tardive, il avait longtemps maugréé. Il disait à son maître :

> Malherbe, en cet âge brutal,
> Pegase est un cheval qui porte
> Les grands hommes à l'hospital[1].

A son condisciple Racan :

> L'art des vers est un art divin,
> Mais son prix n'est qu'une guirlande
> Qui vaut moins qu'un bouchon à vin[2].

Et à la Destinée, avec plus de tristesse que de modestie :

> Destin, veux-tu que mon cercueil
> Ne puisse donner de l'orgueil
> Qu'au cimetiere d'un village[3] ?

Il s'était cruellement vengé du refus catégorique, du
Rien si durement opposé par Richelieu à sa requête,
par ce sonnet qui est sans doute un des *deux ou trois
entre mille*[4] auxquels Despréaux faisait grâce :

> Par vos humeurs le monde est gouverné.
> Vos volontez font le calme et l'orage ;
> Et vous riés de me voir confiné,
> Loin de la cour, dans mon petit village.

---

[1] *Œuvres de Maynard*, p. 123.

[2] *Ibid.*, p. 141.

[3] *Ibid.*, p. 102.

> A peine dans Gombaud, *Maynard* et Malleville,
> En peut-on admirer deux ou trois entre mille.
>
> (Boileau, *Art poétique*, ch. II, v. 97.)

Cleomedon, mes desirs sont contens,
Je trouve beau le désert où j'habite,
Et connoy bien qu'il faut ceder au tems,
Fuïr l'éclat, et devenir ermite ;

Je suis heureux de vieillir sans employ,
De me cacher, de vivre tout à moy,
D'avoir dompté la crainte et l'esperance ;

Et si le ciel qui me traite si bien
Avoit pitié de vous, et de la France,
Vostre bonheur seroit égal au mien[1].

On voit déjà que Maynard n'est pas un rimeur vulgaire. Il n'a pas toujours échoué dans l'ode et il a souvent réussi dans l'épigramme ; malheureusement sur les traces de Martial, de Marot et de Saint-Gelais, il a trouvé trop souvent l'assaisonnement de ces petits poëmes dans la licence, et c'est peut-être à ce mauvais emploi de son esprit, plus qu'à l'injustice de la cour, qu'il doit les mécomptes dont il se plaint. Ces pièces, qui lui ont donné accès au *Parnasse satirique,* où il a place à côté de Regnier, Motin, Théophile, et de tant d'autres beaux esprits libertins, devaient lui fermer l'entrée aux honneurs. Le siècle et les grands n'ont pas toujours tort contre les poëtes. Si Maynard n'avait jamais compromis sa muse, on pourrait prendre son parti contre les rigueurs qui l'ont frappé. En effet, quels reproches aurions-nous à lui faire si sa pensée avait toujours été grave et noble comme dans ces vers dignes de Malherbe :

[1] *OEuvres de Maynard,* p. 31.

Le temps amenera la fin de toutes choses,
  Et ce beau ciel, ce lambrîs azuré,
Ce theatre où l'aurore espanche tant de roses,
Sera bruslé des feux dont il est esclairé.

L'air ne formera plus ni gresles, ni tonnerres ;
  Et l'univers qui dans son large tour
Voit courir tant de mers, et fleurir tant de terres,
Sans sçavoir où tomber, tombera quelque jour[1].

Citons encore pour la noblesse et la vigueur la fin
d'un sonnet qu'on n'a pas remarqué et qui pourrait
bien être le chef-d'œuvre du genre. Maynard y
« noircit du nom de tyrans » César et Pompée,
puisque le beau-père et le gendre voulaient l'un et
l'autre l'asservissement de Rome :

Si Jules fust tombé, l'autre, après sa victoire,
Par un nouveau triomphe eust abaissé ta gloire,
Et forcé tes consuls d'accompagner son char.
Je les blasme tous deux d'avoir tiré l'espée,
Bien que le ciel ayt pris le parti de Cesar,
Et que Caton soit mort dans celuy de Pompée[2].

Voilà certes un beau commentaire du vers de
Lucain :

Victrix causa diis placuit sed victa Catoni[3].

Dans le genre badin, nous ne lui savons pas mauvais gré d'épigrammes telles que celle-ci contre ce

[1] *OEuvres de Maynard*, p. 299.
[2] *Ibid.*, p. 262.
[3] *Pharsale*, ch. 1, v. 128.

maître si rude aux valets qui osaient lui demander
leurs gages :

> Maistre ingrat, débiteur sans foy,
> Qui défends qu'on parle chez toy
> De payement et de salaire,
> Ne te laisse jamais flechir :
> Le revenu de ta colere
> Est capable de t'enrichir [1].

Nous lui passons encore d'avoir dit d'une coquette :

> Le visage qui l'embellit
> Demeure dessous la toilette
> Et n'entre jamais dans son lit;

et de la cour :

> C'est où l'on est payé de vent ;
> C'est où l'on rebute les sages ;
> Et c'est où l'on trouve souvent
> Plus de masques que de visages [2].

Rien ne défend à l'homme d'esprit d'aiguiser finement ses traits piquants contre les ridicules : nous
lui défendons seulement de blesser la pudeur et d'offenser les oreilles chastes.

C'est pour avoir manqué à ce devoir d'honneur
qu'un homme de talent et de courage, Théophile
Viaud, eut à disputer à la justice de son pays une
vie qu'il aurait pu employer à sa gloire. Le goût
des plaisirs sensuels assaisonnés des licences de l'es-

Œuvres de Maynard, p. 60.
Ibid., p. 255.

prit avait placé Théophile à la tête d'une ligue de
jeunes seigneurs dont les mœurs et les propos alar-
maient les directeurs de la conscience royale. La cour
se partageait entre ces épicuriens, qui se permettaient beaucoup, et les censeurs, qui voulaient les
ranger à l'ordre : le roi Louis XIII, encore adolescent, pouvait céder aux entraînements de l'âge et
donner gain de cause aux brillants disciples et protecteurs du poëte, les Liancourt, les Montmorency.
Il y avait rivalité d'influence, et c'est ce qui explique
l'ardeur des poursuites dont Théophile fut l'objet, et
qui amenèrent au moins son effigie en place de Grève,
pour y être brûlée. On avait, en effet, à son intention,

> Bandé les ressorts
> De la noire et forte machine
> Dont le souple et le vaste corps
> Estend ses bras jusqu'à la Chine[1].

Théophile avait contre lui le père Voisin pour l'intrigue, le père Garasse pour l'injure; et comme il a
été perfidement enlacé, et injurié à outrance, on se
prend à le plaindre, on est même tenté de l'absoudre.
Sans doute Théophile a été surtout coupable du prestige de son esprit et du crédit qu'il lui donnait à la
cour; mais, malgré l'habileté de sa défense, qui ren-
versa le bûcher où il devait monter, qui lui rendit
même la liberté, il n'a pour nous qu'une innocence
légale. Ses persécuteurs sont odieux, parce qu'ils ont
passé toutes les bornes et dans leurs imputations et

---

[1] Les *Œuvres de Théophile*, divisées en trois parties. Paris,
1636. 3e partie, Requête au Roy, p. 171.

dans le châtiment qu'ils réclamaient; et toutefois il est clair que ce n'est pas à titre purement gratuit qu'il a été mis en cause.

Nous n'avons pas à entrer dans les détails de ce procès, qui montre au moins à quel point Théophile paraissait dangereux, et combien il importait à ses adversaires de se débarrasser de sa présence. Était-il le coryphée des incrédules qui s'étaient étrangement multipliés à la suite des guerres de religion? Il s'en est défendu à grands renforts d'arguments; il a même abjuré publiquement le protestantisme; il a traduit le *Phédon* en témoignage de croyance à l'immortalité de l'âme; il est encore vrai qu'il n'a pas personnellement publié le *Parnasse satirique*, mis à sa charge; mais ces démarches et cette abstention ne seraient-elles pas des ruses de guerre? Quoi qu'il en soit, la nécessité de se défendre donna l'essor au talent de Théophile, qui écrivit du fond de sa prison, comme apologie, divers mémoires où il se montre habile dialecticien et prosateur excellent. Il enseigne aux avocats de son temps comment il faut discuter; et, dans une cause personnelle et pleine de difficultés, il devance Beaumarchais par la netteté du langage, par la force des arguments, par le mélange adroit des raisons sérieuses et de la piquante raillerie. En sortant de prison, il lance à Balzac, qui devait au moins se taire quand il y allait de la vie et de l'honneur d'un ancien ami, une lettre cruelle, d'un style nerveux et dont les traits acérés blessent jusqu'au sang; jamais l'amitié trahie et indignée ne s'est vengée avec plus d'amertume et d'éloquence. Ces divers

morceaux, écrits avant la mort de Malherbe et au
temps même des débuts de Balzac, assignent à Théophile un rang élevé parmi nos prosateurs.

Comme poëte, Théophile s'est trop pressé de produire pour n'avoir pas avorté. Sa tragédie de *Pyrame
et Thisbé* serait complétement oubliée, si Boileau
n'en eût tiré malicieusement l'apostrophe de l'héroïne au poignard de Pyrame :

> Ah ! voicy le poignard qui du sang de son maistre
> S'est souillé laschement ! Il en rougit, le traistre [1] !

A laquelle il convient d'ajouter celle-ci pour prouver
que la première n'est pas unique :

> Conseillers inhumains, peres sans amitié,
> Voyez comme ce mur est fendu de pitié [2].

On ne pouvait pas faire plus mal à propos de plus
mauvaises pointes. Cette tragédie, à tirades et à mo-
nologues, faite sur le modèle de celles qu'improvisait
alors Alexandre Hardy, continuateur de Jodelle et de
Garnier, est mauvaise de tout point, et fournirait
bien d'autres exemples de mauvais goût; l'hyperbole espagnole et le *concetti* de l'Italie qui s'y détachent sur un fond trivial ne la gardent pas d'être insipide. Théophile subissait à regret la contrainte que
lui imposait une œuvre de longue haleine :

> Autrefois quand mes vers ont animé la scène,
> L'ordre où j'étois contrainct m'a fait bien de la peine;

---

[1] *Œuvres de Théophile*, 2ᵉ partie; Pyrame et Thisbé, acte V,
sc. II, p. 164.

[2] *Ibid.*, act. II, sc. I, p. 126

Ce travail importun m'a longtemps martyré
Mais enfin, grâce aux dieux, je m'en suis retiré[1].

Il disait encore :

La reigle me desplaist, j'escris confusement
Jamais un bon esprit ne fait rien qu'aisement[2].

Nous avons l'aveu du coupable et le secret de sa
fécondité trop souvent stérile. Ces poëtes qui mé-
prisent l'art et qui dédaignent le travail dissipent
souvent en œuvres éphémères de riches facultés.
Théophile n'a pas essayé, à la suite de Ronsard, de
contrefaire l'antiquité : en cela, on ne saurait le blâmer ; mais il a eu tort de ne pas se laisser guider par
Malherbe, puisqu'il reconnaissait que ce réformateur
de la poésie « nous avait appris le français, » et qu'il
lisait dans ses vers « l'immortalité de sa vie ». Il disait encore :

J'aime sa renommée et non pas sa leçon[3] ;

et il ne comprit pas qu'il aurait fallu écouter la leçon
pour avoir part à la renommée. Théophile s'est gâté
par nonchalance et par indépendance. On le regrette,
parce que la nature, qu'il ne seconda pas, l'avait doué
merveilleusement. Il est facile de le reconnaître au
tour aisé de ses poésies légères, à la clarté de son
langage, au relief et à la netteté de quelques expressions. Ce qui manque, c'est le choix, c'est la connaissance du « pouvoir d'un mot mis en sa place »

1 Œuvres de Théophile, 1re partie, p. 241.
2 Ibid.
3 Ibid., p. 238.

enseigné par Malherbe. Et cependant cette muse négligée qui refuse de se réduire « aux règles du devoir » a souvent encore d'heureuses rencontres. Ne
reconnaît-on pas le poëte dans cette peinture des
rochers qui bordent l'Océan?

> Ici des rochers blanchissants,
> Du choc des vagues gemissants,
> Herissent leurs masses cornues
> Contre la colere des airs,
> Et presentent leurs testes nues
> A la menace des esclairs [1].

Et Malherbe lui-même n'aurait-il pas avoué ces
deux strophes qui commencent une ode adressée à
Louis XIII?

> Celui qui lance le tonnerre,
> Qui gouverne les elements,
> Et meut avec des tremblements
> La grande masse de la terre :
> Dieu qui vous mit le sceptre en main,
> Qui vous le peut oster demain,
> Lui qui vous preste sa lumiere
> Et qui, malgré vos fleurs de lys,
> Un jour fera de la poussiere
> De vos membres ensevelis ;
>
> Ce grand Dieu qui fit les abymes
> Dans le centre de l'univers,
> Et qui les tient toujours ouverts
> A la punition des crimes,
> Veut aussi que les innocents
> A l'ombre de ses bras puissants

---

[1] *Théophile*, 1ʳᵉ partie, p. 196.

Trouvent un assuré refuge ;
Et ne sera point irrité
Que vous tarissiez le deluge
Des maux où vous m'avez jeté[1].

Voilà, pour un poëte accusé d'athéisme, des sentiments bien relevés! On croit, au début, entendre
gronder la voix imposante d'un Bossuet. Et de plus,
pour un rimeur qui n'aime pas à se contraindre, ces
vers ne paraissent-ils pas d'une facture bien savante?
Mais Théophile était en prison, il était opprimé, et
dès lors son âme s'élève avec confiance vers la
source de toute justice, et, de plus, les loisirs ne lui
manquant pas pour penser sa parole et pour parler
sa pensée, il a médité, et la méditation fait de l'improvisateur un poëte véritable. C'est la leçon que
nous voulions dégager de cette rapide étude sur
Théophile, dont la brillante et trop souvent déplorable facilité a séduit parmi ses contemporains des
esprits de même trempe. Ainsi Scudery, qui l'appelle
avec emphase le *grand divin* Théophile, a cédé,
comme lui, à la fougue d'un talent naturel que la
méditation pouvait féconder, que la règle aurait dis-
cipliné, et qui, faute de nourriture et de méthode,
s'est dissipé follement. Théophile balança par ses
succès éphémères en poésie la gloire de Malherbe :
comme prosateur, il aurait pu accomplir avec plus
de mesure l'œuvre de Balzac; mais sa vie mal conduite et son talent mal employé n'ont laissé dans
l'histoire des mœurs et des lettres qu'un souvenir

---

[1] *Théophile*, 1re partie, p. 141.
II.   3

équivoque. Malherbe, dont il a dédaigné les leçons, l'efface complétement; et Balzac, dont il a raillé le talent et décrié le caractère, fut pour son siècle un personnage considérable et un écrivain supérieur.

Théophile par les déréglements de sa vie, les témérités de sa pensée et les caprices de son esprit, représente assez bien la période d'agitation et de licence où il vécut et qui sépare la mort de Henri IV de l'avénement de Richelieu. La régence de Marie de Médicis et les premières années de la majorité de Louis XIII furent fécondes en troubles et en scandales. Le respect de l'autorité, la discipline que Henri IV et Malherbe avaient pu maintenir, chacun dans son domaine, firent place au relâchement et à la turbulence. Les régences sont toujours de périlleuses épreuves. Cette fois encore l'influence des étrangers fut fatale aux lettres, aux mœurs, à l'administration. Pour revenir à l'ordre dans les lettres comme dans l'État, aux grands desseins qui affermissent les empires, aux grandes œuvres qui honorent l'esprit humain, il faudra qu'un homme de génie renoue la chaîne interrompue. A des ministres tels que les premiers favoris de Louis XIII suffisent des poëtes tels que Théophile; à côté de Richelieu nous verrons le grand Corneille.

CHAPITRE II

Nous venons de voir comment la poésie s'est constituée par l'heureux génie de Regnier et par la sévère discipline de Malherbe. Son heure est venue avant celle de la prose, qui ne tardera guère, grâce à Balzac, dont elle recevra les qualités qui lui manquent encore. Balzac, comme Malherbe, a eu des précurseurs dont il convient de ne pas oublier les services. Nous avons déjà vu ce que la prose française doit à Calvin, à Rabelais, à Amyot et à Montaigne, qui l'ont dotée et enrichie sans songer à gêner le libre cours de ses destinées ultérieures. Ni les auteurs de la *Ménippée* dans leur admirable pamphlet, ni Henri IV dans ses lettres d'une allure si dégagée et si héroïquement cavalière, ni Marguerite de Valois dans ses Mémoires, qui ont toutes les grâces de son esprit et qui sont plus chastes que sa vie, n'avaient entrepris « de la reduire, » comme avait fait Malherbe pour les vers, « aux regles du devoir. » Duperron et d'Ossat, en lui communiquant la gravité qui leur est propre, ne l'ont pas asservie ; saint François de Sales, au delà de nos frontières, lui donne l'onction et la douceur

de son âme, l'aimable coloris des fleurs de ses montagnes, le gazouillement des oiseaux de ses bois, il
en fait le charme des cœurs, des yeux et des oreilles;
il l'assouplit et il ne la régente pas[1]. Enfin, si le talent d'écrire abonde, on ne cultive pas encore l'art
d'écrire, chacun suit sa pente, il n'y a pas de route
tracée ni de courant général. Le premier maître d'é-
loquence, le premier pédagogue de la prose, fut
Guillaume du Vair, qui donne enfin des préceptes
dans son *Traité de l'Éloquence françoise*. Avec lui la
France commence sérieusement sa rhétorique.

Du Vair fut garde des sceaux sous Louis XIII,
comme plus tard d'Aguesseau sous Louis XV. Les
deux magistrats ont laissé les mêmes souvenirs de
probité et de faiblesse dans l'exercice de leur charge.
Comme écrivains, ils restent l'un et l'autre, avec un
talent et un zèle qu'on ne conteste pas, bien en deçà
du génie. Nous n'avons pas à nous occuper de la vie
politique de du Vair, nous voulons seulement le
mettre à son rang dans les lettres et constater les
services qu'il leur a rendus. Nous nous contenterons,
pour prouver qu'aux leçons de beau langage il a ajouté
des exemples, de citer ce qu'il a écrit sur l'efficacité
de la prière : « La priere est le souverain et parfaict
usage de la parole. Nous, hommes, vers de terre,
poussiere agitée du vent, bouillons flottants sur l'eau,
venons en conference, entrons en colloque avec non
un prince, non un roy, non un empereur, mais avec

[1] Pour saint François de Sales, je renvoie mes lecteurs au
Port-Royal de M. Sainte-Beuve (t. I, ch. x), et à M. Sayous,
Littérature française à l'étranger.

le Roy des roys, le Roy du ciel et de la terre. Nous
sommes receus, non à l'entrée de sa porte, non en
son antichambre, mais au plus magnifique et superbe
endroict de son throsne. Nous sommes faicts compagnons de ses anges; et bien plus, nous avons ses
anges pour ministres, qui nous ouvrent les tentes de
ses pavillons et nous introduisent dans les thresors
de sa gloire. Avec quel accueil nous y sommes receus, jugez-le, puisque nous y demeurons tant qu'il
nous plaist! avec quelle faveur, jugez-le, puisque
nous ne sommes jamais escunduits sinon par nostre
faute, et quand nous demandons chose injuste et
indigne d'estre demandée! tellement que nous pouvons dire qu'en la priere nous avons tout; car Celuy
qui n'est point menteur et ne se repent jamais de sa
promesse nous dit que nous demandions et nous ob-
tiendrons; et pour ce, vie, santé, richesses, esprit,
sont en la priere comme en leur source, d'où nous
les tirons à mesure que nous le voulons, pourveu que
nous le voulions à la mesure que nous le devons,
c'est à dire de nostre salut et de la gloire de Celuy
qui nous les donne[1]. » Voilà bien l'ébauche de cette
prose savante, balancée et rhythmique, qui craint
surtout d'offenser l'oreille, et plus soucieuse de l'harmonie que de la pensée. Nous arrivons à Balzac, qui
l'achèvera.

De nos jours on néglige trop Malherbe et on ne lit

---

[1] J'emprunte ce passage à M. C.-A. Sapey, qui a remis en
lumière les titres littéraires de du Vair dans un fort bon livre
qui a pour titre : *Études biographiques pour servir à l'histoire
de l'ancienne magistrature française*, 1 vol. in-8º.

pas assez Balzac. On se croit quitte avec lui pour l'a-
voir appelé le Malherbe de la prose. Au reste, ce surnom qui l'honore lui est bien dû, car Balzac ne s'est
pas contenté de chercher, de trouver et de faire sentir
dans la prose une juste cadence, de donner du nombre
au langage non mesuré, de choisir les mots et de les
mettre à leur place, d'épurer le vocabulaire, de se
faire comprendre par la propriété et la disposition
des termes qu'il emploie, enfin de faire pénétrer dans
l'esprit la lumière de ses idées et de plaire à l'oreille
par une harmonie soutenue ; mais il a écrit quelques
pages où la beauté de l'expression orne de grandes
pensées. Il y a dans ses écrits des parties qui méritent de ne point périr. A la vérité, aucun de ses ouvrages ne saurait subsister comme ensemble ; il n'a
pas ce qu'on pourrait appeler son chef-d'œuvre et
moins encore, dans le sens absolu, un chef-d'œuvre :
ce qu'il a de bon est dispersé, et jamais il n'a composé un tout qui soit une unité vivante : *infelix ope-
ris summa.* Balzac est un esprit brillant et non une
ferme et haute raison, une belle imagination et non
une âme naturellement élevée. Il n'a ni cette force
d'intelligence qui ordonne et enchaîne les idées, ni
cette émotion vraie qui vient du cœur et qui ajoute
la chaleur à la lumière. Il nous force quelquefois à
l'admirer, mais il n'attache point et ne se fait pas
aimer. Il n'y a, en effet, que le cœur qui puisse parler au cœur et le maîtriser. Les mérites qui procèdent
seulement de l'esprit et de l'imagination ne survivent pas à la surprise qu'ils causent ; ils se flétrissent
bientôt comme cette beauté du visage qui ne tient

qu'à l'éclat de la jeunesse. L'indifférence de la postérité pour Balzac après l'engouement de ses contemporains le punit justement de n'avoir aimé que
lui-même, et de n'avoir cherché, même dans les
grandes idées qu'il a quelquefois rencontrées, que
l'occasion de produire et de faire briller son bel esprit
et son beau langage.

Balzac pèche par le cœur, et avant de mettre en
relief les rares qualités de son esprit, il faut donner
quelques preuves de l'infirmité morale qui a empê-
ché cette brillante intelligence de s'élever jusqu'au
génie. Et d'abord aimait-il les hommes celui qui ose
écrire les lignes suivantes : « Certes nous n'aurions
jamais faict, si nous voulions prendre à cœur les affaires du monde et avoir de la passion pour le public
dont nous ne faisons qu'une foible partie : peut-estre
qu'à l'heure que je parle la grande flotte des Indes faict
naufrage à deux lieues de terre; peut-estre que l'armée du Turc prend une province sur les chrestiens
et enleve vingt mille ames pour les mener à Cons-
tantinople; peut-estre que la mer emporte ses bornes
et noye quelque ville de Zelande. Si nous faisons
venir les malheurs de si loin, il ne se passera heure
de jour qu'il ne nous arrive du desplaisir; si nous
tenons tous les hommes pour nos parens, faisons
estat de porter le deuil tout le temps de nostre vie [1]. »
Balzac n'a garde de faire venir les malheurs de loin :
il a bien assez du mauvais état de sa santé, qu'il

[1] *Les Œuvres de M. de Balzac,* huitième édition, 1 vol. in-12,
650; liv. ii, lett. i, p. 156.

exagère sans doute et dont il parle sans cesse; pour n'avoir pas à porter le deuil toute sa vie, il ne multipliera pas autour de lui les chances de mort, il vivra dans un isolement superbe, il déclinera la charge et l'honneur d'être chef de famille. Voici les raisons qu'il en donne : « Je ne veux point être en peine de compter tous les jours les cheveux de celle que j'épouserai, afin qu'elle ne donne de ses faveurs à personne, ni craindre que toutes les femmes qui la viendront voir ne soient des hommes desguisés. L'exemple de nostre voisin me fait peur qui a mis au monde tant de muets, tant de borgnes et de boiteux qu'il en pourrait remplir un hospital. Je ne veux point estre obligé d'aimer des monstres parce que je les auray faicts, et quand je serois asseuré de ne faillir pas en cela, je me passeray bien d'avoir des enfants qui desireront ma mort s'ils sont meschants, qui l'attendront s'ils sont sages, et qui y songeront quelquefois, encore qu'ils soient les plus gens de bien du monde [1]. » Ainsi Balzac ne trouve à dire au mariage que la femme et les enfants; c'est plus qu'il ne fallait pour s'en dispenser. Certes ces grossiers sentiments sont exprimés avec art, mais leur bassesse n'en est que plus repoussante. Je ne suis guère édifié non plus de la délicatesse de Balzac en amour, ni de sa galanterie; il est guindé et gourmé dans l'expression des sentiments tendres; il est cruel dans ses railleries sur le plus grand malheur des femmes, le vieillir. N'y a-t-il pas de l'inhumanité dans ce trait, d'ail-

---

[1] *Œuvres de Balzac*, liv. III, lett. XII, p. 455.

leurs piquant, contre une coquette qui faisait mine
de tourner à la dévotion : « Elle est aussi eloignée de
sa conversion que de la jeunesse. » Balzac se com-
plaît à désenchanter la jeunesse et la beauté sur leurs
illusions ; il aime à les poursuivre par la perspective
et même par la peinture de la laideur : « Vostre front,
dit-il à Clorinde, s'estendra jusqu'au haut de vostre
teste, les joues vous tomberont sous le menton, et vos
yeux de ce temps-là seront de la couleur de vostre
bouche à ceste heure [1]. » Le malheureux ! il ne croit
pas qu'une femme puisse devenir vieille et rester
belle. Maynard lui donne un juste démenti dans ces
vers que nous lui opposons :

> Ce n'est pas d'aujourd'huy que je suis ta conqueste ;
> Huit lustres ont suivy le jour que tu me pris,
> Et j'ay fidellement aymé ta belle teste,
> Sous des cheveux chasteins et sous des cheveux gris [2].

Passons à d'autres idées. Il est bon sans doute de
ne pas encourager les esprits à la turbulence ; mais
faut-il professer avec l'idolâtrie du passé l'aveugle
obéissance à toute autorité et dire servilement :
« Nous ne sommes pas venus au monde pour faire
des loix, mais pour obeïr à celles que nous avons
trouvées et nous contenter de la sagesse de nos peres
comme de leur terre et de leur soleil [3]. » A ce compte
le genre humain aurait été coupable de ne pas s'en-

---

[1] *Œuvres de Balzac*, liv. III, lett. XX, p. 491.
[2] *Œuvres de M. Maynard*, p. 258.
[3] *Œuvres de Balzac*, liv. III, lett. VII, p. 407.

gourdir dans la barbarie, et il aurait aggravé cette première faute en ne s'arrêtant pas au régime féodal; et notre soleil aurait dû continuer de tourner autour de la terre immobile! Heureusement il ne dépendait pas de Balzac et de ses pareils d'arrêter le mouvement de la terre ni la marche de l'humanité. Sans doute encore il convient de maintenir la raison humaine dans ses limites; mais n'est-il pas disposé à sacrifier jusqu'à ses droits, celui qui s'exprime ainsi : « J'aime bien mieux cette raison prisonnière de la foi et sacrifiée par l'humilité, cette raison abattue et endormie, voire mesme morte et enterrée aux pieds des autels; que cette autre raison juge de la foy, animée d'orgueil et de vanité; si vive et si remuante dans les escoles; qui fait tant la maistresse et la souveraine; qui ne parle que de regner et de vaincre partout où elle est [1]. » Un sujet dévoué, un chrétien sincère, ne parleraient pas ainsi : Balzac exige plus de sacrifices que n'en demandent réellement la fidélité et la foi; il manque de mesure parce qu'il n'a pas une ferme conviction. Sans doute il se rappelait et il voulait faire oublier ou du moins expier certain pamphlet de sa jeunesse, publié en Hollande, entaché de républicanisme et même d'hérésie.

L'intelligence de Balzac est capable de grandes idées; mais on voit, par la manière dont il les exprime, qu'elles ébranlent plus son imagination qu'elles n'émeuvent son âme. Ainsi, la puissance du Christ

---

[1] *Socrate chrestien*, édit. princeps, 1 vol. in-12, Augustin Courbé, 1652, discours sixième, p. 106.

enfant lui suggère des images saisissantes, mais pas
un sentiment : « Une estable, une creche, un bœuf et
un asne. Quel palais, bon Dieu, et quel equipage !
Cela ne s'appelle pas naistre dans la pourpre et il n'y
a rien icy qui sente la grandeur de l'empire de Cons-
tantinople. Ne soyons pas honteux de l'objet de nostre
adoration : nous adorons un enfant ; mais cet enfant
est plus ancien que le temps. Il se trouva à la naissance des choses ; il eut part à la structure de l'univers ; et rien ne fut fait sans luy, depuis le premier
trait de l'ébauchement d'un si grand dessein jusqu'à
la derniere piece de sa fabrique. Cet enfant fit taire
les oracles avant qu'il commençast à parler. Il ferma
la bouche aux demons estant encore dans les bras de
sa mere. Son berceau a esté fatal aux temples et aux
autels ; a esbranlé les fondements de l'idolatrie ; a renversé le throsne du prince du monde. Cet homme promis à la nature, demandé par les prophetes, attendu
des nations, cet homme enfin, descendu du ciel, a
chassé, a exterminé les dieux de la terre[1]. » Voilà,
certes, un tableau savamment tracé et qui frappe l'i-
magination ; mais comment se fait-il que, parmi ces
traits de grandeur, il n'y en ait pas un seul qui soit
touchant ? Saint Bernard, en présence du même
contraste de l'enfance et de la toute-puissance, s'en
montre autrement ému et ne permet pas de douter
qu'il aime et les hommes, et le Sauveur des hommes,
et sa divine mère : « Le voilà enfant et sans voix ; et
si ses vagissements doivent inspirer la crainte, ô

[1] *Socrate chrestien*, discours premier, p. 4.

homme ! ce n'est pas à toi : il s'est fait tout petit, et la Vierge sa mère enveloppe de langes ses membres délicats, et tu trembles encore de frayeur ! Mais tu vas savoir qu'il ne vient pas pour te perdre, mais pour te sauver ; non pour t'enchaîner, mais pour t'affranchir ; car il combat déjà contre tes ennemis. Par la vertu et la sagesse de Dieu, il met le pied sur le cou des grands et des superbes [1]. » Voilà bien l'orateur chrétien, le croyant ému, et non l'habile maître de rhétorique qui a trouvé une occasion d'antithèses dans un contraste, et qui y déploie, non sans pédantisme, toutes les ressources de son art.

Il ne faut pas que le caractère de Balzac, qui nous déplaît, nous aveugle sur les beautés que renferment quelques-uns de ses ouvrages. Voici, par exemple, sur les premières conquêtes du christianisme, une page qui nous paraît irréprochable : « Cette republique naissante s'est multipliée par la chasteté et par la mort ; bien que ce soit deux choses stériles et contraires au dessein de multiplier. Ce peuple choisi s'est accru par les pertes et par les deffaites : il a combattu, il a vaincu estant desarmé. Le monde en apparence avoit ruiné l'Eglise : mais elle a accablé le monde sous ses ruines. La force des tyrans s'est renduë au courage des condamnez. La patience de nos peres a lassé toutes les mains, toutes les machines. toutes les inventions de la cruauté [2]. » Ici les défauts

---

[1] *Œuvres de saint Bernard*, in Nativ. Dom., serm. i, t. III, édit. Gaume, 1839, p. 1745, 1re col.

[2] *Socrate chrestien*, discours troisième, p. 33.

de Balzac n'ont pas à se produire, l'antithèse est dans
les choses, et devant la grandeur qu'elle renferme il
n'y a point de lieu pour l'hyperbole.

J'abandonne à d'autres le soin de rechercher si
l'artifice trop visible du langage et une certaine indifférence de cœur sur les rigueurs de la Providence
ne laissent pas quelque chose à désirer dans l'admirable passage qu'on va lire. « Il n'y a rien que de
divin dans les maladies qui travaillent les Estats. Ces
dispositions et ces humeurs, cette fièvre chaude de
rebellion, cette letargie de servitude viennent de
plus haut qu'on ne s'imagine. Dieu est le poëte, et les
hommes ne sont que les acteurs : ces grandes pieces
qui se joüent sur la terre ont esté composées dans le
ciel, et c'est souvent un faquin qui en doit estre l'A-
trée ou l'Agamemnon. Quand la Providence a quelque dessein, il ne lui importe gueres de quels instru-
mens et de quels moyens elle se serve. Entre ses
mains, tout est foudre, tout est tempeste, tout est deluge, tout est Alexandre, tout est César. Elle peut
faire par un enfant, par un nain, par un eunuque, ce
qu'elle a fait par les geans et les héros, par les
hommes extraordinaires. Dieu dit lui-mesme de ces
gens-là qu'il les envoye en sa colere et qu'ils sont les
verges de sa fureur. Mais ne prenez pas icy l'un pour
l'autre. Les verges ne piquent ni ne mordent d'elles-
mesmes, ne frapent ni ne blessent toutes seules.
C'est l'envoy, c'est la colere, c'est la fureur qui ren-
dent les verges terribles et redoutables. Cette main
invisible, ce bras qui ne paroist pas, donnent les coups
que le monde sent. Il y a bien je ne sçay quelle har-

3.

diesse qui menace de la part de l'homme, mais la force qui accable est toute de Dieu [1]. » Cela est énergique et grand. Les doctrines historiques de saint Augustin, de Paul Orose, trouvent dans ce passage, dont les beautés sont à l'épreuve du temps, un digne interprète. Bossuet n'aura plus tard qu'à développer ce germe fécond ; mais, pour ce grand historien de la Providence, Dieu ne sera pas un poëte ; ni Atrée ni Agamemnon ne lui viendront à l'esprit, et il aura autre chose qu'un dédain superbe pour les instruments et les victimes de la puissance divine.

Sans doute Balzac est surtout un rhéteur : on ne saurait cependant lui contester au moins une passion sincère et d'autant plus vive qu'il l'a toujours dissimulée. Cette passion est un profond ressentiment contre Richelieu, qui n'avait jamais voulu voir en lui qu'un habile arrangeur de mots, et qui avait dédaigné de mettre à l'essai sa capacité politique. Cette haine concentrée s'est épanchée à plusieurs reprises avec une extrême énergie, d'abord sous le couvert d'un prince d'Orient qu'il ne nomme pas, et ensuite sous les noms de Théodoric et de Tibère. La première fois il lui dispute tout le mérite des succès qu'il a obtenus : « Il devoit perir, cet homme fatal, dès le premier jour de sa conduite par une telle ou une telle entreprise, mais Dieu se vouloit servir de luy pour punir le genre humain et pour tourmenter le monde. Il falloit donc qu'il fist, quelque malade, quelque moribond qu'il fust, ce que Dieu avoit resolu qu'il feroit

---

[1] *Socrate chrestien*, discours huitième, p. 140.

avant sa mort. La Raison concluoit qu'il tombast d'abord par les maximes qu'il a tenuës, mais il est demeuré longtemps debout par une Raison plus haute qui l'a soustenu [1]. » A la seconde attaque, il lui reproche ses cruautés et il évoque devant Théodoric le spectre de Symmaque pour figurer les têtes sanglantes qui sont tombées, par l'ordre du cardinal, sous la hache du bourreau [2]. Enfin il ne lui faut pas moins que la flétrissure de la tyrannie de Tibère pour avoir raison du despotisme de Richelieu : « Tibere a humilié toutes les ames, il a dompté tous les courages, il a mis sous ses pieds toutes les testes : il s'est eslevé au-dessus de la Raison, de la justice et des loix. Il pense avoir osté à Rome jusqu'à la liberté de la voix et de la respiration : ou les pauvres Romains sont muets, ou ils n'ouvrent la bouche que pour flater le tyran. Mais un homme possedera-t-il sans trouble la gloire d'estre plus grand que les dieux ? On parloit ainsi dans ce temps-là. Goustera-t-il sans contradiction le fruict de cette victoire inhumaine qu'il a remportée sur les esprits ? jouira-t-il paisiblement des avantages de sa cruauté, de la peur et du silence de ses sujets ? de la laschetté et des mensonges de ses courtisans ? la verité qu'on retient captive ne sortira-t-elle point par quelque endroit ? ne paroistra-t-elle point en quelque lieu à la honte et à la confusion de Tibere [3] ? » Quelle vigueur de pinceau, mais aussi quelle ténacité de rancune ! Balzac a longtemps couvé sa vengeance.

[1] *Socrate chrestien,* discours huitième, p. 156.

[2] *Ibid.*, p. 149.

[3] *Ibid.*, discours neuvième, p. 161.

et elle se trouve mûre et entière dix ans après la
mort de celui qui l'a offensé, tant l'orgueil est un sûr
gardien de haine!

Balzac, qui fraye la voie à Bossuet par les considérations de théologie politique que nous avons emprun-
tées au plus remarquable de ses ouvrages, le *Socrate
chrétien*, a donné, dans ses *Entretiens à Ménandre*,
avant Pascal, le modèle d'une polémique forte et mesu-
rée; il le devança encore et fit comme le programme
de quelques-unes des *Provinciales*, en signalant dans
le *Prince* la morale relâchée de certains casuistes espa-
gnols, compatriotes d'Escobar. « La cour, dit-il, a
produit de certains docteurs qui ont trouvé le moyen
d'accorder le vice avec la vertu et de joindre ensemble
des extremités si eloignées. On donne aujourd'hui
des expedients à ceux qui ont volé le bien d'autrui
pour le pouvoir retenir en pleine conscience. On enseigne aux princes à entreprendre sur la vie des autres princes, après les avoir declarés heretiques en
leur cabinet. On leur apprend à abreger les guerres
dont ils apprehendent la longueur et la depense, par
des assassinats où ils ne hasardent que la personne
d'un traistre, et à se defaire de leurs propres enfants
sans aucune forme de procès, pourvu que ce soit du
consentement de leurs confesseurs. Outre cela, comme
si Nostre-Seigneur estoit mercenaire, et qu'il se laissast
corrompre par presents, comme si c'estoit le Jupiter
des païens qu'ils appeloient au partage de la proie et
du butin, après un nombre infini de crimes dont ils
sont coupables, on ne leur demande ni larmes, ni
restitution, ni pénitence; il suffit qu'ils fassent quel-

que legere aumosne à l'Eglise. On compose avec eux
de ce qu'ils ont pris à mille personnes, pour une petite partie qu'ils donnent à d'autres à qui ils ne doivent rien ; et on leur fait accroire que la fondation
d'un couvent ou la dorure d'une chapelle les dispense
de toutes les obligations du christianisme et de toutes
les vertus morales[1]. » Nous verrons plus tard comment
la même thèse, généralisée et vivifiée par le génie,
est devenue un traité sublime et piquant de morale
universelle. Cette morale est de tous les temps. Les
païens eux-mêmes en ont proclamé les principes.
Horace, par exemple, lorsqu'il disait :

> Et peccare nefas aut pretium est mori[2].

Les martyrs du stoïcisme et du christianisme l'ont
connue et pratiquée. Juvénal en a été le sublime
interprète dans ces vers, qui devraient être gravés
dans la mémoire et imprimés au cœur de tous les
hommes :

> Summum crede nefas animam præferre pudori
> Et propter vitam vivendi perdere causas[3].

Balzac ne l'avait pas oubliée en écrivant ces lignes
pleines de tristesse et d'ironie amère : « On laisse,
dit-il, crier la vieille philosophie dans les escholes et
dans les chaires des predicateurs où elle n'est escoutée
que des enfans et des femmes ; elle dit assez qu'un

---

[1] *Œuvres de Balzac*, 2 vol. in-fol., 1665. — T. II, le Prince,
ch. VIII, p. 28.
[2] *Horace*, liv. III, od. XIV, v. 24.
[3] *Juvénal*, Sat. VIII, v. 82.

petit mal est defendu, quand il en devroit naistre un
grand bien ; que si le monde ne se peut conserver
que par un peché, elle est d'avis qu'on le laisse perdre ; que ce n'est pas à nous à troubler l'ordre de la
Providence et à nous mesler des affaires superieures ;
que Dieu a mis entre nos mains ses commandemens
et non pas la conduite de l'univers ; et qu'il faut que
nous fassions nostre devoir et que nous lui laissions
faire sa charge [1]. »

Nous voyons, par ces exemples, qu'on pourrait
multiplier, que Balzac ne s'est pas borné à des sujets
frivoles ; qu'il a eu le goût et l'ambition des grandes
pensées, et que, si son âme avait eu autant d'élévation que son esprit avait de ressources et son imagination d'éclat, il aurait gardé un rang élevé parmi les
maîtres. C'est le cœur qui pèche dans Balzac, et cependant il en avait reconnu la puissance lorsqu'il
disait en parlant de la vraie piété [2] : « Mais parce que
la qualité dont je parle serait comme morte et de nul
usage si elle ne partoit de la plus haute region de
l'ame, où se forme le discours et l'intelligence, et qu'il
faut qu'elle reside egalement en la seconde partie où
naissent les affections et les desirs, il la sait faire
descendre de la teste dans le cœur, afin que ce qui
estoit lumiere devienne feu, et qu'une connaissance si
noble et si relevée, qui doit estre fertile en grandes
operations et sortir au dehors par des effets admirables, ne finisse point en elle-mesme et ne s'arreste pas

---

[1] Œuvres de Balzac, t. II, le Prince, ch. VIII, p. 27.
[2] Ibid., ch. IX, p. 30.

aux plaisirs oisifs de la simple meditation. » Dans
ce passage, Balzac porte témoignage contre lui-
même : ce qui était lumière dans son intelligence n'y
est pas devenu feu, car rien chez lui n'est descendu
de la tête au cœur et ne s'est échauffé à ce foyer où
les grandes idées deviennent des sentiments en se
pénétrant de cette chaleur vitale qui est un principe
d'éternelle jeunesse pour les ouvrages de l'esprit.
C'est pour cela qu'il n'a pas atteint la véritable éloquence dont il donnait néanmoins une si juste idée
par cette définition : « Elle ne s'amuse point à cueillir
des fleurs et à les lier ensemble ; mais les fleurs naissent sous ses pas aussi bien que sous les pas des
deesses. En visant ailleurs ; en faisant autres choses ; en
passant pays, elle les produit ; sa mine est d'une Amazone plustost que d'une coquette ; et la negligence
mesme a du merite sur elle, et ne fait point de tort à
sa dignité[1]. » Après tout, Balzac a rendu à la langue
d'incontestables services. Avec lui, comme on l'a dit,
la France a fait sa rhétorique, et elle l'a faite brillante
et utile. Ce mot d'un contemporain : « Tous ceux qui
ont bien écrit en prose depuis, et qui écriront bien à
l'avenir en notre langue, lui en auront l'obligation, »
demeure vrai, en ce sens qu'il n'y a pas de bon style
sans euphonie. Il fallait ajouter qu'il nous apprend
aussi le danger d'écrire toujours bien de la même
manière. L'uniformité de ses procédés est le vice de
sa méthode ; il est toujours auteur, et ne donne ja-

---

[1] *Œuvres diverses du sieur de Balzac*, 1 vol. in-12, 1664.
De la grande Éloquence, à M. Costar, Discours sixième, p. 114.

mais à son lecteur cette ravissante surprise, dont parle
Pascal, que cause le naturel dans un écrit[1]. La marche
symétrique de sa phrase est toujours prévue, comme
les figures de son langage, l'antithèse, la métaphore,
l'hyperbole.

Balzac est le lien et comme le médiateur entre
deux assemblées célèbres qui ont beaucoup influé sur
la littérature au commencement du dix-septième
siècle, l'hôtel de Rambouillet et l'Académie française.
A la vérité, il les a peu fréquentées ; mais, en habile
homme, il ne s'en tenait éloigné que pour y être plus
respecté, en vertu du principe : *major e longinquo
reverentia*. Du fond de son château de Balzac, sur la
Charente, il était l'oracle du salon d'Arthénice et de
la savante compagnie fondée par Richelieu pour ré-
genter la république des lettres. Les épîtres et les
dissertations arrivaient du sanctuaire isolé et lointain
pour entretenir la ferveur du cercle choisi de madame
de Rambouillet, dont les habitués, comme autrefois
les oiseaux de Psaphon, répétaient sur tous les tons le
nom et les louanges du dieu. De rares visites réchauf-
faient à propos l'enthousiasme. Balzac était un grand
maître de tactique, en fait de renommée. L'Académie
le dispensait de la résidence, obligatoire pour les autres membres ; mais son autorité, toujours présente,
dirigeait les délibérations et réglait les jugements de
ce sénat conservateur : de plus, il prit ses précautions
au delà de la mort en fondant le prix d'éloquence.

---

[1] « Quand on voit le style naturel, on est tout étonné et
ravi, car on s'attendait de voir un auteur et on trouve un
homme. » *Pensées de Pascal*, éd. Havet, p. 113.

L'hôtel de Rambouillet doit avoir le pas sur l'Académie. Ce fut la première institution littéraire régulièrement organisée et le berceau de la société polie. La marquise de Rambouillet ouvrit sa chambre bleue, qui devint bientôt le rendez-vous préféré des beaux esprits et des femmes les plus distinguées; elle l'ouvrit pour l'exemple, parce que les mœurs de la cour de Henri IV offensaient la pureté de son âme, et que le ton goguenard et fanfaron des familiers de ce lieu et du maître lui-même, que Malherbe entreprit vainement de *dégasconner*, blessaient la délicatesse de son esprit. Ce cercle d'élite fut donc, dans l'origine, un centre d'opposition élégante et modérée destinée à combattre indirectement les barbarismes et les orgies de la cour par la pureté du langage et des mœurs. On briguait l'honneur d'y être admis, car l'admission était un double brevet de culture intellectuelle et de décence morale. Le sceptique Bayle, qui ne prodigue pas ses compliments, appelle l'hôtel de Rambouillet « un véritable palais d'honneur. » Fléchier, de son côté, n'a pas épargné les antithèses pour louer ce salon « où se rendaient tant de personnes de qualité et de mérite qui composaient une cour choisie, nombreuse sans confusion, modeste sans contrainte, savante sans orgueil, polie sans affectation. » Ce sont là des vérités d'oraison funèbre où les restrictions sont souvent remplacées par des compléments : on peut accorder qu'il n'y ait pas eu de confusion, malgré le nombre ; mais ni contrainte, ni orgueil, ni affectation, c'est un peu trop dire, même dans un panégyrique. Il vaut mieux s'en tenir au

jugement de Saint-Simon qui constate, sans commentaire, l'importance de cette réunion : « C'était,
dit-il, le rendez-vous de tout ce qui était le plus distingué en condition et en mérite, un tribunal avec
lequel il fallait compter, et dont la décision avait un
grand poids dans le monde sur la conduite et sur la
réputation des personnes de la cour et du grand
monde. »

Malgré ses excellentes intentions morales et littéraires, le cercle de la marquise de Rambouillet, de
l'incomparable Arthénice, comme on disait alors, ne
pouvait échapper à la destinée des réunions de choix,
qui deviennent forcément des coteries et qui se font
toujours des idées et un langage à part. Le besoin de
se distinguer, qui est le principe de leur établissement et la condition de leur durée, produit fatalement l'orgueil et l'affectation : elles ont des initiés
pour qui les étrangers sont des profanes, et leur devise sera toujours :

Nul n'aura de l'esprit hors nous et nos amis[1].

Le nom de *Précieuses*, si longtemps honorable pour
celles qui le portaient, n'est-il pas un défi et une injure qui devait, avec le temps, amener une revanche.
La raillerie s'attache bientôt à ces beaux noms, d'a-
bord si doux à porter, auxquels l'admiration donne
cours et qu'elle se flatte d'avoir consacrés. Combien
de noms jetés par injure se sont changés en titre
d'honneur, et combien de mots pompeux devenus

---

[1] *Molière*, les Femmes savantes. acte III, sc. II.

épigrammatiques ! on en ferait un piquant chapitre
dans l'histoire des révolutions du langage. Le discrédit
où sont tombées les Précieuses ne doit pas faire oublier les services qu'elles ont rendus. L'hôtel de Rambouillet continua le travail de Malherbe sur la langue
française. Celui-ci avait donné à notre idiome la force
et la noblesse ; ses continuateurs l'assouplirent, et
ajoutèrent aux qualités qu'il possédait déjà la finesse
et la délicatesse. Il faut encore rapporter à ce cercle
ingénieux l'art et le goût de la conversation, d'où
naquit l'*urbanité*, dont le nom même manquait avant
les Précieuses qui le reçurent de Balzac. De leur propre
fonds elles donnèrent cours à d'autres expressions
heureuses qui ont enrichi le trésor de la langue.
Elles ont dit les premières : « cheveux d'un blond
hardi, » parce que *roux* leur paraissait un mot bru-
tal. Nous leur devons encore : « n'avoir que le masque de la vertu, » pour désigner l'hypocrisie. Elles
ont « revêtu les pensées d'expressions nobles ; » elles
voulaient qu'on fût « sobre dans ses discours, » il
n'y a pas à les en blâmer. Elles ont fourni contre
elles-mêmes une excellente épigramme en créant
cette vive et piquante locution : « tenir bureau d'esprit ; » mais on ne leur appliquera jamais le mot
énergique « s'encanailler [1], » que l'une d'entre elles,
et ce n'est pas la moins spirituelle, a frappé d'une
empreinte durable, qui garde la trace de ce profond

---

[1] Le mot est de la marquise de Mauny. Celui d'*enducailler*,
qui en est la contre-partie, est de Chamfort. La marquise de
Mauny a fait d'elle-même un portrait, le meilleur peut-être
des morceaux de ce genre, si fort à la mode sous la régence

dédain qu'elles avaient pour les profanes. Les Précieuses ont donc fait autre chose que des périphrases prétentieuses et des métaphores recherchées : souvent elles ont bien rencontré. On ne saurait non plus nier sans injustice que la morale ne doive quelque chose à cette société d'élite qui rendit chastes, au moins en paroles, les auteurs qu'elle admettait dans son sein, et plus retenus ceux même qu'elle n'avait pas enrôlés. On oublie trop que c'est la seconde génération des Précieuses, celle qui relève de mademoiselle de Scudery, qui a donné prise à Molière. La marquise de Rambouillet n'est pas en cause, son salon n'avait, au service de la comédie, ni de Madelon, ni de Cathos, ni même de Mascarille.

Si Balzac fut l'oracle de l'hôtel de Rambouillet, Voiture en est le héros. C'est lui qui représente le mieux, soit par sa prose, soit par ses vers, les qualités et les défauts de cette société brillante et maniérée. Il a prodigieusement d'esprit, et il ne se contente pas d'en avoir, il en fait ; il cherche les rapports les plus éloignés, et peu lui importe qu'ils soient disparates, pourvu qu'ils surprennent et que le rapprochement fasse jaillir une étincelle ; il joue avec les idées et souvent avec les mots ; il a des tours d'adresse et des tours de force pour exprimer ce qui ne peut se dire, et plus l'idée est scabreuse, plus le péril est grand, plus il montre de dextérité ; il côtoie

d'Anne d'Autriche. On le trouve p. 75 de la *Galerie des portraits de mademoiselle de Montpensier*, curieux ouvrage réédité récemment et beaucoup amélioré par M. Édouard de Barthélemy. 1 vol. in-8°, Didier, 1860.

la licence et la bouffonnerie sans y tomber jamais ; il
badine ingénieusement ; les témérités de son esprit
ne lui servent qu'à en montrer la souplesse et l'agi-
lité ; il aime à inquiéter la pruderie, et il ne l'offense
pas. C'est qu'au fond son esprit vaut mieux que
l'emploi qu'il en fait ; il le gâte sciemment pour
mieux divertir l'auditoire dont il aime la surprise et
les applaudissements. Il ne s'abuse pas sur la valeur
des traits qui lui attirent des suffrages. Homme du
monde plutôt qu'écrivain, et voulant vivre parmi les
grands sur le pied de l'égalité, il lui fallait compen-
ser le tort de sa naissance en prenant ses avantages
du côté de l'esprit. Courageux, familier, quelquefois
hautain, toujours soigneux de sa dignité d'homme
dans son rôle d'amuseur, il a fait reconnaître les priviléges de l'intelligence parmi les privilégiés de la
naissance qui n'étaient pas des sots.

Voiture a été proclamé le père de l'ingénieuse
badinerie ; et en effet personne n'a plaisanté plus
agréablement, soit qu'il raconte les aventures de son
voyage aérien, pendant que, lancé par quatre gail-
lards dont les bras vigoureux l'enlèvent de sa cou-
verture par delà les nues et le mettent aux prises avec
un bataillon de grues qui le prennent pour un pyg-
mée ; soit que, continuant une plaisanterie qui a déjà
réussi, il donne, par l'entremise du plus muet des
poissons, les éloges les plus vifs et les plus délicats
à son compère le brochet, duc d'Enghien, et vainqueur à Rocroy ; soit que, de la terre d'Afrique, aride
nourricière de monstres, il envoie à mademoiselle
Paulet, à la *lionne* de l'hôtel de Rambouillet, des nou-

velles de ses terribles parents du désert ; soit enfin
qu'il prenne courageusement parti pour la conjonctive
car, en grand danger d'être proscrite [1]. Ce qui fait la
grâce de ces plaisanteries, c'est qu'on voit qu'elles
ne sont pas une affaire pour lui, mais un divertissement, et que son esprit est bien supérieur aux baga-
telles dont il l'amuse.

La diplomatie fut une des distractions de Voiture :
il y fit ses preuves d'adresse et de solidité ; et lorsque,
par aventure, cette plume badine a touché à des sujets
sérieux, elle a passé sans effort de la familiarité à la
noblesse. Favori de Gaston d'Orléans, Voiture ne
tarda pas à comprendre que toutes les intrigues ourdies contre Richelieu étaient des services rendus à
la maison d'Autriche. Il se décida à louer hautement
la politique du ministre qui vengeait la France en
abaissant l'Espagne. Il l'a jugé dès 1636, avant
l'achèvement de ses grands desseins, comme a fait
la postérité. Il expose les motifs de sa conversion
dans une lettre qui devance l'histoire, et qui, écrite
avec autant de force que de mesure, mérite d'être
lue et méditée. Nous devons au moins en détacher
une page qui justifie nos éloges : « Voyons, dit-il,
s'il s'en est fallu beaucoup qu'il n'ait renversé ce
grand arbre de la maison d'Autriche, et s'il n'a pas
ébranlé jusques aux racines ce tronc qui de deux
branches couvre le septentrion et le couchant, et
qui donne de l'ombrage au reste de la terre. Il fut

---

[1] *OEuvres de Voiture*, édit. Ubicini, 2 vol. in-18, Charpentier, 1855. T. I, lett. IX, p. 40 ; lett. CLV, p. 401 ; lett. LIV,
p. 167 ; lett. CI, p. 295.

chercher jusque sous le pôle ce héros qui sembloit
être destiné à y mettre le fer et à l'abattre. Il fut
l'esprit mêlé à ce foudre, qui a rempli l'Allemagne
de feu et d'éclairs, et dont le bruit a été entendu par
tout le monde. Mais quand cet orage fut dissipé, et
que la fortune en eut détourné le coup, s'arrêta-t-il
pour cela? ne mit-il pas encore une fois l'Empire en
plus de hasard qu'il n'avoit été par les pertes de la
bataille de Leipsig, et celle de Lutzen? Son adresse
et ses pratiques nous firent voir tout d'un coup une
armée de quarante mille hommes, dans le cœur de
l'Allemagne, avec un chef qui avoit toutes les qualités qu'il faut pour faire un changement dans un
État. Que si le roi de Suède s'est jeté dans le péril
plus avant que ne devoit un homme de ses desseins
et de sa condition, et si le duc de Friedland, pour
trop différer son entreprise, l'a laissé découvrir :
pouvoit-il charmer la balle qui a tué celui-là au milieu
de sa victoire, ou rendre celui-ci impénétrable aux
coups de pertuisane? Que si ensuite de tout cela,
pour achever de perdre toutes choses, les chefs qui
commandoient l'armée de nos alliez devant Norlinghen donnèrent la bataille à contre-temps : étoit-il au
pouvoir de monsieur le Cardinal, étant à deux cents
lieues de là, de changer ce conseil, et d'arrêter la
precipitation de ceux qui pour un empire (car c'étoit
le prix de cette victoire) ne voulurent pas attendre
trois jours? Vous voyez donc que pour sauver la maison d'Autriche, et pour détourner ses desseins, que
l'on dit à cette heure avoir été si téméraires, il a
fallu que la fortune ait fait depuis trois miracles; c'est-

à-dire trois grands événements qui vraisemblablement
ne devoient pas arriver : la mort du roi de Suède,
celle du duc de Friedland, et la perte de la bataille
de Norlinghen[1]. »

Voiture a encore su parler du duc d'Olivarès[2] en
termes dignes de celui qu'il appréciait, et jusque dans
des vers dont le ton est familier, il atteint encore la
noblesse en parlant des illusions de la gloire humaine, à propos du nom et des victoires du prince de
Condé :

> Ces deux syllabes glorieuses
> Qui font ensemble votre nom
> Seront de tout votre renom
> Les héritières glorieuses :
> Ces trois faits d'armes triomphants,
> Ces trois victoires immortelles,
> Les plus grandes et les plus belles
> Qu'on trouve en la suite des ans ;
> Tant d'exploits et tant de combats,
> Tant de murs renversés à bas,
> Dont parlera toute la terre,
> Seront pour elles seulement
> Et pour les figures de pierre
> Qui feront votre monument[3].

Dans ce passage, Voiture fait un emprunt à Montaigne, qui avait dit : « ces trois victoires sœurs, Sala-
mine, Platée, Mycale, les plus belles que le soleil ait
vues de ses yeux, » et comme une avance à Bossuet

---

[1] *Œuvres de Voiture*, t. I, lett xc, p. 274.

[2] *Ibid.*, t. II, p. 271.

[3] *Ibid.*, Épître à monseigneur le prince sur son retour d'Allemagne, t. II, p. 395.

qui dira plus tard dans l'oraison funèbre du même
héros : « des figures qui semblent pleurer autour
d'un tombeau, et des fragiles images d'une douleur
que le temps emporte avec tout le reste. » La même
épître a fourni à Voltaire un trait souvent cité. C'est
en effet d'après ces deux vers de Voiture :

> Et qu'un peu de plomb sait casser
> La plus belle tête du monde[1],

qu'il a écrit ce distique :

> Et qu'un plomb dans un tube entassé par des sots
> Peut casser d'un seul coup la tête d'un héros[2].

A côté de Voiture, il convient de donner au moins
un souvenir à Malleville, dont la *Belle Matineuse*,
opposée à celle de notre poëte, partagea en deux
camps égaux l'hôtel de Rambouillet, comme firent
plus tard *Uranie* et *Job*. C'étaient les grandes guerres
de la société polie. Voiture eut encore un rival dans
ce cercle de beaux esprits, ce fut le nain de Julie,
Godeau, qui devait renoncer à la galanterie, même
épurée, pour les dignités de l'Eglise. Godeau fut un
poëte de mérite et un excellent prosateur. Il est poëte
en parlant de cette aride Provence,

> Où les guérets fendus sollicitent en vain,
> Pour éteindre leur soif, un ciel toujours d'airain.

« Godeau, dit M. Demogeot, a de l'imagination, de

---

[1] *Œuvres de Voiture*, t. II, p. 394.
[2] *Voltaire*, édit. Beuchot. Épitre au roi de Prusse, t. XIII,
p. 149.

l'harmonie ; il a surtout de l'âme. S'il savait choisir et concentrer, s'il connaissait le mérite de la précision, ses vers seraient encore aujourd'hui une lecture agréable [1]. »

Au reste, le vrai rival de Voiture, c'est Sarrasin, qui n'a pas moins de portée sous les mêmes dehors de badinage. Sarrasin fut moins goûté que Voiture à l'hôtel de Rambouillet, parce qu'il avait pris au petit archevêché, dans l'intimité du coadjuteur, et auprès du prince de Conti, qui n'avait pas encore tourné à la dévotion et dont il fut le secrétaire, l'habitude de ne pas modérer sa langue. Il blessait par la liberté, quelquefois même par la licence de ses propos, les oreilles pudiques. Mais ce bel esprit fécond en plaisanteries, et qui a dû payer comme les autres son tribut au goût équivoque des salons qu'il fréquentait, n'en a pas moins écrit avec fermeté de belles pages d'histoire dans le *Siége de Dunkerque* et la *Conspiration de Walstein* qu'il n'a pas achevée. Sarrasin prit parti dans plusieurs querelles littéraires dont l'importance est un trait des mœurs de cette époque de transition où les petites choses devenaient facilement des affaires considérables. Dans celle des deux sonnets, l'*Uranie* de Voiture et le *Job* de Benserade, il se rangea parmi les uranistes par une glose où il amène avec une adresse infinie, à la fin de quatorze stances satiriques et dans leur ordre, les quatorze vers de la pièce qu'il critique ; il fut pour Ménage dans la croisade que celui-ci suscita

---

[1] *Tableau de la Littérature française au dix-septième siècle*, avant Corneille et Descartes, 1 vol. in-8°, 1859. P. 273.

contre Montmaur le Grec ou le Parasite. Outre le
Testament de Goulu, raillerie piquante, il écrivit à
ce propos le *Bellum parasiticum*, espèce de Ménippée, en prose latine entremêlée de citations de vers
ingénieusement détournés de leur sens primitif. Dans
Dulot vaincu, ébauche héroï-comique, il fit avec
esprit et bon goût justice de la manie des bouts-
rimés, que Dulot avait mis à la mode. Même il a réussi
dans l'ode en célébrant la bataille de Lens. Depuis
Malherbe et Racan, sans excepter l'accident de Chapelain qui fit, Boileau ne sait comment, une assez
belle ode en l'honneur de Richelieu, le genre lyrique
n'avait rien produit d'aussi remarquable pour le
mouvement et l'harmonie. Son sonnet à Charleval
est une cruelle et bien spirituelle malice contre les
femmes. Après la mort de Voiture, grand deuil littéraire que mena l'Académie, Sarrasin mêla aux sérieux hommages de la docte assemblée une oraison
funèbre mieux appropriée aux mérites du héros : ce
fut le récit de ses funérailles, où le panégyrique est
tempéré par un agréable persiflage. Le malin Nor-
mand égratigne son rival en le caressant, mais il le
juge sainement lorsqu'il caractérise ainsi cet esprit
solide et charmant : « On fit plusieurs jugements de
ce génie dans les lieux par où il passa : les uns le
prenaient pour un génie enjoué, les autres pour un
génie particulier, quelques-uns pour un grand génie.
Il ne sembla commun à pas un, et pas un ne le trouva
mauvais [1]. »

---

[1] Après Sarrasin, il faut au moins nommer Mathieu de Mon-

L'Académie s'honorait elle-même dans les regrets qu'elle témoignait à la mort d'un homme qui avait fait de l'esprit une dignité sociale. Cette réunion formée par le goût des lettres dans la maison hospitalière de Conrart, et devenue par la politique de Richelieu une institution d'État, avait pour but de garantir l'unité et la pureté du langage par l'autorité dont elle était investie, et d'entretenir l'émulation des écrivains par l'insigne honneur qui s'attachait aux noms que consacraient ses suffrages, honneur tel que les plus hautes dignités de la magistrature et de l'adminis-

treuil qui, pour avoir été d'Église, n'en fut pas moins galant. Il a laissé de fort jolis madrigaux ; il a fait aussi quelques épigrammes. Citons-en une qui nous fera voir au moins à qu appartient un vers qu'on répète souvent sans en connaître l'auteur :

> Cloris à vingt ans estoit belle,
> Et veut encor passer pour telle,
> Bien qu'elle en ait quarante-neuf ;
> Il faut la contenter la pauvre demoiselle,
> Le Pont-Neuf dans mille ans s'appellera Pont-Neuf.

Charleval, auquel Sarrasin a dédié ce terrible sonnet, qui fait remonter jusqu'au berceau du monde la coquetterie des femmes, est encore un charmant esprit. Il a des stances qui annoncent celles de Voltaire : c'est lui qui a dit :

> Amour, tous les autres plaisirs
> Ne valent pas tes peines.

Mais il a su s'arrêter à temps, et il a compris que l'amour ne convenait pas à toutes les saisons de la vie :

> J'ai consommé le temps des voluptez,
> Et je rendrois mes amours indiscrettes,
> Si e croyois que de jeunes beautez
> Prissent plaisir à de vieilles fleurettes.

tration, de l'Église même, y trouvaient un nouveau
relief. Aussi vit-on le grand Corneille, après une longue
attente, chercher dans les figures les plus hardies
de la langue mystique des termes pour égaler ses
remercîments à sa reconnaissance. Chargée du dépôt
de la langue, l'Académie entreprit, dès ses débuts,
la tâche d'en composer le trésor. Tous ses membres
se mirent à l'œuvre, dont la direction fut confiée au
savoir et à la probité de Vaugelas. Après saint François de Sales, son compatriote Vaugelas resserrait
les liens littéraires qui unissaient déjà la Savoie à la
France. Cet esprit judicieux et délicat, qui porta le
respect du langage français jusqu'à la piété sans que
jamais ses scrupules l'aient incliné à la superstition,

Ce charmant poëte passait de son temps pour le modèle de
l'honnête homme. C'est à ce titre, sans doute, qu'il a fait
contre un médisant cette excellente épigramme :

> Bien que Paul soit dans l'indigence,
> Son envie et sa médisance
> M'empêchent de le soulager.
> Sa fortune est en grand désordre :
> Il ne trouve plus à manger,
> Mais il trouve toujours à mordre.

Si l'on pouvait tout dire, on devrait donner place parmi les
beaux esprits de cette époque à Saint-Pavin, à Hesnault, à
Desbarreaux, à Patrix, au menuisier de Nevers, Adam Billaut,
à d'autres encore dont on a retenu quelques vers. Il faudrait
aussi ne pas oublier madame de la Suze et madame de Ville-
dieu, qui ont été fort goûtées au dix-septième siècle, et qui
ne méritent pas même aujourd'hui d'être dédaignées. Ce dé-
nombrement, bien imparfait, de ce que nous laissons de côté
sur un seul point indique ce que serait une histoire complète
de notre littérature.

provoqua par ses remarques des décisions longtemps
respectées. Il comprit que, pour ne point paraître
tyrannique, le tribunal académique devait reconnaître la souveraineté de l'usage ; qu'il ne pouvait ni
battre monnaie, ni rejeter arbitrairement de la circulation les mots qui avaient reçu l'empreinte du génie
national. Ni Vaugelas ni l'Académie n'autorisent les
entreprises de la grammaire sur les droits de la pensée : ils tendent avec une prudence, étroite peut-être,
mais avec une fermeté louable, à prévenir, dans le
domaine du langage, la guerre civile et l'invasion
étrangère.

Cette assemblée, illustre dès son origine, eut l'a-
vantage de rencontrer pour écrire l'histoire de ses premiers travaux un homme qu'elle jugea dès lors digne
de lui être associé. Pellisson [1] est un de nos meilleurs prosateurs, et de tous ses ouvrages l'*Histoire
de l'Académie* [2] est celui où il a mis le plus de simplicité et d'élégance. Son récit est naturel et attachant.

---

[1] L'Académie française a couronné récemment une étude
complète et fort remarquable sur son premier historien. Elle
est de M. F.-L. Marcou, ancien élève de l'École normale. 1 vol.
in-8º, Didier et Durand, 1859.

[2] M. Ch.-L. Livet a publié en 1858 (2 vol. in-8º, Didier)
une nouvelle édition de l'*Histoire de l'Académie* et la suite de
cette histoire par l'abbé d'Olivet. Une savante introduction,
des éclaircissements bien choisis et des notes judicieuses ajou-
tent beaucoup de prix à cette importante publication. — L'*Histoire politique de l'Académie française*, par M. P. Mesnard, 1 vol.
in-18, Charpentier, 1858, écrite avec beaucoup d'indépendance
et de talent, est un document nouveau et très-intéressant sur
la matière.

On ne se lasse pas de le relire. Pellisson s'était formé
à l'école des anciens, et son goût avait gagné à cette
culture de pouvoir conserver sa pureté parmi les
jeux d'esprit, frivoles et prétentieux, auxquels l'avait
mêlé sa passion pour mademoiselle de Scudery. L'influence de Cicéron l'assurait contre la contagion, et
lui conservait, par l'exemple de ses lettres, le mérite
de parler des choses et des hommes avec convenance,
comme plus tard les discours de l'orateur latin lui
communiquèrent pour ses mémoires en faveur de
Fouquet le rare privilége de mettre de la précision
dans l'abondance. Voltaire ne s'y est pas mépris et il
rattachait l'effet à la cause lorsqu'il disait : « Si quelque
chose approche de l'orateur romain , ce sont les
trois mémoires que Pellisson composa pour Fouquet.
Ils sont dans le même genre que plusieurs oraisons de
Cicéron, un mélange d'affaires judiciaires et d'affaires
d'État, traité solidement avec un art qui paraît peu,
et orné d'une éloquence touchante[1]. » Nous n'avons
pas à protester contre ces éloges, mais Voltaire, qui
élève si haut l'éloquence de Pellisson , a tort de parler dédaigneusement de son *Histoire de l'Académie*.
La matière, il est vrai, lui paraissait complétement
dénuée d'intérêt; mais ne devait-il pas, lui dont la
prose est si coulante et si naturelle , se montrer sensible à la simplicité et à la pureté du langage de l'historien ?

Pellisson fait preuve de bon goût en louant l'Aca-

---

[1] *Voltaire*, Siècle de Louis XIV, ch. XXXII, p. 314, t. XX de
l'édit. Beuchot.

démie française de s'être contentée de ce nom et de
n'avoir pas, à l'imitation des Italiens, cherché quelque
titre ou fastueux ou singulier : « Au choix de ce
nom qui n'a rien de superbe, ni d'étrange, elle a témoigné peut-être moins de galanterie, mais peut-être
aussi plus de jugement et de solidité que les académies d'au delà les monts, qui se sont piquées d'en
prendre ou de mystérieux, ou d'ambitieux, ou de
bizarres, tels qu'on les prendrait en un carrousel ou
en une mascarade, comme si ces exercices d'esprit
étaient plutôt des débauches et des jeux que des occupations sérieuses [1]. » L'Académie pensait, comme
son historien, que les lettres sont choses sérieuses.
Elle prit au sérieux les travaux qui lui revenaient
de plein droit, et en grande considération un autre
travail qu'elle n'attendait pas, et qui lui fut imposé
par la volonté toute-puissante de Richelieu. On voit
que nous parlons de l'*Examen du Cid*, qui fut pour
l'Académie naissante une périlleuse épreuve. Pellisson en prend occasion de repousser des préven-
tions du dehors qui commençaient à s'accréditer :
« Ceux qui se sont figuré, dit-il, que l'Académie
n'était qu'une troupe d'esprits bourrus qui ne faisaient autre chose que de combattre sur les syllabes,
introduire des mots nouveaux, en proscrire d'autres, pour tout dire, gâter et affaiblir la langue
française en voulant la réformer et la polir, ceux-là,
dis-je, pour se désabuser n'ont qu'à lire cette pièce;

---

[1] *Histoire de l'Académie*, par Pellisson, t. I, p. 19, édit. de
M. Livet.

ils y verront un style mâle et vigoureux, dont l'élégance n'a rien de gêné, ni de contraint; des termes choisis, mais sans scrupule et sans enflure; le *car* et plusieurs autres de ces mots qu'on accusait l'Académie de vouloir bannir, souvent employés. Ils verront même que, bien loin d'en introduire de nouveaux, elle en a gardé quelques-uns qui semblaient vieillir, et dont peut-être plusieurs personnes eussent fait difficulté de se servir [1]. » On voit que Pellisson est un habile défenseur, et on sait qu'il aura de moins bonnes causes à plaider.

Cette défense était une réponse à la *Requête des dictionnaires*, plaisanterie de Ménage qui, après tout, était homme d'esprit, quoiqu'à la vérité il eût moins d'esprit que de pédanterie. Ces vieux dictionnaires, qui prennent la parole pour eux-mêmes et pour les mots anciens qu'on croit menacés, ne manquent ni de bon sens ni de malice. Il faut entendre leurs raisons :

> Nous osons dire hautement
> Que tous les vieux dictionnaires
> Sont absolument nécessaires :
> Par eux s'entendent les auteurs,
> Par eux se font les traducteurs ;
> Ils servent à tous de lumières
> Dans les plus obscures matières ;
> Ils sont les docteurs des docteurs,
> Les précepteurs des précepteurs,
> Les maîtres des maîtres de classes,
> Et tels qu'on a cru savantasses
> A la faveur de leurs bons mots,
> Sans eux n'étoient rien que des sots.

[1] *Histoire de l'Académie*, t. I, p. 99.

N'oublions pas que ces vers sont des vers de requête, et que leur mérite est de donner place au style de la procédure. Continuons :

> Que si nous sommes moins utiles
> Aux l'Estoiles, aux Gombervilles,
> Aux Serisays, aux Saint-Amants,
> Aux Conrards, Baros et Racans,
> Et tels autres savants critiques
> Des ouvrages académiques,
> Ces grands et fameux palatins
> Étrangers aux pays latins ;
> Il est pourtant très-véritable
> Que, ce qu'ils savent de la Fable,
> Ils l'ont appris des versions
> Qu'à l'aide de nos dictions
> Il fut autrefois nécessaire
> De leur faire en langue vulgaire ;
> Ainsi, quoique indirectement,
> Nous leur servons de truchement.

Si nous comptons bien, voilà, sur les Quarante, sept académiciens qui n'entendaient rien au latin. Ce n'est pas une raison d'en négliger l'étude, mais c'est pour ceux qui l'ignorent et qui aspirent à bien écrire le français une consolation et une espérance. Ménage ne fut pas de l'Académie, il en prit son parti, et il continua bravement à faire, en grec, en latin, en italien, en français même, des vers médiocres, et à trouver des étymologies qui ont laissé le champ libre à de nouvelles recherches.

CHAPITRE III

Étant du théâtre au commencement du dix-septième siècle. —
Essais de Hardy. — Influence de Richelieu. — Débuts de
Corneille. — Ses premiers chefs-d'œuvre tragiques. — Le
Cid. — Horace. — Cinna. — Polyeucte. — Corneille poëte
comique. — Le Menteur. — Système dramatique de Corneille.

Aux dernières années du seizième siècle, l'état du
théâtre en France était bien précaire. Depuis longtemps déjà les Mystères avaient été bannis de la scène,
et la tragédie, renouvelée des Grecs et des Latins,
n'était pas parvenue à occuper la place qu'ils avaient
laissée vacante. Les confrères de la Passion avaient livré
leur salle à des acteurs nomades qui n'avaient, pour
charmer un auditoire, composé de petits bourgeois
et d'artisans, que des farces spirituelles quelquefois
et toujours obscènes, et leur privilége, dont ils n'u-
saient plus et qu'ils défendaient à outrance, n'était
en leurs mains qu'une entrave à l'établissement régulier d'un nouveau théâtre. Ils ne faisaient rien et ils
empêchaient de faire. Enfin une troupe d'acteurs put,
vers 1600, s'établir au Marais, et c'est d'elle que date
véritablement l'existence d'un théâtre ouvert chaque
jour à la curiosité publique. Cette troupe avait à son
service un homme inépuisable chargé seul de fournir
des pièces selon les besoins du moment et au gré des
spectateurs. Aucune tradition tyrannique, aucun sys-

tème d'école ne l'enchaînait, il n'avait d'autre obligation que d'attirer et de retenir la foule. On a souvent regretté que cet auteur, qui avait une si rude
charge et tant de liberté, esclave d'un côté et de
l'autre maître souverain, ait manqué de génie, car
l'occasion était belle pour créer avec puissance et
originalité, et elle a été unique. Nous n'avons pas à
discuter cette hypothèse. M. Guizot a dit excellemment : « Le talent de Hardy ne connut d'autres entraves que la pauvreté ; rien ne lui fut imposé que la
fécondité, et jamais devoir ne fut mieux rempli [1]. »
Cela est vrai, mais aussi quelle heureuse rencontre
que cette fécondité quand tout était à faire, puisque
les Mystères étaient proscrits et les pièces érudites
mortellement ennuyeuses. Il n'y avait point de réserve, et il fallait aux acteurs et au public la provision de chaque jour. Alexandre Hardy suffit pendant
vingt années à cette tâche héroïque.

Hardy a été un improvisateur infatigable venu à
propos. Des cinq ou six cents pièces qu'il a fait représenter, les quarante et une qu'il a recueillies et
publiées dans sa vieillesse ont toutes dans leur langue
courante et négligée, leur versification facile et régulière, leur fable claire et rapide, un certain intérêt
dramatique ; elles étaient ce qu'il fallait à un public
peu instruit qui voulait se divertir sans fatigue. Elles
préparèrent un auditoire et formèrent des acteurs,
parmi lesquels il y en eut de fort habiles, pour des

---

[1] *Corneille et son temps*, par M. Guizot, 1 vol., Didier, 1858,
p. 156.

œuvres meilleures, et permirent de les attendre. Le
théâtre du Marais finit par attirer, et il eut le bon
esprit d'accueillir des auteurs considérables. Théophile, qui osa tant de choses, y fit applaudir sa
Thisbé, Racan y fit représenter ses *Bergeries;* après
cet exemple illustre, Gombaud, déjà célèbre par son
roman d'*Endymion*, dont il était, sous le voile de
l'allégorie, le véritable héros, et Marie de Médicis la
Diane, ne dédaigna pas d'y apporter une *Amaranthe*
qui réussit; Mairet suivit de près, et le succès de sa
Sylvie a fait époque. L'œuvre de Hardy n'était donc
pas stérile.

En dehors de ce grand courant dramatique, il y
eut des tentatives isolées qui auraient pu être remar-
quées et qui ont passé inaperçues. Nous pouvons au
moins en signaler une dont le succès aurait inauguré,
au commencement du dix-septième siècle, toutes les
libertés du romantisme. Cette œuvre étrange et puissante a pour titre : *Tyr et Sidon;* elle se compose de
deux journées, dont chacune a cinq actes; c'est donc
une tragi-comédie en dix actes. Il ne paraît pas
qu'elle ait été représentée, mais elle a été imprimée
dès 1608, et une seconde fois en 1628 [1]. L'auteur,
Jean de Schelandre, né en 1585, l'avait donc écrite
avant sa vingt-troisième année. Jean de Schelandre
ose plus que nous ne pouvons dire, mais il ose avec

---

[1] *Tyr et Sidon*, réimprimé en 1856, fait partie du huitième
volume de l'*Ancien Théâtre françois*, bibliothèque Elzévirienne.
M. Charles Asselineau avait préparé cette curieuse exhumation
par un travail très-intéressant sur Jean de Schelandre, inséré
dans l'*Athenæum français*, 13 mai 1854.

talent. Homme de guerre, il a dans son langage des
licences de corps de garde, il ne respecte rien, et la
règle des unités moins que toute autre chose; il se
joue du temps, des lieux et de l'action; il prend des
personnages dans l'histoire et ne se soucie aucunement de la vérité historique. Au nom d'Abdolonyme,
roi de Sidon, et d'un fils qu'il lui attribue, il coud à
sa convenance des aventures romanesques auxquelles
il mêle un Pharnabase, qu'il fait roi de Tyr. Pharnabase tient aussi de Schelandre un fils héroïque. Ces
jeunes princes sont amoureux et braves avec des
succès divers, et c'est de leurs galanteries, de leurs
exploits, de leurs revers, que se forme la trame agitée
et confuse de ce drame de haute fantaisie, où il y a
de la variété et du mouvement, de l'esprit et de l'éloquence, mais où la vraisemblance des faits, la vérité
des mœurs et du langage manquent absolument. C'est
un roman dont l'intérêt ne se soutient pas. Ce qui le
distingue, c'est la vigueur et la souplesse du talent
de l'auteur, et çà et là quelques vers vraiment beaux.
Je veux citer au moins cet éloge de la guerre :

> Les Estats sur la guerre ont fondé leurs colonnes.
> La guerre, c'est la forge où se font les couronnes;
> C'est la guerre qui peut, seule eschelle des cieux,
> Faire les hommes rois et les rois demi-dieux [1].

Nous n'avons point, je pense, à regretter que la méthode de Schelandre n'ait point prévalu. Ce désordre
et ces témérités ne vont guère à notre tempérament

---

[1] *Tyr et Sidon,* seconde journée, acte II, sc. III, p. 149.

poétique. Nous voulons partout de la mesure, du bon
sens et de l'art; quand le génie s'y ajoute, nous passons de l'estime à l'admiration.

Après les essais de Hardy, le moment était propice à l'avénement de la tragédie. Elle n'attendait
plus qu'un poëte de génie, et elle trouva par surcroît le patronage d'un ministre tout puissant. Le
cardinal de Richelieu n'a pas seulement par la grandeur et l'énergie de sa politique donné aux âmes une
impulsion vigoureuse qui inspirait de nobles desseins dans l'ordre poétique, il a encore agi directement sur les poëtes en les appelant auprès de lui, en
les couvrant de sa protection, en les stimulant par
des récompenses. Son unique faiblesse est d'avoir
désiré prendre place parmi eux; mais ce léger ridicule d'un homme supérieur, qui, pouvant ne faire
et ne commander que de grandes choses, s'est laissé
aller, et non sans passion, à composer de méchants
vers, a eu cependant cela d'utile que, voulant
rehausser par un grand appareil extérieur le mérite de
ses propres œuvres, il a fait construire une scène sur
laquelle devaient monter les héros de Corneille.

Corneille, qui éclipse tout ce qui l'a précédé et tout
ce qui l'entoure, n'a manqué, nous le savons, ni de
précurseurs ni d'émules, et lui-même n'est pas arrivé
au combat armé de toutes pièces. L'homme de génie
n'a été à ses débuts, et pendant un long noviciat, qu'un
bel esprit cherchant sa voie et luttant avec effort, sans
parvenir à se dégager de l'ornière où se traînaient la
tragédie et la comédie. Dans cette lutte, il donnait
quelques signes de force et il déployait une industrie

ingénieuse qui deviendra plus tard une prodigieuse
puissance de combinaisons dramatiques. Il y aurait
sans doute quelque intérêt à chercher, dans ces essais
d'un homme de génie qui se sent déjà, mais qui ne se
possède pas encore, et qui s'agite en sens divers avant
d'avoir atteint la région où il pourra planer et respirer
à l'aise, les symptômes de sa future grandeur : on trouverait des germes tragiques dans *Clitandre* [1], dans *Médée*, dans l'*Illusion comique*, et certains passages de
la *Veuve* et de la *Suivante* révéleraient aux yeux
clairvoyants les qualités du poëte comique qui bril-

---

[1] Prenons quelques exemples du bien et du mal. Dans *Clitandre*, un des personnages apostrophe ainsi ses blessures :

> Blessures, hâtez-vous d'élargir vos canaux,
> Par où mon sang emporte et ma vie et mes maux !
> Ah ! pour l'être trop peu, blessures trop cruelles,
> De peur de m'obliger, vous n'êtes pas mortelles.
>
> (Acte I, sc. x.)

Un autre dit à son sang, qui s'écoule trop lentement à son gré :

> Coule, coule, mon sang, en de si grands malheurs,
> Tu dois avec raison me tenir lieu de pleurs.
>
> (Acte IV, sc. x.)

Ces vers sont-ils de Corneille ou de Théophile ? Ceux qu'on va
lire sont bien de Corneille. Ils peignent d'une façon vraiment
tragique les angoisses de la dernière heure d'un condamné. Je
les tire de l'*Illusion comique*, acte IV, sc. VII :

> Je vois de mon trépas le honteux appareil ;
> J'en ai devant les yeux les funestes ministres,
> On me lit du sénat les mandements sinistres :
> Je sors les fers aux pieds, j'entends déjà le bruit
> De l'amas insolent du peuple qui me suit ;
> Je vois le lieu fatal où ma mort se prépare ;
> Là mon esprit se trouble et ma raison s'égare,
> Je ne decouvre rien qui m'ose secourir,
> Et la peur de la mort me fait déjà mourir.

lent dans le *Menteur*[1] ; mais ces recherches sont du ressort de la curiosité critique, et non de l'histoire littéraire. Gardons-nous toutefois de ne pas rappeler que dans ces œuvres de sa jeunesse et dans un genre qui souffrait tout, Corneille a toujours respecté la pudeur. Avant l'héroïsme il introduisait la décence sur le théâtre.

Montrons maintenant dans tout l'éclat de sa puissance le génie créateur de Corneille. Le plus beau triomphe dont le théâtre ait gardé le souvenir est, sans comparaison, celui du *Cid*, qui parut, date mémorable! en 1636. Rien jusqu'alors n'avait préparé les esprits à cette vérité de passion, à cette force et à cet éclat de poésie. Ce fut une surprise d'admiration qui alla jusqu'à l'enthousiasme. Chimène et Rodrigue eurent non pas des partisans, mais des adorateurs : ce couple, nouvellement éclos du cerveau d'un poëte, entra dès lors dans la famille humaine, et il y est resté comme le modèle accompli de la grâce et de l'héroïsme : la jeunesse est toujours dans sa fleur sur ces deux visages ; il y a toujours la même fraîcheur dans ces voix, le même feu, la même pureté dans ces âmes. Après plus de deux siècles,

---

[1] Dès la première scène de la *Veuve*, voici des vers qui ont toute la bonne grâce et le naturel du style de la vraie comédie :

Le joli passe-temps
D'être auprès d'une dame et causer du beau temps,
Lui jurer que Paris est toujours plein de fange,
Qu'un certain parfumeur vend de fort bonne eau d'ange,
Qu'un cavalier regarde un autre de travers,
Que dans la comédie on dit d'assez bons vers,
Qu'Aglante avec Philis dans un mois se marie !

nous sommes encore complices de leur passion aussi
sincèrement que les premiers témoins. C'est que ces
paroles, et tant d'autres, sont toujours vibrantes,
comme si elles sortaient pour la première fois de la
bouche de Chimène :

> Hélas ! ton intérêt ici me désespère :
> Si quelque autre malheur m'avait ravi mon père,
> Mon âme aurait trouvé dans le bien de te voir
> L'unique allégement qu'elle pût recevoir ;
> Et contre ma douleur j'aurais trouvé des charmes,
> Quand une main si chère eût essuyé mes larmes [1].

Et ces plaintes des deux amants, sont-elles devenues
moins poignantes ?

> RODRIGUE.
> O miracle d'amour !
>
> CHIMÈNE.
> O comble de misères !
>
> RODRIGUE.
> Que de maux et de pleurs nous coûteront nos pères !
>
> CHIMÈNE.
> Rodrigue, qui l'eût cru ?
>
> RODRIGUE.
> Chimène, qui l'eût dit ?
>
> CHIMÈNE.
> Que notre heur fût si proche et si tôt se perdît !
>
> RODRIGUE.
> Et que si près du port, contre toute apparence,
> Un orage si prompt brisât notre espérance !
>
> CHIMÈNE.
> Ah ! mortelles douleurs !
>
> RODRIGUE.
> Ah ! regrets superflus [2] !

---

[1] *OEuvres de P. Corneille*, édition Renouard, 12 vol. in-8°,
1817 ; t. II, le Cid, acte III, sc. IV, p. 487.

[2] *Ibid.*, p. 490.

Voilà pour la passion. Et que dire des sentiments héroïques qui éclatent à chaque scène, de cette fougue
d'honneur, de cette ardeur martiale dont le courant
magnétique échauffe les âmes et peut susciter des
héros, comme un chant de Tyrtée ou de Pindare ?
Quelle émotion contagieuse dans ces vers de don
Diègue :

> Touche ces cheveux blancs à qui tu rends l'honneur ;
> Viens baiser cette joue, et reconnais la place
> Où fut empreint l'affront que ton courage efface [1].

Quel culte de l'honneur dans ces mots expressifs de
Rodrigue :

> L'infamie est pareille et suit également
> Le guerrier sans courage et le perfide amant [2].

Où trouver un récit de bataille comparable à celui
dont on pourrait détacher tant de passages qui égalent
celui-ci :

> Cette obscure clarté qui tombe des étoiles
> Enfin avec le flux nous fait voir trente voiles ;
> L'onde s'enfle dessous, et d'un commun effort
> Les Maures et la mer montent jusques au port.
> On les laisse passer, tout leur paraît tranquille :
> Point de soldats au port, point aux murs de la ville ;
> Notre profond silence abusant leurs esprits,
> Ils n'osent plus douter de nous avoir surpris ;
> Ils abordent sans peur, ils ancrent, ils descendent,
> Et courent se livrer aux mains qui les attendent.
> Nous nous levons alors [3]!

[1] *Le Cid*, act. III, sc. VI, p. 494.
[2] *Ibid.*, p. 495.
[3] *Ibid.*, acte IV, sc. III, p. 507.

On ne se lève ainsi que pour la victoire. Quoi de plus beau, de plus héroïque que ce mouvement? Les sentiments sont si nobles, les images si vives, le langage si plein et si nerveux, qu'on ne songe pas même à admirer les vers.

Je plaindrais le critique qui parlerait de sang-froid d'un pareil chef-d'œuvre, et qui ne saluerait pas avec amour, avec respect, le grand poëte qui a donné à son pays une telle surprise d'admiration et tant de gloire. Toutefois cette belle page de notre histoire a son revers : l'envie mêla ses clameurs aux acclamations du triomphe. La vanité de Scudery donna le signal ; Mairet le seconda pour venger sa *Sophonisbe* éclipsée par le *Cid ;* Richelieu donna les mains à ce complot de la médiocrité, et il voulut engager l'Académie naissante dans la querelle. L'Académie vit le piége ; elle procéda avec lenteur et se prononça avec mesure : Corneille ne récusa point les juges qu'il n'avait point demandés et qui le traitaient avec les égards dus à son génie ; mais il n'accepta point la sentence. Le jugement de l'Académie, rédigé par Chapelain sous le contrôle de Richelieu, demeure au procès comme un document de critique consciencieuse et timorée : le génie ne peut l'accepter comme règle, car il limite son droit dans la peinture des passions et il gêne son indépendance dans le choix des moyens ; il ne guide pas son essor, il l'entrave. L'opinion publique ne tint aucun compte de ces protestations ; elle passa outre et donna cours au proverbe : « beau comme le *Cid,* » de sorte que Boileau a pu dire :

En vain contre le Cid un ministre se ligue,
Tout Paris pour Chimène a les yeux de Rodrigue;
L'Académie en corps a beau le censurer,
Le public révolté s'obstine à l'admirer[1].

Corneille prit ingénument parti pour ses admirateurs :

Je sais ce que je vaux et crois ce qu'on m'en dit[2],

s'écria-t-il, et pour prouver que sa gloire n'était
pas une surprise, voulant arracher à ses détracteurs leur dernier argument, bien qu'il eût prouvé
qu'en imitant Guillem de Castro il avait fait une conquête et non un larcin, il entreprit de démontrer sa
puissance de création par une œuvre complétement
originale. A cette intention, il prit une page de Tite-
Live dont on n'avait rien tiré pour le théâtre, il la
féconda, et il fit, sous forme dramatique, un admirable fragment d'épopée.

Horace est sans doute la production la plus vigoureuse, la plus originale du génie de Corneille. Là
tout est substance, force et lumière. Dans un cadre
de médiocre étendue, l'art du poëte évoque la famille romaine avec la pureté de ses mœurs, la gravité de sa discipline, la diversité des membres qui la
composent, et la cité elle-même tout entière, avec
ses institutions et les vertus qui la destinaient à l'empire du monde. Ainsi, par une anticipation si vraisemblable qu'on ne l'a pas remarquée, Rome soumise

---

[1] *Boileau*, sat. IX, p. 251.
[2] *Corneille*, Excuse à Ariste, t. III, p. 116.

à l'autorité des rois est déjà digne de n'en plus
avoir. Quelle simplicité dans les ressorts, quelle
variété dans les caractères! Voyez comment l'annonce successive de deux décisions simultanées produit deux scènes admirables : il suffit que le choix
des Curiaces ne soit connu qu'après celui des Horaces
pour que l'intérêt naissant du drame se prolonge et
croisse; plus tard, l'empressement fort naturel d'une
femme timide venant annoncer comme complet un
fait inachevé produira la plus neuve et la plus émouvante des péripéties.

Pour les caractères, nous avons le contraste de
Sabine et de Camille, l'une voulant mourir pour son
époux, l'autre poussant à l'homicide l'humeur farouche de son frère; Horace et Curiace sont tous
deux des héros, mais le Romain n'a que du cœur et
point d'entrailles, tandis que chez l'Albain la sensibilité tempère l'héroïsme, et cette opposition se des-
sine nettement par un dialogue sublime :

HORACE.

Albe vous a nommé, je ne vous connais plus.

CURIACE.

Je vous connais encore, et c'est ce qui me tue[1].

Mais au-dessus de ces figures si bien caractérisées
s'élève avec la majesté du vieillard, avec l'autorité
du père, avec le dévouement dès longtemps éprouvé
du citoyen, le vieil Horace, auquel je ne vois rien à
comparer. Écoutez de quel ton il débute :

---

[1] *Corneille*, Horace, acte II, sc. III, t. III, p. 174.

Qu'est ceci, mes enfants? écoutez-vous vos flammes
Et perdez-vous encor le temps avec des femmes?
Prêts à verser du sang, regardez-vous des pleurs [1]?

N'entendez-vous pas dans ces mots simples et fiers comme un prélude lointain et un premier gronde- ment de cette âme de fer et de feu qui éclatera comme la foudre dans le *qu'il mourût !* Mais le ferme vieil- lard, qui n'a pas mis un instant en balance la mort du dernier de ses fils et la honte du nom d'Horace, trouvera dans son cœur de père, pour les transports de la joie, cette exclamation pénétrante :

O mon fils, ô ma joie, ô l'honneur de mes jours,
O d'un État penchant l'inespéré secours [2];

pour la pitié, ces mots touchants :

Moi-même en cet adieu j'ai les larmes aux yeux [3];

et ailleurs,

Loin de blâmer les pleurs que je vous vois répandre,
Je crois faire beaucoup de m'en pouvoir défendre;

enfin, dans le dernier péril de son fils, des accents ca- pables d'attendrir ses juges :

Lauriers, sacrés rameaux qu'on veut réduire en poudre,
Vous qui mettez sa tête à l'abrî de la foudre,
L'abandonnerez-vous à l'infâme couteau
Qui fait choir les méchants sous la main du bourreau [4] !

[1] *Corneille,* Horace, acte II, sc. VII, p. 186.
[2] *Id., ibid.,* acte IV, sc. II, 215.
[3] *Id., ibid,* acte II, sc. VIII, p. 187.
[4] *Id., ibid.,* acte V, sc. III, p. 245.

Je ne sais si je me trompe, mais j'aime à voir dans le
vieil Horace l'image idéale de l'âme de Corneille, la
grandeur qu'il rêvait et qu'il aurait voulu réaliser s'il
eût vécu dans un siècle héroïque. Ce caractère qu'il
a tracé avec tant de vigueur et de vérité est le centre
où viennent se réunir tous les événements du drame
dont l'action est double, puisqu'au péril de Rome
succède le péril de son libérateur. Mais comme ce
double danger éprouve le même cœur, les péripéties
du combat contre les Curiaces, le meurtre de Camille
et le procès d'Horace ne sont plus que des moyens
dramatiques destinés à nous faire contempler dans
toutes ses attitudes cette vieille figure romaine du
père et du citoyen, qui, dominant tous les personnages et concentrant tous les faits, produit au moins
l'unité d'intérêt.

Si *Horace* nous a présenté les vertus naïves et
rudes qui devaient enfanter la liberté des temps ré-
publicains, *Cinna* nous offrira les sentiments nobles
encore, mais exagérés, qui survivent à la liberté dans
les regrets qu'elle inspire. Cette inévitable hyperbole
est personnifiée dans Émilie, fille d'un proscrit, pu-
pille de l'empereur, amante du petit-fils de Pompée.
C'est de ce cœur ulcéré par la vengeance et même
par les bienfaits que partent les menaces et les complots qui mettent en danger la vie d'Auguste et qui
donnent matière à sa clémence. *Cinna* passe généralement pour le chef-d'œuvre de Corneille. Il est vrai
que rien ne surpasse le tableau de la conjuration, la
grande scène où Auguste délibère s'il doit renoncer à
l'empire ou le conserver, et enfin le pardon héroïque

accordé aux conspirateurs ; mais ces beautés supérieures laissent subsister en regard l'inconsistance de
quelques-uns des caractères et de l'intérêt qui passe
brusquement des conjurés à l'empereur. Cinna s'annonce magnifiquement : il a pour lui tous nos vœux
quand il exprime l'ardeur qu'il a communiquée à ses
complices ; il commence à baisser lorsqu'il donne
perfidement à Auguste un conseil qui lui laisse le
droit de l'assassiner, ses hésitations l'amoindrissent
encore, et au dénoûment, devant tout à la clémence
d'Auguste, rentré dans son crédit, chargé de dignités
nouvelles, époux d'Émilie, il n'est plus bon qu'à
faire un courtisan. Maxime n'a qu'un bon moment,
c'est lorsqu'il donne à Auguste un avis loyal, mais il
dément bientôt sa courte probité ; révélateur auprès
d'Auguste, traître envers Émilie, sur laquelle il tente
un enlèvement, le faux bruit de sa mort dans les eaux
du Tibre, sa réapparition imprévue, sa colère contre
Évandre, le font descendre au niveau d'un personnage de comédie. Émilie, l'adorable furie, comme
disait Balzac, se soutient mieux, elle ne cède qu'à la
dernière extrémité ; Livie, une impératrice, ne paraît qu'un instant pour donner un bon conseil mal
reçu. L'empereur, sur qui pesaient d'abord les souvenirs d'Octave qui nous faisaient complices de
Cinna, commence à s'en dégager : le triumvir va devenir Auguste ; de telle sorte qu'Émilie, qui entraî-
nait comme satellites Cinna et Maxime, se rangera
elle-même avec eux sous l'ascendant de l'empereur
qui enfin domine et entraîne tout par l'héroïsme de
sa clémence.

L'épreuve est longue avant que cette âme d'Octave endurcie dès longtemps par l'habitude de la vengeance, corrompue par la scandaleuse complicité de la fortune, puis troublée par l'effroi, déchirée par le remords, affaissée par le dégoût, révoltée de l'impuissance de ses bienfaits calculés et de son hypocrite magnanimité, se soulève par un suprême effort; c'est alors qu'elle quitte toutes ses souillures, toutes ses faiblesses, au contact de la vertu qui la pénètre; qu'elle se transfigure tout à coup sur la hauteur où l'a portée l'énergique élan de sa volonté, maîtresse d'elle-même, et que, dans l'ivresse du triomphe, s'échappe ce cri de surprise et d'orgueil:

> Je suis maître de moi comme de l'univers:
> Je le suis, je veux l'être. O siècles! ô mémoire!
> Conservez à jamais ma dernière victoire
> Je. triomphe aujourd'hui du plus juste courroux
> De qui le souvenir puisse aller jusqu'à vous.
> Soyons amis, Cinna; c'est moi qui t'en convie[1].

L'explosion est sublime, parce qu'elle marque nettement le terme d'une lutte dont l'issue a été douteuse jusqu'alors, même pour Auguste. En effet, il a bien le dessein et l'espoir de se vaincre lorsqu'il mande Cinna, il tâche à s'y affermir lorsqu'il lui parle, mais il se venge encore en lui parlant, et c'est seulement lorsqu'il proclame le pardon qu'il a surmonté ses derniers ressentiments. Jusque-là la colère fermentait toujours et pouvait se rallumer. Corneille a suivi et surpris la passion jusque dans ces profondeurs où

---

[1] *Corneille*, Cinna, acte V, sc. III, t. III, p. 587.

souvent elle s'ignore elle-même, et c'est parce qu'il a
su la peindre avec vérité, avec énergie, qu'il a arra-
ché au grand Condé non pas des larmes d'attendrissement, celles-là tombent de tous les yeux, mais de
ces larmes d'admiration, larmes exquises et rares qui
mouillent seulement les paupières héroïques.

Quelle que soit la mâle beauté de cette imposante
tragédie de *Cinna*, il semble que le génie de Corneille
a été plus voisin de la perfection dans *Polyeucte*, où
son génie, avec une force égale, montre plus de souplesse et de naturel. L'héroïsme chrétien et la pureté
qui en est la grâce y brillent du plus vif éclat. L'exquise beauté de cette tragédie est dans le contraste
harmonieux de caractères opposés, et le pathétique
y naît de sacrifices d'ordre différent, mais de valeur
égale. Polyeucte sacrifiant à sa croyance sa tendresse et l'ambition mondaine, Pauline immolant au
devoir les ardeurs désormais innocentes d'un chaste
amour, Sévère travaillant lui-même à la ruine de ses
vœux les plus chers, présentent un spectacle qui enchante et qui émeut, et chacun de ces personnages
concourt également à produire le pathétique et l'admiration. L'œil le moins indulgent aurait bien de la
peine à surprendre des défauts dans la contexture de
ce drame dont toutes les parties sont liées avec un art
d'autant plus habile qu'il ne se laisse pas apercevoir.
Polyeucte réussit selon ses mérites : le *Cid* seul excita des transports plus vifs par la surprise et le
premier éclat de la beauté; l'héroïsme religieux,
trompant les appréhensions profanes des beaux esprits du temps, trouva les âmes ouvertes à l'admi-

ration, et même ces coups de la grâce qui frappent subitement Pauline et son père, qui effleurent Sévère lui-même, ajoutèrent aux immortelles beautés du poëme un intérêt de circonstance. Déjà, en effet, s'a- gitaient entre théologiens, et devant la foule attentive, les insolubles problèmes de la grâce soulevés par Jan- sénius et l'abbé de Saint-Cyran, d'après saint Paul et saint Augustin, et qui allaient devenir des ferments de guerre et des prétextes de persécution. Plus tard, nous devrons à cette querelle les *Provinciales*.

L'audace du génie de Corneille croissait avec le succès. Toujours en quête de moyens nouveaux pro- pres à frapper les esprits qu'il avait exaltés, abordant tour à tour, sous ses aspects divers, l'héroïsme qui était le fond de sa pensée et l'idée mère de toutes ses conceptions, il osa, dans *Pompée*, par une hardiesse inouïe, faire porter l'intérêt sur un personnage qui n'est plus, sur l'ombre d'un grand nom[1]. Pompée mort remplit toute la scène : il revit dans là mâle figure de Cornélie ; c'est pour satisfaire à ses mânes irrités que périt l'infâme Ptolémée, et les derniers mots de sa veuve promettent contre César même une vengeance éclatante. Malheureusement Corneille, s'étant trop inspiré de Lucain, son poëte favori, a donné place à la déclamation et à l'emphase ; son génie s'est tendu outre mesure dans cet effort violent de sa force, œuvre originale et rare que seul il pou- vait produire, et cependant de dangereux exemple, puisqu'elle pousse à l'hyperbole dans les caractères et

---

[1] Stat magni nominis umbra. *Lucain*, Pharsale, liv. I, v. 135.

le langage. C'est là qu'il a proféré ingénument ces blasphèmes de la politique qui pouvaient être, dans l'occasion, des vérités pour un Richelieu, mais que celui-ci n'aurait pas mises en maximes :

La justice n'est point une vertu d'état.
Le choix des actions ou mauvaises ou bonnes
Ne fait qu'anéantir la force des couronnes :
Le droit des rois consiste à ne rien épargner ;
La timide équité détruit l'art de régner.
Quand on craint d'être injuste on a toujours à craindre ;
Et qui veut tout pouvoir doit oser tout enfreindre,
Fuir comme un déshonneur la vertu qui le perd,
Et voler sans scrupule au crime qui le sert[1].

Quelques années avaient suffi à Corneille pour produire tous ces chefs-d'œuvre. Il régnait sur le théâtre tragique ; on ne songeait plus à lui comparer ni Mairet, malgré la régularité et l'intérêt réel de sa *Sophonisbe*, ni Du Ryer qui avait trouvé dans *Scévole* quelques mâles accents dignes de Rome, ni Tristan qui avait su être pathétique dans *Marianne*, ni même Rotrou, digne ami de notre poëte, et trop modeste, trop dévoué pour lutter de gloire avec lui, et qui alors n'avait donné ni son *Venceslas*, ni son *Saint-Genest*, les seules de ses œuvres dramatiques qui aient laissé un souvenir durable ; mais Corneille ménageait à ses admirateurs une surprise nouvelle et à la France un autre genre de gloire ; entre *Pompée* qui venait de réussir et *Rodogune* qu'il méditait déjà, il composa, comme pour détendre son génie et

---

1 *Corneille*, Pompée, acte I, sc. 1 ; t. IV, p. 174.

reprendre haleine, un chef-d'œuvre comique, le *Menteur*. Cette fois encore il prend son sujet à l'Espagne, mais il se comporte avec Alarcon comme il avait fait avec Guillem de Castro ; en effet, il l'imita d'une manière si libre et si neuve, qu'il eut et qu'il mérite tous les honneurs d'une création originale. Ainsi Corneille inaugure la comédie comme il a trouvé la tragédie, et il est bien à double titre le père de notre théâtre. Dans cette nouvelle tentative, son mérite est d'autant plus grand que la pièce dont il s'empare est un des chefs-d'œuvre de la scène espagnole.

Le caractère du *Menteur*, de Dorante, est tracé de main de maître ; il y a dans ses hâbleries une verve, une bonne grâce de jeunesse qui entraîne, et les incidents qu'amène cette manie de son esprit s'enchaînent avec tant de vivacité et de naturel, que cette image d'un travers qui côtoie le vice devient un véritable enchantement. Personne avant Corneille n'avait donné à la versification française cette allure dégagée[1], cette prestesse de mouvement qui répond à tous les caprices d'une conversation spirituelle et enjouée. Ce n'est pas à l'hôtel de Rambouillet qu'il avait

---

[1] On doit reconnaître cependant que parmi les comédies antérieures à celles de Corneille il y en a quelques-unes qui sont très-habilement versifiées. Le sieur d'Avis, Pierre Troterel, bas-normand spirituel et très-licencieux, ne manque ni de facilité ni de naturel dans ses vers comiques. Il a de la verve et du trait. Dans ses *Corrivaux*, imprimés en 1612, pièce scandaleuse par la licence des idées et des mots, les vers sont d'un tour aisé et d'une facture excellente pour le temps. Les *Corrivaux* ont été réimprimés dans le huitième volume de l'*Ancien Théâtre français*, Bibliothèque Elzevirienne, 1856.

trouvé le modèle de ces entretiens sans apprêt, de
ces plaisanteries sans affectation, de ces saillies si
promptes et si nettes. Comment ce même esprit qui
aimait tant à se guinder, cette âme si haute qui se
haussait encore si volontiers, ont-ils pu se jouer avec
tant d'abandon et de grâce? Le naturel que Corneille
trouve ici comme sans effort, et que Mathurin Regnier avait déjà rencontré, Molière lui-même l'a cherché longtemps avant de l'atteindre. N'avons-nous pas
trente ans à l'avance le style des *Femmes savantes*
dans ce tableau de Paris qui n'a pas cessé d'être vrai :

> Connaissez mieux Paris, puisque vous en parlez.
> Paris est un grand lieu plein de marchands mêlés :
> L'effet n'y répond pas toujours à l'apparence :
> On s'y laisse duper autant qu'en lieu de France ;
> Et parmi tant d'esprits et polis et meilleurs,
> Il y croît des badauds autant et plus qu'ailleurs.
> Dans la confusion que ce grand monde apporte,
> Il y vient de tous lieux des gens de toute sorte,
> Et dans toute la France il est bien peu d'endroits
> Dont il n'ait le rebut aussi bien que le choix.
> Comme on s'y connaît mal, chacun s'y met de mise
> Et vaut communément autant comme il se prise[1].

Le récit de la collation que Dorante imagine en la
décrivant et le conte de son prétendu mariage à Poi-
tiers sont des morceaux achevés. Dans ces tirades,
comme dans le dialogue, c'est partout le vrai langage de la comédie ; mais dans la scène où Géronte
fait rougir son fils du vice auquel il s'abandonne, on

---

[1] *Corneille*, le Menteur, acte I, sc. 1 ; t. IV, p. 516.

retrouve, dit Voltaire, la même main qui peignit le vieil Horace et don Diègue. Il faut citer :

GÉRONTE.

Dans la lâcheté du vice où je te voi,
Tu n'es plus gentilhomme étant sorti de moi.

DORANTE.

Moi?

GÉRONTE.

Laisse-moi parler, toi de qui l'imposture
Souille honteusement ce don de la nature ;
Qui se dit gentilhomme et ment comme tu fais,
Il ment quand il le dit et ne le fut jamais.
Est-il vice plus bas? est-il tache plus noire,
Plus indigne d'un homme élevé pour la gloire?
Est-il quelque faiblesse, est-il quelque action
Dont un cœur vraiment noble ait plus d'aversion,
Puisqu'un seul démenti lui porte une infamie
Qu'il ne peut effacer s'il n'expose sa vie,
Et si dedans le sang il ne lave l'affront
Qu'un si honteux outrage imprime sur son front[1].

C'est dans de telles situations que la comédie peut accidentellement élever le ton, surtout si elle sait de cette noblesse redescendre sans effort à la familiarité qui lui est naturelle ; et c'est un art que Corneille a pratiqué dans ce premier et immortel chef-d'œuvre de notre théâtre comique.

Nous n'avons pas l'intention de suivre tous les pas de Corneille dans sa longue carrière dramatique, marquée par tant de triomphes et semée de quelques revers : il suffit à sa gloire et à notre dessein d'avoir

_____

[1] *Le Menteur*, acte V, sc. III; t. IV, p. 414.

montré en lui le créateur de la tragédie et de la comédie. Il a aussi préparé les succès de Quinault dans
l'opéra par *Andromède*, la *Toison d'or* et *Psyché*.
Ajoutons à ces titres que son génie dramatique n'a
point faibli dans quelques tragédies où le style seul
offre des traces de négligence ; ainsi *Rodogune*, où
il a poussé la terreur jusqu'à ses dernières limites,
prend place parmi ses plus belles créations ; *Héraclius* a des scènes que Corneille seul pouvait concevoir et exécuter ; *Nicomède* est encore une création
singulièrement heureuse, et on se demande avec surprise par quelle magie le poëte a pu, d'une page
obscure et comme d'un recoin caché de l'histoire de
Bithynie, faire jaillir un tableau complet de l'abaissement des rois de l'Asie sous l'ascendant de Rome,
et le développement de ce caractère héroïque qui
tient en échec par le calme d'une âme altière et
dédaigneuse toute la puissance des maîtres du
monde.

Plus on étudie Corneille, et plus on s'étonne des
ressources infinies de son génie pour développer une
donnée dramatique, pour conduire une intrigue et
pour varier les situations. Sous le rapport de la fécondité et de la variété des moyens, nul ne l'a égalé. On
peut comparer les fables de tous ses drames, et l'on
sera surpris de voir combien elles diffèrent dans leur
principe et dans leur développement ; il n'a pas de
moule unique dans lequel il jette toutes ses conceptions, il craint, avant tout, de reproduire ce qu'il a
déjà donné, et comme on lui avait injustement reproché à ses débuts d'être le plagiaire d'autrui, il

triomphe doublement de ce reproche, en ne ressem-
blant à personne de ses devanciers, et en évitant de
se ressembler à lui-même ; tant il avait à cœur de
repousser l'accusation de plagiat qui avait accueilli
ses premiers triomphes. Ainsi l'esprit de Corneille
avait autant d'industrie que son génie de puissance.
Ce grand poëte ne s'est pas borné à donner une physionomie humaine et héroïque à ses personnages par
la convenance du langage, le mouvement de la passion et le rapport des actions avec les situations ; il a
su encore leur imprimer un caractère spécial en
modifiant les traits généraux de la nature de l'homme
par la différence des lieux et des temps. Il tient
compte du milieu dans lequel vivent ses personnages.
Il a conçu à sa manière, mais dans le sens de la tradition, l'esprit de Rome à son origine, dans les dernières crises de la république expirante·, dans les
meilleurs jours de l'empire et les hontes de son déclin, et sans s'attacher à le décrire ni à le définir, il
l'exprime par reflets dans le langage et dans les habitudes de ses héros. La connaissance des temps, des
lieux et des mœurs transpire plutôt qu'elle ne se
montre; surtout elle ne s'affiche pas : car autre chose
est un poëte, autre chose un archéologue. Corneille
se sert de la science profonde qu'il a de l'histoire et
se garde bien d'en faire étalage.

Son but est d'élever les âmes, et pour atteindre ce
but, il a essayé de peindre l'héroïsme sous toutes
ses faces; dans Horace, l'héroïsme du père et du
citoyen; dans Auguste, l'héroïsme de la clémence ;
dans Polyeucte, l'héroïsme de la religion ; dans Cor-

nélie, l'héroïsme de l'amour conjugal ; dans Théodore,
l'héroïsme de la pudeur ; dans Antiochus et Séleu-
cus, l'héroïsme de l'amour fraternel. L'héroïsme se
montre partout et sous toutes ses formes, dont la
plus originale est sans contredit le caractère de Nicomède, qu'un critique [1] a appelé le railleur élevé à la
puissance tragique. Corneille n'a pas eu l'ambition de
reproduire toute l'humanité dans son ensemble, mais
de montrer de préférence le côté noble de l'âme humaine. Il a mis les passions aux prises avec le devoir,
et voulant élever le niveau de là morale et combattre
par l'exemple des contraires nos lâchetés et nos faiblesses, il a montré le devoir surmontant la passion.
Mais cela même lui a fait encourir quelques reproches.
Et d'abord on a craint l'influence de ces âmes hautaines et de leurs principes inflexibles sur les cœurs
des jeunes gens déjà trop disposés naturellement à
l'orgueil et à la lutte. Mais il semble que ceux qui
expriment de telles craintes compensent déjà par
leurs doctrines, qui ont aussi leur contagion, l'effet
que celles de Corneille peuvent avoir sur les âmes, et
que si les unes venaient à rompre l'équilibre, les autres
le rétabliraient. Le péril de nos temps n'est pas dans
les excès de l'héroïsme. Cette objection de certains
moralistes nous touche donc médiocrement. A leur
tour les critiques prennent la parole, et ils accusent
Corneille d'avoir trop souvent donné pour ressort à
la tragédie l'admiration, sentiment dont on se lasse
bientôt, et qui ne tarde pas à se refroidir. Il est vrai

[1] Victorin Fabre, *Éloge de Corneille.*

que l'admiration ne suffit pas à l'émotion tragique, et
si Corneille n'avait pas donné place à d'autres sentiments, il faudrait donner gain de cause à ses adversaires; mais si l'admiration est insuffisante, hâtons-
nous d'ajouter qu'elle est nécessaire à la tragédie,
car sans elle la pitié serait un affaiblissement de l'âme,
la terreur une souffrance morale : ni l'une ni l'autre
ne deviendrait un plaisir ; nous n'éprouverions alors
ni cette « douce terreur, » ni cette « pitié charmante » dont parle Boileau. L'admiration mêlée à la
terreur et à la pitié exalte au plus haut degré le sentiment de notre puissance morale et intellectuelle,
et c'est par la vertu de cette noble émotion que le
spectateur, transportant à l'humanité tout entière la
force et la dignité morale dont il a conscience pour
lui-même, jouit ainsi de sa propre grandeur et de
celle de ses semblables[1]. Le spectacle des grandes
infortunes supportées avec courage inspire à l'homme
une sainte admiration qui adoucit les atteintes de la
terreur et de la pitié, double ressort de la tragédie.
Ainsi ce sentiment qu'on voudrait proscrire est la
condition même du plaisir tragique.

[1] « Ce n'est point la grandeur, ce n'est point la vertu du vieil
Horace qui nous élève; c'est notre propre grandeur, notre
propre vertu ; c'est ce sentiment qui, trop souvent étouffé, dans
la vie réelle, sous le poids des intérêts ou des circonstances,
se sent ici dans les espaces libres de l'imagination, et y atteint
sans effort cette exaltation, dernier degré du bonheur placé pour
nous dans la faculté de sentir. » (M. Guizot, *Corneille et son
temps*, p. 215.) M. Guizot a traité avec profondeur, dans ce
beau livre sur Corneille, la délicate question de l'admiration
considérée comme élément moral mêlé à l'émotion du pathétique dans la tragédie.

La supériorité de ce système dramatique est donc dans l'effet moral qu'il produit. L'honneur du grand Corneille sera surtout d'avoir connu et représenté la dignité de l'âme humaine. Ce surnom de grand lui a été donné, Voltaire nous le dit, non pour le distinguer de son frère, mais du reste des hommes : il a été décerné, pour employer la belle expression d'un critique éloquent[1], à la majesté morale de son génie. A ce titre, aucun de ses successeurs, pas même Racine, ne peut lui être égalé. En effet, ce qui caractérise la marche de notre théâtre, c'est la décadence de la force morale et le progrès indéfini de la passion. La passion, contenue dans Corneille par des principes sévères, par une moralité qui a conscience d'elle-même et qui proclame ses principes, n'est plus combattue, dans Racine, que par des habitudes morales; ce frein s'affaiblit dans Voltaire, et les dramaturges modernes l'ont complétement rejeté. Leurs héros ne font pas la distinction du bien et du mal, ils vont toujours dans le sens de leurs convoitises qui ne rencontrent que de ces obstacles matériels dont on triomphe aisément avec le fer, le poison, les fausses clefs et les échelles de corde. Le principe moral a eu sur notre théâtre le sort de la fatalité chez les anciens, et la tragédie a été moins morale à mesure qu'elle est devenue plus pathétique. Corneille, même lorsqu'il nous émeut le plus vivement, tient toujours notre âme à une grande hauteur, et la remplit du sentiment de la dignité de l'homme. Racine la fait des-

---

[1] Monnard, *Revue chrétienne*, 1860.

cendre de ces sommets pour l'attendrir, et Voltaire
pour la remuer profondément. Le drame moderne la
secoue, la bouleverse et la déchire, et va jusqu'à
donner des convulsions à ceux qui le prennent au
sérieux. Cet excès est la conséquence forcée du système qui prend l'émotion pour mesure du mérite dramatique. C'est ailleurs qu'il faut la chercher. La tragédie doit tendre à ennoblir et à fortifier les âmes et
non les torturer et les dépraver par les violentes secousses de la sensibilité. La passion a tout envahi,
on veut à tout prix émouvoir des spectateurs blasés,
et l'on oublie qu'on ruine ainsi le fondement sur lequel on s'appuie; car la sensibilité, au rebours de
nos autres facultés, s'émousse par l'exercice, et demande, lorsqu'elle n'est pas retenue dans de justes
limites, des excitations chaque jour plus violentes.
Le drame, en continuant de marcher dans la route
qu'il a prise, ne tarderait pas à rencontrer les bêtes
fauves plus énergiques, plus violentes que ses héros,
qui viendraient réclamer leur héritage; car, s'étant
fait matérialiste, ce serait justice qu'il fût enfin détrôné par la matière. On n'oublie pas impunément
le but véritable et la dignité de l'art. Heureusement
ces modèles mêmes dont on s'est écarté subsistent
toujours et suffisent pour ramener les âmes vers la
grandeur et la beauté.

CHAPITRE IV

Descartes. — Importance et légitimité de la philosophie. —
Grandeur et simplicité du système de Descartes. — Beauté
de son style. — Port-Royal. — Pascal. — Les Provinciales.
Travaux de l'école de Port-Royal. — Les Pensées de Pascal.

L'influence littéraire de Richelieu qui donna l'essor
au génie dramatique, tout en aspirant à le discipliner,
fut loin, partout ailleurs, de se montrer favorable aux
hardiesses de la pensée; mais, en dépit des entraves,
la liberté se manifesta dans la théologie par le jansénisme, et dans la philosophie par les travaux de Descartes et de Gassendi. La pensée humaine, une fois
en mouvement, ne se laisse point faire sa part, même
par un ministre tout-puissant; elle franchit de sa
propre autorité les limites qui lui sont tracées arbitrairement, *spiritus flat ubi vult ;* elle se joue des ordon-
nances, elle brave les menaces ou elle les conjure.
Le jansénisme entre à la Bastille avec l'abbé de Saint-
Cyran, et il se développe au dehors; la philosophie
se réfugie avec Descartes en Hollande, et, de cet asile
précaire, elle fuit jusqu'en Suède, d'où elle se répand
sur l'Europe entière. Le pouvoir ombrageux qui les
pourchasse n'a que les torts d'une persécution impuissante. La gloire de Richelieu ne serait pas amoin-
drie s'il eût vu sans en prendre ombrage Port-Royal
naissant, et si Descartes avait philosophé sous la sau-
vegardé de l'autorité publique.

Lorsque Descartes conçut le généreux dessein de chasser l'erreur de sa propre intelligence et de montrer aux hommes la route qui conduit à la vérité, le fanatisme élevait le bûcher d'Urbain Grandier convaincu de magie, et l'ignorance imposait à Galilée la plus cruelle des tortures, le désaveu de l'évidence. Ces avanies, faites à la raison au nom de la tradition, détachèrent violemment du passé l'homme de génie qui, dans l'étude des sciences mathématiques, avait pris le besoin de la clarté et l'habitude de n'admettre, sans démonstration, que des axiomes, c'est-à-dire les principes qui s'imposent à l'esprit par leur propre lumière. Cette méthode est une révolution dans l'ordre de l'intelligence : elle féconda les grands esprits du dix-septième siècle, qui lui doivent la sûreté, la grandeur, la lucidité qui les distinguent. Il ne faut pas médire de la philosophie ; l'hostilité systématique contre la raison est un signe de faiblesse et de passion. La raison a son domaine comme la foi, et, malgré la guerre entretenue à dessein entre ces deux puissances de l'âme, elles sont bien loin d'être contradictoires. Leur titre est le même, et c'est l'évidence. Le cœur a son évidence comme l'esprit : l'évidence du cœur produit la foi, comme celle de l'esprit engendre la science ; et la science et la foi sont également irrésistibles, elles ont même puissance sur le jugement. Que la lumière vienne du cœur ou de l'esprit, peu importe, elle est toujours la lumière. La foi, dit excellemment saint Paul, n'est pas une conjecture : elle est la réalité de ce qu'on attend et la démonstration de ce qu'on ne voit

pas[1]. Pour que la foi véritable se produise, il faut la
pureté du sentiment, *purgetur affectus*, comme dit
saint Bernard. L'esprit, selon Descartes, est soumis à
la même condition pour atteindre la vérité. Ainsi la
philosophie et la théologie ne sont pas naturellement
inconciliables, et c'est avec justesse et profondeur
qu'on a pu dire : « Il n'y a que la mauvaise philosophie et la mauvaise théologie qui se querellent. » En
effet, la foi aveugle n'est pas plus la foi, que la raison
arrogante et déréglée n'est la raison.

La philosophie, c'est-à-dire la recherche et l'éclaircissement du vrai par « la lumière qui éclaire tout
homme venant au monde, » est un droit naturel et
un besoin impérieux de l'esprit humain : si elle
témoigne de sa faiblesse, elle est aussi l'argument de
sa noblesse et de sa force. Lors même qu'elle pour-
suivrait l'impossible, il faudrait encore la maintenir
inviolable et respectée : l'alchimie n'a pas trouvé la
pierre philosophale, mais elle a développé le génie
de l'expérimentation et mis aux mains de la science
l'instrument de ses plus belles conquêtes sur la nature. La raison humaine a des bornes ; qui en doute ?
mais sa gloire est de les reculer chaque jour et de
travailler sans relâche à les franchir. Au moyen âge,
le grand crime était de dépasser les bornes que les
ancêtres avaient posées ; l'honneur des temps modernes est de les déplacer et de s'avancer dans une
carrière indéfinie. L'esprit philosophique n'a pas

---

1 « Est autem fides sperandarum substantia rerum, argu-
mentum non apparentium. » *Epist. Pauli apostoli ad Hebræos*,
ch XI, p. 107. Nov. Test., édit. de Robert Estienne, 1545.

besoin, pour se légitimer, de créer une philosophie qui s'impose à toutes les intelligences et qui les satisfasse; il suffit à son honneur d'exercer ses droits et de garantir la dignité de l'âme humaine par la liberté dans l'obéissance. *Obsequium sit rationabile*, dit l'Apôtre.

. Rien de plus simple et, à tout considérer, de plus solide que le système à l'aide duquel le père de la philosophie française sort du scepticisme volontaire qu'il s'est imposé pour établir dogmatiquement sur le point fixe de la pensée humaine l'existence de Dieu et du monde extérieur. Je pense; la pensée n'est pas l'attribut du néant : ce quelque chose qui pense, c'est un être; cet être, c'est moi, j'existe, un seul homme vaut pour tous, il répond de l'humanité tout entière. Mais, parmi les idées que renferme cette intelligence, il en est une telle qu'elle implique l'existence même de l'objet qu'elle représente. C'est l'idée de l'être nécessaire et infini, de Dieu. Si l'être nécessaire se conçoit, il existe par cela même; or, il arrive que, dans l'inventaire de la pensée, se trouve l'impossibilité de concevoir le néant, et par conséquent la notion de l'être nécessaire : nécessaire partout, car si vous limitez l'existence, vous établissez quelque part l'impossible néant; nécessaire en tout temps, car si vous admettez dans la durée une seule intermittence de l'être, c'est encore le néant. L'être nécessaire et infini existe donc; l'infini comprenant la perfection, l'être nécessaire est véridique : il n'a donc pas trompé l'homme par un spectacle chimérique; et puisque l'homme croit invinciblement à la réalité des

phénomènes extérieurs, la nature existe, et nous
avons tout ensemble Dieu, l'homme et l'univers.
Ainsi la conscience donne la pensée humaine; la
pensée, l'idée de Dieu; l'idée de Dieu, son existence;
l'existence de Dieu, la réalité de la matière. Telle est
la marche de Descartes. Ne méprisons pas trop la
faculté qui, élevée au génie, produit de pareils résul-
tats. Descartes ne s'arrête pas à ces hardis et lumineux prolégomènes; il trace quelques règles simples
pour guider l'intelligence dans la recherche de la
vérité, et il ne reconnaît sa présence qu'à un seul
signe irréfragable, l'évidence, c'est-à-dire cette lumière irrésistible qui emporte le jugement et dont
l'autorité est celle de Dieu même.

Le *Discours de la méthode*, qui parut peu de temps
après le *Cid*, et les *Méditations* qui suivirent, contiennent tout ce qu'il y a de général dans la doctrine de
Descartes; nous y apprenons quelle a été la marche de
son esprit et quelles sont les vérités fondamentales dont
il a reconnu l'évidence. Toute la méthode de Descartes
consiste à se connaître soi-même pour arriver à la
connaissance de Dieu et de la nature; son but est de
voir clair dans son entendement, afin de bien régler
sa conduite; il veut savoir pour bien agir. La grandeur de son entreprise ne l'enivre pas : il en parle
avec mesure, avec simplicité, bien différent en cela
du chancelier Bacon, qui embouche la trompette et
qui emprunte des figures à la langue poétique pour
annoncer qu'il apporte au monde un instrument nouveau et une lumière nouvelle. Descartes, qui fera
plus que Bacon, promet beaucoup moins, et il n'a

pas le même dédain pour ceux qui l'ont précédé dans
la carrière de la science et de la philosophie. Quoique
rien de ce qu'il a appris dans les livres et dans les
écoles n'ait satisfait en lui le besoin de connaître la
vérité, il se garde bien d'outrager le passé en préparant l'avenir : « Je ne laissais pas d'estimer, dit-il,
les exercices auxquels on s'occupe dans les écoles.
Je savais que les langues que l'on y apprend sont
nécessaires pour l'intelligence des livres anciens ;
que la gentillesse des fables réveille l'esprit ; que les
actions mémorables des histoires le relèvent, et
qu'étant lues avec discrétion elles aident à former le
jugement ; que la lecture de tous les bons livres est
comme une conversation avec les plus honnêtes gens
des siècles passés, qui en ont été les auteurs, et même
une conversation étudiée en laquelle ils ne nous dé-
couvrent que les meilleures de leurs pensées ; que
l'éloquence a des forces et des beautés incompa-
rables ; que la poésie a des délicatesses et des douceurs très-ravissantes ; que les mathématiques ont
des inventions très-subtiles, et qui peuvent beaucoup
servir tant à contenter les curieux qu'à faciliter tous
les arts et diminuer le travail des hommes ; que les
écrits qui traitent des mœurs contiennent plusieurs
enseignements et plusieurs exhortations à la vertu
qui sont fort utiles ; que la théologie enseigne à
gagner le ciel ; que la philosophie donne moyen de
parler vraisemblablement de toutes choses, et se faire
admirer des moins savants ; que la jurisprudence, la
médecine et les autres sciences apportent des honneurs et des richesses à ceux qui les cultivent ; et

enfin qu'il est bon de les avoir toutes examinées, même les plus superstitieuses et les plus fausses, afin de connaître leur juste valeur et se garder d'en être trompé[1]. »

Ce langage si noble et si loyal inspire toute confiance. Descartes use de son droit en cherchant le vrai et en montrant la route qui doit y conduire ; mais on voit que s'il prétend s'éclairer et se réformer, il ne veut pas imposer la loi au monde, ni le reconstruire brusquement à son image au risque de le bouleverser : « Je ne saurais, dit-il, aucunement approuver ces humeurs brouillonnes et inquiètes, qui, n'étant appelées ni par leur naissance ni par leur fortune au maniement des affaires publiques, ne laissent pas d'y faire toujours en idée quelque nouvelle réformation ; et si je pensais qu'il y eût la moindre chose en cet écrit par laquelle on me pût soupçonner de cette folie, je serais très-marri de souffrir qu'il fût publié. Jamais mon dessein ne s'est étendu plus avant que de tâcher à réformer mes propres pensées, et de bâtir dans un fonds qui est tout à moi. Que si mon ouvrage m'ayant assez plu, je vous en fais voir ici le modèle, ce n'est pas, pour cela, que je veuille conseiller à personne de l'imiter. Ceux que Dieu a mieux partagés de ses grâces auront peut-être des desseins plus relevés ; mais je crains bien que celui-ci ne soit déjà que trop hardi pour plusieurs. La seule résolution de se défaire de toutes

---

[1] *OEuvres philosophiques de Descartes*, édit. Adolphe Garnier, 4 vol. in-8, 1835. Discours de la méthode, t. I, p. 6 et 7.

les opinions qu'on a reçues auparavant en sa créance n'est pas un exemple que chacun doit suivre[1]. » Descartes ne convie aux nobles études dont il donne l'exemple que les esprits supérieurs et les cœurs droits, en un mot, les guides naturels de l'humanité.

Il est bien vrai que, malgré cette réserve, le dessein de Descartes parut trop hardi pour plusieurs. Le théologien protestant Voëtius souleva contre lui une véritable tempête, et fit si bien que la Hollande ne lui fut plus un refuge assuré. Ce fanatique, par une manœuvre familière à ses pareils, imputa l'athéisme à un chrétien qui s'inclinait sincèrement devant Dieu, au philosophe qui a le mieux démontré l'existence de Dieu ; et s'il eût trouvé dans sa haine une imputation plus outrageante et plus dangereuse, il l'aurait jetée sans scrupule à la tête du noble penseur, pour le punir de penser autrement que lui. Cette misérable affaire est un des plus grands scandales de la polémique. Heureusement Descartes trouvait dans l'exercice de la pensée dont on lui faisait un crime la compensation de ces outrages : « J'avais éprouvé, disait-il, de si extrêmes contentements depuis que j'avais commencé à me servir de cette méthode, que je ne croyais pas qu'on en pût recevoir de plus doux ni de plus innocents en cette vie ; et découvrant tous les jours par son moyen quelques vérités qui me semblaient assez importantes et communément ignorées des autres hommes, la satisfaction que j'en avais remplissait tellement mon esprit, que tout le reste

[1] *Œuvres philosophiques de Descartes*, t. I, p. 14.

ne me touchait point. Dieu nous ayant donné à chacun quelque lumière pour discerner le vrai d'avec le faux, je n'eusse pas cru me devoir contenter des opinions d'autrui un seul moment, si je ne me fusse proposé d'employer mon propre jugement à les examiner lorsqu'il serait temps; et je n'eusse su m'exempter de scrupule en les suivant, si je n'eusse espéré de ne perdre pour cela aucune occasion d'en trouver de meilleures en cas qu'il y en eût; et enfin je n'eusse su borner mes désirs ni être content, si je n'eusse suivi un chemin par lequel, pensant être assuré de l'acquisition de toutes les connaissances dont je serais capable, je le pensais être par même moyen de celle de tous les vrais biens qui seraient jamais en mon pouvoir; d'autant que, notre volonté ne se portant à suivre ni à fuir aucune chose que selon que notre entendement la lui représente bonne ou mauvaise, il suffit de bien juger pour bien faire, et de juger le mieux qu'on puisse pour faire aussi tout son mieux, c'est-à-dire pour acquérir toutes les vertus, et ensemble tous les autres biens qu'on puisse acquérir; et, lorsqu'on est certain que cela est, on ne saurait manquer d'être content[1]. »

Descartes a été le plus digne représentant et le plus puissant promoteur de la pensée humaine. Le dix-septième siècle s'est bien trouvé d'être entré résolûment dans la voie qu'il avait ouverte, et lorsque l'on considère la hardiesse et la simplicité sublime de sa philosophie, l'importance de ses découvertes dans les

---

[1] *Descartes,* de la Méthode, t. I, p. 25.

sciences, la beauté de son langage qui a pu se passer
d'ornements et de figures, la puissance de création
qu'il a communiquée à ceux qui l'ont suivi, et surtout
l'influence morale de cette âme uniquement vouée
à la recherche du vrai en vue de la pratique du bien,
on s'associe sans réserve à cet hommage que lui a
rendu M. Cousin : « De tous les grands esprits que la
France a produits, celui qui me paraît avoir été doué
au plus haut degré de la puissance créatrice, est incomparablement Descartes. Cet homme n'a fait que
créer : il a créé les hautes mathématiques par l'application de l'algèbre à la géométrie ; il a montré à
Newton le système du monde en réduisant le premier toute la science du ciel à un problème de
mécanique ; il a créé la philosophie moderne, condamnée à s'abdiquer elle-même, ou à suivre éternellement son esprit et sa méthode ; enfin, pour
exprimer toutes ses créations, il a créé un langage
digne d'elles, naïf et mâle, sévère et hardi, cherchant
avant tout la clarté, et trouvant par surcroît la grandeur. »

Pendant que Descartes jetait les fondements de la
philosophie, une école théologique s'élevait avec le
dessein de combattre l'hérésie par la science, et de
s'opposer par un double effort au relâchement de la
morale et aux empiétements du saint-siége sur l'autorité civile. Nous n'avons pas à raconter les origines
de Port-Royal, ni à prendre parti dans le débat qui
a mis aux prises les solitaires réunis sous les auspices de l'abbé de Saint-Cyran et une société célèbre
diversement appréciée. Cette société, instituée pour

la conquête et la domination des âmes, ne pouvait
pas voir et ne vit pas sans ombrage se grouper à
côté d'elle, et contre elle, sous la bannière de l'Église,
des docteurs catholiques aspirant à diriger les consciences et à former les esprits selon d'autres principes. L'abbé de Saint-Cyran enseignait à sa manière
les voies de la piété; les Arnauld, de Sacy, Lemaistre
et Nicole se faisaient, par des méthodes nouvelles,
les instituteurs de la jeunesse. Il y avait rivalité d'influence, opposition de sentiments : la lutte était inévitable, elle était légitime; et, si elle eût été parfaitement loyale, elle nous offrirait un exemple unique
dans la guerre.

Les jansénistes ont été vaincus, mais ils ont une
place dans l'histoire, disons-le franchement, une
place d'honneur. En effet, sous la discipline étroite
et parmi la docilité empressée du dix-septième siècle
Port-Royal représente, à peu près seul, l'indépendance native et le droit individuel de la conscience.
Ces nobles âmes ne voulaient relever que de Dieu et
ne se courber que devant Dieu. La question de la
grâce, si longtemps débattue, n'est au fond qu'un recours à la force de Dieu contre la violence et les caprices des hommes. « Nous ne sommes pas libres de
vouloir le mal, disaient les jansénistes, notre volonté
est aux mains de Dieu ; » mais enchaînés de ce côté
ils se sentaient affranchis dans leur intelligence, qui
opposait partout et contre tout ce qu'elle croyait la
vérité à ce qui lui paraissait l'erreur. Sévères pour
eux-mêmes, ils se gardaient bien d'avoir pour les
autres de molles complaisances. C'est pour cela, pour

cela seul, que Richelieu emprisonnait Saint-Cyran et que Louis XIV traquait les Arnauld; pour les despotes il n'y a qu'une vertu, c'est l'obéissance, et, à vrai dire, l'obéissance envers les despotes est un vice, car elle est la servilité. Les jésuites semi-pélagiens, tout au moins, laissaient théoriquement le libre arbitre à la volonté; mais, comme ils asservissaient l'intelligence, ils reprenaient ce qu'ils avaient accordé, et en fin de compte ils travaillaient à faire des esclaves, à la condition toutefois de dominer les maîtres. Louis XIV lui-même en a fait l'épreuve.

La persécution contre Port-Royal frappa d'abord M. de Saint-Cyran; elle le trouva inflexible; tout ce qu'on put obtenir de lui, après l'avoir enfermé à Vincennes, ce fut qu'il en sortît. La délivrance de M. de Saint-Cyran, suivie presque immédiatement de sa mort, se rencontre avec l'éclat du livre *De la fréquente communion* par M. Arnauld. Le docteur eut alors les honneurs d'une controverse qui laissa de profonds ressentiments au cœur de ses adversaires : au reste, l'inimitié datait de loin, car le père d'Antoine Arnauld avait entamé vigoureusement la guerre que continuait son fils. Les hostilités, quelquefois interrompues, renaissaient naturellement des dispositions des deux partis; elles éclatèrent de nouveau en 1656, à l'occasion de deux lettres publiées par Antoine Arnauld. Ces lettres furent déférées à la Sorbonne; on y inculpait deux assertions téméraires : M. Arnauld n'avait pas vu dans Jansénius les cinq propositions que le docteur Cornet avait tirées du livre de l'évêque d'Ypres : il doutait même

qu'elles y fussent, malgré la bulle qui l'affirmait en
les condamnant; il les condamnait aussi, qu'elles y
fussent ou non, mais il pensait qu'elles n'y étaient
pas ; premier grief. Ce qui était plus sérieux, M. Arnauld reproduisait, pour son propre compte, l'équi-
valent de la première proposition de Jansénius, c'est-
à-dire qu'il niait implicitement la grâce suffisante, si
chère aux molinistes. C'est là tout le procès. M. Arnauld se défendit énergiquement; ses partisans firent
merveille en Sorbonne; mais ils avaient contre eux
le nombre : on comprit alors que l'affaire était perdue
devant l'autorité compétente, et qu'il fallait tenter
une diversion au dehors. Dans l'imminence du péril,
il restait une dernière chance de prévenir la censure
ecclésiastique par la crainte du scandale et du ridicule, et pour compensation de la défaite, si elle se
consommait sous les yeux du public averti, on espé-
rait la sympathie de l'opinion pour les vaincus. Pascal se rencontra à propos dans cette conjoncture, et
nous avons *les Provinçiales;* la Sorbonne reçut sans
sourciller le feu roulant des deux premières *petites
lettres*, et elle passa outre. Pascal ne s'arrêta pas non
plus sous le coup de la censure.

Ces deux premières lettres, qui portèrent la dispute hors du sanctuaire, traitent de la grâce suffisante et du pouvoir prochain, et de l'alliance toute
politique des dominicains et des jésuites. Les molinistes pensaient réellement et disaient ouvertement
que le chrétien a toujours la grâce suffisante pour
prier Dieu et le pouvoir prochain d'accomplir la volonté de Dieu. Les dominicains, qui suivaient la doc-

trine de saint Thomas, ne le pensaient pas, et
croyaient, comme les jansénistes et d'après saint
Augustin, que cette grâce et ce pouvoir pouvaient
manquer, que Dieu ne les donnait pas toujours, et
surtout qu'il ne les devait pas ; toutefois ils admirent
ces deux mots, se réservant de les entendre à leur
manière et de ne pas les expliquer. Le but des deux
premières lettres au *Provincial* est de démasquer cette
tactique ; l'art de Pascal sera d'envelopper dans le
ridicule de ce déguisement les molinistes, qui cependant ne sacrifiaient rien de leur doctrine, qui entendaient les deux mots de guerre dans leur sens véritable, et qui se contentaient, par ambition de succès,
d'accepter pour le combat le concours d'auxiliaires,
lesquels, pensant autrement qu'eux, voulaient bien
se servir du même langage : c'est la loi des coalitions.
Pascal, en tacticien consommé, attache à ces deux
mots, dont on s'armait contre les jansénistes, un sens
plaisant, et les renvoie, à son tour, comme des flèches aiguisées, frapper ceux-là même qui les avaient
lancés. Platon, que Pascal prenait pour modèle,
n'avait pas montré plus d'adresse contre les sophistes.
Enhardi par ce premier succès et n'ayant plus à défendre Arnauld d'une censure désormais irrévocable,
Pascal, toujours à l'abri du nom de *Montalte*, dont
il resta longtemps couvert, prit l'offensive et tourna
la guerre contre les casuistes que Balzac avait déjà
harcelés. Les casuistes, on le sait, ont une tâche fort
délicate : ils sont les jurisconsultes de la loi morale ;
en l'interprétant, ils doivent l'éclairer, et parfois il
leur arrive de l'obscurcir. Pascal les accuse de l'avoir

faussée, et à l'appui de sa thèse, il apporte en foule
des décisions qu'il prend de toutes parts, et qu'il
dispose, comme eût pu faire un Aristophane, de manière à dérider les fronts les plus sévères.

Le défenseur de Port-Royal avait mis les rieurs de
son côté, mais on lui reprochait, comme une impiété,
d'avoir provoqué le rire. Il maintiendra son droit par
une distinction qu'il importe de ne pas oublier : « En
vérité, il y a bien de la différence entre rire de la religion, et rire de ceux qui la profanent par des opinions extravagantes. Ce serait une impiété de manquer de respect pour les vérités que l'esprit de Dieu
a révélées; mais ce serait une autre impiété de manquer de mépris pour des faussetés que l'esprit de
l'homme leur oppose. Car, puisque vous m'obligez
d'entrer en ce discours, je vous prie de considérer
que comme les vérités chrétiennes sont dignes
d'amour et de respect, les erreurs qui leur sont contraires sont dignes de mépris et de haine; parce qu'il
y a deux choses dans les vérités de notre religion :
une beauté divine qui les rend aimables, et une
sainte majesté qui les rend vénérables ; et qu'il y a
aussi deux choses dans les erreurs : l'impiété qui les
rend horribles, et l'impertinence qui les rend ridicules. C'est pourquoi comme les saints ont toujours
pour la vérité ces deux sentiments d'amour et de
crainte, et que leur sagesse est toute comprise entre
la crainte qui en est le principe et l'amour qui en est
la fin, les saints ont aussi pour l'erreur ces deux
sentiments de haine et de mépris, et leur zèle s'emploie également à repousser avec force la malice des

impies et à confondre avec risée leur égarement et
leur folie[1]. » Au reste, Pascal renonce dès lors au ridicule ; mais c'est la seule satisfaction qu'il accorde
à ses adversaires, car il ne lâche point prise, et il
prend une massue pour achever ceux qu'il a percés
de ses flèches.

Les dernières *Provinciales* sont des chefs-d'œuvre
d'éloquence, comme les premières sont des modèles
de plaisanterie : nulle part la passion n'éclate avec
plus de force et de véhémence. Pascal est sincère, et
c'est pour cela qu'il est entraînant : il est convaincu
que ses ennemis font servir aux desseins d'une ambition toute mondaine et qu'ils dénaturent à cette
intention la religion et la morale, à l'intégrité des-
quelles est attaché l'ordre des sociétés et le salut des
hommes ; il est avec ferveur, avec indignation, avec
confiance le défenseur de la vérité : « C'est, dit-il,
une étrange et longue guerre que celle où la violence
essaye d'opprimer la vérité ; tous les efforts de la
violence ne peuvent affaiblir la vérité, et ne servent
qu'à la relever davantage. Toutes les lumières de la
vérité ne peuvent rien pour arrêter la violence, et
ne font que l'irriter encore plus. Quand la force combat la force, la plus puissante détruit la moindre ;
quand on oppose les discours aux discours, ceux qui
sont véritables et convaincants confondent et dissipent ceux qui n'ont que la vanité et le mensonge ;
mais la violence et la vérité ne peuvent rien l'une

---

[1] *Les Provinciales*, 2 vol. in-8°. P. Didot, 1816. Onzième
lettre, t. I, p. 254.

sur l'autre. Qu'on ne prétende pas de là néanmoins que les choses soient égales : car il y a cette extrême différence, que la violence n'a qu'un cours borné par l'ordre de Dieu, qui en conduit les effets à la gloire de la vérité qu'elle attaque ; au lieu que la vérité subsiste éternellement, et triomphe enfin de ses ennemis, parce qu'elle est éternelle et puissante comme Dieu même[1]. »

L'âme tout entière et le génie de Pascal ont passé et vivront à jamais dans ces philippiques chrétiennes où ce que la logique a de plus pressant, de plus rigoureux et, si on ose ainsi parler, de plus géométrique, où ce que la passion a de plus énergique et de plus émouvant est employé pour revendiquer, avec la sainteté du serment, l'inviolabilité de la vie humaine, et pour faire détester la calomnie. C'est l'indignation contre cet homicide moral, le plus lâche des crimes, qui a fait jaillir du cœur de Pascal cette apostrophe, la plus éloquente qu'une bouche humaine ait jamais proférée : « Cruels et lâches persécuteurs, faut-il donc que les cloîtres les plus retirés ne soient pas des asiles contre vos calomnies ? Pendant que ces saintes vierges adorent nuit et jour Jésus-Christ au saint sacrement, selon leur institution, vous ne cessez nuit et jour de publier qu'elles ne croient pas qu'il soit ni dans l'eucharistie, ni même à la droite de son Père, et vous les retranchez publiquement de l'Église pendant qu'elles prient dans le secret pour vous et pour toute l'Église.

---

[1] *Les Provinciales*, douzième lettre, t. II, p. 29.

Vous calomniez celles qui n'ont point d'oreilles pour
vous ouïr, ni de bouche pour vous répondre : mais
Jésus-Christ en qui elles sont cachées, pour ne paraître qu'un jour avec lui, vous écoute et répond
pour elles. On l'entend aujourd'hui cette voix sainte
et terrible qui étonne la nature et qui console l'É-
glise : et je crains que ceux qui endurcissent leurs
cœurs et qui refusent avec opiniâtreté de l'ouïr quand
il parle en Dieu, ne soient forcés de l'ouïr avec effroi
quand il leur parlera en juge [1]. »

La querelle qui a été l'occasion des *Provinciales*
ne divise plus les esprits : d'autres sujets alimentent
aujourd'hui la controverse. La postérité ne voit pas
la question où la plaçaient les contemporains de
Pascal : elle a recueilli, sans acception de personnes,
au nom de l'humanité et de la religion, et à leur profit, tous ces traits de fine raillerie, tous ces mouvements de noble éloquence, pour s'en faire des armes
contre les corrupteurs, quels que soient leur nom et
leur bannière, de la morale publique. La probité court
trop de périls en ce monde pour qu'elle désavoue aucun de ses défenseurs. Si ce livre de Pascal est assuré
de vivre aussi longtemps que la langue, s'il a eu tout
d'abord le suffrage de Bossuet et de Boileau, ce n'est
certes point parce qu'il traite de la grâce, ni des
cinq propositions, ni du jansénisme : il y a de tout
cela, et à plus forte dose, dans les *Visionnaires* et
les *Imaginaires* de Nicole qu'on ne lit plus ; c'est
parce que le génie de l'écrivain passe bien au delà de

---

[1] *Les Provinciales*, seizième lettre, t. II, p. 185.

la cause particulière dont il a entrepris la défense,
et que par l'élévation de sa pensée il met en jeu des
intérêts qui touchent tous les hommes. En lisant ces
pages immortelles, nous ne voyons plus une lutte de
secte et de parti, mais le triomphe de ce que nous
avons de plus cher ici-bas, le respect de la vie humaine, la sainteté du serment, l'inéluctable autorité
du vrai.

L'homme extraordinaire dont le génie venait ainsi
à l'improviste de donner à la France un chef-d'œuvre
qui fixait la langue et qui est demeuré un modèle
inimitable, n'appartenait à Port-Royal que par une
communauté de sentiments avec les solitaires de la
vallée de Chevreuse. Il était le compatriote des Arnauld, originaires comme lui de l'Auvergne. Signalé
de bonne heure à l'admiration publique par l'étonnante précocité de son génie pour les sciences, il
avait fait en mathématiques, en physique, en mécanique, des découvertes et des inventions qui lui donnent un rang élevé à côté de Galilée, de Descartes et
de Fermat; mais il ne tarda pas à dédaigner la
science dont il avait pénétré les secrets, et les inquiétudes d'une piété fervente l'avaient tourné vers la
méditation religieuse, après quelques années passées
dans le monde où il avait eu souvent à combattre et
l'indifférence sceptique et l'athéisme dogmatique.
Fort de cette première victoire contre des erreurs qui
s'autorisaient du nom de la religion, il n'eut plus
d'autre pensée que d'affermir la religion elle-même
contre ses ennemis du dehors. Malheureusement la
mort, qui n'a ni pitié ni pudeur, comme dit le poëte,

prévint l'achèvement de ce dessein. On gémit en songeant au petit nombre de ces jours si bien employés ;
le cœur se serre au souvenir des souffrances de Pascal, épiant les intermittences du mal qui dévorait sa
vie, pour jeter avec une ardeur fiévreuse, sur des
feuilles éparses, les idées et les émotions qui fermentaient dans son âme. De là nous sont venus ces fragments, débris anticipés, pieusement réunis par des
amis fidèles, par des confidents éclairés, dont le zèle
avait su disposer avec prudence, sans déloyauté et
non sans adresse, ces précieux matériaux, de manière
à en former un livre qui étonne au moins l'incrédulité
quand il ne réussit pas à la vaincre. Mais avant d'a-
border cette œuvre, objet de tant d'admiration et
sujet de tant de controverses, nous devons au moins
faire connaître quelques-uns de ces chrétiens austères
et militants qui ont jeté tant d'éclat sur l'école de
Port-Royal.

A leur tête figure Antoine Arnauld, docteur en
Sorbonne, le vingtième, mais aussi le dernier, des
enfants du célèbre avocat qui légua à sa famille, outre
le talent de bien dire, le rare courage de ne pas
déguiser sa pensée. Ce fils, non moins ardent, non
moins loyal que son père, était également trempé
pour la controverse, et sa longue vie fut un combat
dont il ne s'est reposé que dans l'éternité. Disciple de
Jansénius, qui avait développé et sans doute exagéré
la doctrine de saint Augustin sur la grâce, il représente plus énergiquement qu'aucun docteur de la
même école la pensée religieuse de Port-Royal.
Avant tout il veut être orthodoxe ; s'il agite l'Église,

c'est dans le dessein de la réformer avec la ferme intention de ne jamais s'en séparer. Il sera l'infatigable adversaire de l'hérésie des protestants et le champion quelquefois incommode, mais toujours fidèle, du catholicisme. Rome, qu'il inquiète et qui ne l'aime point, est forcée de l'admirer dans les combats qu'il livre pour l'intégrité de la foi. Ennemi irréconciliable des jésuites et tout meurtri des coups qu'il a reçus en échange de ceux qu'il a portés, il écrit avec Nicole le solide et volumineux traité de la *Perpétuité de la foi*, et dans un autre livre non moins important, il attaque la théologie et la morale des calvinistes : l'exil semble ajouter à son zèle dans ses dernières années, à tel point que les protestants, forcés comme lui de quitter la France, n'ont pas rencontré sur la terre étrangère de lutteur plus acharné et plus redoutable. Son *Apologie des catholiques* contre le ministre protestant Jurieu a toute la véhémence des invectives de la tribune antique. Personne n'a contesté l'austérité de ses mœurs conforme à celle de ses principes, ni la loyauté de son caractère ; son siècle, témoin de tant de vertus et d'un si grand courage, entraîné d'ailleurs par son impétueuse éloquence, lui a décerné le surnom de Grand. Mais, comme il lui a manqué le pouvoir de maîtriser sa passion, de resserrer ses pensées dans de justes limites, et de les graver en traits précis par le langage, la postérité ne voit plus guère qu'un improvisateur diffus dans le controversiste intrépide et véhément qui avait tant d'empire sur ses contemporains.

Nicole, associé aux travaux et aux épreuves du grand Arnauld, fut comme le Mélanchthon de ce Luther orthodoxe. Sa patience érudite amassait les matériaux qui devenaient des armes dans les mains de son chef. Né pour la paix, il lui arriva quelquefois de demander un peu de relâche qui lui était toujours refusé. Enfin, il se dégagea de cette alliance, et, rendu à ses goûts naturels, il écrivit ses *Essais de Morale* qui tendent tous à pacifier les âmes en maîtrisant les passions et en affermissant les croyances religieuses. Il oppose l'Évangile non-seulement à l'indifférence sceptique de Montaigne, mais aux excès du zèle religieux; s'il ne veut pas de cette paix trompeuse que procure « l'incuriosité » sur les mystères de la vie humaine, il combat également la foi tyrannique qui s'impose avec violence. Nicole nous apaise sans nous affaiblir; il donne à l'âme de la sérénité, une douce chaleur, une assurance tout ensemble calme et courageuse; il adoucit et il fortifie, et c'est en ce sens que madame de Sévigné, dont l'imagination si vive est souvent si judicieuse, dit à sa fille qu'elle voudrait faire de tel des *Essais* de Nicole « un bouillon pour l'avaler. »

Au nombre des solitaires, et le plus détaché du siècle, se trouvait Antoine Lemaître, fils de l'une des sœurs du grand Arnauld. Ses succès au barreau devaient le porter aux plus hautes dignités de la magistrature, lorsque frappé d'un coup irrésistible de la grâce il renonça irrévocablement au monde pour se consacrer sans partage aux pratiques de la piété la plus austère. Il avait montré le premier ce que pouvait devenir la langue du barreau, et quoiqu'il n'ait pas échappé à tous les défauts de la plaidoirie contemporaine, « on trouve, a dit d'Aguesseau, dans ses discours des traits qui font regretter que l'éloquence de l'auteur n'ait pas eu la hardiesse de marcher seule et sans ce nombreux cortége d'orateurs, d'historiens et de Pères de l'Église qu'elle mène à sa suite. » Antoine Lemaître trouvait à Port-Royal son frère Lemaître de Saci, traducteur de la *Bible* et du poëme de la *Grâce* de saint Prosper, voué dès lors à l'éducation des enfants avec Claude Lancelot qui donna des leçons à Racine. On remarquait encore dans cette pieuse solitude, que visitait souvent Arnauld d'Andilly par lequel elle communiquait avec le monde, les **De Pontis**, les **Du Fossé**, les **Fontaine**, qui ont laissé des mémoires si intéressants où le moderne historien de Port-Royal [1] a trouvé de précieux matériaux.

La plus solide gloire de Port-Royal n'est pas dans les controverses qu'il a soutenues avec courage et talent, mais dans les ouvrages que ses maîtres ont composés pour l'instruction de la jeunesse. La *Grammaire générale*, qui appartient pour la partie philosophique à Antoine Arnauld, les *Méthodes* grecque et latine, écrites selon les principes de la *Grammaire générale*, et surtout l'*Art de penser* ou la *Logique*, sont des titres qui ne périront point. Le plus sûr moyen de relever les études et de les rendre profitables serait de s'attacher à ces livres, fruits du sa-

---

[1] *Port-Royal*, par M. Sainte-Beuve. 5 vol. in-8, 2e édition Hachette, 1860.

voir, de la méditation et de l'expérience : ils ne sont
au-dessus de l'enfance que parce qu'on néglige d'é-
lever jusqu'à eux l'esprit de l'enfance. Cela est vrai
de toutes ces œuvres consciencieuses, et on gagnerait
surtout beaucoup à mettre aux mains des jeunes gens
la *Logique*, qui, bien comprise, armerait si puissamment les intelligences et les cœurs contre tous les sophismes qui pervertissent la raison et les mœurs. Les
bons livres ne nous manquent pas, mais la connaissance approfondie de ce que nos devanciers ont écrit
sainement et judicieusement.

Après avoir payé, bien incomplétement sans doute,
notre dette de reconnaissance à ces maîtres habiles
et vertueux qui ont formé Racine et inspiré Rollin,
nous pouvons revenir à Pascal. La nouvelle œuvre
religieuse conçue par ce grand homme avait surtout
pour but de faire passer la foi qui l'animait dans le
cœur des incrédules et des sceptiques; il ne s'adressait pas aux chrétiens qu'il aurait troublés plutôt
qu'édifiés. Il ne faut pas oublier que Pascal avait
rencontré dans le monde quelques-uns de ces athées
alors si nombreux dont parle le père Mersenne; il
avait conversé avec les Miton, les Desbarreaux, qui
se targuaient de leur incrédulité. Combien il en avait
souffert, on le voit par cette plainte ironique : « Pré-
tendent-ils nous avoir bien réjouis, de nous dire
qu'ils tiennent que notre âme n'est qu'un peu de
vent et de fumée, et encore de nous le dire d'un ton
de voix fier et content? Est-ce donc une chose à dire
gaiement? Et n'est-ce pas une chose à dire triste-
ment, au contraire, comme la chose du monde la

plus triste[1] ? » Dans ces entretiens qui le blessaient si
profondément, il avait remarqué qu'il n'avait point
de prise par le raisonnement contre ces esprits frivoles et superbes, contre ces cœurs endurcis ou non-
chalants. « Je ne me sens pas, disait-il, assez fort pour
trouver dans la nature de quoi convaincre les athées
endurcis[2]; » il n'en avait pas non plus pour réveiller
les indifférents. Il comprit que pour faire brèche il
fallait frapper ailleurs. Il s'adresse donc à l'imagination; il lui donne le vertige en lui découvrant le
double abîme de l'infini et du néant; il s'épouvante
lui-même de la terreur qu'il veut produire, et c'est
seulement lorsqu'il a confondu et humilié l'orgueil
de la raison par la puissance du mystère, qu'il entreprend de la relever et de la consoler en lui montrant
derrière ces nuages et ces fantômes l'éternelle vérité.

Pascal veut avant tout émouvoir et troubler ceux
qu'il combat et qu'il prétend réduire. Comment en
douter lorsqu'il écrit : « En voyant l'aveuglement et
la misère de l'homme, en regardant tout l'univers
muet, et l'homme sans lumière, abandonné à lui-
même et comme égaré dans ce recoin de l'univers,
sans savoir qui l'y a mis, ce qu'il y est venu faire, ce
qu'il deviendra en mourant, incapable de toute connaissance, j'entre en effroi comme un homme qu'on
aurait porté endormi dans une île déserte et effroya-
ble, et qui s'éveillerait sans connaître où il est, et
sans moyen d'en sortir. Et sur cela, j'admire com-

---

[1] *Pensées de Pascal*, page 140, édit. de M. Havet.
[2] *Ibid.*, page 158.

ment on n'entre point en désespoir d'un si misérable
état. Je vois d'autres personnes auprès de moi, d'une
semblable nature : je leur demande s'ils sont mieux
instruits que moi : ils me disent que non; et sur cela,
ces misérables égarés ayant regardé autour d'eux et
ayant vu quelques objets plaisants, s'y sont donnés
et s'y sont attachés. Pour moi, je n'ai pu y prendre
d'attache en considérant combien il y a plus d'apparence qu'il y a autre chose que ce que je vois : j'ai
recherché si ce Dieu n'a pas laissé quelques marques
de soi [1]. » Évidemment cette terrible image qui pénètre dans l'âme, et qui l'oppresse comme du poids
d'un cauchemar dont elle voudra se délivrer, est
destinée à donner prise sur l'intelligence à la faveur
du trouble de l'imagination.

Voici maintenant une étonnante page que nul ne

[1] *Pensées de Pascal,* édit. de M. Ernest Havet, 1 vol. in-8°,
1852, p. 169. Nos renvois se rapportent tous à cette édition
qui est pour son auteur un titre littéraire et philosophique de
grande valeur, et pour les admirateurs de Pascal un service
éminent. On peut dire que M. Cousin, dans son savant et éloquent ouvrage sur la publication de Port-Royal, avait ruiné
le livre des *Pensées*; après cet éclat, M. Prosper Faugère nous
avait donné (1844, 2 vol. in-8°) avec une scrupuleuse fidélité
et une sagacité rare le texte même de Pascal; M. Havet nous a
rendu le livre des *Pensées*. Il a fait disparaître toutes les alté-
rations et surcharges introduites par les éditeurs de 1670; il a
suivi pour le classement des matériaux un ordre excellent; il a
accompagné son texte d'un commentaire qu'on ne saurait lire
avec trop d'attention, ni trop louer; enfin il a placé en tête de
son volume une étude sur les *Pensées* digne, par la beauté du
langage, par la finesse et la profondeur des idées, de l'œuvre
qu'elle précède.

peut lire sans vertige. Après avoir représenté à
l'homme l'infini de grandeur dans l'immensité, et
acculé, pour ainsi parler, l'existence finie de l'homme
à l'extrême limite où le néant commence, Pascal,
sur le bord de l'abîme, saisit tout à coup et presque
convulsivement l'atome, l'atome imperceptible aux
sens, il s'en empare, il le brise, et, par un effort imprévu, il en fait sortir l'infini : « Mais pour présenter à l'homme un autre prodige aussi étonnant, qu'il
recherche dans ce qu'il connaît les choses les plus
délicates. Qu'un ciron lui offre dans la petitesse de
son corps des parties incomparablement plus petites,
des jambes avec des jointures, des veines dans ces
jambes, du sang dans ces veines, des humeurs dans
ce sang, des gouttes dans ces humeurs, des vapeurs
dans ces gouttes; que divisant encore ces dernières
choses, il épuise ses forces en ces conceptions, et que
le dernier objet où il peut arriver soit maintenant
celui de notre discours, il pensera peut-être que c'est
là l'extrême petitesse de la nature. Je veux lui faire
voir là dedans un abîme nouveau. Je lui veux peindre
non-seulement l'univers visible, mais l'immensité
qu'on peut concevoir de la nature, dans l'enceinte
de ce raccourci d'atome. Qu'il y voie une infinité
d'univers dont chacun a son firmament, ses planètes,
sa terre, en la même proportion que le monde visible;
dans cette terre, des animaux, et enfin des cirons
dans lesquels il retrouvera ce que les premiers ont
donné; et trouvant encore dans les autres la même
chose sans fin et sans repos, qu'il se perde dans ces
merveilles aussi étonnantes dans leur petitesse que

les autres par leur étendue[1]. » Il est vrai, la tête se
perd, le regard s'éblouit, la raison se trouble dans
cette conception étrange, disons plus, dans cette
vision, où Pascal, mêlant le monde de la matière et
celui des idées, transporte dans l'ordre physique une
propriété des nombres qui peuvent en effet se multiplier indéfiniment par la pensée, en deçà de l'unité
comme au delà; mais qu'on y prenne garde, le croyant
sincère a frappé l'imagination de l'incrédule, et
étourdi le rebelle qu'il veut soumettre.

Pascal a des griefs sérieux contre les témérités de
la raison, mais il n'a pas de haine contre la raison
elle-même. Sans doute il a jeté sur le papier d'éloquentes invectives : « Connaissez donc, superbe,
quel paradoxe vous êtes à vous-même. Humiliez-
vous, raison impuissante; taisez-vous, nature imbécile; apprenez que l'homme passe infiniment
l'homme, et entendez de votre maître votre condition véritable que vous ignorez[2]. » Il est encore bien
ému et bien véhément lorsqu'il s'écrie : « Quelle
chimère est-ce donc que l'homme ? quelle nouveauté,
quel chaos, quel sujet de contradiction ! Juge de
toutes choses, imbécile ver de terre, dépositaire du
vrai, cloaque d'incertitude et d'erreur, gloire et rebut
de l'univers[3]; s'il se vante, je l'abaisse; s'il s'abaisse,
je le vante et le contredis toujours, jusqu'à ce qu'il
comprenne qu'il est un monstre incompréhensible[4].»

[1] *Pensées de Pascal*, page 5.
[2] *Ibid.*, p. 121.
[3] *Ibid.*, p. 119.
[4] *Ibid.*, 155. — On remarquera que pour le commencement

Pascal a dit tout cela; et puisqu'il le disait, il l'a
pensé; mais ne sent-on pas jusque sous ces mots
frémissants je ne sais quelle tendresse fraternelle
pour cette créature jugée de si haut et d'un ton si
fier? Aussi ne s'étonne-t-on pas d'entendre sortir de
la même bouche d'autres paroles qui proclament, non
sans orgueil, la grandeur de l'homme : « L'homme
n'est qu'un roseau le plus faible de la nature, mais
c'est un roseau pensant. Il ne faut pas que l'univers
entier s'arme pour l'écraser. Une vapeur, une goutte
d'eau, suffit pour le tuer. Mais quand l'univers l'écra-
serait, l'homme serait encore plus noble que ce qui
le tue, parce qu'il sait qu'il meurt, et l'avantage que
l'univers a sur lui. L'univers n'en sait rien[1]. » D'ailleurs
cette raison qu'il rudoie, Pascal la prend pour juge
sur elle-même : « La raison, dit-il, ne se soumettrait
jamais si elle ne jugeait qu'il y a des occasions où
elle doit se soumettre[2]. Il est donc juste qu'elle se
soumette quand elle juge qu'elle doit se soumettre,
et qu'elle ne se soumette pas quand elle juge qu'elle
ne doit pas le faire[3]. Il n'y a rien de si conforme à la
raison que le désaveu de la raison dans les choses
qui sont de foi; et rien de si contraire à la raison

de ce passage célèbre et le complément qui le termine, nous
donnons deux indications; c'est qu'en effet il a été formé par
le rapprochement de deux fragments séparés l'un de l'autre
dans le manuscrit. Nous sommes bien loin d'en faire un crime
aux premiers éditeurs.

[1] *Pensées de Pascal*, page 20.

[2] *Ibid.*, p. 185.

[3] Phrase ajoutée dans la première édition par Nicole, qui a
aussi modifié les phrases qui suivent.

que le désaveu de la raison dans les choses qui ne sont pas de foi. Ce sont deux excès également dangereux d'exclure la raison, de n'admettre que la raison [1]. » Ainsi les détracteurs systématiques de la raison n'ont pas à compter sur Pascal; et comme sa foi ne l'aveugle pas, de même la sévérité de ses principes ne le jette pas dans les rangs de ces tourmenteurs de conscience qui appellent la force en aide à la prédication. Ce n'était pas un persécuteur, celui qui écrivait ces lignes qu'on attribuerait volontiers à Fénelon : « La conduite de Dieu, qui dispose de toutes choses avec douceur, est de mettre la religion dans l'esprit par les raisons, et dans le cœur par la grâce; mais de vouloir la mettre dans le cœur et dans l'esprit par la force et par les menaces, ce n'est pas y mettre la religion, mais la terreur [2]. » Et encore : « Commencez par plaindre les incrédules; il ne faudrait les injurier que si cela leur était utile, mais cela leur nuit [3]. »

[1] Dans le manuscrit de Pascal, il y a seulement : « Il n'y a rien de si conforme à la raison que le désaveu de la raison » (p. 186); — et à côté : « deux excès : exclure la raison, n'admettre que la raison. »

[2] *Pensées de Pascal*, page 295.

[3] *Ibid.*

CHAPITRE V

La publication des *Provinciales* fut le seul grand événement littéraire de la période placée entre la mort de Richelieu et le règne personnel de Louis XIV : encore n'y a-t-il pas moyen de le rapporter à l'esprit dominant de l'époque. C'est de l'austère solitude de Port-Royal et de la conscience indignée d'un chrétien séparé du monde que jaillit, à l'improviste, cet accident de génie. L'Espagnole Anne d'Autriche et le Sicilien Mazarin n'étaient ni disposés à encourager les écrivains, ni capables de les inspirer. Le relâchement s'introduisit de toutes parts ; l'enflure castillane, l'affectation italienne, tous les caprices du mauvais goût, purent se donner carrière. Le génie de Corneille, qui avait produit sous Richelieu, en quelques années de sublime fécondité, sans reprendre haleine, le *Cid, Horace, Cinna, Polyeucte* et le *Menteur*, subit alors une première éclipse dans *Théodore*, se relève avec effort par *Rodogune* et par *Héraclius*, pour descendre bientôt jusqu'à *Pertharite*. Seulement le sort de Condé pendant la Fronde l'avait

animé à la composition de *Nicomède*, et raisonnable-
ment on ne peut en savoir gré ni à la régente ni à
son ministre. Ce qui appartient en propre à cette
époque, et ce qui la caractérise, c'est la production et
la vogue des grandes compositions romanesques où
l'histoire et la passion sont également faussées ; c'est
l'importance des cabales littéraires où s'agitent et le
silencieux Conrart et le galant Ménage, où règne,
sous le nom de Sapho, mademoiselle de Scudery ;
c'est la manie des sonnets, des madrigaux et des
bouts-rimés, toujours aiguisés en pointes ; c'est encore le débordement du burlesque, et, pour combler
la mesure, les formidables avortements de l'épopée.
Enfin, dans l'absence des maîtres légitimes, entre
Malherbe qui ne l'aurait pas toléré et Boileau qui en
a tiré vengeance, il y a eu place pour la royauté littéraire de Chapelain.

La plupart des héros de cette époque ont été des
victimes de Boileau, et il convient de rappeler ici le
châtiment qu'ils devaient recevoir plus tard, et qu'ils
avaient déjà mérité. Ce n'est pas qu'ils fussent tout à
fait sans valeur, car Cotin lui-même a fait un joli
madrigal aussi bien que Desmarets de Saint-Sorlin ;
mais ils manquaient de goût et ils avaient une ambition et des succès illégitimes qui provoquaient les
rigueurs de la critique. Une revue rapide de ces auteurs déchus indiquera les travers de ce temps. Le
plus considérable et le plus encouragé fut le travestissement de l'antiquité dans des fictions romanesques
qui sont, pour la plupart, une peinture détournée et
partiellement fidèle de la société contemporaine.

Déjà sous le costume et sous le nom de ces bergers, mêlés aux druides de la Gaule et aux conquérants germains, d'Urfé avait déguisé des personnages et des aventures de son temps, lorsque mademoiselle de Scudery s'empara des héros de la Perse et de Rome pour représenter les mœurs, le langage, les caractères des habitués de l'hôtel de Rambouillet : on aimait à reconnaître Julie d'Angenne sous les traits de Mandane ou de Clélie, et M. de Montausier n'était pas fâché de devenir Artamène ou Brutus. C'était un caprice de tous ces beaux esprits, et le plaisir qu'ils y trouvaient était plus encore de l'égoïsme que du mauvais goût. Le royaume de Tendre, dont la carte est dans la *Clélie*, n'est pour nous qu'un jeu puéril ; pour les initiés, c'était une analyse délicate de l'amour ingénieusement figurée. On peut détacher du *Cyrus* et de la *Clélie* des portraits habilement tracés et des conversations conduites avec un art infini. L'intérêt romanesque a disparu, mais il subsiste encore dans les romans de La Calprenède, qui ont précédé de quelques années ceux de mademoiselle de Scudery. On sait que madame de Sévigné se reprochait de les lire, mais elle ne pouvait s'en défendre. Ce Gascon, qui ne manquait ni d'imagination ni de cœur, avait eu l'ambition, sans connaître l'histoire, de peindre dans *Cassandre* le partage de l'empire d'Alexandre, dans *Cléopâtre* les dernières convulsions de la république romaine, et dans *Pharamond* l'établissement de l'empire des Francs : il n'a réussi, comme l'a dit Boileau, qu'à peindre des Gascons d'après lui-même ; mais il les introduit dans une action attachante, et il leur donne des sentiments d'honneur hyperbolique qui échauffent le cœur. Madame de Sévigné l'a bien jugé : « Il y a, dit-elle, d'horribles endroits dans Cléopâtre, mais il y en a de beaux, et la droite vertu est bien dans son trône [1]. » Lorsqu'on le lit, on se croit haut de plusieurs coudées et capable de pourfendre des géants. Son Artaban est resté, au moins dans la langue, un type de fierté. Dans le même temps, Gomberville, qui trouvait profanes et de pernicieux exemple ces compositions chevaleresques et sentimentales, a écrit dans une intention plus morale son *Alcidiane* [2], roman édifiant et inextricable dont les héros raisonnent sur la grâce à la manière de Jansénius et de Saint-Cyran. C'est ainsi que le bon évêque de Belley, Camus de Pontcarré, du temps de l'*Astrée*, opposait à Céladon des pastorales mystiques et malheureusement illisibles [3]. Le roman était un cadre à la mode qui se prêtait à tout complaisamment.

[1] *Lettres de madame de Sévigné*, 6 vol. in-18, Lefevre et Charpentier, 1843. — Tome I, lett. 168, p. 525.

[2] Dans la première édition de cet ouvrage, je citais le *Polexandre*, mais un avertissement amical de M. Sainte-Beuve m'a appris que l'influence du jansénisme a été nulle sur ce premier roman de Gomberville. Je me soumets avec reconnaissance.

[3] On a essayé de nos jours de remettre en faveur un de ces romans qui a pour titre : *Palombe;* mais Palombe, avec toute sa vertu, est restée dans l'ombre, quoiqu'elle ait paru sous les auspices d'Hippolyte Rigault et précédée d'une étude sur le *Roman chrétien*, morceau charmant et l'un des plus distingués qui soit sorti de la plume si judicieuse et si spirituelle de ce jeune et à jamais regrettable écrivain.

Il faut dire quelques mots des catastrophes épiques qui signalèrent cette époque; ce sera le moyen de payer la dette de la postérité aux ambitieux qui, tout en échouant dans des entreprises au-dessus de leurs forces, laissent cependant un souvenir. Que le sillon ait été creusé par la gloire ou par le ridicule, pourvu qu'il soit profond, il ne s'efface pas dans le champ de l'histoire. A ce titre Scudery, Chapelain, Desmarets de Saint-Sorlin, Saint-Amant, ne doivent pas être passés sous silence. D'ailleurs Chapelain et Scudery nous fourniront l'occasion d'exhumer quelques beaux vers. On sait la lamentable histoire de la *Pucelle* de Chapelain. Ce poëme, lentement élaboré, prôné longtemps à l'avance, qui promettait au monde une autre Énéide, ne s'est produit que pour subir les affronts de l'ennui et du ridicule. Boileau ne s'en est pas trop moqué: rien n'est plus lourd ni plus fastidieux, et on se demande par quelle grâce d'état l'auteur a eu le courage de composer ce que personne ne devait avoir la force de lire. Quoique Chapelain ait frappé d'une empreinte vigoureuse quelques vers énergiques, il n'en est pas moins prosaïque par essence; c'est un esprit méthodique et minutieux, n'oubliant rien et disposant tout symétriquement. Il pousse si loin le scrupule que, parlant d'un fruit dont Agnès Sorel doit être empoisonnée, il nous dira que c'était

> Une pomme incarnate, entre cent la plus belle,
> Qu'en langage fruitier calleville on appelle[1];

---

[1] Manuscrit des douze derniers chants de *La Pucelle*, restés

11.

et qu'après avoir peint le jeune Roger montrant à
deux visiteurs les tableaux de la galerie de Fontai-
nebleau et leur en expliquant les sujets, il ajoutera :

> Roger lève la canne et la voix à la fois,
> L'œil s'attache à la canne et l'oreille à la voix[1].

Fils de notaire, Chapelain aurait été incomparable
dans la profession de son père : ses descriptions sont
des inventaires et des états de lieux; je n'en veux
qu'un exemple, mais il sera frappant. Il s'agit du
bûcher préparé pour Jeanne d'Arc! Je fais grâce au
lecteur de la première couche de souches enduites de
poix, sur laquelle les exécuteurs placent

> Une seconde couche
> Et la souche d'en haut croise la basse souche ;
> Mais pour donner au feu plus de force et plus d'air,
> Le bois en chaque couche est demi-large et clair.
> A la couche seconde une troisième est jointe,
> Qui, plus courte, la croise, et commence la pointe ;
> Plusieurs de suite en suite à ces trois s'ajoutant,
> Toujours de plus en plus vont en pointe montant[2].

Rien n'est plus exact ; mais il est à craindre que
celui qui dresse le bûcher avec tant de précision et
de sang-froid ne connaisse pas le prix de l'héroïque
victime qu'il va consumer. Malheureuse Jeanne d'Arc,
combien d'outrages t'étaient réservés !

inédits et déposés à la Bibliothèque impériale sous le n° 677,
fonds français. — Liv. XIX, p. 11, v. 5.

[1] *La Pucelle,* 1 vol. in-fol., 1656, liv. VII, p. 224.

[2] Manuscrit, liv XXIII, p. 2, v. 1.

Nous avons promis quelques beaux passages de la *Pucelle*, et, en effet,

Il en est jusqu'à trois que l'on pourrait citer [1].

Les vers sur Dieu touchent au sublime, le sujet élève le poëte, et ce morceau de théologie chrétienne est vraiment poétique. Rien n'est plus imposant que le début :

Loin des murs flamboyants qui renferment le monde,
Dans le centre caché d'une clarté profonde,
Dieu repose en lui-même, et vêtu de splendeur,
Sans bornes, est rempli de sa propre grandeur [2].

Ces images, où l'éclat laisse subsister l'obscurité, représentent noblement l'impénétrable mystère de la puissance infinie. La suite du morceau n'est pas indigne du commencement. Il faut aussi louer la marche de l'armée de Charles VII, à laquelle Jeanne d'Arc a donné l'élan de son héroïsme, et qu'elle emporte vers les murs de Reims, où le roi doit être sacré :

Tout marche, et le soldat en son ardeur extrême
Rapidement vers Reims se porte de lui-mesme :
On voit, comme à l'envi, les drapeaux ondoyans
Vers la sainte cité d'eux-mesmes se ployans ;
Le cri des bataillons imite le tonnerre,
Leurs pas, plus sourdement, font résonner la terre :
La poussière se lève et compose une nuit
Qui du camp disparu ne laisse que le bruit [3].

1 *Boileau,* Satire sur les femmes.
2 *La Pucelle,* liv. I, p. 16.
3 *Ibid.,* liv. VI, p. 255

On connaît la comparaison de Talbot, en danger de mort et décidé à mourir héroïquement, avec un lion d'Afrique entouré de chasseurs. Le roi des forêts se résout à la mort qu'il ne peut éviter :

> Il y va sans faiblesse, il y va sans effroi,
> Et la devant souffrir, la veut souffrir en roi [1].

On peut encore tirer de l'ode qui commença le renom poétique de Chapelain cette image de Richelieu insensible aux injures qui lui viennent d'en bas, et s'élevant toujours plus radieux, à travers les vapeurs soulevées par la haine :

> Dans un paisible mouvement
>   Tu t'élèves au firmament,
> Et laisses contre toi murmurer sur la terre :
> Ainsi le haut Olympe à son pied sablonneux
> Laisse fumer la foudre et gronder le tonnerre
> Et garde son sommet tranquille et lumineux [2].

Ce sont là, sans contredit, de beaux vers : mais qu'on ne se laisse pas prendre à ces amorces; car si l'on essayait, à travers les douze chants publiés et les douze chants inédits de la *Pucelle*, un voyage de découvertes, harassé au retour et cruellement déçu, on redirait après Boileau :

> Maudit soit l'auteur dur dont l'âpre et rude verve
> Son cerveau tenaillant rima malgré Minerve.

---

[1] *La Pucelle*, liv. V, p. 162.
[2] *Recueil des plus belles pièces des Poëtes français depuis Villon jusqu'à Benserade*, 1752, t. IV, p. 186. — Fontenelle est l'auteur de ce recueil.

Chapelain demeure le type de ces esprits durs et pa-
tients qui s'opiniâtrent contre la nature sans parvenir
à la vaincre. La satire de Boileau l'éternise à bon
droit comme symbole de la dureté.

Le même burin a gravé, pour représenter à jamais
le ridicule opposé, la figure de Scudery :

> Bienheureux Scudery, dont la fertile plume
> Peut sans peine en un mois enfanter un volume !

Les avortements faciles de celui-ci ne sont pas moins
déplorables que les laborieux enfantements de celui-
là, et on les raille avec moins de scrupule. Ces œuvres
ont coûté si peu ! et l'auteur s'en est si largement
payé par le plaisir qu'il trouvait à les contempler !
D'ailleurs le ridicule dont on l'enveloppe ne pénètre
pas jusqu'à lui à travers la cuirasse de vanité qui le
protége. Scudery représente dans les lettres toute
une race d'écrivains prédestinés au bonheur, et qui
vivent sous un charme que rien ne peut détruire ; la
surabondance et l'activité du sang leur donne à chaque
instant de la vie le sentiment de la force et de la plé-
nitude de leur existence. Il n'y a pour eux ni malaise,
ni doute, ni découragement, ni amertume. Tout ce
qu'enfante leur esprit, et il enfante beaucoup, grâce
au rapide mouvement des esprits animaux, les
charme et les transporte ; et si vous essayez de les
désabuser, vous les trouverez à l'épreuve des éloges
ironiques qu'ils prendront au sérieux, et de la censure directe qui leur paraîtra un pur effet d'ignorance
ou de jalousie. Scudery n'a jamais douté de sa supériorité : il était sincère lorsqu'il dépréciait Corneille,

et il prenait loyalement en pitié le public assez aveugle pour préférer le *Cid* à *Lygdamon* et à l'*Amour tyrannique*.

C'est dans ces sentiments d'imperturbable confiance en son génie que Scudery, après avoir fait applaudir, à côté des chefs-d'œuvre de Corneille, ses faibles improvisations tragiques, entreprit de chanter « le vainqueur des vainqueurs de la terre. » Cet *Alaric* composé en l'honneur de Christine, reine de Suède, comme Chapelain avait fabriqué la *Pucelle* à l'intention du duc de Longueville, descendant de Dunois, est, comme toutes les œuvres de Scudery, une ébauche négligée où l'on rencontre, plus souvent qu'on ne croit, des traits heureux, à côté de monstrueuses platitudes. Dégageons de ce mélange ce qu'il y a de pire et de meilleur, en laissant aux intrépides le soin de chercher ce qui remplit l'intervalle de ces extrémités. On ne trouvera rien de plus plat que les vers que nous allons citer, et il est vrai qu'ils atteignent la limite du genre :

> La belle a dans les yeux du feu, de la colere,
> Du depit, de l'orgueil, de la douleur amere,
> De la honte qui vient du sentiment qu'elle a,
> Et pourtant de l'amour plus que de tout cela [1].

C'est sans doute la même princesse qui fait la manœuvre suivante :

> Trois fois pour l'embrasser cette belle courut,
> Et toutes les trois fois cette belle ne put [2].

[1] *Alaric, ou Rome vaincue*, 1 vol. in-fol., Augustin Courbé, 1654, — liv. III, p. 84.
[2] *Ibid.*, liv. VI, p. 252.

Mais il faut reconnaître qu'elle était bien assortie à l'objet de ses vœux, car, de son côté :

> Par trois fois cet amant voulut ouvrir la bouche ,
> Et trois fois on le vit muet comme une souche [1].

On lit ailleurs :

> Craignons tout, craignons tout, nous avons tout à craindre.
> Plaignons-nous, plaignons-nous, car nous sommes à plaindre [2].

Après de tels vers, il semble qu'il n'y ait qu'à désespérer, et cependant le même poëme nous fournira quelques traits que les meilleurs poëtes ne désavoueraient pas. On sait que l'inexorable juge de Scudery, Boileau, aimait à citer le début du dixième chant :

> Il n'est rien de si doux pour des cœurs pleins de gloire
> Que la paisible nuit qui suit une victoire :
> Dormir sur un trophée est un charmant repos,
> Et le champ de bataille est le lict d'un héros [3].

Il aurait pu mettre encore dans sa mémoire cette comparaison entre Alaric recevant sans orgueil les hommages des peuples et l'Océan que le tribut de tant de fleuves ne trouble pas dans son calme majestueux :

> Comme on voit l'Ocean recevoir cent rivieres
> Sans estre plus enflé ni ses ondes plus fieres [4].

[1] *Alaric*, liv. I, p. 27.
[2] *Ibid.*, liv. V, p. 175.
[3] *Ibid.*, liv. X, p. 369.
[4] *Ibid.*, liv. VII, p. 248.

Voici une autre comparaison de Gustave-Adolphe à la foudre, également concise, également poétique :

> Il mourra glorieux, de noble sang noyé,
> Comme un foudre s'esteint quand il a foudroyé[1].

Ailleurs Scudery saura peindre en quelques traits bien choisis le contraste du calme des eaux dans une rade et de l'agitation des flots du dehors :

> En un lieu retiré solitaire et paisible
> La mer laisse dormir sa colere terrible,
> Et sous deux grands rochers qui la couvrent des vents,
> Elle abaisse l'orgueil des flots toujours mouvants[2],

Tout le monde connaît ces deux vers tirés de la description des enfers :

> Et ce mélange affreux, qu'accompagne un grand bruit,
> Luit eternellement dans l'eternelle nuit[3].

J'apporterai pour les curieux un autre exemple plus surprenant encore, et qui nous montre Scudery devançant Racine dans des vers d'une simplicité sublime. On trouve, en effet, au dixième chant d'*Alaric*, ce passage sur Christine ; elle saura, dit le poëte,

> Que la crainte de Dieu commence la sagesse ;
> Et comme la sagesse est le souverain bien,
> Elle craindra le ciel et ne craindra plus rien[4].

[1] *Alaric*, liv. X, p. 395.
[2] *Ibid.*, liv. V, p. 171.
[3] *Ibid.*, liv. VI, p. 210.
[4] *Ibid.*, liv. X, p. 396.

Voilà Scudery par miracle égal à Racine. Un jour il s'est élevé au niveau de Corneille, ce qui valait mieux que de l'injurier. C'est lorsqu'il a mis ces beaux vers dans la bouche de Brutus :

> Mais Cæsar est injuste en nous voulant oster
> Ce que tous les thresors ne sçauroient acheter :
> D'egal il se fait maistre, et Rome enfin trompée,
> Voit bien que c'est pour lui qu'elle a vaincu Pompée ;
> Que c'estoient deux rivaux egalement espris
> Qui faisoient un combat dont elle estoit le prix,
> Qu'ils avoient mesme but et vouloient entreprendre
> D'oster la liberté, feignant de la deffendre :
> De sorte qu'en leur gain nous ne pouvions gagner,
> Puisqu'ils avoient tous deux le dessein de regner,
> Et que de quelque part qu'eust penché la balance,
> Rome devoit souffrir la mesme violence[1].

Dans la même scène se trouvent encore deux vers que Corneille n'aurait pas désavoués. Ils expriment avec concision un des grands secrets de la politique :

> L'or dont il est prodigue establit son pouvoir,
> Et sa main donne tout afin de tout avoir[2].

Celui qui pouvait, même accidentellement, écrire ainsi est inexcusable d'avoir fait tant de vers détestables, et c'est justice que son nom ait été préservé de l'oubli par la satire pour qualifier plaisamment les écrivains outrecuidants qui inondent le monde de leurs ouvrages, et qui, toujours satisfaits d'eux-mêmes, offensent cruellement les gens de goût. Scu-

---

[1] *La Mort de Cæsar*, seconde édition, Augustin Courbé, 1637, — acte I, sc. I, p. 2.
[2] *Ibid.*, p. 6.

dery, à tout prendre, homme de cœur et de talent, a joué de malheur. Né brave, il a passé pour fanfaron; né poëte, il s'est fait mettre au rang des rimeurs.

Si nous nous sommes arrêté quelque temps devant Chapelain et Scudery, parce qu'ils ont dans le ridicule une physionomie distincte, nous ne dirons qu'un mot de quelques écrivains médiocres qui ont également échoué dans l'épopée. Le *Moïse sauvé* de Saint-Amant, que Chapelain loue beaucoup comme « peinture parlante, » contient en effet un grand nombre de descriptions dont quelques-unes ne sont pas sans mérite ; mais le poëte ignore l'art de choisir les détails, et il passe sans scrupule de la noblesse à la trivialité ; il n'est pas plus heureux dans le choix des mots, de sorte que son idylle biblique ou héroïque, qui d'ailleurs ne se compose guère que d'épisodes cousus sans art, présente tous les genres de disparates et de dissonances. Cependant Saint-Amant n'était pas sans mérite, et dans ses vers de cabaret il a une vigueur et un entrain, une propriété d'expressions qui font de lui un des modèles du genre. Il était ignorant, et se vantait de son ignorance comme de son goût pour la bonne chère ; mais il ne manquait pas d'esprit, et on jugerait mal son talent et sa destinée si on s'en rapportait au portrait de fantaisie que Boileau a tracé. Desmarets de Saint-Sorlin, qui fut de son temps un personnage haut placé et en faveur auprès de Richelieu, collaborateur tragique du cardinal ministre, a fait, sous le titre de *Clovis;* poëme épique, un roman insipide en vers détestables. Il méprisait Homère, à bon droit, puisqu'il s'admirait lui-même. Ce fût le premier adversaire des anciens. Ce poëte bizarre s'imagina que Dieu lui avait dicté les derniers chants de son poëme, tant il les avait écrits avec facilité. Il prit sa manie pour une inspiration divine. Avant de devenir visionnaire lui-même, Desmarets avait pris à partie quelques singularités de cette maladie mentale dans une comédie qui fut fort applaudie : caricature à la vérité assez amusante, où les vers ont un tour facile, mais qui serait complétement oubliée si Molière n'en eût tiré le caractère de Bélise pour ses *Femmes savantes* et quatre vers qui se retrouvent presque textuellement dans la scène de Vadius et de Trissotin[1]. Il paraît que Desmarets finit par se croire prophète, et il est

[1] L'imitation est flagrante. Voici d'abord les vers de Desmarets :

FILIDAN. Beauté, si tu pouvais savoir tous mes travaux !
AMIDOR. Siècle, si tu pouvais savoir ce que je vaux !
FILIDAN. J'aurais en son amour une place authentique.
AMIDOR. J'aurais une statue en la place publique.
(Les Visionnaires, acte IV, sc. IV.)

On connaît ceux de Molière :

TRISSOTIN. Si la France pouvait connaître votre prix,
VADIUS. Si le siècle rendait justice aux beaux esprits,
TRISSOTIN. En carrosse doré vous iriez par les rues.
VADIUS. On verrait le public vous dresser des statues.
(Femmes savantes, acte III, sc. V.)

Ce curieux rapprochement nous montre d'une manière frappante comment Molière *reprenait son bien*. Il lui suffit ici, pour dépouiller Desmarets, de substituer un échange de flatteries à un duo de vanités. Filidan et Amidor se louent eux-mêmes, ce qui est primitif et maladroit; plus habiles l'un et l'autre, et non moins naturels, Trissotin loue Vadius, et Vadius Trissotin. En outre, les vers de Molière coulent de source.

certain que ce méchant écrivain porta l'animosité
jusqu'à la fureur dans ses pamphlets antijansénistes,
qui lui attirèrent de la part de Nicole une verte réplique épistolaire qui a pour titre, comme sa comédie, *les Visionnaires*.

Le *Saint Louis* du père Le Moyne, que Boileau a
épargné, conserve encore quelques admirateurs sur
la foi d'un passage souvent cité et véritablement poétique sur les tombeaux des rois d'Égypte. C'est là que
le poëte nous montre ces ombres royales qui, encore
éclatantes et riches,

> Semblent perpétuer, malgré les lois du sort,
> La pompe de leur vie en celle de leur mort.

Il ajoute en vers admirables :

> De ce muet senat, de cette cour terrible,
> Le silence epouvante et la face est horrible :
> Là sont les devanciers joints à leurs descendants ;
> Tous les regnes y sont ; on y voit tous les temps ;
> Et cette antiquité, ces siecles dont l'histoire
> N'a pu sauver qu'à peine une obscure memoire,
> Réunis par la mort, en cette sombre nuit,
> Y sont sans mouvement, sans lumière, et sans bruit[1].

Mais il n'en est pas moins vrai que cette épopée, qui
dénature par une fable romanesque un sujet vraiment
héroïque, est mortellement ennuyeuse. Le père Le
Moyne est un bel esprit prétentieux qui rencontre
rarement la grandeur, qui gâte des sentiments vrais

---

[1] *Les Œuvres poétiques du P. Le Moyne*, 1 vol. in-fol., 1672.
— Saint Louis, ou la Sainte Couronne reconquise, liv. V, p. 58.

par une fausse énergie d'expression, comme lorsqu'il fait dire au soudan d'Égypte parlant des chrétiens :

Déjà dans notre sang ils trempent leur pensée[1].

Il va aussi loin que Du Bartas et Théophile dans ce
genre de mauvais goût qui prête des intentions et
non des sentiments aux objets inanimés lorsqu'il dit :

Le jour meurt, et le bruit avec le jour mourant,
Pour en porter le deuil les tenebres descendent [2].

Ces *ténèbres*, qui *portent le deuil* du jour, valent
bien « le traître poignard qui rougit de honte » dans
Théophile. Ailleurs, à propos d'une inondation, il
dira :

Et les arbres, surpris de si soudaines crues,
Semblent pour s'en sauver lever les bras aux nues [3].

Le même travers avec plus de prétention encore,
puisque l'antithèse se joint à la métaphore, se produit dans cet incroyable distique du même poëte :

Les arbres d'alentour prenoient part à la feste;
Et sans mouvoir les pieds, dansoient avec la teste [4].

Le père Le Moyne nous y avait préparé par celui-ci,

---

[1] *Œuvres de P. Le Moyne,* Saint Louis, liv. I, p. 4.
[2] *Ibid.,* liv. XII, p. 150.
[3] *Ibid.,* liv. VI, p. 62.
[4] *Ibid.,* Peintures poétiques, Actéon, p. 424.

où il fait un premier essai de danse végétale, sur les mêmes rimes :

> Elle inspire aux tilleuls un sentiment de feste :
> Ils semblent en danser des bras et de la teste [1].

Il fallait noter ces traits au passage pour faire comprendre combien sera opportune la venue de Boileau, et sa colère légitime.

L'époque qui enfantait en si grand nombre des poëmes si prétentieux et si ridicules, à côté de chefs-d'œuvre qui auraient dû décourager ces ambitieux impuissants, produisit naturellement dans l'ordre politique un autre avortement, ce fut la Fronde, trop frivole comme guerre civile, trop sérieuse comme crise ministérielle. Au fond ce n'était qu'une mutinerie. On vit alors s'agiter avec une ardeur fébrile et une impuissance radicale les forces que la royauté avait domptées sous Richelieu, et qui essayaient de lutter encore, moins par passion que par réminiscence, à la faveur du mécontentement qu'excitait un gouvernement sans élévation et sans vigueur. Le mouvement et le bruit n'étaient qu'à la surface : aucun parti, ni même aucun des chefs, ne voulait résolûment ce qu'il désirait; imprudences, bravades, défections, toutes les misères, toutes les vanités, toutes les perfidies dès cabales troublaient le repos de la France sans la mettre en péril, et donnaient matière et carrière à l'esprit railleur de la nation. Des couplets de Blot, des triolets de Marigny, des récits en

---

[1] *Œuvres du P. Le Moyne*, Lettres poétiques, p. 275.

vers burlesques, des pamphlets piquants, des satires amères, de grossiers libelles, et même quelques dissertations pesamment prétentieuses de politique conjecturale qui ont fait illusion à quelques historiens sur la portée de cette crise, que Voltaire a si bien jugée et si finement décrite, tels sont à peu près les produits littéraires de la Fronde dont Scarron fut l'Homère burlesque.

Avant d'arriver à ce poëte, il faut signaler en passant, parmi les adversaires du cardinal, un personnage singulier qui a laissé, dans des lettres qu'on lit encore, des traces nombreuses et piquantes de son animosité : c'est le médecin Guy-Patin, qui a eu en toutes choses non le privilège du bon sens, mais le mérite de la sincérité. C'était un franc Picard, toujours prêt à s'échauffer. Au reste, il n'avait de méchant que l'esprit, mais il l'avait terriblement; au fond c'était une bonne âme. Cruel en paroles et même, si l'on veut, avec sa lancette, qui a tiré plus de sang que l'épée d'un raffiné, il était de feu pour le bien d'autrui, serviable, désintéressé, un vrai médecin selon le cœur d'Hippocrate. Ce qui nous touche davantage, c'est qu'il est écrivain naturel, plein de saillies, et qu'il écrit, ou plutôt qu'il cause, pour dire ce qu'il pense. Railleur par tempérament, opiniâtre et par-dessus tout loyal, il était prédestiné à faire cause commune avec les mécontents. Le rusé, le cauteleux Mazarin était fatalement dévoué aux sarcasmes de ce Picard fou de loyauté au point de vouloir en faire le pivot de la politique. « Pardonnez à ma passion, disait-il, je voudrais qu'il n'y eût point tant de me-

chants et que le monde se voulût amender. » Ou bien
encore : « J'ai peur que la vertu finisse ici, tant je
vois de corruption. » Et mieux : « J'aime sur toutes
choses la candeur, la pureté, la simplicité. » Enfin :
« J'aime mieux justice que toutes choses : qu'elle se
fasse ou que le monde périsse. » Il ne faut pas chercher ailleurs que dans ces sentiments le principe de
la colère antimazarine de Guy-Patin : cette haine
vivace, inextinguible, il la contenait avant qu'elle eût
rencontré l'occasion d'éclater. Aussi comme elle se
délecte et s'épanche contre celui qu'il appelle le
« Pantalon sicilien, » jusqu'à ce que désarmée, mais
non éteinte par la mort de son plastron et changée
en suprême dédain, elle s'écrie à la veille des magni-
fiques funérailles du ministre-roi : « Mais laissons là
ce filou[1]. » Laissons aussi son détracteur. Les curieux
peuvent aller chercher dans sa correspondance ses
mordantes épigrammes : ils trouveront autre chose
encore, car, outre la passion politique, Patin a la passion médicale, sans parler de sa cordiale inimitié
contre les jésuites. Ce qui excuse tant d'emportement,
c'est que ces lettres étaient des confidences intimes :
c'est aussi ce qui les sauve de l'oubli.

Les frondeurs épuisèrent leurs traits contre Mazarin, qui ne s'en émut guère et qui ne s'inquiéta même
pas beaucoup des arrêts d'exil et de confiscation lancés par le parlement : il suivait sa politique et dirigeait de loin les affaires. Pendant que son docte et

---

[1] *Lettres de Guy-Patin,* 3 vol. in-8°, édit. du docteur Reveillé-
Parise, *passim.*

fidèle bibliothécaire Gabriel Naudé recueillait avec un soin religieux, pour en donner une collection complète, les pamphlets qui arrivaient de tous les points de l'horizon, le cardinal, bien assuré que l'orage passerait et ayant ses raisons pour compter sur l'opiniâtreté de la régente, ne se mit pas en frais de réponse; il avait mieux à faire que de prendre des écrivains à gages : aussi ne trouvons-nous en son honneur qu'un seul écrit, boutade indépendante d'un écrivain qui n'avait pas le cerveau très-sain, mais qui aimait à jeter des défis qu'il soutenait courageusement. Cet homme singulier dont on a voulu, bien à tort, faire un homme de génie, c'est Cyrano de Bergerac. Il avait, sans aucun doute, beaucoup d'esprit; il l'a prouvé dans le *Pédant joué*, comédie mauvaise à la vérité, mais riche de traits comiques, d'intentions plaisantes, et d'où Molière a pu tirer deux scènes excellentes; il avait même une certaine vigueur de talent qui éclate çà et là dans la tragédie d'*Agrippine;* quant à l'imagination, il est inutile de dire, après ses Voyages dans la lune et aux régions du soleil, qu'il la portait jusqu'à l'extravagance. Toutefois sa véritable supériorité est dans l'outrage : personne n'est plus insolent à provoquer, et on peut dire qu'il insulte admirablement; mais au moins ne se cachait-il pas pour faire ce vilain métier, et il était toujours prêt à soutenir son dire l'épée au poing. Le nombre des adversaires ne l'effrayait pas, et si dans sa *Lettre aux frondeurs* il les provoque en masse, il était homme, comme un autre Rodomont, à vider sa querelle en champ clos. Tel fut l'unique champion de Mazarin. Malheureusement le plus opiniâtre des frondeurs, Paul Scarron, n'était pas en mesure de répondre à un défi de ce genre : aussi M. de Bergerac ne le provoque-t-il pas au combat : il se contente de montrer dans les souffrances physiques du poëte burlesque une expiation des torts de sa langue dès longtemps prévus par la Providence : « Considérez en lui, dit-il, de quelles verges le ciel châtie la calomnie, la sédition et la médisance. Venez, écrivains burlesques, voir un hôpital tout entier dans le corps de votre Apollon : il meurt chaque jour par quelque membre, et sa langue reste la dernière afin que ses cris nous apprennent la douleur qu'il ressent[1]. »

Cyrano, dans son zèle ministériel, le prend de bien haut avec ce pauvre Scarron, coupable, il est vrai, d'avoir mis en vogue le genre burlesque qui donna le ton aux mazarinades. Mais Scarron avait par surcroît un autre tort plus grave peut-être aux yeux de son détracteur : il ne faisait pas de pointes, et Cyrano était passé maître dans ce faux goût qui nous venait de l'Italie; il hérissait son style, qui lui paraissait merveilleux, de ces traits où l'imagination vivifie ridiculement des abstractions, et où l'esprit joue puérilement sur les mots; car c'est là le double secret de ce travers qui fut alors une véritable manie, et dont Boileau, après Molière, a signalé et réprimé les excès. Boileau, ce grand redresseur de torts littéraires, et si judicieux dans sa haine contre les pointes,

---

[1] *Œuvres comiques, galantes et littéraires de Cyrano de Bergerac*, 1 vol. in-18, édit. P.-L. Jacob, 1858, p. 97.

a peut-être poussé trop loin la sévérité contre le burlesque, qui au moins dans Scarron est plutôt une
espièglerie de l'esprit qu'une dépravation du goût.
Toujours est-il que ce fut une mode, ou si l'on veut,
une épidémie au temps de la régence, et à ce titre
nous lui devons une place aussi bien qu'à l'écrivain
qui en fut l'inventeur et qui en est resté le modèle.

La maladie bizarre et cruelle qui atteignit Scarron
jeune encore, et qui arrêta dès le début ses succès
dans le monde, avait laissé vivre dans ce corps dif-
forme un esprit pénétrant et railleur; pour se venger
gaiement et alléger ses souffrances physiques, le
spirituel malade se prit à défigurer le monde à son
image : ses ennemis naturels furent dès lors la noblesse, la grandeur, la régularité. Il fit grimacer les
figures héroïques et ramena les belles créations du
génie antique aux proportions mesquines de la bourgeoisie et de la populace; il donna aux dieux et aux
héros les mœurs du Marais, le langage de la rue Saint-
Denis. Ce travestissement pratiqué par un esprit naïf
dans son affectation, délicat sous sa grossièreté d'emprunt, surprit et charma le public. Le burlesque saisit
brusquement toutes les imaginations. Il avait au moins
pour réussir le mérite de la nouveauté, car il ne ressemblait que par le nom aux caprices de bouffonnerie triviale qui sont le burlesque des Italiens. Le
burlesque de Scarron est la transformation des caractères et des sentiments nobles en figures et en
passions vulgaires opérée de telle sorte que la ressemblance subsiste sous le travestissement, et que le
rapport soit sensible dans le contraste. Le procédé

de notre poëte diffère de la parodie en ce qu'il conserve à ses personnages leur rang et leur condition
en abaissant leur langage et leurs mœurs, et cette
opposition est un élément de plus pour le comique.

Outre le travestissement des caractères, une des
sources les plus fécondes du comique de Scarron, ce
sont les anachronismes ou le transport des temps
modernes dans l'antiquité. Ainsi lorsque Énée aborde
sur le sol africain, il veut avant tout apprendre si les
habitants de ce rivage

> Sont chrétiens ou mahométans.[1]

Didon ouvre ses repas par le *benedicite;* elle rend la
justice sans prendre d'épices. Junon, après avoir re-
bâti les murailles de Samos, l'exempte de tailles ; elle
y fonde deux ou trois colléges « avec de fort beaux
priviléges ; » quant à la nymphe Déiopée que la déesse
promet à Éole pour prix de ses services, voici quelques-unes des qualités qu'elle apportera en dot :

> Elle entend et parle fort bien
> L'espagnol et l'italien :
> Le Cid du poëte Corneille
> Elle le récite à merveille,
> Coud le linge en perfection
> Et sonne du psaltérion [2].

Les traits de ce genre, qui sont nombreux, venant à
l'improviste, causent maintes surprises qui donnent
aux nerfs de vives secousses.

---

[1] *Virgile travesti*, 2 vol. in-12, Michel David, 1705; t. I,
liv. I, p. 31.
[2] *Ibid.*, p. 2.

Un autre artifice de Scarron, c'est de mêler la critique littéraire à la morale. Toutes les fois que l'auteur
qu'il travestit prête à la censure, il relève les invrai-
semblances avec une malice ingénue et sans paraître
y songer. Ainsi, même en admirant Virgile, on trouve
qu'Énée et son compagnon séjournent bien longtemps
dans le brouillard qui les enveloppe et les dérobe à la
vue de Didon; aussi n'est-on pas fâché d'entendre
Achate « dire au sieur Énée : »

> Passerons-nous ici l'année [1]?

La réflexion jetée après la paraphrase de l'exclamation de Salmonée, *discite justitiam moniti*, est du
même genre et non moins piquante :

> Cette sentence est bonne et belle;
> Mais en enfer à quoi sert-elle?
> Faire là des sermons si beaux,
> C'est donner des fleurs aux pourceaux [2].

Ne fait-il pas une juste et plaisante censure du caractère d'Énée dans ce passage :

> Enée fit le Jéremie
> Et mouilla sa face blêmie,
> Il pleuroit en perfection
> Et même sans affliction [3].

C'est par ces traits de critique saine et ingénieuse,
par le rapport constant de la caricature au modèle,
par le sel, la vivacité et le naturel de la plaisanterie,

[1] *Virgile travesti*, t. 1, liv. I, p. 65.
[2] *Ibid.*, t. II, liv. VI, p. 166.
[3] *Ibid.*, ch. I, p. 49.

que Scarron désarme parfois le rigorisme des gens de
goût, et c'est pour cela, sans doute, que Racine, qui
n'osait pas sur ce point rompre en visière à son ami
Despréaux, n'en lisait pas moins, en se cachant de lui
et à la dérobée, quelques pages de l'*Énéide travestie*.
Avouons-le cependant, malgré tout l'esprit de Scarron, ce long travestissement du génie antique ne
supporte pas une lecture suivie ; car, à l'honneur du
cœur humain, de toutes les monotonies, celle de la
raillerie est peut-être la plus insipide. Le burlesque
veut être pris à petite dose. On se fatigue bientôt, on
ne tarde pas à se reprocher de rire de ce qu'on devrait
admirer, et la surprise de plaisir arrachée à notre
malignité par la vivacité imprévue et le tour ingénieux d'une plaisanterie indiscrète s'évanouit au réveil des nobles sentiments qui sont le véritable aliment et le nerf de l'intelligence humaine. Boileau
montrera plus tard comment on peut sans irrévérence
ni outrage badiner avec le genre héroïque, lorsque,
prenant à rebours la méthode de Scarron, il assai-
sonnera par le merveilleux de l'action, par l'héroïsme
des poses, et par la noblesse du langage, les incidents
et les personnages d'une fable comique.

N'en déplaise à Cyrano de Bergerac, le burlesque
de Scarron n'est pas un sacrilége inexpiable ; mais
quelle que soit l'habileté de cet écrivain dans un genre
faux que ses imitateurs et notamment d'Assouci ont
rendu méprisable, quel que soit l'entrain de bouffonnerie de ses comédies, qui ont eu l'honneur d'égayer
l'adolescence de Louis XIV, le bagage littéraire de
Scarron serait presque nul pour la postérité, s'il n'a-

vait pas écrit le *Roman comique* et des *Nouvelles* qu'on lira toujours avec intérêt. Ce sont des modèles d'ingénieuse narration. On sait qu'une des plus belles scènes du *Tartufe* est empruntée aux *Hypocrites*, et que l'héroïne de la *Précaution inutile* a fourni quelques traits à la naïve figure d'Agnès. Quant au *Roman comique*, malheureusement inachevé, il vivra longtemps encore par le naturel des pensées, la pureté du style, le dessin ferme et délicat des caractères, le comique des situations. Ces premiers livres nous ont fait connaître des physionomies qu'on n'oublie pas : Destin et l'Étoile, ce couple gracieux et digne dans une misérable condition ; Ragotin avec ses risibles colères, sa petite taille disgracieuse, ses hautes visées de poëte et d'amant ; la Rancune issu de Panurge en ligne directe, et enfin le grand et flegmatique la Baguenodière. Ce n'est pas un pinceau vulgaire qui a dessiné cette galerie de portraits. Ce *Roman*, tableau de mœurs véritables tracé au moment même où le roman servait de cadre à tant de peintures fausses et maniérées, donne seul la mesure du talent de Scarron, et montre ce qu'il aurait pu faire si, écrivant à loisir, il eût suivi les inspirations du bon goût, au lieu de s'abandonner aux caprices de l'esprit et de l'imagination.

En groupant ainsi, au terme de cette période, des écrivains que le grand siècle qui va s'ouvrir a dédaignés et éclipsés, nous n'avons pas cherché, nous n'avons pas pu éviter un contraste qui se présentait de lui-même. L'histoire des lettres offre ainsi de curieuses péripéties ; elle a encore ses bizarreries qu'il faut no-

ter au passage, et puisque Scarron nous est venu le
dernier dans cette revue, comment ne pas remarquer
la singulière destinée qui attache le souvenir de ce
poëte burlesque aux amusements du jeune âge et aux
consolations de la vieillesse du plus majestueux des
rois? On sait, en effet, que le jeune Louis XIV s'était
engoué des comédies de Scarron au point de se faire
jouer trois fois en un jour l'*Héritier ridicule;* et plus
tard, le même prince n'aura d'autre allégement au
poids de l'insurmontable ennui de ses dernières années que la présence assidue et les entretiens de la
veuve de son premier amuseur, Françoise d'Aubigné,
assise alors sur les marches du trône, et qui s'appellera madame de Maintenon, conseillère et légitime
épouse du maître de la France.

LIVRE DEUXIEME

SIÈCLE DE LOUIS XIV

CHAPITRE PREMIER

Influence de Louis XIV sur son siècle. — Molière. — Le génie
dramatique. — Moralité du théâtre de Molière. — Appréciation de ses principales comédies. — La Fontaine. — Son
caractère. — Ce qu'il a fait de la fable. — Ses rapports avec
Molière.

Après la Fronde tout s'apaise comme par enchantement; la royauté recueille enfin, au profit de la
France qui l'aime, qui l'admire et qui se repose en
elle, le fruit de leurs efforts communs contre la puissance des grands, source éternelle de discordes civiles
et d'affaiblissement national. Lorsque cette guerre
d'intrigues, de chansons, de pamphlets, de perfidies ré-
ciproques a cessé, tous les acteurs, après avoir changé
de rôle plusieurs fois, n'ayant rien à s'envier ni à se
reprocher en fait de versatilité et de ridicule, prennent
bravement leur parti : les princes deviennent la décoration du trône et ses fidèles appuis; le parlement,
abandonnant toute ambition politique, se résigne à
enregistrer docilement les édits de toute nature; le

clergé se retranche dans son domaine spirituel et fait
retentir dans les temples la parole de Dieu, mêlant à
ses leçons religieuses ses hommages au monarque,
pendant que la nation sous l'aile de la royauté se fortifie par l'industrie et par la science, et prend peu à
peu le sentiment de ses devoirs et de ses droits pour
remplir les uns et faire valoir les autres quand son
heure sera venue. Cette alliance intime de la royauté
et de la France, qui paraissait alors indissoluble comme
tous les engagements du cœur, subsista aussi longtemps qu'il fut permis de croire que la puissance qui
avait dit *l'État c'est moi* ne séparait pas sa propre grandeur de celle de l'État, et qu'elle était la gardienne vigilante et dévouée de tous les intérêts. Le charme eut
assez de durée pour donner place, pendant les dernières années de la jeunesse de Louis XIV et les premières années de sa maturité, à une période unique
dans notre histoire, temps de fêtes splendides, de victoires décisives, de conquêtes légitimes, de prospérité
inouïe sans mélange de revers, de soumission sans
contrainte, de chefs-d'œuvre d'éloquence et de poésie. La reconnaissance et l'enchantement populaires
ont attaché à cette brillante époque le nom du prince
qui était le centre et le principal ressort de ce noble
mouvement des cœurs et des intelligences : Voltaire
a prouvé que ce n'était pas sans raison. Nous savons
bien que cette médaille a son revers, et le temps viendra de le montrer ; mais comment ne pas s'arrêter
d'abord, dans un sentiment de profonde admiration,
devant les merveilles qui ont porté si haut et si loin
la gloire du nom français ?

Au premier rang, dans ce cortége de grands écrivains qui inaugurent par des chefs-d'œuvre le règne personnel de Louis XIV qui les inspire et qui les protége, nous rencontrons d'abord Molière, qui obtint toutes les franchises du génie sous la royauté absolue. Chose remarquable, le théâtre comique fut presque libre dans un temps où on ne parlait pas de liberté, et le théâtre tragique n'eut aucune entrave. Il est vrai que la royauté était hors d'atteinte et qu'elle se montra très-facile sur tout ce qui ne la touchait point. Molière eut donc droit de contrôle sur les mœurs de la société, et même ses hardiesses étaient encouragées. La cour et la ville goûtèrent ou subirent d'assez bonne grâce les leçons du poëte, qui n'eut de lutte à soutenir que contre l'hypocrisie; mais enfin il réussit à la démasquer en plein théâtre. Avant d'arriver à cette puissance souveraine du talent, Molière avait passé par un long noviciat d'épreuves morales et d'observations. L'étude de son propre cœur troublé par la passion lui avait donné des lumières pour mieux voir les secrets ressorts des actions humaines. Doué d'une force prodigieuse de recueillement et de méditation, au milieu des agitations d'une vie nomade et de la direction d'une troupe d'acteurs plus difficile à régir qu'un empire, il sut unir l'activité et la contemplation; il fit plus encore : il s'oublia lui-même, il se désintéressa de ce qu'il voyait si nettement, de ce qu'il comprenait si bien; son âme sincère et compréhensive reçut fidèlement l'empreinte de l'humanité, et son puissant génie exprima ce que contenait son âme. C'est ainsi qu'il put peindre avec tant de relief et de vérité toutes les variétés de la physionomie humaine. Le vrai génie comique que Molière seul peut-être a possédé dans la perfection, c'est-à-dire le don de réaliser dans des types individuels les traits généraux de la nature humaine, est essentiellement impersonnel : il se détache de ce *moi* tyrannique, si difficile à soumettre, pour vivre de la vie d'autrui et pour la reproduire. L'éternel attrait des pièces de Molière, c'est que l'auteur ne s'y montre pas, c'est que nous ne voyons que ses personnages, et dans ses personnages l'humanité tout entière. Cette image fidèle qui ne copie point ce qu'elle représente, cette satire générale sans fiel et sans aigreur, comme Boileau l'a si bien remarqué, nous instruit sans nous blesser, parce que si nous venons, par bonne foi accidentelle, à nous y reconnaître, nous pouvons profiter tacitement de la leçon sans avoir été pris à partie et humiliés. La satire directe met en jeu l'amour-propre qui regimbe, qui s'irrite et qui récrimine : la comédie le ménage, elle dit le mot de tout le monde sans le dire à personne expressément, et c'est ainsi qu'elle devient tout ensemble un plaisir innocent et un enseignement profitable.

Nous laisserons Molière disserter lui-même sur les difficultés et la moralité de l'art où il a excellé. Lorsque les maîtres ont parlé, il est bon d'écouter. C'est sans doute sa propre opinion qu'il exprime, lorsqu'il met dans la bouche de Dorante ce parallèle de la tragédie et de la comédie : « Je trouve qu'il est bien plus aisé de se guinder sur de grands sentiments, de braver en vers la fortune, accuser les destins et dire des injures

aux dieux, que d'entrer comme il faut dans les ridicules des hommes, et de rendre agréablement sur le
théâtre les défauts de tout le monde. Lorsque vous
peignez des héros, vous faites ce que vous voulez; ce
sont des portraits à plaisir, où l'on ne cherche point
de ressemblance, et vous n'avez qu'à suivre les traits
d'une imagination qui se donne l'essor et qui souvent
laisse le vrai pour attraper le merveilleux. Mais lorsque
vous peignez des hommes, il faut peindre d'après nature : on veut que ces portraits ressemblent; et vous
n'avez rien fait, si vous n'y faites reconnaître les gens
de votre siècle. En un mot, dans les pièces sérieuses,
il suffit, pour n'être point blâmé, de dire des choses
qui soient de bon sens et bien écrites; mais ce n'est
pas assez dans les autres : il y faut plaisanter; et c'est
une étrange entreprise que celle de faire rire les honnêtes gens [1]. » Molière a réussi dans cette étrange entreprise : il fait excellemment rire les honnêtes gens,
et il ne s'inquiète pas si les autres font la grimace. Il
ne montre pas un sens moins droit ni moins délicat
lorsque, parlant en son propre nom, il combat les
scrupuleux qui proscrivent absolument la comédie.
Voici ce qu'il dit : « Je sais qu'il y a des esprits dont
la délicatesse ne peut souffrir aucune comédie; qui
disent que les plus honnêtes sont les plus dangereuses;
que les passions que l'on y dépeint sont d'autant plus
touchantes qu'elles sont pleines de vertu, et que les
âmes sont attendries par ces sortes de représenta-
tions. Je ne sais pas quel grand crime c'est de s'at-

[1] *Critique de l'École des femmes*, sc. VII.

tendrir à la vue d'une passion honnête; et c'est un
haut étage de vertu que cette pleine insensibilité où
ils veulent faire monter notre âme. Je doute qu'une
si grande perfection soit dans les forces de la nature
humaine, et je ne sais pas s'il n'est pas mieux de travailler à rectifier et à adoucir les passions des hommes
que de vouloir les retrancher entièrement. J'avoue
qu'il y a des lieux qu'il vaut mieux fréquenter que le
théâtre; et si l'on veut blâmer toutes les choses qui
ne regardent pas directement Dieu et notre salut, il
est certain que la comédie en doit être, et je ne trouve
pas mauvais qu'elle soit condamnée avec le reste;
mais supposé, comme il est vrai, que les exercices de
la piété souffrent des intervalles, et que les hommes
aient besoin de divertissement, je soutiens que l'on
ne leur en peut trouver un qui soit plus innocent que
la comédie [1]. » Avant de se prononcer ainsi, Molière
a eu soin d'établir qu'il y a comédie et comédie, et
de faire observer que « ce serait une injustice épou-
vantable que de vouloir condamner Olympe, qui est
femme de bien, parce qu'il y a une Olympe qui a été
une débauchée [2]. » C'est dans ces termes et sur ce
terrain que nous abordons sans crainte la critique
morale du théâtre de Molière.

Jamais vocation ne fut plus décidée, plus irrésistible que celle qui entraîna Molière vers la comédie :
en vain son père voulut-il le retenir dans sa boutique
de tapissier, il fallut le mener au collège; en vain le

[1] Préface du *Tartufe*.
[2] *Ibid.*

collége le conduisit-il au barreau, on ne put l'y retenir : le théâtre qu'il avait entrevu le détournait de
toute autre carrière. On raconte que son premier
pédagogue étant venu le sermonner pour rompre son
dessein, il fit si bien qu'il l'enrôla lui-même pour
jouer les pères nobles dans la troupe improvisée de
ses acteurs nomades. Là encore il eut à combattre
pour rester fidèle à sa vocation, car le prince de
Conti, qui avait été son condisciple, à Paris, chez
les jésuites du collége de Clermont, tenta sa vanité
en lui offrant une charge de cour. Mais ni l'amitié
d'un prince ni l'ambition ne purent le détacher du
théâtre. Ainsi Molière était marqué de ce signe du
génie, l'entraînement dans une voie déterminée.
Toutefois, le goût dramatique s'était développé en
lui avant l'instinct du moraliste : comme auteur, il
tâtonna longtemps avant de trouver un terrain digne
de lui ; il improvisa pour divertir la foule quelques
pièces bouffonnes à la manière des Italiens, qu'il imi-
tait encore dans l'Étourdi et dans le Dépit amoureux.
Mais dès ce second essai de grande comédie il avait
révélé, par plusieurs scènes, son habileté à peindre
les mœurs et la passion. Lié dès lors et comme enlacé à la vie de théâtre par ses goûts d'acteur, par ses
succès d'auteur, et aussi, il faut bien l'avouer, par
ses faiblesses d'homme, il comprit enfin que la tâche
unique d'amuser ses contemporains était un rôle vulgaire, que la scène où il était monté devait être élevée
et épurée, et qu'elle pouvait devenir une école pour
réformer les travers de l'esprit et les vices du cœur, ou,
tout au moins, pour les déconcerter par le ridicule.

Ce nouveau dessein de moraliste réformateur déjà sensible dans *les Précieuses ridicules*, qui sont l'école des salons, se montre plus clairement encore dans la fable et dans le titre même des deux pièces qu'il composa ensuite et coup sur coup : *l'École des maris* et *l'École des femmes*. *Sganarelle* même, qui les précéda, n'est au fond que l'école des jaloux. Toutes les fois qu'il n'est pas obligé de divertir la cour par ordre, ou le peuple par nécessité, il moralise pour le siècle, il donne des leçons, il tient école. *Le Misanthrope*, *le Tartufe*, *le Bourgeois gentilhomme* et *les Femmes savantes* ne sont que des chapitres, et les plus importants, de ce cours de morale dramatique à l'usage des gens du monde. Faut-il, après cela, le défendre d'avoir eu, en traitant le sujet mythologique d'*Amphitryon*, d'autre intention que d'égayer la cour et la ville, et de rivaliser avec Plaute, qu'il a vaincu? Si, comme on a osé le dire, ce vieux fabliau des Grecs avait été renouvelé au profit des déportements de Louis XIV et à son instigation, il n'y aurait d'égal à l'impudence du roi que la bassesse du poëte. Grâce à Dieu, nous n'avons pas à déplorer ce double avilissement.

Les détracteurs de Molière, qu'ils le sachent ou qu'ils l'ignorent, nient l'utilité de la comédie; ils la proscrivent absolument. Ceux qui réclament, au nom de l'art et de l'humanité, contre un pareil sacrifice ne peuvent pas non plus accepter l'anathème lancé contre eux par le zèle indiscret du janséniste Nicole; ils ne s'arrêtent pas même devant l'imposante autorité de Bossuet. Sans doute on a fait de détestables co-

médies , capables de pervertir le cœur et l'esprit ;
mais l'abus doit-il conclure contre l'usage ? A ce
compte, il aurait fallu fermer la bouche aux nobles
et pieux orateurs du dix-septième siècle, parce que
les prédicateurs de la Ligue avaient profané la chaire
évangélique. Gardons-nous d'accueillir de tels sophismes. Il est triste d'avoir à défendre Molière ;
mais pourquoi a-t-on voulu, pourquoi veut-on encore
attacher un stigmate d'infamie au front de ce grand
poëte ? Que peuvent donc nous offrir en retour, et
comme compensation, ceux qui s'acharnent à nous
faire haïr et mépriser des hommes dont on ne peut
pas contester le génie, et que nous avions l'habitude
d'admirer en toute sécurité ?

Ne biaisons pas sur Molière, allons résolûment au
principal nœud de la question, à *Tartufe*. Ce chef-
d'œuvre de la scène comique est-il un attentat contre
la piété ou un acte loyal de bon sens, de courage, de
prudence sociale, accompli avec génie ? Tous les
moralistes reconnaissent qu'il n'y a pas de vice au-
dessus de l'hypocrisie sur l'échelle de l'immoralité :
pourquoi donc, étant digne de tous les châtiments,
ne serait-elle pas justiciable du ridicule ? C'est, dit-
on, que l'irréligion peut abuser de ce portrait fidèle
pour en détourner les traits contre la dévotion sincère. Mais, de bonne foi, la méprise est-elle possible? et l'objection ne porte-t-elle pas sur tous les types
généraux créés par le génie des poëtes, dont on peut
faire tous les jours de fausses applications ? Comment
supprimer les gens qui ont le goût de l'injure et de
l'injustice ? La piété, qui contient toutes les vertus

et qui les achève, ne redoute pas le nom de Tartufe :
elle gémit plus douloureusement que personne de la
perversité que qualifie ce mot vengeur ; la bonne foi
sait gré au poëte de lui avoir donné le signalement
du monstre, pour en éviter les approches et les em-
bûches. Orgon même et madame Pernelle, si la faiblesse n'était pas un vice incurable, n'auraient pas,
grâce à Molière, besoin d'autre expérience pour
échapper aux piéges de l'Imposteur. Les gens de
bien qui ne veulent pas être trompés ne sauraient
trop méditer les deux portraits que Molière a buri-
nés, pour n'être pas exposés à confondre avec les
vrais dévots

> Ces gens qui par une âme à l'intérêt soumise
> Font de dévotion métier et marchandise,
> Et veulent acheter crédit et dignités
> Au prix de faux clins d'yeux et d'élans affectés ;
> Qui savent ajuster leur zèle avec leurs vices,
> Sont prompts, vindicatifs, sans foi, pleins d'artifices,
> Et, pour perdre quelqu'un, couvrent insolemment
> Des intérêts du ciel leur fier ressentiment :
> D'autant plus dangereux dans leur âpre colère,
> Qu'ils prennent contre nous des armes qu'on révère,
> Et que leur passion, dont on leur sait bon gré,
> Veut nous assassiner avec un fer sacré [1].

Les hommes véritablement pieux ont une tout autre
allure, et Molière a peint leurs mœurs avec une
vérité qui prouve à quel point il les estimait, et que
réellement il ne voyait au monde « chose plus

---

[1] *Tartufe,* acte I, sc. VI.

noble et plus belle que la sainte ferveur d'un véritable zèle : »

> Point de cabale en eux, point d'intrigues à suivre ;
> On les voit pour tous soins se mêler de bien vivre.
> Jamais contre un pécheur ils n'ont d'acharnement ;
> Ils attachent leur haine au péché seulement,
> Et ne veulent point prendre avec un zèle extrême
> Les intérêts du ciel plus qu'il ne fait lui-même [1].

« Voilà mes gens ! » peut-on dire avec Molière ; et
ceux-là n'ont rien à craindre du *Tartufe*.

Après la religion vient la vertu, que Molière a été
accusé de tourner en ridicule. Ici encore la réponse
est facile. L'imputation porte sur *le Misanthrope* et
l'accusateur est J.-J. Rousseau ; mais si le reproche
est grave, la méprise ne l'est pas moins. En effet,
Alceste, tout honnête homme qu'il soit, n'est point
vertueux, puisque la vertu n'existe pas sans contrainte, sans sacrifice et détachement de soi-même :
or, Alceste n'en est pas là. L'erreur de Rousseau vient
de ce que, dans son orgueil et sa sauvagerie, il se
prenait lui-même pour un type de vertu ; de sorte
qu'en paraissant défendre Alceste, il plaide sa propre
cause. Le fond de la misanthropie est un orgueil
tyrannique qui n'exclut pas la probité, mais qui la
rend insociable : c'est là seulement ce que Molière
attaque par le ridicule. Alceste a le tort de se croire
parfait et infaillible, d'exagérer sa propre valeur morale, de ramener tout à soi et de ne voir que faiblesse
et perversité dans tout ce qui s'oppose au despotisme

---

[1] *Tartufe*, acte I, sc. VI.

de sa volonté, ou s'écarte du modèle intérieur dont il prétend faire une règle générale. Philinte n'est pas davantage, dans la pensée de Molière, un modèle de vertu, comme d'autres l'ont prétendu par une erreur opposée, mais un type de sociabilité et de savoir-vivre dans le monde, où les rapports ne sont faciles que par de perpétuelles transactions. L'intention du poëte était de faire voir ce qu'il convient d'accorder aux défauts des hommes si l'on veut vivre avec eux, et si Philinte, pour plus de sûreté, pousse, comme il nous semble, la complaisance un peu loin, il est clair qu'Alceste montre trop de rudesse, et qu'avec un caractère tel que le sien il faut tôt ou tard quitter la partie.

Le comique n'est que la forme du génie de Molière; le bon sens en est la substance : c'est par là qu'il sera toujours cher à l'humanité qu'il amuse de l'image fidèle de ses travers et de ses vices. La bonté est le fond de son caractère, comme le bon sens est la règle de son esprit; il aime le vrai, c'est-à-dire la mesure, et il essaye d'y ramener ceux qui l'écoutent en leur présentant sous un aspect plaisant ce qui s'en écarte. Qu'on ne croie point, par exemple, que *le Bourgeois gentilhomme* soit une protestation contre l'anoblissement de la roture, contre la marche ascendante du tiers état, ni contre l'aristocratie elle-même; en traduisant sur la scène un bourgeois ridicule et un marquis dépravé, il signale un double abus : l'avilissement des titres dans ceux qui les portent; le ridicule d'y prétendre quand on n'y est pas né. M. Jourdain n'est pas du bois dont on peut

faire les nobles, et le marquis Dorante, pour parler
comme Corneille, « est d'une tige illustre une bran-
che pourrie. » Dans cette double exécution, Molière
prouve sa haute impartialité : de souche bourgeoise,
il n'épargne pas les ridicules de la bourgeoisie ;
obligé de vivre avec les grands, il ne ménage pas
davantage les vices de la cour. Qu'on ne s'imagine
pas non plus que Molière prétende, comme le bonhomme Chrysale, réduire le savoir des femmes

> A connaître un pourpoint d'avec un haut-de-chausse[1] ;

seulement il ne veut pas qu'elles poussent l'amour
du grec jusqu'à embrasser des pédants, et surtout à
leur donner leurs filles en mariage. Il montre sans
animosité, mais avec une verve de comique plus vive
et plus étincelante que nulle part ailleurs, quels peuvent être les périls de ce travers, de cet engouement
de bel esprit qui enlève aux femmes les qualités
aimables et solides par où elles sont véritablement
femmes. Ni madame de La Fayette, ni madame de
Sévigné, si discrètement et si convenablement instruites, ne sont atteintes par les traits qui frappent
Philaminte, Armande et Bélise. *Les Femmes savantes*, n'en déplaise aux Vadius et aux Trissotins,
frappés de compagnie, sont une des meilleurs leçons
qu'ait pu donner la haute comédie. Le génie de Molière s'y produit dans toute sa force, avec une aisance, une pureté, une touche plus sûre peut-être
encore que celle du *Misanthrope*, et, si on osait le

---

[1] *Les Femmes savantes*, acte II, sc. VII.

dire, du *Tartufe* même. Sans contredit, si la matière
était d'égale importance, cette admirable comédie
pourrait sans désavantage disputer le prix à ces deux
chefs-d'œuvre, entre lesquels hésite l'admiration.
Telle qu'elle est, on ne voit pas par où elle peut donner prise à la critique, et l'on s'émerveille que le
poëte ait pu trouver tant de ressources dans un sujet
secondaire, qu'il avait déjà effleuré en maître par
les Précieuses ridicules.

Nous n'avons pas l'intention de passer en revue
tout le théâtre de Molière, ni de relever toutes les
chicanes faites à son génie; bien d'autres l'ont déjà
fait, et notamment M. Lemercier, dans son *Cours de
littérature,* et M. Saint-Marc Girardin pour *l'Avare.*
Molière n'est ni édifiant ni scandaleux, il fait réfléchir et il fait rire : or, la réflexion est salutaire quand
elle conduit à s'amender, et le rire est hygiénique.
Il ne faut pas demander à la comédie ce qui n'est
point de son ressort et suivre dans leurs scrupules
exagérés ces rigoureux censeurs qui, appliquant au
théâtre des principes d'un autre ordre, s'alarment
des peintures hardies de la scène et de quelques saillies d'humeur gauloise qui sont les priviléges du
genre. Ceux à qui Molière « fait venir de coupables
pensées » peuvent toujours se tenir à l'écart : chacun
de nous doit savoir s'il apporte ou non dans cette
épreuve les dispositions convenables. « Fais-je mal
d'aller au théâtre? » disait une femme d'honneur
à un sage prélat de nos jours : celui-ci répondit :
« Je vous le demande à vous-même. » Il n'y a pas
d'autre solution à ce problème moral que cette ré-

ponse du bon sens et de la religion indulgente. La vérité est que Molière, moraliste profond, est loin d'être un poëte immoral, et que Thompson a pu dire sans flatterie : « La comédie de Molière, châtiée et soumise aux régles, pleine d'esprit et de sens, exempte de folle extravagance, avec toute la grâce d'une gaieté qui coule de source, était la vie elle-même[1]. »

Il est fâcheux que Bourdaloue et Bossuet en aient pensé autrement. Bourdaloue, en croyant défendre la piété, se trouve en réalité avoir plaidé pour l'hypocrisie. Bossuet a passé toute mesure en damnant de sa propre autorité un honnête homme qui avait eu à son lit de mort deux sœurs de charité en larmes et en prières. Plût à Dieu qu'on pût effacer de ses *Maximes et réflexions sur la comédie* les lignes suivantes, mais elles y sont, et ce n'est pas à Molière qu'elles font tort : « La postérité saura peut-être la fin de cet illustre comédien, qui, en jouant son *Malade imaginaire* ou son *Médecin par force*, reçut la dernière atteinte de la maladie dont il mourut peu d'heures après, et passa des plaisanteries du théâtre, parmi lesquelles il rendit presque le dernier soupir, au tribunal de celui qui dit : *Malheur à vous qui riez, car vous pleurerez[2] !* » La postérité sait tout de Molière ; elle connaît sa vie, ses œuvres et sa mort, elle

---

[1]   Moliere's scene
Chastis'd and regular, with well judg'd wit,
Not scatter'd wild, and native humour grac'd,
Was life itself.

[2] *Œuvres de Bossuet*, édit. Didot, 1849. T. I, p. 746.

estime l'homme et elle admire son génie. Elle sait
aussi que Bossuet a méconnu l'un et l'autre, et qu'un
jour il s'est oublié lui-même.

Il nous reste à noter encore quelques reproches
articulés par d'illustres écrivains, et la restriction
apportée à l'éloge par cet arbitre du goût, qui cependant avait proclamé devant Louis XIV la supériorité
de Molière sur tous les hommes de génie de son
siècle. Et d'abord, quand on a lu le *Misanthrope*,
Tartufe et *les Femmes savantes*, on a peine à comprendre les critiques que Fénelon et La Bruyère ont
faites du style de Molière, et on ne se les explique
qu'en les rapportant à ses premiers essais, ou, dans
les œuvres de son âge mûr, au langage populaire
qu'il a dû mettre, pour être vrai, dans la bouche de
quelques vauriens de bas étage. Boileau commet à
son tour une confusion analogue, lorsqu'il refuse à
Molière le prix de son art. Ces vers si souvent cités :

C'est par là que Molière, illustrant ses écrits,
Peut-être de son art eût emporté le prix,
Si, moins ami du peuple en ses doctes peintures,
Il n'eût point fait souvent grimacer ses figures,
Quitté pour le bouffon l'agréable et le fin,
Et sans honte à Térence allié Tabarin[1],

auraient quelque fondement si Molière eût mêlé dans
ses chefs-d'œuvre le bouffon au comique noble; mais
ne l'ayant point fait, on ne voit point par quelle sorte
de contagion *les Fourberies de Scapin,* *Georges Dan-*

[1] *Boileau*, Art poétique, ch. III, v, 395.

din ou *la Comtesse d'Escarbagnas* pourraient aller corrompre la beauté dans les pièces où elle se trouve sans alliage et enlever ainsi à‘Molière la palme qu'aucun poëte comique n'osera lui disputer. Aussi la postérité dit-elle après La Fontaine : « Molière, c'est mon homme. » Et, en effet, Molière est l'homme de ceux qui aiment à voir clair dans les choses et dans les hommes, qui n'ont ni le goût de tromper ni celui d'être trompés, qui ne craignent pas d'ouvrir leur cœur et qui veulent pénétrer et dévoiler ce que cachent les autres. La Fontaine est bien de la même trempe, sincère avec lui-même, indiscret et très-clairvoyant du côté du prochain. Ces deux hommes uniques ont eu l'un pour l'autre une estime profonde; ils ont entre eux une remarquable analogie : c'est raison de ne pas les séparer. Reparlons[1] donc de La Fontaine, et faisons-le d'autant plus volontiers que son génie, ne disons pas sa gloire, vient d'être mis en doute, ne disons pas en péril, par un grand poëte.

La Fontaine, c'est la fleur de l'esprit gaulois avec un parfum d'antiquité. Il relève de Phèdre et d'Horace, mais il procède aussi de Villon et de Rabelais; il a rencontré tout ce qu'il y a de plus exquis dans l'antiquité classique et dans le moyen âge, et cela sans trace d'effort, de sorte qu'il reproduit le charme d'une double tradition avec le caractère de la sponta-

---

[1] Je dis *reparler*, parce que longtemps avant d'écrire cette histoire j'avais publié sur La Fontaine une étude étendue qu'on trouvera dans mes *Essais littéraires,* deuxième série, p. 197–230.

néité. N'allons pas croire La Fontaine sur parole,
lorsqu'il nous dit qu'il fit de sa vie deux parts,

> Dont il souloit passer
> L'une à dormir et l'autre à ne rien faire[1].

Sans doute il a beaucoup dormi, et il parle du *vrai
dormir* avec trop de passion et de reconnaissance
pour qu'on ne soit pas assuré qu'il en ait souvent
savouré les douceurs; mais il est bon de s'entendre
sur cette paresse si féconde en chefs-d'œuvre. Certes,
ce n'était pas celle de l'esprit. La Fontaine lisait
beaucoup, il lisait avec passion :

> J'en lis qui sont du Nord et qui sont du Midi[2].

Il jouissait vivement de ses lectures, il les digérait
avec délices, et cette ivresse de l'âme le plongeait
dans une rêverie méditative d'où il sortait par l'inspiration. C'est ainsi que ce désœuvré pouvait mieux
que personne

> Faire usage du temps et de l'oisiveté[3].

Alors, pleinement éveillé et riche des fruits de ce
travail qui avait été pour lui un plaisir, il écrivait,
non pas négligemment et à l'aventure, mais avec un
soin curieux, une attention soutenue, un goût délicat
et plein de scrupules, ces fables immortelles qu'on
ne se lasse pas de relire, aliment et parure de la
pensée.

[1] *Épitaphe* de la Fontaine, pour et par lui-même.
[2] *Épître* XXII, à Huet, v. 70.
[3] *Id.* XVI, à madame de la Sablière, v. 94.

Il ne faut pas non plus se méprendre sur le nom de bonhomme donné à La Fontaine. Cette bonhomie, qui lui demeure désormais comme trait principal de sa physionomie, n'exclut ni la finesse réfléchie ni la malice instinctive qui firent de lui un satirique sans lui enlever la bonté, ni cette puissance de méditation solitaire qui élève cet homme simple et naïf au rang des philosophes. Il est bon aussi de démêler l'art qui se dérobe sous le naturel et l'abandon de ses démarches. Au milieu et à l'aide même de ses distractions et de ses rêveries, il poursuivait avec l'adresse et la persistance d'un enfant le dessein d'échapper aux entraves que la tyrannie du monde aurait mises à son indépendance. Le privilége de grande enfance qu'on lui accordait, et dont on s'amusait, en apparence à ses dépens, profitait à son bien-être, aux caprices de son humeur, aux libres allures de son génie. Sur ce pied, on lui passait toutes ses fantaisies, on le choyait, on ne lui demandait que d'être heureux, et c'est aussi ce qu'il voulait.

La Fontaine est bien de la secte, mais il n'est pas du troupeau d'Épicure. Sans doute il aime les plaisirs faciles, mais il les veut délicats, ceux de l'esprit surtout. Il n'a pas dissimulé son goût pour la volupté, il a aimé tout ce qui charme l'âme, tout

> Jusqu'au sombre plaisir d'un cœur mélancolique [1].

---

[1] *Psyché*, liv. II. — Il faut lire, pour avoir un aveu complet, l'invocation à la volupté, que termine le beau vers que nous avons cité :

> Volupté, volupté ! qui fus jadis maîtresse
> Du plus bel esprit de la Grèce,

Ce qui lui répugne, c'est le mensonge, c'est le déguisement, c'est la fourberie sous toutes ses formes, c'est aussi la contrainte. Si la cour lui déplaît, ce n'est pas qu'il haïsse les grands, car s'il se tient éloigné de Versailles, il a été à Vaux, chez le surintendant, et il ira au Temple chez les Vendômes. Les grands qui lui laissent ses coudées franches lui sont d'agréables compagnons. A la cour il aurait trouvé l'étiquette, c'est-à-dire la contrainte; le déguisement et l'adulation, c'est-à-dire l'hypocrisie et la servilité; aussi n'essaye-t-il pas de la fréquenter, il aime mieux la définir :

> Je définis la cour un pays où les gens,
> Tristes, gais, prêts à tout, à tout indifférents,
> Sont ce qu'il plaît au prince, ou, s'ils ne peuvent l'être,
>   Tâchent au moins de le paraître;
> Peuple caméléon, peuple singe du maître :
> On dirait qu'un esprit anime mille corps;
> C'est bien là que les gens sont de simples ressorts[1]!

Il ne faut ni flatter ni diffamer La Fontaine. Il avait un esprit voluptueux, un corps nonchalant, une âme

> Ne me dédaigne pas ; viens-t'en loger chez moi,
>   Tu n'y seras pas sans emploi :
> J'aime le jeu, l'amour, les livres, la musique,
> La ville et la campagne, enfin tout : il n'est rien
>   Qui ne me soit souverain bien,
> Jusqu'au sombre plaisir d'un cœur mélancolique.

[1] *Fabl.*, liv. VIII, f. xiv. On comprend, sans qu'il soit besoin d'en faire la remarque, que le dernier vers de cette citation est une allusion au système de Descartes sur les animaux; mais ce qui est à noter, c'est la préoccupation du poëte en faveur de ses clients et son empressement à saisir l'occasion de mettre certains hommes au-dessous de ses bêtes.

sincère; il se promettait de voir en Papimanie, « ce
pays où l'on'dort, » il tenait surtout à voir le moins
possible « les pays où l'on ment. »

La Fontaine, qui ne se pressait jamais, fut poëte
un peu tard, mais il le fut à son heure et en pleine
originalité. Molière seul l'avait deviné lorsqu'il disait,
à travers les railleries dont Racine et Boileau harce-
laient impitoyablement le naïf et malin Champenois,
plus âgé qu'eux et moins impatient de briller : « Lais-
sez dire nos beaux esprits, ils n'effaceront pas le bonhomme. » A ce moment ses fables n'avaient pas encore paru, et lorsqu'elles furent publiées, ni Boileau
ni Racine ne soupçonnèrent qu'elles leur donnaient
un rival. Personne, au dix-septième siècle, ne vit
d'abord bien clairement que les *Fables d'Ésope mises*
en vers par M. de La Fontaine étaient une invention
exquise, une œuvre originale et impérissable. La
Bruyère et Fénelon en eurent plus tard le soupçon;
mais, en général, on prit presque au mot la modestie
du poëte. L'admiration des anciens fermait en partie
les yeux sur tant de beautés neuves. Boileau, qui ne
put jamais avouer ni sans doute reconnaître la supériorité de Molière sur Térence, tant était fervente et
timorée sa piété envers l'antiquité, crut de bonne foi
que La Fontaine n'était pas l'égal de Phèdre. Le temps
seul a dissipé cette illusion, et montré clairement que
la fable telle que l'a faite La Fontaine est véritablement
une des plus heureuses créations de l'esprit humain.

Il ne faut rien dissimuler, et par affection pour le
fabuliste qui nous a initiés aux douceurs de la poésie,
jeter un voile complaisant sur les écarts de sa muse.

La Fontaine n'a pas songé tout d'abord à être un
poëte moral. C'est le goût des plaisirs qui l'attira auprès de Fouquet et qui l'y retint jusqu'à la disgrâce,
qui fit passer ce corrupteur élégant, ce splendide di-
lapidateur de la fortune publique, des fêtes plus que
royales du château de Vaux à la dure prison de Pi-
gnerol. Cette catastrophe qui, en renversant le complice et le promoteur des prodigalités de la cour,
sauva les finances de l'État, nous intéresse par ses
conséquences littéraires. Scarron ne manquait pas de
prévoyance lorsque, dans un remercîment poétique,
à l'occasion de libéralités qu'il avait provoquées et
reçues, il félicitait le surintendant de savoir choisir
ses amis :

> Ce n'est pas au hasard qu'il répand ce qu'il donne :
> Il sçait par le merite estimer la personne,
> Et peu, dans le haut rang où la vertu l'a mis,
> Ont mieux que lui sçu faire et choisir des amis [1].

On le vit bien après sa ruine, qui a été l'occasion de
tant de regrets noblement exprimés. Nous lui devons
les premières lettres de madame de Sévigné. C'est elle
qui fit de Pellisson, jusqu'alors soupirant précieux et
passablement ridicule de mademoiselle de Scudéry, un
puissant orateur qui sut passionner les chiffres et faire
jaillir le pathétique des pièces arides d'un dossier inextricable pour tout autre. Par son dévouement pour
une infortune qui l'enveloppait lui-même, Pellisson

---

[1] Les dernières OEuvres de monsieur Scarron, 2 vol. in 12,
Étienne David, 1750. T. 1, p. 236.

nous a donné dans ses Mémoires les premiers modèles
de l'éloquence judiciaire en France, car le pédantisme
et la fausse grandeur gâtaient encore les plaidoyers
d'Antoine Lemaître, et ceux de Patru étaient polis
et châtiés jusqu'à la sécheresse. Le contre-coup de
cette chute soudaine éveilla aussi le génie poétique
de La Fontaine, qui n'avait été jusqu'alors qu'un
versificateur agréable, émule de Voiture, payant en
rondeaux et ballades les arrérages de la pension que
lui faisait le surintendant. La Fontaine ne prétend
pas, comme Pellisson, que Fouquet soit innocent et
qu'il ait mis du sien dans le gaspillage de la fortune
publique ; il gémit, il excuse, il supplie. Il contemple
avec émotion le malheur de son ami :

> Voilà le précipice où l'ont enfin jeté
> Les attraits enchanteurs de la prospérité[1].

Mais comment y résister ?

> Lorsque sur cette mer on vogue à pleines voiles,
> Qu'on croit avoir pour soi les vents et les étoiles,
> Il est bien malaisé de régler ses désirs ;
> Le plus sage s'endort sur la foi des zéphyrs[2].

L'âme de La Fontaine s'est émue ; il n'avait que le
goût des vers, et le voilà poëte !

Malheureusement le génie poétique de La Fontaine,
éveillé par la douleur et la reconnaissance, se détourna
vers les joyeux devis et les libres propos. Il y était na-

---

[1] *Œuvres de La Fontaine*, Élégie i. Aux Nymphes de Vaux,
v. 19.

[2] *Ibid.*, v. 25.

turellement enclin, une nièce de Mazarin, la duchesse
de Bouillon, l'y encouragea, et le succès fit le reste.
Boccace, Arioste, Machiavel, Rabelais, Marguerite de
Navarre lui fournirent à l'envi des sujets qui le char-
mèrent; et comme le conte est de sa nature peu scrupuleux, il n'eut d'autre soin que de conter agréablement :

> Contons, mais contons bien, c'est le point principal,
> C'est tout; à cela près, censeurs, je vous conseille
> De dormir comme moi sur l'une et l'autre oreille[1].

Et sait-on ce qui mettait si à l'aise sa conscience de
poëte? c'était l'autorité d'Horace et de Cicéron. « La
nature du conte le voulait ainsi, » dira-t-il avec je
ne sais quelle impudeur ingénue; et il ajoutera : « c'est
une loi indispensable, selon Horace, ou plutôt selon
la raison et le sens commun, de se conformer aux
choses dont on écrit. » Mais pourquoi écrire sur de
pareilles choses? La Fontaine a sa réponse toute
prête : « Cicéron fait consister la bienséance à dire ce
qu'il est à propos qu'on dise eu égard au lieu, au temps
et aux personnes qu'on entretient. Ce principe une
fois posé, ce n'est pas une faute de jugement que d'entretenir les gens d'aujourd'hui de contes un peu libres[2]. » Ainsi c'est par respect des anciens qu'il va
divertir et dépraver les modernes. Peut-on se trouver plus naïvement sophiste, et montrer tout ensemble
plus de candeur et de licence? Hâtons-nous de passer
outre et d'arriver aux fables.

[1] *Contes et Nouvelles*, liv. III, conte I, v. 28.
[2] Préface de la seconde édition des *Contes et Nouvelles*, 1665.

L'apologue de La Fontaine tient à l'épopée par le
récit, au genre descriptif par les tableaux, au drame
par le jeu des personnages et la peinture des caractères, à la poésie gnomique par les préceptes. Ce n'est
pas tout, car le poëte intervient souvent en personne.
Le charme suprême de ces compositions, c'est la vie.
L'illusion est complète; elle va du poëte, qui a été le
premier séduit, aux spectateurs qu'elle entraîne. Homère est le seul poëte qui possède cette vertu au même
degré. La Fontaine a réellement sous les yeux ce qu'il
raconte, et son récit est une peinture; son âme, doucement émue du spectacle dont elle jouit seule d'a-
bord, le reproduit en images sensibles. Là se trouve
le secret principal du style de La Fontaine; tout y
est en tableaux et en figures. Cette simplicité dont
on le loue n'est que dans le naturel des images qu'il
choisit ou qu'il trouve pour représenter sa pensée,
ou plutôt son émotion. Si l'on veut s'en donner
la peine, ou plutôt le plaisir, on verra que l'invention dans le langage n'a jamais été portée plus
loin; le mot abstrait ne paraît pas, la métaphore y
supplée de manière à parler aux sens. A proprement
parler, on ne lit pas les *Fables* de La Fontaine, on les
regarde, on ne les sait point par cœur, on continue
de les voir. Si l'on ajoute à cet attrait de la réalité
vivante le plaisir que cause le spectacle de l'humanité
visible sous ces symboles animés, on aura les deux
principes de l'intérêt universel qu'excitent les *Fables*
de La Fontaine. L'illusion qui le domine et qui l'inspire si heureusement ne tient pas seulement à l'imagination, mais à la sensibilité : car dans sa longue fa-

11.

miliarité avec les animaux, il s'est pris pour eux, comme pour la nature, d'un amour véritable ; il les porte dans son cœur, il plaide leur cause avec éloquence, et dans l'occasion il s'arme de leurs vertus contre les vices de l'humanité.

Ce qu'on appelle la naïveté de La Fontaine est surtout une grâce de malice, un déguisement de malignité ; c'est une certaine ingénuité sarcastique d'un esprit qui voudrait bien ne pas blesser et qui joue avec le trait qu'il ne décoche pas, mais qu'il montre en faisant mine de le sacrifier : c'est ainsi qu'il *suppose* qu'un *moine* est toujours *charitable*, et, qu'en parlant de l'animal *perfide*, il ne veut pas dire l'*homme*, mais le serpent. Après cela, l'homme et le moine ne s'en trouvent pas mieux. Sans doute le poëte est d'humeur débonnaire, mais la flèche qu'il a paru détourner n'en arrive que plus sûrement au but. Cette ruse de l'esprit, qui se cache avec le secret désir d'être surpris, tient au caractère de l'auteur, et il ne l'emploie guère que lorsqu'il parle en son propre nom. Lorsqu'il fait parler ses personnages, il sait, à propos, se montrer incisif et véhément. Aussi voyez à quelle mâle éloquence il s'élève, lorsqu'il met dans la bouche du paysan du Danube ces terribles paroles :

> Craignez, Romains, que le ciel quelque jour
> Ne transporte chez vous les pleurs et la misère,
> Et mettant en nos mains, par un juste retour,
> Les armes dont se sert sa vengeance sévère,
>   Il ne vous fasse, en sa colère,
>   Nos esclaves à votre tour [1].

[1] *Fables*, liv. XI, f. VII, v. 53. — Ce passage a heureuse-

Il ne se contraint pas davantage lorsqu'il lui fait
dire :

> Rien ne suffit aux gens qui nous viennent de Rome :
>> La terre et le travail de l'homme
> Font pour les assouvir des efforts superflus [1].

N'emploie-t-il pas la plus amère ironie lorsqu'il fait,
par l'entremise du serpent, le procès à l'iniquité des
puissances de la terre :

> Mes jours sont dans tes mains ; tranche-les ; ta justice,
> C'est ton utilité, ton plaisir, ton caprice ;
> Selon ces lois condamne-moi [2].

et, pour qu'on ne puisse pas se tromper au sens de
ce réquisitoire, il ose cette fois ajouter de son chef :

ment inspiré un de nos poëtes, dont on oublie un peu vite,
et beaucoup trop, à notre avis, le talent et le patriotisme, Ca-
simir Delavigne, qui a dit dans sa Messénienne sur Waterloo,
Œuvres complètes, 1 vol. grand in-8°, Didier, 1855, p. 488 :

> Et vous, peuples si fiers du trépas de nos braves,
>> Vous, les témoins de notre deuil,
>> Ne croyez pas, dans votre orgueil,
> Que pour être vaincus les Français soient esclaves.
> Gardez-vous d'irriter nos vengeurs à venir ;
> Peut-être que le ciel, lassé de nous punir,
>> Seconderait notre courage,
>> Et qu'un autre Germanicus
> Irait demander compte aux Germains d'un autre âge
>> De la défaite de Varus.

---

[1] *La Fontaine*, liv. XI, f. VII, v. 50.

[2] *Ibid.*, liv. X, f. II, v. 20. — Ici la Fontaine imite avec sa
supériorité habituelle un vers de Juvénal :

> Sic volo, sic jubeo, sit pro ratione voluntas.

> On en use ainsi chez les grands :
> La raison les offense; ils se mettent en tête
> Que tout est fait pour eux, quadrupèdes et gens;

puis il se ravise, et, comme pour se dérober après s'être trahi, il dira ingénument :

> Si quelqu'un desserre les dents,
> C'est un sot, j'en conviens[1].

Comment lui vouloir mal de sa franchise après cet humble aveu de sottise?

Notre poëte, dans ses *Fables*, comme madame de Sévigné dans ses *Lettres*, prend tous les tons et passe de l'un à l'autre avec une aisance qu'on ne peut trop admirer. Outre le naturel du langage et de la pensée, qui ne l'abandonne jamais, il a comme moyen de souplesse les ressources d'une versification qui, par les variétés de la mesure et du rhythme, suit sans effort tous les mouvements de l'âme. Ces vers de longueur inégale ne viennent pas par caprice, ils sont amenés par une secrète raison d'harmonie ou de sentiment. Ceux qui ne la saisissent pas risquent de prendre pour de la négligence les finesses d'un art consommé et les délicatesses du goût le plus pur. Certes, le bon La Fontaine a bien sommeillé quelquefois comme le bon Homère; mais, comme il lui arrive souvent de veiller les paupières closes, il faut y prendre garde, tant sa bonhomie abonde en malices, tant sa simplicité couvre d'artifices. Ces découvertes sont un des

---

[1] *La Fontaine*, liv. X, f. II, v. 84.

plus grands charmes de la lecture de La Fontaine,
mais elles se refusent à l'analyse. Il vaut mieux montrer ici, par quelques traits choisis, à quelle noblesse
s'élèvent, par intervalles, la pensée et le langage de
La Fontaine. Avons-nous, chez nos poëtes les plus
soutenus, de plus beaux vers que ceux-ci :

> Quant aux volontés souveraines
> De celui qui fait tout, et rien qu'avec dessein,
> Qui les sait que lui seul? comment lire en son sein?
> Aurait-il imprimé sur le front des étoiles
> Ce que la nuit des temps enferme dans ses voiles[1]?

Est-il rien de plus gracieux que cette peinture de la
nuit :

> Cette divinité, digne de vos autels,
> Et qui, même en dormant, fait du bien aux mortels,
> Par de calmes vapeurs mollement soutenue,
> La tête sur son bras et son bras sur la nue,
> Laissant tomber des fleurs et ne les semant pas,
> Fleurs que les seuls zéphyrs font voler sur leurs pas[2]...

Ou que ce portrait de Vénus :

> Rien ne manque à Vénus, ni les lis, ni les roses,
> Ni le mélange exquis des plus aimables choses,
> Ni ce charme secret dont l'œil est enchanté,
> Ni la grâce, plus belle encor que la beauté[3].

---

[1] *La Fontaine*, liv. II, f. xiii, v. 18.

[2] *Songe de Vaux*, 5e fragment.

[3] *Adonis*, poëme, v. 75-78. Ce dernier vers : « Et la grâce
plus belle encor que la beauté, » qui paraît couler de source,
enferme peut-être une réminiscence de Virgile, qui a dit en
parlant de Nisus et d'Euryale :

Gratior et pulchro veniens in corpore virtus. (*Æn.*, lib. V, v. 344.)

Où trouver plus de pathétique que dans ces plaintes
sur les rigueurs de la mort :

> Défendez-vous par la grandeur,
> Alléguez la beauté, la vertu, la jeunesse;
> La mort ravit tout sans pudeur :
> Un jour le monde entier accroîtra sa richesse [1].

Plus de sensibilité et de douce mélancolie que dans ce
passage où respire l'âme de Virgile, avec le souvenir
de ses vers les plus émus :

> Solitude où je trouve une douceur secrète,
> Lieux que j'aimai toujours, ne pourrai-je jamais,
> Loin du monde et du bruit, goûter l'ombre et le frais?
> Oh ! qui m'arrêtera sous vos sombres asiles [2] ?

Enfin plus de grâce et de légèreté que dans cette
autre imitation du même poëte. Virgile avait dit en
parlant de Camille :

> Illa vel intactæ segetis per summa volaret
> Gramina, nec teneras cursu læsisset aristas [3].

La Fontaine dit à son tour, pour peindre la démarche
de la princesse de Conti :

Le sens n'est pas le même, mais il aura suffi de ces deux mots :
gratior et pulchro, déposés obscurément dans un pli du cerveau, pour produire en son heure une autre fleur de poésie.
Ces bonnes fortunes n'arrivent qu'à ceux qui vivent familière-
ment avec les maîtres.

[1] *La Fontaine*, liv. VIII, f. 1, v. 13.

[2] *Ibid.*, liv. XI, f. IV, v. 22.

[3] *Æn.*, liv. VII, v. 808.

L'herbe l'aurait portée; une fleur n'aurait pas
Reçu l'empreinte de ses pas[1].

De l'amazone de Virgile ou de la princesse de notre
poëte, laquelle est la plus légère et la plus gracieuse?
On ne finirait pas, on ne se lasserait pas non plus, si
l'on voulait tirer de ce poëte unique, qui amuse l'enfance, qui instruit l'âge mûr, qui console la vieillesse,
tous les trésors de morale et de poésie qu'il renferme.
Il nous a fallu l'aveu direct et public de quelques insensibles pour être assuré que La Fontaine n'avait pas
pour lui l'universalité des suffrages; mais si le sentiment des beautés dont il abonde a été refusé à quelques-uns, il n'a été donné à personne de pouvoir
désabuser le monde d'une admiration qui a ses racines
dans le cœur de l'homme.

La Fontaine et Molière sont inséparables, ils se
tiennent pour ainsi dire la main devant la postérité
qui les admire et qui les aime. Elle leur sait gré à
tous deux de n'avoir pas haï les hommes dont ils ont
peint les travers et les faiblesses avec tant de fidélité
et par des moyens analogues, car la fable, dans les
mains de La Fontaine, est devenue

Une ample comédie à cent actes divers[2].

Le parallèle entre le génie de ces deux grands poëtes
était donc inévitable. Chamfort l'a fait, en critique
habile, dans un morceau célèbre qu'il est inutile de

[1] *Œuvres de La Fontaine*, le Songe, pour madame la prin
cesse de Conti, v. 24.
[2] *Ibid.*, liv. V, f. I, v. 27.

reproduire ici. Contentons-nous de saisir et de mettre en lumière certaines analogies qui rapprochent ces deux poëtes philosophes, si français et si humains, si modernes et si antiques, pour tout dire, si vrais et si durables. Ils sont bien de leur pays et de leur temps, mais ils conviennent à tous les lieux et à tous les âges. Leurs faiblesses, et ils en ont, ne sont que des traits de vérité plus frappants et des arguments de sincérité. Ce qui prouve victorieusement la parenté et la puissance de leur génie, c'est le don qu'ils possèdent au même degré de transformer ce qu'ils touchent, et de s'assimiler ce qu'ils empruntent. Molière disait : « Je reprends mon bien où je le trouve, » et La Fontaine, dans le même sens :

> Mon imitation n'est point un esclavage[1],

et tous deux avaient raison. Tous deux ils suivent librement les modèles qu'ils rencontrent; là où d'autres les ont précédés, ils créent ce qu'ils imitent; ils emportent par droit de conquête ce qu'ils dérobent; car ils impriment à tout ce qu'ils mettent en œuvre le cachet de leur originalité.

Rome et la Grèce nous opposent des poëtes qui soutiennent la comparaison avec Corneille, Racine et Boileau, mais elles n'ont rien à placer légitimement en regard de Molière et de La Fontaine. Si ceux qui les déprécient savent ce qu'ils font, ils sont bien coupables; et bien aveugles, s'ils l'ignorent. Ils amoindrissent la France.

---

[1] *La Fontaine*, Épître XXI, à Huet, v. 26.

CHAPITRE II

La Rochefoucauld. — Le Livre des Maximes. — Esprit de cet ouvrage. — Madame de La Fayette. — La princesse de Clèves. — Madame de Sévigné. — Son caractère. — Mérite de ses lettres. — Le cardinal de Retz. — Mémoires sur la Fronde. — Politique du cardinal de Retz. — Ses maximes. — Ses portraits. — Ses narrations.

La splendeur du siècle de Louis XIV a produit, dans l'optique des temps, une illusion qu'il est bon de signaler : c'est que, parmi les noms antérieurs, ceux qui n'ont point pâli dans la lumière de cette époque ont paru lui appartenir. Ainsi Corneille, Descartes et Pascal, que nous avons dû remettre à leur vraie place, semblèrent graviter autour du grand roi, parce que, après sa venue, leur gloire n'en fut pas éclipsée. Voilà sans doute des métaphores bien astronomiques, et comment les écarter quand on parle d'un prince qui avait pris le soleil pour emblème ? Il suffira de ne plus y revenir. Mais si l'inexorable chronologie enlève au siècle de Louis XIV le père du théâtre et celui de la philosophie, et même l'incomparable écrivain dont la prose n'a pas été égalée, il serait injuste de pousser plus loin ces reprises, et de réclamer au profit de l'âge précédent les grandes intelligences qui, bien que déjà mûres, attendirent, pour donner leurs fruits, l'arrière-saison de la vie. Celles-là sont bien, par le génie, contemporaines de Louis XIV. A ce titre, nous ne lui avons disputé ni Molière ni La Fontaine.

11.

Par la même raison, nous devons lui laisser La Rochefoucauld et ce Paul de Gondi, que la Fronde avait
instruits et formés d'avance pour être, l'un, son moraliste, l'autre, son historien. Nous ne lui envierons
encore ni l'amie fidèle du duc de La Rochefoucauld,
ni la parente dévouée du cardinal de Retz, ces deux
femmes supérieures, figures gracieuses et toujours
jeunes, madame de Sévigné et madame de La Fayette.

    La Rochefoucauld est véritablement le moraliste
de la Fronde; il a écrit le livre des *Pensées* sous la
dictée de ressentiments profonds et légitimes. Il avait
fait une triste expérience de la morale des partis et de
la duplicité des hommes. La Rochefoucauld, né avec
de nobles inclinations et l'instinct du dévouement,
avait porté ces sentiments dans l'amour et dans la
faction : mais il fut dupe de sa fidélité; la guerre civile
ébrécha sa fortune et ruina sa santé. Trahi ou méconnu par tout ce qu'il avait aimé et voulu servir, il
n'est pas surprenant qu'une pareille épreuve, qui donnait un double démenti à ses instincts généreux, ait
aigri ce cœur noble uni à un caractère faible. Il se
vengea de ses mécomptes par la pénétration de son
esprit. Sa clairvoyance avait surpris les motifs cachés
de la plupart des actions, il les dévoila sans pitié. Il ne
nie pas absolument la vertu, il affirme sur sa propre
expérience qu'on se laisse aisément piper aux apparences de la vertu, et que ce que nous prenons pour
elle n'est souvent que le déguisement du vice; il ne
prêche pas l'égoïsme, il apprend à s'en défier; il ne
veut pas faire des vicieux, il veut diminuer le nombre
des dupes; il ne dit pas : La vertu n'est qu'un mot;

mais : Elle est souvent un masque. Il conseille la défiance et non l'incrédulité, il met la prudence en garde
contre l'hypocrisie. En effet, des actions identiques
extérieurement ont-elles nécessairement le même
principe? 'Est-on toujours continent par chasteté,
brave par courage? La vanité ne produit-elle par les
effets de la bienfaisance; le calcul, ceux du dévouement? Faut-il avoir vécu longtemps pour l'éprouver,
et ne doit-on pas savoir gré à celui qui nous avertit
de ne pas nous laisser prendre aux dehors, et de nous
prononcer en connaissance de cause?

Le moment que prit La Rochefoucauld pour faire
ses observations morales ne présentait pas l'humaine
espèce sous un jour favorable. C'est surtout dans les
cabales que se trahissent les mauvais penchants de
notre nature : on s'y engage sous des prétextes d'honneur, et en réalité par caprice ou par intérêt; et,
lorsque l'intérêt n'y est plus, on s'en retire volontiers
en voilant sa trahison par un mensonge. Toute ligue
de ce genre compose une personne multiple qu'on
peut considérer comme un homme, et qui ne saurait
être un honnête homme, puisqu'elle a pour mobile
unique son propre avantage; les membres dont elle
est formée se pénétrent du même esprit, de sorte que,
considérée dans son ensemble ou dans ses parties,
elle n'offre rien qui puisse adoucir la sévérité d'un
moraliste. Or, c'est là surtout ce que La Rochefoucauld a vu et étudié, c'est là ce qu'il a jugé et flétri.
Le danger de ces *Pensées*, recueillies dans un même
sentiment, de ces *Maximes*, énoncées sous la même
impression, est, malgré les réserves de langage qui

laissent quelque ouverture aux exceptions, de pousser
à un système qui n'en admettrait point. Il n'est pas
vraisemblable que ce système fût au fond de la pensée du moraliste, mais on le lui a prêté, et d'autres
en ont pris pour eux-mêmes la responsabilité. Ainsi
l'honnête homme qui s'irritait que la vertu fût si rare
induit à nier qu'il y ait quelque vertu. Tout devient
alors calcul et déguisement, et les actions les plus diverses en apparence, ramenées au même principe, ne
sont plus que des manifestations variées de l'égoïsme;
elles ont toutes même valeur, ou plutôt elles sont
toutes sans valeur morale.

Ce dangereux sophisme a sa racine, ses replis et
ses ressources dans une équivoque captieuse qu'il
faut démêler. C'est la confusion de l'amour de soi et
de l'intérêt personnel. Il est vrai que le désintéres-
sement absolu, tel que l'ont imaginé certains philosophes, sans pouvoir le définir et surtout sans avoir
jamais réussi à le pratiquer, est une chimère : l'homme
ne peut jamais se détacher complétement, ou, comme
disait Corneille, se déprendre de soi, et, lors même
qu'il sacrifie sa vie, c'est qu'il aime quelque chose
plus que la vie, et ce quelque chose c'est encore,
quoi qu'il en pense, une partie de lui-même. Si l'affection détruit le mérite, il n'y a plus humainement
de vertu possible. Mais, comme dit excellemment
Vauvenargues, « le bien où je me plais change-t-il de
nature ? cesse-t-il d'être bien [1] ? » Oui, le pur désin-

---

[1] *Œuvres de Vauvenargues*, Introduction à la connaissance
de l'esprit humain, liv. III, ch. XLIII, p. 56, édit. de M. Gilbert,
1 vol. in-8°, 1857.

téressement conçu par le stoïcisme n'est qu'un mot,
mais la vertu n'en est pas moins une réalité. Pour être
vertueux, il faut vouloir le bien, et pour le vouloir,
il faut l'aimer. La vertu, c'est le sacrifice, et, à un
moindre degré, la subordination de l'intérêt privé à
un intérêt plus étendu et plus élevé; et, comme le
dit encore Vauvenargues : « La préférence de l'intérêt
général au personnel est la seule définition qui soit
digne de la vertu et qui doive en fixer l'idée. Au contraire, le sacrifice mercenaire du bien public à l'intérêt propre est le sceau éternel du vice[1]. » Mais encore, pour la pratique du bien, faut-il le goût, la
passion du bien, et dans la passion le moi se retrouve.
Le propre de l'affection, c'est de s'identifier tout ce
qu'elle embrasse; son effet, lorsqu'elle est grande et
noble, est d'agrandir et d'ennoblir le *moi*, non de le
détruire. Mettra-t-on sur la même ligne celui dont le
moi se concentre dans sa personne, dans la satisfaction de ses sens, de sa cupidité, et celui dont le moi
embrasse sa famille, sa patrie, l'humanité, et qui peut
dire avec le poëte :

Homo sum, nihil humani a me alienum puto[2].

Le livre de La Rochefoucauld est un réquisitoire
contre l'amour-propre. Il est fondé en raison, si l'a-
mour-propre n'est, comme il le dit, que « l'amour
de soi-même et de toutes choses pour soi; » cet
amour-propre c'est l'égoïsme, et personne ne con-

---

[1] *Vauvenargues*, p. 52.
[2] TÉRENCE, *Heautontimorumenos*, acte I, sc. I, v. 25.

teste que l'égoïsme, quand il est porté à sa plus haute puissance, ne soit l'absence de toute vertu. C'est lui qui « rend les hommes idolâtres d'eux-mêmes et les rendrait les tyrans des autres, si la fortune leur en donnait les moyens; » c'est lui qui « ne se repose jamais hors de soi, et ne s'arrête dans les sujets étrangers que comme les abeilles sur les fleurs pour en tirer ce qui lui est propre. » C'est plaisir de voir avec quelle adresse et quelle implacable clairvoyance La Rochefoucauld poursuit ce Protée sous ses déguisements les plus spécieux et dans ses plus obscures cachettes : « Il est, dit-il, tous les contraires, il est impérieux et obéissant, sincère et dissimulé, miséricordieux et cruel, timide et audacieux; il a différentes inclinations, selon la diversité des tempéraments qui le tournent et le dévouent tantôt à la gloire, tantôt aux richesses, et tantôt aux plaisirs. Il en change selon le changement de nos âges, de nos fortunes et de nos expériences; mais il lui est indifférent d'en avoir plusieurs ou de n'en avoir qu'une, parce qu'il se partage en plusieurs et se ramasse en une quand il le faut, et comme il lui plait. Il est inconstant, et outre les changements qui viennent des causes étrangères, il y en a une infinité qui naissent de lui et de son propre fonds. Il est inconstant d'inconstance, de légèreté, d'amour, de nouveauté, de lassitude et de dégoût. Il est capricieux, et on le voit quelquefois travailler avec le dernier empressement et avec des travaux incroyables à obtenir des choses qui ne lui sont point avantageuses, et qui même lui sont nuisibles, mais qu'il poursuit parce qu'il les veut. Il est bizarre et met souvent toute son application dans les emplois les plus frivoles; il trouve tout son plaisir dans les plus fades, et conserve toute sa fierté dans les plus méprisables. Il est dans tous les états de la vie et dans toutes les conditions, il vit partout, il vit de tout, il vit de rien [1]. » Voilà certes un merveilleux portrait satirique ! Or, tout cela est vrai de l'amour-propre tel que le définit La Rochefoucauld. Il est capable toujours et très-souvent coupable des fourberies et des illusions que lui impute notre impitoyable moraliste; mais cet amour-propre n'est pas le tout de l'homme qui a bien d'autres mobiles d'action, et qui peut non pas sortir de soi, cette ambition est chimérique, mais tendre de toutes les forces de son intelligence et de son âme à la connaissance du vrai et à l'accomplissement du bien. Dans cette double poursuite il reste lui, et il n'en est pas moins vertueux.

Ce moraliste sévère, qui risquait beaucoup de nous donner de lui-même une idée peu favorable en jugeant les hommes si cruellement, nous avons pour l'absoudre, sans parler de son dévouement juvénile, l'emploi de ses dernières années, où, revenu de l'ambition et de l'amour, il fut à la cour un modèle de l'honnête homme, et dans le monde un ami fidèle. Madame de Sévigné, bon juge en cette matière, porte témoignage en sa faveur: « Je l'ai vu, dit-elle, pleurer avec une tendresse qui me le faisait adorer, » et elle ajoute: « Le cœur de M. de La Rochefoucauld pour

---

[1] *Pensées et Maximes de La Rochefoucauld*, n° 1, édit. de 1665.

sa famille est une chose incomparable[1]. » Sa liaison
avec madame de La Fayette, femme supérieure, d'un
esprit charmant et de mœurs irréprochables, dont il
ne put se séparer qu'en mourant, et les regrets qu'il
laissa dans ce noble cœur, prouvent que La Rochefoucauld désabusé n'avait guère chassé de son âme
que les chimères de la passion, qui, en se retirant,
laissèrent une place libre pour les sentiments vrais,
liens solides et charmants du commerce de la vie.
Avant de connaître La Rochefoucauld, madame de La
Fayette avait déjà composé *Zaïde*, qui est le roman
de son imagination, comme *la Princesse de Clèves*
est l'histoire de son cœur. Zaïde et la princesse
de Clèves sont toutes deux vraies, elles peignent
fidèlement la même âme sincère et pure à des âges
différents. Dans *la Princesse de Clèves*, la fiction et
la vérité se lient si étroitement et si heureusement,
que la fiction prête de l'intérêt à la vérité, et que la
vérité donne de la vraisemblance à la fiction. Évidemment l'auteur est l'héroïne de ses propres récits;
on voit qu'elle a seulement transporté dans le passé,
mais sur un théâtre analogue, les événements de sa
vie : en effet, pour peu qu'on y réfléchisse, on retrouve facilement la cour de Louis XIV dans celle de
Henri II; c'est la même grâce et la même corruption
polie : la duchesse de Valentinois, plus jalouse de son
crédit que de la fidélité de son royal amant, c'est
madame de Montespan; la jeune reine d'Écosse, épouse

---

[1] *Lettres de madame de Sévigné*, édition Lefèvre, 1843, 6 vol.
in-18, lett. 249, t. II, p. 15.

de François II, galante et spirituelle, curieuse des
intrigues de cour, avec son cercle de beaux esprits
et de femmes élégantes, n'est-ce pas la duchesse
d'Orléans? Comment méconnaître M. de La Fayette
sous le nom du prince de Clèves, et M. de La Rochefoucauld sous les traits de M. de Nemours? L'analogie est frappante dans le caractère des personnages
et dans les données générales de la fable; la différence est dans les incidents de l'action et dans la rigueur du dénoûment.

Comme œuvre littéraire, *la Princesse de Clèves*
était plus qu'une nouveauté, c'était presque une révolution. Le roman cessait par là d'être le mensonge
de l'histoire et de la passion; il entrait enfin dans la
vérité, il s'humanisait dans ses peintures et dans ses
proportions. L'histoire n'est plus qu'un cadre où la
passion se développe; les événements réels qui se
mêlent à la fiction ne sont point altérés dans leur essence, ni dénaturés dans leurs principes. Dans ce
charmant ouvrage, qui reste un modèle, l'action commence aux dernières années du règne de Henri II, et
se prolonge sous celui de François II. L'intrigue se
lie habilement aux principaux faits historiques sans
nuire à leur enchaînement. C'est déjà le procédé de
Walter Scott. Il est vrai que les mœurs sont trans-
portées du dix-septième siècle dans le seizième, et
que la cour des Valois est l'image de celle des Bour-
bons; mais qu'importe cet anachronisme des mœurs
couvert par l'éternelle vérité de la passion? Racine
a eu le même tort, plus gravement peut-être, et la
même supériorité dans la peinture du cœur humain

l'absout complétement. De nos jours, on a cru faire merveille en introduisant dans les romans, et même dans les drames, ce qu'on appelle la couleur locale, et les soins qu'on a donnés à cette décoration ont été pris sur l'étude du cœur humain, dont la peinture seule fait vivre les œuvres de l'intelligence. L'accessoire a ruiné le principal, et pour une fidélité douteuse, que les érudits contestent toujours et que les ignorants n'apprécient pas, n'a-t-on pas trop souvent sacrifié la vérité morale que les simples aussi bien que les doctes peuvent reconnaître?

Madame de La Fayette nous conduit naturellement à madame de Sévigné, que nous trouvons en tiers dans l'amitié qui l'unissait au duc de La Rochefoucauld. Ce nom, qui se place à côté des plus illustres, porte si bien avec lui l'éloge des grâces de l'esprit, qu'il est devenu la plus douce des flatteries, et qu'il semble, pour parler comme Bossuet à propos d'Alexandre et des héros, qu'aucune femme digne d'être admirée ne puisse recevoir des louanges sans que madame de Sévigné les partage. En effet, il ne lui manque aucune des qualités de son sexe : enjouée, tendre, rêveuse, compatissante, au sourire si souvent mouillé de larmes, esprit railleur sans amertume, badin sans licence comme sans pruderie, religieuse sans bigoterie, toujours simple, vive et naturelle, madame de Sévigné n'a eu d'excès que dans l'amour maternel et d'emportement que contre la déraison[1] et la mauvaise

---

[1] « La déraison me pique et le manque de bonne foi m'offense. » T. I, lett. 128, p. 221.

foi. Sa nature fut si heureuse, si pure, si sensée, que Ménage et Chapelain purent l'endoctriner sans la rendre pédante, que les conversations de l'hôtel de Rambouillet ne lui guindèrent pas l'esprit, qu'elle put garder l'amitié de Port-Royal et rester indulgente, et qu'elle reçut les traits envenimés de Bussy sans rien perdre de sa bonne renommée.

Quand on se représente tant de qualités brillantes, ornements d'une solide raison, on ne peut s'empêcher de porter envie à ceux qui ont vécu dans l'intimité de madame de Sévigné, et qui ont vu briller cet esprit dont madame de La Fayette a dit qu'il éblouissait les yeux. S'il est vrai que ses lettres ne peignent pas toute la tendresse de son âme, et « qu'elle cache au monde, à elle-même et à sa fille la moitié de l'inclination qu'elle a pour elle, » il nous manque aussi quelque chose de l'entrain de son esprit si vif à la réplique, si prompt à s'animer, et de son intarissable gaieté. Ne nous plaignons pas cependant; car le commerce épistolaire a aussi des bonnes fortunes qui lui sont propres et qui compensent par la précision du langage, par le trait plus finement aiguisé, et par l'élévation du style et des idées, les charmants caprices de la conversation. Ces lettres, telles qu'elles sont, nous donnent le spectacle unique d'un esprit supérieur, tout entier à ses pensées et à ses sentiments, courant en pleine carrière, se jouant, dans la souplesse gracieuse et forte de sa nature, par mille détours et brusques écarts, précipitant ou ralentissant son allure au gré de ses émotions, s'arrêtant sans fatigue et laissant sur sa trace un sillon de pure lumière d'où jaillissent, par instants, de vives étincelles. Il n'y a plus à louer ce chef-d'œuvre de naturel et de sincérité; on a épuisé toutes les formules de l'éloge, et cependant on n'a pas exagéré le mérite de ce style qui peint tout ce qu'il exprime; tour à tour gai, attendrissant, pathétique, quelquefois sublime[1].

Il faut apporter quelques preuves de ces mérites divers. Laissons de côté la scène de Boileau et du jésuite à propos des *Provinciales*[2], et de la véracité de Pascal, quoiqu'elle soit un modèle de gaieté et d'entrain, et le récit de l'enlèvement de mademoiselle de Vaubrun par le comte de Béthune-*Cassepot*[3], un peu trop risqué; mais donnons en échange quelques traits de cette scène des cordons bleus qui faillit « ébranler la gravité » de Louis XIV : « Toute la troupe était magnifique, M. de La Trousse des mieux;

---

[1] Je suis fâché et presque honteux d'avoir à revenir sur un tort prétendu de madame de Sévigné. Mais comme on ne se lasse pas de lui reprocher d'avoir dit : « Racine passera comme le café; » il ne faut pas non plus se lasser de répéter qu'elle n'a jamais comparé Racine et le café, et que si elle a montré d'abord quelque froideur pour le jeune rival de son vieil ami Corneille, elle a fini par l'admirer sans réserve. M. de Saint-Surin dans son article de la *Biographie universelle* de Michaud, M. Aubenas dans la *Vie de madame de Sévigné*, ont montré comment s'était formée cette phrase sacramentelle, ébauchée par Voltaire et rédigée définitivement par La Harpe. J'ai moi-même raconté l'histoire de cette curieuse invention dans une étude sur madame de Sévigné, *Essais d'histoire littéraire*, seconde série, page 231-258.

[2] *Madame de Sévigné*, lett. 1140, t. VI, p. 96.

[3] *Id.*, lett. 1044, t. V, p. 562.

il y eut un embarras dans sa perruque qui lui fit passer ce qui était à côté assez longtemps derrière, de
sorte que sa joue était fort découverte ; il tirait toujours ce qui l'embarrassait, qui ne voulait pas venir ; cela fit un petit chagrin. Mais sur la même
ligne, M. de Montchevreuil et M. de Villars s'accro-
chèrent l'un à l'autre d'une telle furie, les épées, les
rubans, les dentelles, les clinquants, tout se trouva
tellement mêlé, brouillé, embarrassé, toutes les petites parties crochues étaient si parfaitement entrela-
cées, que nulle main d'homme ne put les séparer ;
plus on y tâchait, plus on les brouillait, comme
les anneaux des armes de Roger : enfin, toute la cérémonie, toutes les révérences, tout le manége de-
meurant arrêté, il fallut les arracher de force et le
plus fort l'emporta. Mais ce qui déconcerta entièrement la gravité de la cérémonie, ce fut la négligence du bon d'Hocquincourt, qui était tellement
habillé comme les Provençaux et les Bretons, que ses
chausses de page étant moins commodes que celles
qu'il avait d'ordinaire, sa chemise ne voulait jamais y
demeurer, quelque prière qu'il lui en fît : car, sachant
son état, il tâchait incessamment d'y donner ordre,
et ce fut toujours inutilement : de sorte que madame
la Dauphine ne put tenir plus longtemps les éclats
de rire, ce fut une grande pitié ; la majesté du roi en
pensa être ébranlée, et jamais il ne s'était vu, dans les
registres de l'ordre, l'exemple d'une telle aventure[1]. »
Ni Hamilton, ni Voltaire n'ont plus de vivacité,

[1] *Madame de Sévigné,* lett. 1002, t. V, p. 252.

et ils n'ont pas ce degré d'aisance et de naturel dans l'enjouement.

Ajoutons un tableau du même genre : « L'archevêque de Reims revenait hier fort vite de Saint-Germain; c'était comme un tourbillon; il croit bien être grand seigneur, mais ses gens le croient encore plus que lui. Ils passaient au travers de Nanterre, *tra, tra, tra;* ils rencontrent un homme à cheval, *gare, gare.* Ce pauvre homme veut se ranger; son cheval ne veut pas; et enfin le carrosse et les six chevaux renversent cul par-dessus tête l'homme et le cheval, et passent par-dessus, et si bien par-dessus que le carrosse en fut versé et renversé. En même temps, l'homme et le cheval, au lieu de s'amuser à être roués et estropiés, se relèvent miraculeusement, remontent l'un sur l'autre, s'enfuient et courent encore, pendant que les laquais de l'archevêque et le cocher et l'archevêque même se mettent à crier : *Arrête, arrête ce coquin; qu'on lui donne cent coups.* L'archevêque, en racontant ceci, disait : « Si j'avais tenu ce maraud-là, je lui aurais rompu les bras et coupé les oreilles[1]. » On pourrait détacher vingt morceaux de même mouvement et de même coloris.

Donnons-nous le passe-temps d'en détacher un encore, un seul. C'est une scène plaisante et malicieuse où la bonne âme de madame de Sévigné se donne le plaisir d'être cruelle. La voici : « Je vis hier une chose chez Mademoiselle qui me fit plaisir. Madame de Gesvres arrive belle, charmante et de

---

[1] *Madame de Sévigné,* lett. 544, t. II, p. 218.

bonne grâce : madame d'Arpajon était au-dessus de
moi; je pense que la duchesse s'attendait que je lui
dusse offrir ma place; ma foi, je lui devais une incivi-
lité de l'autre jour, je la lui payai comptant, et ne
bronchai pas. Mademoiselle était au lit; madame de
Gesvres a donc été contrainte de se mettre au-dessous de l'estrade; cela est fâcheux. On apporte à
boire à Mademoiselle, et sans donner la serviette; je
vois madame de Gesvres qui dégante sa main maigre;
je pousse madame d'Arpajon; elle m'entend et se
dégante; et d'une très-bonne grâce avance un pas,
coupe la duchesse, et prend et donne la serviette.
La duchesse de Gesvres en a eu toute la honte; elle
était montée sur l'estrade et elle avait ôté ses gants,
et tout cela pour voir donner sa serviette de plus
près par madame d'Arpajon. Ma fille, je suis méchante, cela m'a réjouie; c'est bien employé : a-t-on
jamais vu accourir pour ôter à madame d'Arpajon,
qui est dans la ruelle, un petit honneur qui lui vient
tout naturellement? Madame de Puisieux s'en est
épanoui la rate. Mademoiselle n'osait lever les yeux,
et moi, j'avais une mine qui ne valait rien[1]. » Voilà
toute la méchanceté de madame de Sévigné, elle se
compose d'un peu de malignité et de beaucoup d'enjouement.

Passons « du plaisant au sévère, » et même
à l'extrême pathétique. Madame de Longueville a
perdu son fils tué au passage du·Rhin. Personne
n'ose le lui dire, elle va l'apprendre et nous serons

---

[1] *Madame de Sévigné,* lett. 116, t. I, p. 197.

témoins de sa douleur : « Mademoiselle de Vertus était retournée depuis deux jours à Port-Royal, où elle est presque toujours : on est allé la quérir avec M. Arnauld pour dire cette terrible nouvelle. Mademoiselle de Vertus n'avait qu'à se montrer. Ce retour si précipité marquait bien quelque chose de funeste. En effet, dès qu'elle parut : Ah ! mademoiselle, comment se porte monsieur mon frère[1]? Sa pensée n'osa aller plus loin. Madame, il se porte bien de sa blessure. — Il y a eu un combat. Et mon fils? — On ne lui répondit rien. — Ah ! mademoiselle, mon fils, mon cher enfant, répondez-moi, est-il mort? — Madame, je n'ai point de parole pour vous répondre. — Ah ! mon cher fils ! est-il mort sur-le-champ? n'a-t-il pas eu un seul moment? Ah ! mon Dieu ! quel sacrifice ! Et là-dessus elle tombe sur son lit, et tout ce que la plus vive douleur peut faire, et par des convulsions, et par des évanouissements, et par un silence mortel, et par des cris étouffés, et par des larmes amères, et par des élans vers le ciel, et par des plaintes tendres et pitoyables, elle a tout éprouvé[2]. » N'eût-elle écrit que cette page que tant de larmes ont mouillée, que les plus insensibles ne liront jamais d'un œil sec, madame de Sévigné serait déjà par le cœur au niveau de nos plus grands écrivains. On sait qu'en parlant de Turenne, elle a été aussi noble et plus touchante que Mascaron et Fléchier dans la chaire chrétienne. La mort soudaine de Louvois lui ins-

---

[1] Le grand Condé.
[2] *Lettres de madame de Sévigné*, t. II, lett. 265, p. 58.

pirera des paroles dignes de Bossuet : « Le voilà donc
mort, ce grand ministre, cet homme si considérable
qui tenait une si grande place; dont le *moi*, comme
dit M. Nicole, était si étendu; qui était le centre de
tant de choses : que d'affaires, que de desseins, que
de projets, que de secrets, que d'intérêts à démêler,
que de guerres commencées, que d'intrigues, que de
beaux coups d'échecs à faire et à conduire ! Ah ! mon
Dieu, donnez-moi un peu de temps, je voudrais bien
donner un échec au duc de Savoie, un mat au prince
d'Orange; non, non, vous n'aurez pas un seul, un
seul moment [1]. » Lorsque madame de Sévigné écrivait au cours de la plume avec une familiarité sublime
ces lignes éloquentes, La Fontaine n'avait pas encore
fait dire à la Mort par son vieillard :

> Attendez quelque peu :
> Ma femme ne veut point que je parte sans elle;
> Il me reste à pourvoir un arrière-neveu ;
> Souffrez qu'à mon logis j'ajoute encore une aile.
> Que vous êtes pressante, ô déesse cruelle [2] !

Et sans doute La Fontaine ignorait qu'avant lui madame de Sévigné eût trouvé, comme lui, ce beau
mouvement de sensibilité. Mais ces grands esprits de
même race sont sujets à de pareilles rencontres.

Si nous voulons savoir ce que, pour son propre
compte, madame de Sévigné pensait de la vie et
de la mort, nous n'avons qu'à prendre ce qu'elle

---

[1] *Madame de Sévigné*, lett. 1184, t. VI, p. 201.
[2] *Fables*, liv. VIII, f. I, v. 29.

en écrivait de sa plume toujours si rapide et si sincère, et cette fois encore éloquente : « Vous me demandez, ma chère enfant, si j'aime toujours bien la vie : je vous avoue que j'y trouve des chagrins cuisants; mais je suis encore plus dégoûtée de la mort. Je me trouve si malheureuse d'avoir à finir tout ceci par elle, que si je pouvais retourner en arrière je ne demanderais pas mieux. Je me trouve dans un engagement qui m'embarrasse : je suis embarquée dans la vie sans mon consentement; il faut que j'en sorte, cela m'assomme. Et comment en sortirai-je? par où? par quelle porte? quand sera-ce? en quelle disposition? Souffrirai-je mille et mille douleurs qui me feront mourir désespérée? Aurai-je un transport au cerveau? Mourrai-je d'un accident? Comment serai-je avec Dieu? Qu'aurai-je à lui présenter? La crainte, la nécessité feront-elles mon retour vers lui? N'aurai-je aucun autre sentiment que celui de la peur? Que puis-je espérer? Suis-je digne du paradis, suis-je digne de l'enfer? Quelle alternative! quel embarras! Rien n'est si fou que de mettre son salut dans l'incertitude, mais rien n'est si naturel, et la sotte vie que je mène est la chose du monde la plus aisée à comprendre : je m'abîme dans ces pensées, et je trouve la mort si terrible, que je hais plus la vie, parce qu'elle y mène, que par les épines dont elle est semée [1]. »

Madame de Sévigné, comme La Fontaine, peut bien avoir eu en présence de Louis XIV quelques éblouis-

[1] *Lettres de madame de Sévigné*, t. I, lett. 254, p. 476

sements et certaines velléités d'adulation, mais elle n'est point fascinée et elle se remet promptement. Elle avait été frondeuse à côté de son cousin le coadjuteur, elle avait gardé le souvenir de Fouquet, et elle se tenait volontiers à l'écart pour conserver sa franchise. Il est facile de surprendre et de suivre dans ses lettres une veine de fronderie, et comme une nuance d'opposition qui la détache avec agrément de la nouvelle génération. Ainsi elle dira à sa fille : « La royauté est établie au delà de ce que vous pouvez imaginer : on ne se lève plus, on ne regarde plus personne [1]. » Cela est légèrement décoché, mais le trait n'en est pas moins pénétrant. Peut-on accuser plus finement l'infatuation de la puissance qui ne daigne plus même laisser tomber ses regards sur ses adorateurs? Voici dans le même esprit frondeur, sur les impôts, une métaphore peu agréable aux financiers : « J'ai toujours, dit-elle, la vision d'un pressoir que l'on serre jusqu'à ce que la corde rompe [2]. » Ailleurs, elle raille agréablement ces bons Bretons enchantés qu'on ait agréé les subsides qu'ils ont libéralement votés : « Nous avons percé la nue du cri de *Vive le roi!* Nous avons fait des feux de joie et chanté le *Te Deum* de ce que S. M. a bien voulu prendre notre argent [3]. » Citons encore le passage suivant qui contient en germe un pamphlet foudroyant; il n'y manque qu'un peu de fiel et de déclamation, mais il ne faut pas chercher ces ingré-

---

[1] *Madame de Sévigné*, lett. 397, t. II, p. 345.
[2] *Id.*, lett. 556, t. III, p. 221.
[3] *Id.*, lett. 334, t. II, p. 194.

dients-là chez madame de Sévigné : « On tâche de
réformer les libéralités et les pensions, et l'on reprend de vieux règlements qui couperaient tout par
la moitié; je parie qu'il n'en sera rien, et que,
comme cela tombe sur nos amis les gouverneurs,
lieutenants généraux, commissaires du roi, premiers
présidents et autres, on n'aura ni la hardiesse, ni la
générosité de rien retrancher [1]. »

Avec ce fonds d'indépendance, et fidèle comme elle
l'était à ses vieilles affections, il n'est pas étonnant
que madame de Sévigné, qui ne déguisait pas son attachement pour la tribu des Arnauld, qui s'obstinait
à crier Vive donc notre vieux Corneille! pendant que
le jeune Racine triomphait au théâtre, ait par surcroît
choyé la disgrâce du héros de·la Fronde, et tâché
d'amuser, comme elle dit, ce *bon* cardinal. « Corneille, écrit-elle à sa fille en 1672, lui a lu une pièce
qui sera jouée dans quelqué temps, et qui fait sou-
venir·des anciennes. Molière lui lira samedi *Trissotin*, qui est une fort plaisante chose; Despréaux lui
donnera son *Lutrin* et sa *Poétique :* voilà tout ce
qu'on peut faire pour son service [2]. » A cette époque
de sa vie, le cardinal de Retz, hors de faction et d'intrigue, pouvait goûter ces agréables délassements de
l'esprit; il aurait pu lui-même en donner, car déjà il
avait écrit, en partie, ces *Mémoires* qui font revivre les
événements et les personnages de la Fronde. C'est par
ces confidences qu'il se recommande à la postérité,

---

[1] *Madame de Sévigné*, lett. 454, t. II, p. 456.
[2] *Id.*, lett. 252, t. I, p. 470.

et c'est sur son propre témoignage que nous essaye-
rons de le juger.

Certes, la vocation de Paul de Gondi n'était point
à l'Église, mais il y avait eu deux Gondi sur le siége
épiscopal de Paris, et il était devenu cadet de famille par la mort du second de ses frères. Dans les
usages de l'ancienne monarchie, cette situation d'un
fils de bonne maison était plus impérieuse qu'une
vocation. Pour se soustraire à cette nécessité, il eut
des duels, il tenta un enlèvement en vue d'arriver au
mariage, il osa même conspirer contre Richelieu, enfin il n'oublia rien pour prouver qu'il serait un mauvais prêtre. Scandales inutiles ! Après avoir écrit,
encore adolescent, l'histoire de la conspiration de
Fiesque, qui dévoilait sa passion pour les complots, il
fut obligé de se réfugier dans l'étude de la théologie,
où il porta l'ardeur, les inquiétudes et la pénétration
de son esprit. Il ne tarda pas à monter dans la chaire
chrétienne où il fit applaudir son éloquence[1], et
Louis XIII, à son lit de mort, put le désigner, en le

---

[1] Nous en avons de la main de Balzac le témoignage hyperbolique dans le passage suivant du *Socrate chrétien :* « Vous
ne dites rien de saint Jean Chrysostome qui ne se verifie en
nostre monsieur l'abbé de Rais ; l'eloquence avec laquelle il
explique les mysteres du christianisme n'est point inferieure à
celle que vous nous avez figurée. Elle n'instruit pas moins, et
ne plaist pas moins. On y remarque la mesme beauté, la mesme
douceur, la mesme force. Car il tonne et il foudroye quelquefois. Mais les orages de ses figures ne gastent point la pureté
de sa diction : dans ses sermons, le calme subsiste avec la tempeste, aussi bien que dans les Homilies de saint Chrysostome. »
Discours onziesme, p. 506, édit. de 1652.

nommant coadjuteur, à la survivance de son oncle,
archevêque de Paris. Le nouveau prélat, ne pouvant
avoir la réalité des vertus de sa condition, résolut
néanmoins de paraître ce qu'il n'était pas. « Je n'i-
gnorais pas, dit-il, de quelle nécessité est la règle des
mœurs à un évêque. Je sentais que le désordre scandaleux de ceux de mon ordre me l'imposait encore
plus étroite et plus indispensable qu'aux autres ; et
je sentais en même temps que je n'en étais pas capable, et que tous les obstacles, et de conscience et
de gloire, que j'opposais au déréglement, ne seraient
que des digues fort mal assurées. Je pris, après six
jours de réflexion, le parti de faire le mal par dessein [1]. » Il avoue que cela est beaucoup plus criminel devant Dieu, mais c'était le plus sage du côté du
monde, qui peut être trompé. De tels aveux, pour être
francs, n'en sont pas moins honteux et profondément
tristes. Au moins, après cela, fallait-il réussir selon le
monde, et jouer son rôle de manière à mettre la fortune de son côté.

La destinée est pour une forte part dans les torts
du cardinal de Retz, qui n'a pas choisi sa carrière. Sa
nature les a aggravés, et toute son habileté n'a pas pu
les voiler et moins encore les rendre excusables. Engagé malgré lui dans le sacerdoce, il accepta de gaieté
de cœur, il convoita même le rôle de tribun mitré ; il
voulut rester évêque et devenir chef de parti ; il as-
pira en même temps à paraître honnête homme, et le

[1] *Mémoires du cardinal de Retz*, 2 vol. in-18, 1842. —
T. I, p. 41.

désir de concilier ce qui était contradictoire fut un
attrait de plus pour son imagination amoureuse de
l'extraordinaire, et pour son esprit subtil et hardi,
fertile en expédients dans les circonstances difficiles.
Ce nom de chef de parti chatouillait son orgueil, parce
que rien ne lui paraissait plus épineux et plus glorieux que la conduite d'un parti. Il faut l'entendre
sur ce point : « Y a-t-il une action plus grande au
monde que la conduite d'un parti ? Celle d'une armée
a, sans comparaison, moins de ressorts ; celle d'un
État en a davantage ; mais les ressorts n'en sont à
beaucoup près ni si fragiles, ni si délicats ; enfin je
suis persuadé qu'il faut plus de grandes qualités pour
former un bon chef de parti que pour faire un bon
empereur de l'univers, et que dans le rang des qualités qui le composent la résolution marche de pair
avec le jugement. Je dis avec le jugement héroïque,
dont le principal usage est de distinguer l'extraordinaire de l'impossible [1]. » Cela peut être vrai, mais
l'illusion du coadjuteur sera de croire que la Fronde
est un parti et qu'il la dirige. Il n'y a point de parti
sans une pensée sérieuse de réforme ou de conquête.
La Fronde ne savait pas où elle marchait : composée
d'éléments hétérogènes, elle était un assemblage de
factions qui s'agitaient sans intention déterminée et
pour le plaisir de s'agiter ; dans ce pêle-mêle, Paul
de Gondi n'était que le meneur d'une cabale.

Toutefois, il avait quelques-unes des grandes qualités qu'il demande à un chef de parti ; mais le milieu

[1] *Mémoires du cardinal de Retz*, t. I, p. 18.

dans lequel il était placé ne lui permettait pas de les
déployer. Il dissipa en intrigues et en turbulence des
ressources de jugement et d'imagination qui, sur un
autre théâtre, auraient pu produire de grands mouvements et achever de grands desseins. Il nous donne
à le croire, non par ses actes qui ne sont que des expédients et des finesses qui tournent quelquefois à sa
confusion, mais par les réflexions que lui suggèrent
les hommes qu'il manie et les choses qu'il voit. Il faut
recueillir quelques-unes de ces remarques profondes
qui sont d'un observateur capable de devenir homme
d'État. Il nous dira, par exemple, quels sont les gens les
plus redoutables dans les émotions populaires : « Les
riches, dit-il, n'y viennent que par force; les men-
diants y nuisent plus qu'ils ne servent, parce que la
crainte du pillage les fait appréhender; ceux qui y
peuvent le plus sont les gens qui sont assez pressés
dans leurs affaires privées pour désirer du changement
dans les publiques, et dont la pauvreté ne passe pas
toutefois jusques à la mendicité publique [1]. » Autre
vérité du même ordre : « Le crédit parmi les peuples,
cultivé et nourri de longue main, ne manque jamais
à étouffer, pour peu qu'il ait de temps pour germer,
ces fleurs minces et naissantes de la bienveillance publique, que le pur hasard fait quelquefois pousser [2]. »
Il connaissait bien l'esprit des masses populaires celui
qui a dit : « Il n'y a rien où il faille plus de précautions qu'en tout ce qui regarde les peuples, parce qu'il

[1] *Mémoires du cardinal de Retz*, t. 1, p. 25.
[2] *Ibid.*, p. 157.

n'y a rien de plus déréglé ; il n'y a rien où il les faille plus cacher, parce qu'il n'y a rien de plus défiant [1]. » Voici qui témoigne encore de son expérience : « Les extrêmes sont toujours fâcheux ; mais ils sont sages quand ils sont nécessaires [2]. » Les agitateurs qui ne veulent pas être battus peuvent réfléchir sur la maxime suivante : « Il n'y a rien de si grande conséquence dans les peuples que de leur faire paraître, même quand on attaque, que l'on ne songe qu'à se défendre [3]. » On n'a pas besoin de leur rappeler celle-ci, qui n'est pas moins juste : « En matière de sédition, tout ce qui la fait croire l'augmente [4]. » Ce qu'on va lire ne s'applique pas seulement aux maladies des États : « La guerre civile est une de ces maladies compliquées dans lesquelles le remède que vous destinez pour la guérison d'un symptôme en aigrit quelquefois trois ou quatre autres [5]. » Retz ne donne pas seulement des avis aux factieux, il avertit aussi ceux qui gouvernent : « L'extrémité du mal n'est jamais à son période que lorsque ceux qui commandent ont perdu la honte, parce que c'est justement le moment dans lequel ceux qui obéissent perdent le respect ; et c'est dans ce même moment que l'on revient de la léthargie, mais par des convulsions [6]. » Voici encore une observation bien fine et bien juste : « Il y a des temps

[1] *Mémoires du cardinal de Retz*, t. I, p. 135.
[2] *Ibid.*, p. 101.
[3] *Ibid.*, p. 91.
[4] *Ibid.*, p. 188.
[5] *Ibid.*, p. 226.
[6] *Ibid.*, p. 66.

où la disgrâce est une manière de feu qui purifie toutes
les mauvaises qualités, et qui illumine toutes les
bonnes; il y a des temps où il ne sied pas bien à un
honnête homme d'être disgracié [1]. » On voit que dans
ces *Mémoires* il y a de l'instruction pour tout le
monde.

Si le cardinal de Retz a tiré de son expérience de
factieux toute une poétique à l'usage des partis, c'est
encore à ses contemporains qu'il a emprunté certaines
habitudes littéraires dont l'empreinte est marquée
dans son livre. Ainsi les maximes détachées, comme
à l'emporte-pièce, et qui donnent tant de relief à une
pensée fine ou profonde, avaient été mises à la mode
par le duc de La Rochefoucauld; ainsi les portraits
finement touchés que mademoiselle de Scudery dis-
tribuait dans ses romans, et qui piquèrent d'émulation mademoiselle de Montpensier et Bussy-Rabutin,
avaient eu une vogue prodigieuse [2]; ainsi encore, le
désir de briller, et de garder quelque temps la parole
dans les cercles, si nombreux alors, de la société polie,
avait introduit l'habitude de ces narrations piquantes
dans lesquelles l'imagination égayée brode ses capricieux ornements sur un fond léger de vérité : en conséquence, le cardinal de Retz fera des maximes, des

---

[1] *Mémoires du cardinal de Retz*, t. I, p. 44.
[2] Nous l'avons déjà dit, les portraits ont été une des passions
de la première moitié du dix-septième siècle. Tout le monde se
peignait ou se faisait peindre. Ces peintures physiques et morales sont des œuvres d'un art souvent très-fin et très-délicat;
elles forment une galerie complète. Les curieux et les connaisseurs savent gré à M. Édouard de Barthélemy de l'avoir
reproduite. Voir ci-dessus la note page 55.

portraits et des récits, et il en ornera ses Mémoires. Pro-
cédons par ordre et prenons d'abord quelques maximes :
« Les gens faibles ne plient jamais quand il le faut; —
toutes les puissances ne peuvent rien contre la réputation d'un homme qui la conserve dans son corps; — auprès des princes il est aussi dangereux et presque aussi
criminel de pouvoir le bien que de vouloir le mal ; —
l'aveugle témérité ou la peur outrée produisent les
mêmes effets lorsque le péril n'est pas connu; — l'un
des plus grands défauts des hommes est qu'ils cherchent presque toujours, dans les malheurs qui leur
arrivent par leur faute, des excuses avant que de
chercher des remèdes; ce qui fait qu'ils y trouvent très-
souvent trop tard les remèdes qu'ils ne cherchent pas
d'assez bonne heure ; — ce qui est méprisable n'est
pas toujours à mépriser; — les gens irrésolus prennent
toujours avec facilité et même avec joie toutes les ou-
vertures qui les mènent à deux chemins, et qui par
conséquent ne les pressent pas d'opter ; — on a plus
de peine dans les partis à vivre avec ceux qui y sont
qu'à agir contre ceux qui y sont opposés; — il y a
des espèces de frayeurs qui ne se dissipent que par
des frayeurs d'un plus haut degré[1]. » Il serait facile
de multiplier les exemples de ce genre; mais il
serait moins aisé, n'étant pas averti, de décider si
des pensées ainsi frappées sont de La Rochefoucauld
ou du cardinal de Retz, tant ces deux ennemis politiques, au temps de la seconde Fronde, ont, en fait
de style, un air de famille.

[1] *Mémoires du cardinal de Retz*, passim.

Voici maintenant quelques lignes où la sagacité du publiciste touche à la profondeur, et à cette profondeur lumineuse qui n'appartient qu'aux intelligences supérieures. Richelieu avait substitué sa volonté aux anciennes lois de la monarchie, il n'en avait pas fondé de nouvelles, de sorte que sa présence était nécessaire au maintien de son œuvre. A la moindre secousse tout pouvait s'écrouler, car il avait ôté les bases sur lesquelles reposait le vieil édifice. On découvrit enfin la faiblesse cachée sous ce grand appareil de force. Le cardinal de Retz peint admirablement l'effet de cette surprise au début de la Fronde : « Le Parlement gronda sur l'édit du tarif; et aussitôt qu'il eut seulement murmuré tout le monde s'éveilla. L'on chercha en s'éveillant, comme à tâtons, les lois : on ne les trouva plus, l'on s'effara, l'on cria, on se les demanda; et dans cette agitation les questions que leurs explications firent naître, d'obscures qu'elles étaient et vénérables par leur obscurité, devinrent problématiques, et de là, à l'égard de la moitié du monde, odieuses. Le peuple entra dans le sanctuaire : il leva le voile qui doit toujours couvrir tout ce que l'on peut dire, tout ce que l'on peut croire du droit des peuples et de celui des rois, qui ne s'accordent jamais si bien ensemble que dans le silence. La salle du Palais profana ces mystères[1]. » Comme le peuple qui était entré dans le sanctuaire n'avait fait que l'entrevoir, et que le Parlement se trouvait intéressé à la durée des mystères qu'il avait im-

[1] *Mémoires du cardinal de Retz*, t. I, p. 6

prudemment profanés, ces mystères devaient bientôt retrouver dans l'ombre le respect qui les avait si longtemps protégés, et en garder quelque chose jusqu'au moment où les conséquences de l'absolu pouvoir, qui prévalut alors, et prit ses aises pendant près d'un siècle et demi, provoquèrent une nouvelle irruption. Aujourd'hui le mystère s'est évanoui pour tout le monde, et on n'attend plus que la vérité.

Le cardinal de Retz est incomparable dans ses portraits, qui sont moins des figures que des caractères; mais ces caractères sont si bien tracés qu'on imagine les visages par induction. Je ne sais pas si jamais la finesse malicieuse a été portée aussi loin, avec une touche aussi ferme et aussi délicate que dans cette esquisse de la sœur du grand Condé : « Madame de Longueville a naturellement bien du fond d'esprit, mais elle a encore plus le fin et le tour. Sa capacité, qui n'a pas été aidée par sa paresse, n'est pas allée jusqu'aux affaires dans lesquelles la haine contre monsieur le Prince l'a portée, et dans lesquelles la galanterie l'a maintenue. Elle avait une langueur dans les manières qui touchait plus que le brillant de celles qui étaient plus belles : elle en avait une même dans l'esprit qui avait ses charmes, parce qu'elle avait des réveils lumineux et surprenants. Elle eût eu peu de défauts, si la galanterie ne lui en eût donné beaucoup. Comme sa passion l'obligea à ne mettre la politique qu'en second dans sa conduite, d'héroïne d'un grand parti elle en devint l'aventurière. La Grâce a rétabli ce que le monde ne lui pouvait

rendre [1]. » Ce dernier trait, qui rappelle la conversion
de madame de Longueville, régénérée par la grâce d'en
haut et transformée en néophyte fervente et patronne
dévouée de Port-Royal, est délicieusement cruel. La
cicatrice en demeure, quoique depuis l'Histoire érudite et passionnée ait continué ce que la Grâce avait
commencé. La cruauté va plus loin et rien ne la déguise
dans le coup de pinceau qui achève le portrait de madame de Montbazon : « Je n'ai jamais vu personne
qui eût conservé dans le vice aussi peu de respect
pour la vertu [2]. » Un trait lui suffit pour immoler
agréablement sa partie adverse, témoin celui-ci qui
est décoché d'une maîtresse et traîtresse main : « Mademoiselle de Vendôme avait très-peu d'esprit ; mais
il est certain qu'au temps dont je vous parle sa sottise
n'était pas encore bien développée [3]. »

Il y avait imprudence, on le voit, à poser devant
Paul de Gondi quand on n'était pas de ses amis.
Mal en est advenu à ce Mazarin qu'il poursuivait encore du fond de son exil, ainsi parle Bossuet, « de ses
tristes et intrépides regards [4], » et sur lequel il a écrit
dans les loisirs de sa retraite forcée la page qu'on va
lire : « Il promit tout parce qu'il ne voulait rien tenir ;
il ne fut ni doux ni cruel, parce qu'il ne se ressouve-
nait ni des bienfaits ni des injures ; il s'aimait trop,
ce qui est le naturel des âmes lâches ; il craignait trop

---

[1] *Mémoires du cardinal de Retz*, t. I, p. 145.

[2] *Ibid.*, p. 146.

[3] *Ibid.*, p. 34.

[4] *Oraison funèbre de Michel Letellier*, p. 59, t. II, édit.
Didot, 1849.

peu, ce qui est le caractère de ceux qui n'ont pas de
soin de leur réputation ; il prévoyait assez bien le
mal, parce qu'il avait souvent peur ; mais il n'y re-
médiait pas à proportion, parce qu'il n'avait pas tant
de prudence que de peur ; il avait de l'esprit, de l'insinuation, de l'enjouement, des manières ; mais le
vilain cœur paraissait toujours au travers, et au point
que ces qualités eurent dans l'adversité tout l'air du
ridicule, et ne perdirent pas, dans l'air de la plus
grande prospérité, celui de la fourberie ; il porta le
filoutage dans le ministère, ce qui n'est jamais arrivé
qu'à lui, et ce filoutage faisait que le ministère, même
heureux et absolu, ne lui seyait pas bien, et que le
mépris s'y glissa, qui est le mal le plus dangereux
d'un État, et dont la contagion se répand le plus aisément et le plus promptement du chef dans les membres [1]. » Il est vrai qu'on peut opposer à cette page
le traité des Pyrénées. Elle demeure cependant, et elle
est plus vivante que le traité des Pyrénées.

Le plus piquant des récits anecdotiques semés dans
les volumes du cardinal est sans comparaison celui de
l'apparition de fantômes noirs, qui se trouvèrent en
fin de compte des moines augustins [2]. L'art d'exciter
l'intérêt et de le satisfaire par une surprise y est porté
à la perfection. Nous y découvrons aussi une part
d'imaginative un peu forte, puisqu'il résulte du rapprochement de ce récit avec un passage de Tallemant que le narrateur y introduit deux personnages

[1] *Mémoires du cardinal de Retz*, t. I, p. 64.
[2] *Ibid.*, p. 31.

étrangers, le vicomte de Turenne et lui-même. Mais tout conteur, pour être mieux écouté, doit dire : « J'étais là, telle chose m'advint. » Retz n'y manque pas, et son récit est si naturel et si attachant que nous en serions encore à l'en croire sur parole, sans le contrôle inattendu qui lui donne, après tant d'années, un démenti authentique [1]. Tous ces divers mérites d'écrivain original, de penseur profond, de peintre au ferme dessin, au coloris vif et net, font des *Mémoires* du cardinal de Retz, un des modèles du genre, bien supérieur aux confidences de La Rochefoucauld, de la duchesse de Nemours, de Mademoiselle, fille de Gaston, et de madame de Motteville, quoique ces ingénieux chroniqueurs de la Fronde soient encore de rares esprits, dignes de ne pas être oubliés, puisqu'on n'a pas cessé d'interroger leur témoignage et que leurs écrits sur cette curieuse époque de notre histoire se font toujours lire avec intérêt.

[1] On lit, en effet, dans les *Historiettes de Tallemant des Réaux* (Historiette de Voiture, t. IV, p. 52, édition de 1840) : « Madame de Lesdiguières conta leur frayeur au coadjuteur, depuis cardinal de Retz : « Dans huit jours, lui dit-il, j'en « saurai la vérité. » Le coadjuteur, comme il l'avait promis, découvrit la vérité, et pour se payer de sa peine, il s'est donné le principal rôle dans une aventure où il n'avait pas eu la moindre part.

CHAPITRE III

Boileau. — Importance de son rôle. — Satires. — Art poétique. — Poëtes dont il n'a pas goûté le mérite. — Brébeuf. — Quinault. — Épîtres. — Le Lutrin. — Racine. — Ses tragédies. — Force et souplesse de son génie propre à tous les genres.

Louis XIV avait inspiré le génie de Molière et discrètement encouragé ses hardiesses ; il avait laissé faire La Fontaine, qui ne demandait pas autre chose et qui aimait mieux penser, à l'écart et « parler de loin que de se taire ; » il protégea ouvertement deux autres poëtes de génie, Boileau et Racine : il les admit à sa cour ; il leur confia le soin de sa renommée en les chargeant d'écrire l'histoire de son règne ; il parut même les aimer, et cette tendresse du grand roi avait tant de prix à leurs yeux que l'un d'eux mourut de la pensée de l'avoir perdue. Illusion touchante et cruelle, méprise d'une âme délicate et fière qui sentit trop tard, à l'épreuve d'un mot blessant, ce que recouvrait d'orgueil et de sécheresse la familiarité royale ! Lorsque ce rêve détruit avança la mort de Racine, bien d'autres étaient déjà désabusés : des milliers de Français payaient de l'exil leur constance dans une foi qui n'était pas conforme à celle du prince, et le reste de la France écrasée d'impôts, décimée sur les champs de bataille, pouvait enfin comprendre que son chef ne cherchait plus dans l'intérêt de tous la gloire et les conquêtes. Mais n'anticipons point sur ces tristes découvertes.

Boileau et Racine, qui étaient entrés dans la vie presque en même temps que le roi, se sentirent tous deux poëtes au moment même où celui-ci, délivré d'une longue tutelle par la mort de Mazarin, saisissait d'une main ferme le gouvernement du royaume ; tous deux furent échauffés de l'ardeur qui transporta toutes les âmes à l'avénement réel de Louis XIV. Racine oublia les sévères conseils qu'il avait reçus de Port-Royal et se tourna vers le théâtre ; Boileau secoua la poussière du greffe paternel, et n'ayant emporté de ses études diverses que « la haine des sots livres » et l'animosité contre ceux qui les font, il s'arma contre eux « du fouet de la satire. » Toutefois, pendant cette guerre contre les mauvais auteurs, il s'associait par instants à l'enthousiasme public par des éloges qui venant d'un satirique n'en chatouillaient que plus agréablement l'amour-propre. Louis XIV voulut bientôt connaître ce jeune homme si vif dans ses critiques contre les autres, si adroit, si délicat et si sincère dans les éloges qu'il lui adressait. Boileau plut au roi, car sa rudesse n'avait rien de farouche, sa franchise rien de blessant, et d'ailleurs, en faisant la police dans la république des lettres, il avait travaillé pour sa part à l'ordre général. Colbert, de son côté, malgré son faible pour Chapelain, qui avait eu, grâce à lui, la feuille des bénéfices littéraires, aima le courage et le bon sens du jeune poëte, que son âge avait préservé des avances de Fouquet ; de sorte qu'en attendant la faveur, qui ne tarda guère à venir le trouver, Boileau put sans entraves donner cours à son humeur satirique. Patru l'y conviait, et, disons-le, il avait été devancé par deux hommes d'esprit, Linière et Furetière, que leur conduite a déconsidérés, mais qui n'en avaient pas moins ouvert le feu [1].

La campagne que Boileau avait ouverte contre les rimeurs de son temps n'était pas une boutade de colère, un simple caprice de l'esprit : c'était une entreprise utile et courageuse ; elle était nécessaire pour réprimer de tristes écarts. Nous n'avons pas oublié qu'à ce moment Chapelain était encore le roi des auteurs, et que l'invasion espagnole et italienne, contenue quelque temps par Malherbe, avait de nouveau repris son cours. Le mauvais goût trouvait partout faveur : dans la chaire chrétienne, où Mascaron, jeune encore, lui payait un large tribut ; au théâtre, où Scarron balançait Molière, et Scudery, Corneille ; dans la poésie badine, où le burlesque introduisait la caricature ; dans les romans, qui se jouaient de la passion et de l'histoire ; dans l'épopée, que ridiculisaient les grands avortements des Chapelain, des Scudery, des Coras et des Saint-Sorlin. Il fallait déblayer le terrain au profit des hommes de génie et des véritables beaux esprits dont l'heure était venue ; il fallait préparer le siècle à priser dignement Molière,

---

[1] Cette remarque est de M. Marcou : « Les Linière, les Furetière, enfants perdus de la bonne cause, préparèrent, par leurs escarmouches, le grand combat que conduisit Boileau. » *Étude sur Pellisson*, p. 146.

Racine, Bossuet, madame de La Fayette. Ce fut le rôle de Boileau ; au nom du goût, il se fit le justicier et comme le grand prévôt de la littérature. Ce généreux dessein lui gagna tout d'abord l'amitié de Racine, dont il fut le guide utile et sévère ; de La Fontaine, qu'il défendit contre les partisans d'un autre imitateur de l'Arioste ; de Molière, qui vit en lui un puissant auxiliaire pour le redressement des travers sociaux.

Boileau, dans la satire, n'a pas la véhémente indignation de Juvénal ; il n'a ni tout le sel ni toute la grâce d'Horace ; il n'a pas la vigueur ni l'aimable nonchalance de Regnier : mais en retour il ne pousse pas l'hyperbole aussi loin que Juvénal, et, en peignant le vice, il ne laisse pas soupçonner qu'il soit atteint lui-même et gangrené par la corruption contre laquelle s'indigne ; il ne tend pas comme Horace à faire prévaloir les doctrines d'un épicurisme commode, plus dangereux encore par l'élégance qui le décore ; il n'a pas comme Regnier cette sorte de cynisme candide qui, à la vérité, ne démoralise pas, mais qui effarouche la délicatesse de l'âme. En un mot, pour la pureté morale, il est supérieur à ses devanciers ; comme poëte, une seule satire exceptée, il doit peut-être leur céder le pas.

Il est inutile et il serait fastidieux de juger ici isolément chacune des satires de Boileau. Ses premiers essais dans ce genre sont d'un disciple des anciens qui peut devenir maître à son tour, mais qui ne l'est pas encore. Déjà cependant abondent les vers heureux, ces vers qui frappent d'abord et qu'on n'ou-

blie plus, parce qu'ils expriment nettement une pensée
juste. On pouvait dès lors bien augurer non-seulement
du talent de celui qui faisait à son début des vers si
agréables à lire, si faciles à retenir, mais de la probité et du courage de l'homme qui se promettait d'appeler « un chat un chat et Rolet un fripon. » Toutefois, Boileau dans la satire morale, évita de nommer
les personnes; pour les travers du caractère, il laisse
le champ libre à l'allusion, et c'est affaire aux com-
mentateurs de chercher alors contre qui le trait
porte; quant aux vices qui déshonorent, il prit le
louable parti de les stigmatiser par des peintures générales, abandonnant à l'opinion et aux tribunaux le
châtiment des coupables. Il est plus sévère, il est
impitoyable pour les délinquants littéraires : il ne
veut pas qu'ils jouissent impunément d'une fausse
célébrité; il prétend que les sifflets viennent au
moins contrarier ou même couvrir le bruit de la
louange imméritée. Il sera vraiment heureux s'il parvient à

Faire siffler Cotin chez nos derniers neveux[1].

A ce propos, on l'accuse de cruauté, et il se défend
au nom du goût qu'on outrage et qui crie vengeance. La satire morale est également légitime. Les
sots et les pervers ont trop beau jeu quand il ne s'é-
lève pas, au nom du goût et de la conscience, quelque
homme de talent qui les inquiète. Il est vrai que la
satire ne corrige guère ceux qu'elle poursuit, mais

[1] *Boileau,* sat. IX, v. 82.

elle les châtie et peut les intimider : c'est là son rôle et son utilité. Cependant, ne craignons pas de le dire, le satirique qui tirerait sa vocation du seul besoin de médire, qui n'aurait d'autre intention que l'insulte, serait au-dessous même de ses victimes. Il faut que l'intention soit droite, le cœur pur, l'esprit éclairé, dans une semblable entreprise ; c'est la conscience du bien qui doit flétrir le vice, c'est le sentiment du beau et du vrai qui doit ridiculiser l'erreur et la sottise. A ce double titre, Boileau, homme de bien et de goût, était légitimement investi de la magistrature satirique qu'il exerçait. La satire neuvième, exclusivement littéraire, est le meilleur modèle et la meilleure apologie du genre. Jamais Boileau n'a été mieux inspiré ; il se justifie admirablement et il attache au front de ses ennemis un ridicule ineffaçable. Dans cette pièce, qui passe à bon droit pour un des chefs-d'œuvre de notre langue, le cadre, ingénieusement tracé, se remplit naturellement de traits vifs, d'idées piquantes, de sentiments vrais, qui forment un ensemble achevé contre lequel la critique n'a point de prise. Les ennemis du poëte ne s'en relevèrent pas : ce fut un coup de maître et un véritable triomphe.

Après cette guerre contre les mauvais auteurs, Boileau, qui avait fait ses preuves, songea à consolider sa victoire en promulguant les règles qu'il avait suivies pour vaincre. L'Art poétique, tel que Boileau l'a rédigé, comprend tous les préceptes de composition littéraire consacrés par l'expérience et légitimés par la raison. C'est le code du bon goût ; mais la pureté du goût, on ne doit pas l'oublier, est une

partie de la morale. Lorsque Vauvenargues disait :
« Il faut avoir de l'âme pour avoir du goût, » il reconnaissait l'étroite parenté, l'alliance indissoluble du
bien et du beau. Les écarts du goût, qui attestent
une dépravation dans le sentiment de la beauté, sup-
posent à un certain degré l'altération du sens moral.
Les esprits et les cœurs se corrompent en même
temps : défendre le goût, c'est protéger les mœurs,
et on peut dire rigoureusement qu'une Poétique
orthodoxe est un chapitre de morale. Mais si cette
Poétique exprime par sa forme la beauté dont elle
renferme les préceptes, elle est doublement utile,
doublement morale, comme règle et comme modèle.
C'est le suprême mérite de *l'Art poétique* de Boileau,
qui nous rend plus éclairés et meilleurs. Toutefois
Voltaire s'aventure un peu lorsqu'il place *l'Art poétique* de Boileau au-dessus de l'*Épître* d'Horace *aux
Pisons*. Sans doute Boileau est plus méthodique, plus
harmonieux, plus soutenu, mais il n'a pas la libre
allure, la netteté, la profondeur de son modèle.
Horace mêle et concilie Aristote et Platon dans ses
préceptes, et, dans sa marche familière, il procède
avec tant d'aisance et d'autorité qu'il paraît supérieur
à la matière qu'il traite. Boileau a plus de gravité et
moins de force, plus d'ordre et une moindre portée.
Il convient donc de ne pas trancher ce débat au préjudice d'Horace, qui a toujours l'incontestable avantage d'avoir précédé et inspiré Boileau.

Boileau, tout judicieux qu'il est, n'est pas infaillible, et c'est ici le lieu de contrôler quelques-uns
des jugements que nous rencontrons dans les *Satires*

et dans *l'Art poétique*. Il a ses excès de sévérité : il pèche aussi, chose étrange, par excès d'indulgence. Comme il a eu ses aversions de jeunesse, il a eu aussi ses prédilections du même âge, dont il ne s'est pas complétement détaché ; plus tard il aura ses répugnances de vieillard. Nous avons déjà vu combien il avait frappé juste en s'attaquant à Chapelain, à Scudery et à tant d'autres qui avaient surpris l'admiration des contemporains. Il n'a pas été dupe du succès des interminables romans qui mentaient doublement à la vérité de l'histoire et à la vérité des mœurs, et il égaya de bonne heure sur ce grave sujet les gens du monde, en leur récitant et en mimant, comme il savait faire, son spirituel *Dialogue des héros de roman*. Mais il paraît n'avoir vu que fort tard ce qu'il y avait de vide sous la pompe de Balzac et d'artificiel dans l'esprit de Voiture : Balzac est encore pour lui une imposante autorité, et il accole le nom de Voiture à celui d'Horace. Bien plus, il a rapproché Racan d'Homère, et il veut que Segrais, comme autrefois Virgile, puisse charmer les forêts du nom de ses héros ; or, Racan n'est pas de la taille d'Homère, et moins encore, Segrais est-il un Virgile. Segrais, dans ses églogues, est un poëte aimable, il a de beaux passages vraiment bucoliques et beaucoup de vers heureux, mais aucune pièce achevée. C'était d'ailleurs une imprudence que d'accoler son nom à celui de Virgile, car Segrais a traduit l'*Enéide* et on savait alors, on ne le sait plus aujourd'hui, à quel point il a défiguré son modèle. Boileau a donc trop accordé à ses souvenirs. Il est vrai que Racan et Segrais vivaient encore et qu'ils avaient une grande considération. Mais alors pourquoi tant de froideur pour le grand Corneille ?

Nous avons ici à toucher un point délicat. Sans doute Boileau rend plus d'une fois hommage au puissant génie de Corneille, mais il le harcèle dans ses défauts, et il rappelle volontiers sa décadence. Il y a à cela deux raisons : raison de goût, parce qu'il y a réellement dans Corneille des parties tendues et hyperboliques qui tiennent à sa prédilection pour Lucain, que Boileau ne pouvait ni comprendre ni pardonner ; raison d'amitié, parce que le cœur de Boileau était du côté de Racine dans la lutte quelquefois envenimée des partis littéraires. Ces grands hommes sont des hommes : ils ont leurs faiblesses accidentelles, comme pour nous consoler de notre faiblesse continue. C'est encore le goût qui arme Boileau contre Brébeuf, dont il ne signale que les exagérations, sans reconnaître sa force réelle et son talent pour les vers. *La Pharsale* de Brébeuf, « aux provinces si chère [1], » est loin d'être méprisable ; elle a certainement le mérite de l'originalité dans l'analogie d'une libre imitation.

Il faut dire quelque chose du procédé de Brébeuf et de son travail : la traduction telle que l'ont pratiquée au dix-septième siècle Vaugelas et d'Ablancourt pour la prose, et Brébeuf pour les vers, est une œuvre d'art ; le précepte d'Horace, *nec verbum verbo curabis reddere,* leur est toujours présent, car ils savent que

---

[1] *Lutrin,* ch. v, v. 162.

la lutte corps à corps, pas à pas, mot à mot, aboutit
sûrement à la défaite; tantôt ils se laissent vaincre,
de propos délibéré, tantôt ils se dérobent ; mais ailleurs ils essayeront de prendre la revanche de ces
chutes délibérées et de ces fuites volontaires; ne pouvant espérer l'égalité continue, ils procèdent par voie
de compensation et d'équivalence. Surtout ils ne con-
sentent jamais, sous prétexte de fidélité, à ne pas
parler la bonne langue qu'ils aiment si pieusement
et qu'ils connaissent si bien. Brébeuf nous donne la
théorie du genre dans sa préface : « Je ne me suis,
dit-il, attaché servilement ni aux paroles de Lucain,
ni à ses pensées, et je m'étudie autant que je puis à
réparer en beaucoup de lieux le tort que je lui fais
dans les autres. J'ai ajouté, j'ai retranché, j'ai changé
beaucoup de choses ; au lieu de le suivre partout, je
m'éloigne quelquefois volontairement de lui, et en un
mot, je vous donne plutôt une libre imitation de cet
auteur qu'une traduction scrupuleuse. » Nous voilà
bien avertis du système : jugeons de la pratique par
quelques exemples. Lucain désigne ainsi l'invention
de l'écriture attribuée aux Phéniciens :

> Phœnices primi, famæ si creditur, ausi
> Mansuram rudibus vocem signare figuris [1].

Brébeuf prend son avantage et il nous donne les vers
suivants :

> C'est de lui que nous vient cet art ingénieux
> De peindre la parole et de parler aux yeux,

[1] *Lucain*, liv. III, v. 220.

Et par les traits divers des figures tracées
Donner de la couleur et du corps aux pensées[1].

Autre exemple. Voici encore deux vers de Lucain :

Heu! quantum potuit terræ pelagique parari
Hoc, quem civiles hauserunt, sanguine, dextræ[2]!

Brébeuf nous offre ceux-ci en échange :

Hélas! du sang versé dans cette injuste guerre,
Tu pouvois t'asservir et la mer et la terre,
Estonner l'univers du bruit de tes hauts faits,
Et porter ta grandeur plus loin que tes souhaits[3].

Ce dernier vers est digne de Corneille. Il y en a souvent de pareils dans cette traduction, si dédaignée aujourd'hui, et l'ensemble de l'œuvre donne, par le ton général de la versification, qui est noble et tendue comme les sentiments et les idées de Lucain, une juste idée de *la Pharsale* à ceux qui ne sauraient la lire dans le texte latin. Quant aux habiles, ils ont Lucain lui-même, et Brébeuf déclare que ce n'est pas à leur intention qu'il a travaillé.

Le malheur de Brébeuf est d'avoir écrit les deux vers que Boileau lui a reprochés, et qui ont été pour le public comme une dispense de lire les autres :

De morts et de mourants cent montagnes plaintives
D'un sang impetueux cent vagues fugitives[4].

[1] *La Pharsale de Lucain*, en vers français, par M. de Brébeuf. 1 vol. in–12, 1665, l. III, p. 85.
[2] *Lucain*, l. I, v. 13.
[3] *Brébeuf*, l. I, p. 2.
[4] *Ibid.*, liv. VII. p. 263.

Mais est-il si coupable d'avoir ainsi parlé quand Lucain avait dit :

> Cernit propulsa cruore
> Flumina, et excelsos cumulis æquantia colles
> Corpora [1].

Et plus tard l'historien Aurelius Victor n'avait-il pas écrit : *Stabant cadaverum acervi, montium similes, fluebat cruor fluminum modo?* Et Corneille ne venait-il pas de montrer sur le théâtre

> Ces fleuves teints de sang et rendus plus rapides
> Par les débordements de tant de parricides,
> Cet horrible débris d'aigles, d'armes, de chars
> Sur ces champs empestés confusément épars,
> Ces montagnes de morts, privés d'honneurs suprêmes,
> Que la nature force à se venger eux-mêmes,
> Et dont les troncs pourris exhalent dans les vents
> De quoi faire la guerre au reste des vivants [2].

Ces hyperboles viennent toutes de Lucain, et on peut dire qu'elles ont moins gonflé Brébeuf que Corneille. Disons la vérité : Brébeuf a rempli loyalement sa tâche, qui était de faire connaître aux Français le génie de Lucain. Il n'a point pallié les défauts qui font corps avec les beautés dans ce poëte qui n'a pas eu le temps de se réduire à la vraie grandeur, et qui ne laisse pas d'être souvent sublime. Boileau n'a pas rendu justice à Brébeuf. Ce poëte s'est montré non-seulement versificateur habile, mais penseur profond et moraliste vraiment chrétien dans ses poésies reli-

[1] *Lucain*, liv. VII, v. 789.
[2] *La Mort de Pompée*, acte I, sc. I.

gieuses; il y a l'accent pénétré de ce Philippe Habert, son contemporain, mort prématurément comme lui, et de qui les vers, dans le poëme qui a pour titre : *le Temple de la mort*, sont d'une touche vigoureuse, dont le sombre éclat ne s'est pas complétement effacé.

Il n'est pas bien sûr que Boileau, qui a plaidé victorieusement en faveur d'un des contes de La Fontaine [1], ait compris tout le mérite de ses fables. Ni l'apologue ni La Fontaine n'ont de place dans *l'Art poétique*. Cette omission donne à penser; ce qui n'est pas moins grave, c'est que Boileau a tenté de refaire une des meilleures fables de La Fontaine [2]. S'il en eût apprécié toute la valeur, se serait-il exposé à une comparaison qui l'écrase? Le fait est que Boileau n'était pas assez épris de la nature et de la naïveté, et il est permis de croire qu'il n'aura pas su reconnaître l'art exquis que La Fontaine y a mêlé. Nous ne voyons pas non plus qu'il ait goûté la poésie de madame Deshoulières, cette femme de tant d'esprit et de grâce, et qui avait tout ensemble de la solidité et du charme. L'idylle que nous avons récitée et que nos enfants récitent encore n'est pas le seul titre de madame Deshoulières. Mais aussi elle était mêlée à la cabale contre Racine, et elle aura payé, outre ses torts, ceux de Pradon et du duc de Nevers.

---

[1] *Dissertation sur Joconde.*

[2] Il est à remarquer que Boileau n'a jamais été heureux dans les rencontres de ce genre. Pour l'opéra, il a fait le triste prologue de *la Chute de Phaéton*, qui venge Quinault; pour l'ode, il a *le Siége de Namur*, qui a pu consoler Ronsard et Chapelain.

Les rigueurs de Boileau contre Quinault, rigueurs que le dix-huitième siècle lui a si durement reprochées, tiennent encore, comme les chicanes contre Corneille, à une répugnance de goût en sens contraire, mais également invincible, et à ses préférences d'ami. Si les excès de la force lui déplaisaient, il n'avait pas moins d'aversion pour la mollesse. Les héros langoureux et doucereux des premières tragédies de Quinault et la morale facile de ses opéras offensaient son âme chaste et sévère; il ne comprenait pas que le théâtre sérieux, qui pouvait tant pour la force des caractères par des tableaux héroïques, et pour l'expérience par la vérité des passions, devînt une école de faiblesse et une amorce de volupté[1]. En outre, ces tragédies qui excitaient la bile de Boileau dans ses premières satires, qui inquiétaient la vieillesse chagrine de Corneille par la vogue qui les accueillait, tenaient en échec la gloire naissante de

---

[1] Boileau a été bien sévère pour l'opéra. Voici quelques lignes de M. Prevost-Paradol, qu'on peut lui opposer et qui font comprendre le charme et l'importance de ce spectacle : « Si pendant un opéra supportable ou en face d'un joli ballet on ferme les yeux et qu'on se laisse aller, de rêverie en rêverie, à se représenter les immenses déserts de notre planète, les tristes grèves battues par les flots, les peuples sauvages qui chassent pour subsister dans ces froides nuits d'hiver, et qu'on se réveille tout à coup au milieu de ces vives lumières, de ces décors ingénieux, de ces charmants costumes et de ces molles harmonies, on sentira qu'avoir réuni tant de moyens heureux et divers d'enchanter l'oreille et les yeux et de bercer notre âme pendant quelques heures, n'est pas, après tout, un des moindres efforts de l'imagination créatrice de l'homme, ni une des marques les plus méprisables de sa royauté sur la nature. » (*Journal des Débats*, 9 novembre 1860.)

Racine; on applaudissait l'*Astrate* plus vivement que
l'*Alexandre*, et même après le triomphe d'*Andromaque*, Quinault disputait encore la prééminence.
Tels étaient les griefs de Boileau. Le mérite réel
des grands opéras qui suivirent, d'*Armide*, d'*Atys* et
de tant d'autres, modifièrent peu son opinion sur le
poëte : il se contenta de ménager l'homme qui était
digne d'estime, et dont les œuvres charmaient la
cour. Cinq ans après la mort de Quinault, il continuait la guerre qu'il avait faite pendant sa jeunesse,
en incriminant dans sa satire sur les femmes

> Ces discours sur l'amour seul roulans...
> Et tous ces lieux communs de morale lubrique
> Que Lulli réchauffa du son de sa musique[1].

Malgré Boileau, Quinault conserve un rang élevé
immédiatement au-dessous des hommes, de génie; il
a ému les cœurs qu'il amollissait, il a enchanté l'imagination qu'il tenait en éveil, il a caressé les oreilles
délicates par des vers qui ont la mélodie de la musique
et qui pourraient se passer de sens, tant ils ont d'harmonie; mais l'effort de Voltaire pour élever Quinault
à la hauteur des maîtres n'a pas mieux réussi : c'est
un caprice de mondain, un accès de cette fièvre d'enivrement que donnait toujours à Voltaire le souvenir
des fêtes galantes et littéraires des premières années
de Louis XIV.

On place généralement les Épîtres de Boileau,
écrites pour la plupart pendant sa maturité, au des—

---

[1] *Boileau,* sat. x, v. 142.

sus des Satires ; elles sont pleines de sens, et quelquefois d'agrément, mais elles n'ont ni la variété exquise, ni l'aimable négligence, ni la profondeur ornée
de celles d'Horace. Il en est une qui a un caractère à
part, c'est celle qui célèbre le Passage du Rhin : elle
est, sans contredit, un des joyaux de notre couronne poétique. Aucune de nos épopées, s'il est vrai
que nous ayons des épopées, n'offre un épisode qui
lui soit comparable pour l'invention, le coloris et le
mouvement. Le début et la conclusion, qui sont du
ton de l'épître familière, se lient habilement au sujet
même, pour lequel le poëte embouche la trompette
héroïque. Cette adresse à changer de ton sans dissonance est un secret dont les vrais poëtes ont seuls
le privilége. Boileau se joue d'abord des noms barbares qui devraient effaroucher sa muse, sachant bien
qu'il en trouvera d'harmonieux pour célébrer son
héros, et quand il a triomphé assez longtemps, il revient au badinage par la rencontre d'un nom rebelle
à l'harmonie : ce qui ne l'empêche pas de reprendre
et de terminer noblement le panégyrique du roi, seul
but qu'il se soit proposé. Au reste, cet art de louer
délicatement et sans bassesse n'est plus guère qu'une
curiosité historique ; mais, au besoin, on en trouverait
le modèle dans cette épître et dans le chant deuxième
du *Lutrin*, à l'épisode de la Mollesse. Ajoutons que si
Boileau, avec tous ses contemporains et pendant ces
belles années où la France s'admirait et s'aimait elle-
même dans son roi, a loué Louis XIV avec effusion
de cœur, il a mêlé assez de courageuses leçons à des
éloges sincères pour qu'on ne lui jette pas la flétris-

sante épithète de flatteur, comme l'a fait Voltaire dans un accès de mauvaise humeur par ce vers doublement inique :

Zoïle de Quinault et flatteur de Louis[1].

Notre poëte préludait ainsi à l'épopée badine, au poëme héroï-comique qu'il composa pour répondre au défi d'un grave magistrat et sur une querelle récente qui avait troublé la quiétude des chanoines de la Sainte-Chapelle. Prenant le contre-pied du burlesque qui dégrade les héros, il ennoblit avec enjouement des personnages vulgaires et une action commune. L'entreprise était épineuse et délicate ; il sut s'en tirer heureusement, grâce à la finesse de son esprit, à la sûreté de son goût, à la profonde connaissance et au respect des modèles antiques. C'est surtout dans *le Lutrin* que Despréaux est arrivé à la perfection de l'art des vers. C'est là qu'il échappe, après Racine, à l'uniformité de la coupe de nos alexandrins, à la monotonie du rhythme ; qu'il tire de l'analogie entre les sons et les idées les plus surprenants effets d'harmonie imitative ; qu'enfin il trouve partout des images sensibles pour peindre sa pensée. Voilà la part du versificateur et de l'écrivain. Du côté de l'invention il n'est pas moins heureux. Je ne parle pas des machines épiques qui introduisent dans ce badinage un merveilleux qui s'y adapte sans effort : l'intervention de la Discorde et de la Renommée ; la Mollesse, divinité née du cerveau du poëte

---

[1] *Voltaire*, Épître à Boileau, t. XIII, p. 257, édit. Beuchot.

et pourtant si réelle, si concrète, qu'on irait chercher son dortoir à Cîteaux; la Chicane, autre création
digne de Dante ou de Rembrandt; le songe du chantre, vision plaisante et terrible, confuse et saisissante, égal dans son genre à celui d'Athalie : je parle
des mœurs observées avec une fidélité qui ne se dément pas et des caractères tracés et soutenus à la
manière des vrais poëtes. En effet, Boileau ne fait
point de ces portraits moraux et antithétiques si familiers à Voltaire et si froids, qui sont comme accro-
chés et immobiles sur les panneaux d'une galerie; il
met les personnages en scène et en mouvement, il les
peint par leurs actes et par leur langage. Ainsi il ne
dit nulle part que son vieux chantre est un sot gonflé
de vanité; mais au soin que prend celui-ci, parmi
son trouble, de revêtir jusqu'au dernier de ses insi-
gnes, et lorsque nous l'entendons s'écrier :

> Je ne pourrai donc plus être vu que de Dieu [1] !

nous n'avons pas besoin d'autre renseignement; nous
savons, de science certaine, que la vie pour lui c'est
d'être vu en grand costume, à l'église, par la foule.
Que dire du chanoine Évrard qui *lit la Bible autant
que l'Alcoran*, et de Fabri soulevant avec tant d'aisance *le vieil Infortiat* dont il terrasse ses adversaires, sinon que Rabelais, mais Rabelais devenu
sobre, a conduit l'ingénieux et ferme pinceau qui les
fait vivre sous nos yeux?

Disons tout cependant, car il faut louer avec me-

---

[1] *Boileau*, le Lutrin, ch. IV, v. 76.

sure ce qu'on admire sineèrement : le poëte annonce avec trop de fracas le principal champion du prélat, le perruquier l'Amour et Anne sa femme; ce couple, qui occupe d'abord tant de place, disparaît tout à coup, et même l'Achille du premier chant ne prend aucune part à l'homérique combat du cinquième. Ajoutons que le dénoûment est annoncé sous forme de prétérition, et que dans le dernier chant surviennent de nouveaux personnages d'une gravité disparate, la Piété, Thémis, Ariste, de sorte que la comédie se termine en sermon. Cette faute contre les règles de l'art n'a point sans doute échappé à la sagacité du poëte; mais chrétien sincère, Boileau aura voulu dans cet épilogue montrer sans voile ses véritables sentiments, et réprimer le zèle de ses détracteurs trop disposés à transformer en outrage impie l'ingénieux badinage d'un bel esprit et d'un honnête homme. L'équité demande que l'enjouement de Boileau sur un pareil sujet soit expliqué par la raison qu'il donne lui-même à la décharge du président Lamoignon, son instigateur et son complice : « Comme sa piété était sincère, elle était aussi fort gaie et n'avait rien d'embarrassant [1]. »

Poëte incomparable dans le genre tempéré; sans ailes pour s'élever aux régions supérieures, mais qui ne tombe jamais; d'une marche sûre et pourtant élégante, d'un maintien grave, d'une physionomie qui sait se dérider dans l'occasion et froncer à propos le sourcil, Nicolas Despréaux est, à tout prendre, un

---

[1] Préface du *Lutrin.*

homme supérieur par l'ensemble et l'harmonie de
facultés moyennes. La garantie de son immortalité
n'est pas, je l'avoue, dans l'éclat du génie, mais dans
la lumière d'un bon sens exquis et dans l'agrément
d'un esprit juste et solide. On a tort de lui refuser
l'invention, puisqu'il a fait *le Lutrin;* l'imagination,
puisqu'il peint par la parole et qu'il produit ses idées
en images; la sensibilité même, puisqu'il a tout au
moins celle que blessent les défauts et que charment
les beautés littéraires. On lui accorde, sans contester,
le discernement du vrai et du faux, et le don d'exprimer nettement des pensées judicieuses : or, cette
raison, plus ferme qu'élevée, mais si lumineuse, ce
tact fin et délicat, cette rare élégance d'un langage
toujours exact et souvent poétique, l'ensemble et le
bon emploi de tant de précieuses facultés, n'est-ce
pas du génie littéraire? Ne disputons pas sur les mots :
Boileau est un maître dont la parole fait autorité, et,
de tous nos écrivains, c'est lui qui fournit aux esprits
bien faits les traits les mieux aiguisés, les armes les
mieux trempées pour l'éternel combat du bon sens
contre la sottise. N'oublions pas à côté des mérites du
poëte les qualités morales de l'homme. Boileau a été
un noble cœur. Les preuves abondent. Il suffit de
nommer Patru obéré et Corneille à son lit de mort qui
attestent sa générosité délicate; pour le courage, il y
a son invincible fidélité à Port-Royal et son silence
sur la révocation de l'édit de Nantes.

Boileau a eu l'honneur insigne et bien mérité d'entendre de la bouche de Racine, que la mort séparait
avant le temps d'une famille dont il était le charme,

la gloire et le soutien, ces paroles mémorables : « Je
regarde comme un bonheur de mourir avant vous. »
C'est qu'en effet Boileau fut pour Racine, plus jeune
que lui de quelques années, un guide éclairé, un censeur incorruptible, un appui secourable. Moindre par
le génie, supérieur par le caractère, il put jusqu'à la
fin garder son ascendant et son autorité. Non-seulement Boileau enseigna à Racine l'art de faire diffici-
lement des vers faciles, mais il lui apprit, tout satirique qu'il était de profession, à modérer son goût
trop vif et souvent cruel pour la raillerie ; il l'arrêta
dans la guerre qu'il faisait à Port-Royal en défendant
contre Nicole la cause du théâtre. Il lui fit comprendre qu'il ne convenait pas de livrer ainsi ses
maîtres à la risée publique, et que, si l'on peut à ce
jeu faire briller les qualités de son esprit, on risque
de trahir en même temps un vice du cœur. Racine,
que la passion aveuglait, maîtrisa ses ressentiments ;
il reconnut ses torts ; il les expia même, et il fut plus
tard le digne historien de la maison célèbre où l'on
avait donné à sa jeunesse d'utiles leçons et des exemples de vertu. Heureusement, en renonçant à une
polémique qui mettait les rieurs de son côté, il n'alla
pas d'abord jusqu'à sacrifier son goût pour la poésie ;
il continua d'écrire pour le théâtre où il avait déjà,
non sans applaudissement, fait représenter *les Frères
ennemis* et l'*Alexandre*. Mais il était encore bien éloigné du but et de cette perfection du langage dont il
est demeuré le modèle, et qu'il convient peut-être
de caractériser ici avant de parler des œuvres mêmes
dont elle assure la durée.

Horace a dit qu'un vrai poëte renonce à exprimer les choses qu'il désespère de pouvoir faire resplendir[1], c'est-à-dire rendre belles, puisque le beau n'est que la splendeur du vrai. En ce sens, Racine, comme Boileau, est de l'école d'Horace. Il choisit entre les idées qui s'offrent à son esprit, et de celles qu'il conserve et qu'il enchaîne il forme une trame solide et délicate, qui est, selon Buffon, comme la substance du style. Bientôt cette chaîne logique s'éclaire d'images et s'anime de sentiments; car, pour devenir poétique, la pensée doit émouvoir le cœur et frapper l'imagination. Telle est la matière que le langage rendra sensible. Arrivé à ce point, le poëte choisit encore, et le vocabulaire où il puise les mots destinés à peindre et à toucher, tout restreint qu'il est, lui offrira d'abondantes ressources, parce qu'il sait ennoblir les termes vulgaires par la place qu'il leur donne; parce qu'il rajeunit, en les rappelant à leur acception primitive, ceux que l'usage a fatigués; parce qu'il prête à tous une lumière nouvelle, un relief inattendu par des alliances si heureuses, que la convenance en efface la hardiesse. Racine n'a pas moins osé que les novateurs les plus téméraires; seulement il a mieux réussi. Au reste, ses plus grandes licences se rattachent ou aux habitudes de notre vieux langage ou aux sources latines: fidèle à une double tradition, même dans ses écarts apparents, il ne forge rien; il découvre et il sait employer. De là tant de richesse

---

[1] Et, quæ
Desperat tractata nitescere posse, relinquit.
(*De art. poet.*, v. 150.)

unie à tant de pureté. Sa syntaxe et sa prosodie, qu'on
nous passe ces mots techniques, ont le même caractère d'ordre et de libre mouvement; pour lui seul l'a-
lexandrin a de la souplesse et une infinie variété de
mouvement; seul il échappe toujours à la monotonie
du rhythme : il a des propositions qui s'unissent sans
lien verbal; il a des accords de temps et de nombre
réglés par la seule pensée et qui déconcertent la routine grammaticale; en un mot, il dispose en maître
de la langue, il la domine sans violence, et il en fait,
au gré de son génie, une peinture et une musique.

Ce n'est pas seulement la langue de Racine qu'il
faut louer; elle n'est d'ailleurs que l'image de sa pensée, elle exprime la netteté de son esprit, la vivacité
de son imagination, l'exquise délicatesse de sa sensibilité. L'ordonnance de ses drames et la consistance de ses personnages, l'enchaînement de la fable
et la vérité des mœurs, œuvre de la raison et du jugement, ne sont pas moins dignes d'admiration. Dans
ces plans combinés avec tant de science, toutes les
parties solidement liées entre elles, agencées avec
élégance, forment un ensemble harmonieux où tout
se tient et se soutient; dans ces caractères si fortement conçus, les sentiments généraux de l'humanité
et les passions individuelles produisent naturellement
des émotions, des résolutions, des actes où le cœur
humain se reconnaît également par sa force et par
ses faiblesses. Ces rares facultés d'expression et de
composition, Racine les a appliquées ou à des sujets
tirés directement de l'histoire, ou à l'imitation d'œuvres antérieures qu'il fallait accommoder au goût des

modernes. Cette dernière tâche n'est pas la moins épineuse. En effet, naturaliser sur un sol nouveau, transporter dans un autre temps ce qui est né, ce qui s'est formé dans des conjonctures qui ne sont plus, c'est tenter l'opération de Médée, le rajeunissement d'un vieillard qu'il faut tuer avant de le faire revivre. Ces membres dispersés du poëte, *disjecti membra poetæ*, pourront-ils s'assembler en un corps nouveau et reprendre de justes proportions dans la chaudière magique où ils fermentent? Un simple germe poé-tique peut bien, dans l'intelligence qui le féconde, recevoir des éléments analogues dont il se nourrit une croissance régulière et harmonieuse; mais un corps tout organisé, en se décomposant pour se re-former, ne prendra-t-il pas nécessairement, en échange des parties qui auront péri, quelques élé-ments réfractaires et mal disposés à s'accorder avec ce qui demeure de la forme première? Ainsi l'anti-quité, déjà protégée contre l'exacte reproduction de ses œuvres par l'infériorité des langues modernes comme par la différence des mœurs, résiste encore à la transformation par l'extrême difficulté d'établir l'harmonie où manque l'analogie. Cette opération si délicate et si périlleuse, Racine, dans le cours de sa carrière dramatique, l'a tentée plusieurs fois, et s'il l'a manquée au début, lorsqu'il nous donnait en échange des *Phéniciennes* d'Euripide *les Frères en-nemis*, il a pris de glorieuses revanches en rivalisant avec le même poëte par *Andromaque*, *Iphigénie* et *Phèdre*. Occupons-nous d'abord de ces emprunts, ou plutôt de ces conquêtes sur l'antiquité.

Andromaque (1667) est plus qu'un chef-d'œuvre,
c'est, aussi bien que *le Cid*, une date, une époque
dans l'histoire du théâtre; c'est le véritable avénement de Racine et de la tragédie fondée sur l'amour.
La tragédie s'est-elle abaissée en quittant la région
héroïque où Corneille l'avait élevée et maintenue?
Est-ce une déchéance d'avoir substitué, comme ressort, à l'admiration qu'inspire la grandeur morale
des caractères, l'intérêt pathétique qui naît de la peinture des transports et des faiblesses de la passion?
Nous n'avons pas à résoudre ce problème; nous cons-
tatons seulement une révolution dramatique. Recon-
naissons cependant que la passion telle qu'elle se
montre dans *Andromaque* n'est ni énervante, ni cor-
ruptrice. Ni Pyrrhus, ni Hermione, ni Oreste n'en-
couragent à aimer; cette forte peinture des troubles
de l'âme n'est pas une séduction; le spectateur qui a
frémi et qui s'est attendri ne se sent pas entraîné
sur la route qui conduit Pyrrhus à la mort, Hermione au suicide et Oreste à l'assassinat. Il y a d'ailleurs dans l'idéal, même passionné, je ne sais quelle
secrète vertu qui épure et qui fortifie.

Trois ans s'étaient à peine écoulés depuis le jour
où Racine, guidé par Euripide, faisait, d'après un
des chefs-d'œuvre du théâtre antique, un drame déclamatoire et ampoulé, sans intérêt comme sans vérité, et voilà que, transformant une œuvre imparfaite
du poëte qu'il vient de défigurer, il étonne, il charme,
il transporte son siècle par une tragédie où les caractères sont fortement dessinés; où l'intrigue, habilement conduite, renouvelle à chaque situation un

intérêt qui ne cesse de croître; où la passion, vraie et profonde, s'élève sans efforts jusqu'à l'éloquence. L'*Andromaque* d'Euripide n'a fourni à Racine qu'un titre et la situation d'une mère tremblante pour son fils; mais, dans le poëte grec, ce fils n'est pas Astyanax, et la veuve d'Hector est devenue la femme de Pyrrhus. Racine efface du front de la mère ces stigmates de l'esclavage pour faire briller dans toute sa pureté l'amour maternel et la fidélité de l'épouse. Virgile, il est vrai, avait montré au troisième livre de l'*Énéide*, Andromaque, veuve de Pyrrhus, femme d'Hélénus, et pourtant si pieusement fidèle au souvenir d'Hector, que le spectacle de sa douleur fait douter qu'elle ait jamais eu un autre époux. Cette illusion produite par le génie est le germe de la conception de Racine, qu'on n'aurait pas dû rattacher sans intermédiaire au spiritualisme chrétien, puisque Virgile a préparé la transition. Ce qui appartient exclusivement à Racine, c'est le rôle entier de Pyrrhus, qui ne paraît point dans la pièce grecque, la jalousie d'Hermione, la passion d'Oreste et ses fureurs, et l'art merveilleux qui associe deux actions distinctes dans un intérêt unique concentré sur la noble et touchante figure d'Andromaque.

Cette fois Racine était entré victorieusement dans le domaine des anciens : il avait complétement éclipsé son modèle. Mais l'*Andromaque* du poëte grec est un de ses plus faibles ouvrages; c'est sur un autre terrain qu'il faut contempler la lutte de deux hommes de génie : *Iphigénie* et *Phèdre* nous en offrent l'occasion. A notre avis, pour ces deux tragédies, il y a

lieu d'hésiter : et si Racine ne doit pas être sacrifié à
Euripide qu'il transforme, il ne faut pas non plus
déprécier Euripide au profit de son heureux imitateur. L'avantage d'Euripide dans *Iphigénie* est d'avoir
traité un sujet grec d'un intérêt tout ensemble religieux et national pour des Athéniens ; le mérite de
Racine est d'avoir fait de cette tradition mythologique un drame de passion humaine et universelle qui
a ému les Français du dix-septième siècle, et qui
garde pour tous les temps une part durable de vérité
et de pathétique. On ne louera jamais avec excès la
noble simplicité du poëte grec, le charme naturel,
religieux et patriotique de sa poésie. L'Iphigénie
grecque demandant grâce de la vie, parce qu'il est si
.doux à une jeune fille de voir la lumière, de goûter
les caresses de ses parents, de jouir de leur grandeur
comme de leur affection, d'attendre les chastes délices d'un héroïque hyménée ; puis cédant à l'ordre
des dieux, vaincue par la fatalité, courant à cette
mort tout à l'heure si redoutée, l'embrassant avec
joie, avec orgueil, parce qu'elle prépare l'affranchissement et la gloire de la Grèce, cette Iphigénie sera
toujours un modèle achevé de pureté et d'héroïsme,
et le poëte qui a créé une si noble figure doit demeurer un des maîtres de la scène. Racine, par malheur, était tenu d'introduire l'amour dans la fable
antique, et avec l'amour la jalousie : ce qui l'amenait à modifier la physionomie d'Iphigénie, à dénaturer Achille et à découvrir une rivale pour sa princesse. Cette passion nouvelle, il devait la traiter selon
les sentiments et dans les idées auxquels la cheva-

lerie et la politesse moderne avaient donné cours.
Jusque-là il est inattaquable, parce qu'il n'est pas
libre. Il nous paraît toutefois que l'exemplaire de
majesté royale qu'il avait sous les yeux l'a conduit à
hausser un peu trop le cothurne qui soulève ses personnages et à les guinder outre mesure, et cependant
ses juges ne trouvaient rien d'excessif dans la taille
des héros ni dans leur langage. Cet Agamemnon qui
s'étonne d'avoir à réveiller Arcas est proche parent
du roi qui a dit à ses gentilshommes : « Messieurs, j'ai
failli attendre. » Mais le diapason donné par ce vers
fastueux :

> Oui, c'est Agamemnon, c'est ton roi qui t'éveille [1],

une fois admis, tout se tient et s'harmonise, il n'y
a plus de dissonance. Ne songeons ni à Euripide
ni à Homère, à qui Racine a su dérober tant de
traits ou touchants ou héroïques, faisons taire notre
érudition, acceptons un anachronisme volontaire et
inévitable, suivons le poëte dans la sphère où il nous
entraîne, et par un peu de docilité nous goûterons
les plus vives jouissances de l'âme et de l'imagination.

Si l'*Iphigénie* a dû éprouver tous ces changements
avant d'arriver sur la scène française et pour s'y
faire applaudir, l'*Hippolyte* avait à subir une bien
autre transformation. En effet, Racine comprit tout
d'abord que le sujet n'était abordable que si l'intérêt
qui s'attache dans la pièce grecque au fils innocent

---

[1] *Racine*, Iphigénie, acte I, sc. I.

de Thésée pouvait être transporté sur son épouse
·coupable. La mort du héros de la chasteté, tombant
sous la vengeance de Vénus, pour n'être pas révol-
tante, doit être adoucie par les regrets de son père et
par l'intervention de Diane qui le console à ses derniers moments et qui le glorifie. Ce martyre mythologique appelle l'emploi d'un merveilleux qui nous
trouverait incrédules et froids, sinon railleurs. La
donnée du poëte grec n'était donc pas de mise sur
notre théâtre. Racine, qui accepte le sujet, déplace
le centre d'action et d'intérêt. La Phèdre d'Euripide,
destinée à faire éclater la pureté d'Hippolyte et à préparer par la calomnie l'apothéose de la victime, passe
au premier plan dans la tragédie française; sa passion, qui n'était qu'un moyen, devient l'âme du
drame, et par contre-coup la résistance d'Hippolyte
n'est plus qu'un ressort secondaire; Hippolyte des-
cend de son piédestal pour faire place à sa marâtre.
Comment s'étonner après cela que l'Hippolyte français soit de moindre valeur que l'Hippolyte grec, et
comment reprocher à Euripide l'infériorité de sa
Phèdre? Cependant pourquoi ne pas avouer que Racine a chèrement payé l'incomparable beauté du rôle
de Phèdre? Disons-le sans détour, Hippolyte et Aricie
sont de fades amoureux, Théramène est un gouver-
neur peu digne, quoique excellent narrateur, Thésée
est fabuleusement crédule. Rien de semblable dans
Euripide : Hippolyte est complétement pur de faiblesse et de dissimulation; Thésée aussi doit croire le
témoignage de Phèdre qui a donné foi à la calomnie
par sa mort, de telle sorte qu'Hippolyte n'a plus que

sa parole à opposer au cri du sang. Phèdre vivante
encore dans Racine après le retour de Thésée laisse les
moyens de dévoiler l'imposture, et il ne faut pas moins
que l'aveugle emportement du père et les scrupules
insensés du fils pour que la catastrophe s'accomplisse.
Tout cela est vrai; mais ce qui ne l'est pas moins,
c'est que Phèdre couvre et rachète tout. N'essayons
pas sur ce point une analyse qui serait incomplète, et
moins encore une appréciation qui languirait au prix
de l'émotion qu'excite ce chef-d'œuvre.

Phèdre fut le dernier triomphe de Racine dans
cette lutte contre les anciens. On sait quelle ridicule
rivalité lui suscita alors la cabale du duc de Nevers :
jamais l'esprit de parti ne s'était montré plus sotte-
ment inique, pas même lorsque les Claveret et les
Scudery s'acharnaient contre le grand Corneille. Boileau eut beau démontrer à son ami combien les ennemis sont utiles aux hommes de génie, Racine vit
surtout à quel point est méprisable cette engeance
envieuse, mordante, glapissante, venimeuse; il sentit
vivement l'affront qu'elle lui faisait et il laissa le
champ libre à Pradon et à ses prôneurs, qui firent
dès lors assez triste figure. Pendant cet interrègne,
le frère du grand Corneille, Thomas Corneille, déjà
célèbre par les succès de *Timocrate* et d'*Ariane*, poëte
facile en même temps qu'érudit laborieux, fit encore
applaudir *le Comte d'Essex;* et Racine lui-même en-
courageait les essais d'un disciple docile, qui méritait de mieux faire, le pâle et doux Campistron, fantôme de son maître, sans éclat, sans vigueur, et non
sans grâce. Disons toute la vérité : la cabale qui pour-

suivait Racine n'a pas seule décidé sa retraite ; il avait
d'autres raisons, d'un ordre plus élevé, pour s'éloi-
gner du théâtre : les devoirs de la famille, une charge
de cour, et les scrupules d'une piété sincère, l'affer-
mirent dans sa résolution.

Au reste, avant de se dérober ainsi, il avait largement payé à l'art dramatique la dette du génie : *Britannicus*, *Bérénice*, *Bajazet* et *Mithridate* avaient
montré ce qu'il pouvait tirer directement de son
propre fonds et de l'histoire. On voudrait s'arrêter à
loisir devant ces chefs-d'œuvre, mais il faut au moins
les saluer au passage. *Bérénice* mit aux prises, à l'insu
l'un de l'autre, Corneille et Racine. Tous deux également dociles à la prière d'Henriette d'Angleterre,
également empressés, ils se trouvèrent prêts en même
temps. Mais Racine était sur son terrain, dans la force
de l'âge, avec ses meilleures armes ; Corneille avait
vieilli, et sa vocation n'avait jamais été à la tendresse
langoureuse : ce ne fut pas un combat. La *Bérénice*
de Racine n'est pas, si l'on veut, une tragédie, mais
c'est, sous forme dramatique, le chef-d'œuvre de
l'élégie ; celle de Corneille est bien une tragédie, et
elle n'en est pas meilleure [1]. Dans *Bajazet*, notre poëte
osa mettre sur la scène un fait de l'histoire contemporaine ; mais il comprit que le mystère du sérail et

---

[1] C'est dans *Bérénice* (acte I, sc. 1) que se trouvent les vers
qu'on va lire, et que Corneille lui-même avait fini par ne plus
comprendre :

> Faut-il mourir, madame ? et, si proche du terme,
> Votre illustre inconstance est-elle encor si ferme
> Que les restes d'un feu que j'avais cru si fort
> Puissent dans quatre jours se promettre ma mort ?

l'éloignement du lieu équivaudraient, dans l'optique théâtrale, à la distance des temps et qu'un héros moderne y prendrait les proportions d'un personnage antique : c'est là une observation profonde. Les caractères d'Acomat et de Roxane sont de belles créations de Racine. Bajazet, malgré sa générosité et son amour, pâlit à côté de ces figures si énergiquement dessinées, et la tendre Atalide s'y efface. *Mithridate*, dans la partie politique, égale les mâles beautés de Corneille. Le caractère de l'implacable ennemi des Romains est une étude savante et complexe d'une rare puissance, et la figure de Monime un idéal de force et de grâce à qui on ne peut comparer, au théâtre, que la chaste épouse de Polyeucte.

C'est encore là (acte I, sc. III) que le poëte développe le système de La Rochefoucauld sur l'amour :

> L'amour-propre est la source en nous de tous les autres ;
> C'en est le sentiment qui forme tous les nôtres ;
> Lui seul allume, éteint ou change nos désirs :
> Les objets de nos vœux le sont de nos plaisirs.
> Vous-même, qui brûlez d'une ardeur si fidèle,
> Aimez-vous Domitie ou vos plaisirs en elle ?
> Et quand vous aspirez à des liens si doux,
> Est-ce pour l'amour d'elle ou pour l'amour de vous ?
> De sa possession l'aimable et chère idée
> Tient vos sens enchantés et votre âme obsédée ;
> Mais si vous conceviez quelques destins meilleurs,
> Vous porteriez bientôt votre tendresse ailleurs.
> Sa conquête est pour vous le comble des délices ;
> Vous ne vous figurez ailleurs que des supplices ;
> C'est par là qu'elle seule a droit de vous charmer,
> Et vous n'aimez que vous quand vous croyez l'aimer.

Tout cela peut être vrai, mais il est clair que lorsqu'on en est venu à penser ainsi sur l'amour, ce qu'on a de mieux à faire est de n'en point parler et de ne pas essayer de le peindre.

Il n'y a de faible dans ce tableau héroïque que les deux fils de Mithridate, Xipharès et Pharnace, dont la physionomie n'a rien d'antique, et la ruse bourgeoise par laquelle Mithridate, après Harpagon, surprend le secret d'un amour qui inquiète sa jalousie.

Dans le genre historique, Racine s'était élevé par *Britannicus*, qui est son coup d'essai, à une hauteur que n'atteignent ni *Bajazet* ni *Mithridate*, et moins encore *Bérénice*. Voltaire a dit que c'était la pièce des connaisseurs; et, en effet, plus le goût s'attache à examiner la savante structure de cette composition, la vérité des mœurs et des caractères, l'ordre et la proportion des scènes, l'art du style, et plus on admire. Il est vrai que l'émotion tragique n'est pas tout à fait au niveau de la gravité des événements, et cela tient à l'inévitable infériorité du héros à côté de personnages tels que Néron, Agrippine et Burrhus. L'intérêt est celui de l'histoire, qui ne donne pas toujours la première place aux victimes. C'est déjà beaucoup d'avoir élevé au point où l'a porté Racine cet adolescent qu'on n'a pu qu'entrevoir et qui meurt soudainement. Le miracle du poëte est d'avoir fait revivre la Rome impériale déjà souillée de crimes et de perfidies, et retenant de sa force qui va s'épuiser, de sa grandeur qui chancelle, un prestige dont se tempère encore le spectacle de sa dégradation; d'avoir montré sous des formes imposantes le prélude de cette orgie qu'arrosera bientôt le sang des martyrs et que punira plus tard le glaive des barbares. Sans doute, le poëte pouvait mettre à nu ces plaies qu'il voile de draperies majestueuses; mais, s'il dérobe quelque chose à nos yeux, il indique tout, il fait tout comprendre.

On a paru regretter de nos jours que la pudeur du peintre et son amour de la beauté idéale aient éloigné de nos regards les impuretés et les horreurs que fournissait l'histoire : nous sommes bien loin de partager ce regret. L'art a une autre destination que de faire naître le dégoût ; son but est d'élever et d'épurer les âmes par l'image idéalisée des vertus et des vices : l'ambition d'Agrippine, la lâcheté cruelle de Néron et sa luxure, la bassesse de Narcisse, déjà purgées par la forme poétique qui les limite en les exprimant, laissent à la mâle vertu de Burrhus, à la généreuse candeur de Britannicus, à l'innocence de Junie, ce charme de pureté qui pénètre l'âme et qui la fortifie. Agrippine n'est pas moins odieuse, Néron moins méprisable, Narcisse moins vil, parce que la réalité brutale de leurs passions et de leurs vices nous échappe ; il suffit que l'image nous en soit présente dans leurs discours et dans leur conduite, et que la vérité des sentiments qu'ils expriment prête les apparences de la vie à la passion ou à l'idée qu'ils représentent. Ce ne sont pas de pures abstractions, comme on le prétend pour les réprouver, ce ne sont pas des portraits tels que les voudrait la critique réaliste ; ce sont des idées qui ont pris un corps, un visage, une âme, idées vivantes de cette réalité poétique qui suffit à charmer les esprits délicats. L'illusion que produisent ces belles créations ne naît pas dans toutes les intelligences, cela est vrai ; mais, qu'on y prenne garde, l'insensibilité qu'elles rencontrent, le dédain qui les accueille, ne les accusent ni ne les amoindrissent, et il est permis d'y voir, à la charge des insensibles et des railleurs, un signe d'infirmité ou de dépravation. N'en déplaise aux détracteurs, *Britannicus* partage toujours avec *Horace* et *Cinna* l'honneur d'être au premier rang des chefs-d'œuvre de la tragédie historique.

Voilà ce qu'avait produit dans la première moitié de sa vie le génie de Racine. Ces belles années de jeunesse et de maturité, si fécondes en œuvres durables, n'avaient pas été sans quelques faiblesses de cœur et sans quelques cruautés d'esprit. Irritable comme un poëte, en raison directe de son exquise sensibilité, Racine, toujours alerte à la riposte et quelquefois à l'attaque, avait décoché de vives et mordantes épigrammes, en prose comme en vers. La préface de *Britannicus* est amère contre le vieux Corneille et ses partisans[1]; les deux lettres à l'adresse de Port-Royal, étincelantes d'esprit, sont d'une gaieté impitoyable; ses épigrammes au tour marotique enfoncent avec un art perfide le trait finement aiguisé et chargé de venin. Le tendre Racine piquait avec un dard d'abeille qui reste dans la plaie. Même dans *les*

---

[1] Il ne m'est pas bien prouvé que dans la préface des *Plaideurs* il n'ait pas eu contre Molière une intention blessante lorsqu'il a écrit les lignes suivantes : « Ce n'est pas que j'attende un grand honneur d'avoir assez longtemps réjoui le monde; mais je me sais quelque gré de l'avoir fait sans qu'il m'en ait coûté une de ces sales équivoques et de ces malhonnêtes plaisanteries qui coûtent maintenant si peu à la plupart de nos écrivains, et qui font retomber le théâtre dans la turpitude d'où quelques auteurs plus modestes l'avaient tiré. »

Plaideurs, revanche aristophanesque des ennuis d'un
procès, la plaisanterie n'est pas enjouée, elle n'ef-
fleure pas les ridicules, elle est ou mordante ou bouf-
fonne; elle tient de la satire et de la parodie. Aussi
cette pièce, à laquelle prirent part en se jouant
Boileau, Furetière et quelques autres amis, malgré
tant de scènes bien faites et de vers piquants qui sont
devenus proverbes, reste-t-elle bien en deçà de la
véritable comédie. Au reste, ces vivacités d'humeur,
ces aigreurs de caractère, n'étaient que des pointes
de jeunesse : tout cela finit par s'effacer pour ne laisser paraître, dans une saison plus avancée de la vie,
que l'homme de bien, l'ami dévoué, le chrétien sincère; et si alors il lui échappe encore quelques épigrammes, elles seront piquantes sans amertume, témoin celle que lui suggère la *Judith* de Boyer. Cette
piété fervente et profonde ouvrit au génie de Racine
de nouvelles sources d'inspiration; elle le plongea dans
la lecture et la méditation des livres saints, d'où il tira
pour *Esther* et pour *Athalie* des trésors de poésie.
Ne regrettons pas ces douze années de silence et de
recueillement, stériles aux yeux inattentifs, et qui
sans doute étaient nécessaires à l'enfantement de la
tragédie sacrée.

Esther rendit à Racine, avec innocence, toutes les
émotions qui avaient animé et quelquefois troublé
les années de sa jeunesse. C'est le plus beau moment
de sa vie. Il retrouvait de jeunes talents à former
dans l'art de la déclamation où il excellait, lui le
maître de Baron et de la Champmeslé : il entendait de
nouveau les acclamations de la foule, foule choisie

cette fois, et devant le suffrage imposant de la royauté
et de la cour, la critique, auparavant si cruelle, était
condamnée au silence. Jamais Racine n'avait parlé
un langage plus pur et plus harmonieux, et cette
harmonie enchanteresse accompagnait les idées les
plus élevées et les sentiments les plus chastes. En
outre, le poëte avait enfin trouvé un lieu propre à
l'alliance de la poésie lyrique, où il devait encore
montrer sa supériorité, et du drame, où il avait fait
ses preuves, alliance qu'il enviait au théâtre d'A-
thènes et qu'il réalisait sans atteinte à la vraisemblance. Louis XIV et madame de Maintenon étaient
ravis ; la cour applaudissait avec transport, car elle
trouvait dans les allusions transparentes du sujet de
quoi satisfaire son double instinct de flatterie et de
malignité.

Athalie, bien supérieure à *Esther*, fut moins heureuse. Ce chef-d'œuvre de l'esprit humain, comme
l'appelle Voltaire, contenait de trop graves leçons :
on feignit de ne pas comprendre, et sans se trahir
on écarta silencieusement cette image austère et
blessante de la foi sincère et du zèle hypocrite. Ainsi
Mathan triompha obscurément de Joad. Racine composa bien encore, à l'usage de Saint-Cyr, quelques
cantiques ; mais pour la tragédie, il fit place à Duché
qui avait quelque talent, puisque, entre autres pièces
bibliques, il a fait *Absalon*. Étonné de cet échec imprévu, Racine pensa s'être mépris, et Boileau, qui
lui promettait avec assurance les suffrages de la postérité, ne paraît pas lui-même avoir soupçonné les
causes de cette froideur contre laquelle il protestait

en homme de goût. Racine montrait un Dieu trop
sévère à l'orgueil et à l'iniquité des grands, trop
compatissant aux souffrances du pauvre ; il imposait
à la royauté des devoirs trop étroits, des charges trop
lourdes ; il était inexorable comme la vérité, importun comme la justice : la Bible l'avait rendu téméraire et presque séditieux. Lorsque tant d'oreilles
étaient sourdes à des cris de détresse, n'était-ce pas
déjà bien de la hardiesse que d'avoir dit par la bouche d'Esther parlant de Dieu :

Il entend les soupirs de l'humble qu'on outrage [1].

Celui qui avait trouvé dans son cœur cette plainte si
résignée et si menaçante ne révélait-il pas de mor-
telles souffrances silencieusement dévorées ? A qui
en voulait-il par cette sentence :

Le bonheur des méchants comme un torrent s'écoule [2].

Et n'aurait-il pas été aussi embarrassé que Joas, si
quelque voix menaçante lui eût demandé : « Ces
méchants, qui sont-ils? » Mais son plus grand crime,
puisqu'il faut le dévoiler, le voici :

De l'absolu pouvoir vous ignorez l'ivresse
Et des lâches flatteurs la voix enchanteresse.
Bientôt ils vous diront que les plus saintes lois,
Maîtresses du vil peuple, obéissent aux rois ;
Qu'un roi n'a d'autre frein que sa volonté même ;

[1] *Esther*, acte III, sc. IV.
[2] *Athalie*, acte II, sc. VII.

Qu'il doit immoler tout à sa grandeur suprême
Qu'aux larmes, au travail, le peuple est condamné,
Et d'un sceptre de fer veut être gouverné ;
Que s'il n'est opprimé, tôt ou tard il opprime [1].

Ce langage de Joad n'était pas de mise devant un
pouvoir désormais sans contrôle et sans contre-poids,
quand les courtisans étaient écoutés de préférence,
que la France souffrait et qu'elle commençait à mur-
murer. C'était le temps où Vauban allait cherchant
des remèdes à la misère publique, où Fénelon faisait
peut-être parvenir jusqu'au trône et que certainement il écrivait cette lettre mémorable qui révèle
l'indignation des âmes chrétiennes [2]. Il est permis

---

[1] *Athalie*, acte IV, sc. IV.

[2] *Œuvres de Fénelon*, 3 vol. grand in-8°, 1838, t. III, p. 425
et suiv. Il y a dans cette lettre de terribles passages. En voici
quelques-uns : « Vos peuples, que vous devriez aimer comme
vos enfants, et qui ont été jusqu'ici si passionnés pour vous,
meurent de faim. La culture des terres est presque abandonnée ; les villes et la campagne se dépeuplent ; tous les métiers
languissent et ne nourrissent plus les ouvriers. Tout commerce
est anéanti ; par conséquent, vous avez détruit la moitié des
forces réelles du dedans de votre État, pour faire et pour défendre de vaines conquêtes au dehors. Au lieu de tirer de l'argent de ce pauvre peuple, il faudrait lui faire l'aumône et le
nourrir. La France entière n'est plus qu'un grand hôpital dé-
solé et sans provision. » Et plus loin : « Les émotions populaires, qui étaient inconnues depuis si longtemps, deviennent
fréquentes. Paris même, si près de vous, n'en est pas exempt.
Les magistrats sont contraints de tolérer l'insolence des mutins, et de faire couler sous main quelque monnaie pour les
apaiser ; ainsi on paye ceux qu'il faudrait punir. Vous êtes ré-
duit à la honteuse et déplorable extrémité ou de laisser la sé-

de croire qu'*Athalie* déposa au fond de l'âme de
Louis XIV le germe obscur de la colère qui éclata,
quelques années plus tard, à la lecture de ce mémoire
que Racine écrivit sous les auspices de madame de
Maintenon, et qui devait éclairer le roi sur les souffrances de son peuple.

Après cela faut-il s'étonner que Racine soit mort
dans la disgrâce, et que Boileau, demeuré seul, ait
pris après la mort de son ami la sage résolution de
ne pas profiter de la faveur qui lui était conservée et
de ne plus paraître à la cour. « Qu'irais-je faire là?
disait-il, je ne sais plus louer. » La vérité est que la
matière lui faisait défaut plus que l'art. Boileau avait
su louer ; mais, comme Racine, il louait sincèrement et, comme lui, il n'avait jamais su flatter. Or le
temps était arrivé où la vérité devenait difficile à dire
et où il n'y avait guère de place que pour l'adulation.
En suivant ainsi Racine et Boileau jusqu'au terme
de leur carrière, on voit que la poésie nous a conduit au delà des années vraiment belles du siècle
de Louis XIV : l'éloquence religieuse va nous y ramener.

dition impunie et de l'accroître par cette impunité, ou de faire
massacrer avec inhumanité des peuples que vous mettez au
désespoir en leur arrachant par vos impôts pour cette guerre
le pain qu'ils tâchent de gagner à la sueur de leurs visages. »
Fénelon parlait ainsi dès 1694. La révocation de l'édit de Nantes,
qui devait faire tant de bien, opérait depuis neuf ans, on voit
avec quel succès.

CHAPITRE IV

Éloquence religieuse. — Bossuet. — Ensemble de sa vie et de ses œuvres. — Discours sur l'histoire universelle. — Oraisons funèbres. — Sermons. — Bossuet cartésien. — Malebranche. — Fléchier. — Bourdaloue. — Caractère de son éloquence. — Moralistes. — La Bruyère.

L'essor de la poésie pendant les premières années du règne de Louis XIV n'est pas la conséquence directe du pouvoir absolu de ce prince, mais de l'usage qu'il en fit, par grandeur d'âme, et de la liberté qu'il laissa aux hommes de génie, qu'il inspirait encore par le voisinage de ses hauts faits et dont il garantissait les loisirs par ses libéralités. Cette liberté était tempérée par les bienséances, et elle n'en fut que plus féconde ; elle se réglait d'elle-même sous l'œil bienveillant du maître. La chaire aussi fut libre, non par tolérance, mais de droit et par devoir. Elle fut respectueuse dans l'exercice de son droit, dans l'accomplissement de ses devoirs ; car rien alors ne se produisait sans rendre hommage au monarque dont le pouvoir était partout présent. A aucune époque, l'Église en France n'eut autant de splendeur ; assurée de son pouvoir par la piété du prince et par la foi des peuples, en retour elle fut sincèrement gallicane, c'est-à-dire que, sans cesser d'être catholique, elle se montra monarchique et nationale.

Le choix des évêques que le discernement et la justice de Louis XIV élevaient, non par caprice, mais
selon l'ordre du talent et des vertus, avait fait de
l'épiscopat de France un corps vénérable par l'exemple, puissant par la parole. Le pouvoir royal, qui
l'honorait en le contenant, et qui, par prudence autant que par respect, n'appela jamais aucun de ses
membres à la direction des affaires publiques, obtint
de lui la déclaration de 1682, garantie de l'indépendance du trône. Dans ces termes de déférence
commune et de concert indépendant se manifesta la
liberté religieuse, et avec la liberté, l'éloquence,
bannie du domaine de la politique que lui interdisait
la royauté. Ainsi, sous le pouvoir absolu, c'est encore un souffle de liberté qui féconde le génie. C'est
l'autorité de la religion et l'indépendance qu'elle
impose comme un devoir à ses ministres qui ont fait
la grandeur de Bossuet, de Bourdaloue, de Fénelon
et de Massillon. Nous allons en saisir quelques traces
en jetant un coup d'œil rapide sur l'œuvre de ces
grands hommes. L'ordre des temps, comme celui du
génie, donne la première place à Bossuet.

Bossuet paraît le modèle accompli du docteur et
du prêtre. Sa vie est un long combat où le courage
ne lui manque jamais ni la victoire : considérée dans
son ensemble, elle montre dans la suite de ses travaux, d'abord l'adversaire du protestantisme rame-
nant, par la mission de Metz, de nombreux dissidents
au sein de l'Église; enlevant à l'hérésie le plus illustre
de ses adhérents, le grand Turenne; leur ôtant, par
l'exposition claire et précise de la foi, tout motif

sérieux de dissentiment ; réduisant Claude, par une
argumentation serrée, au silence ou à la contradiction ; confondant les insolentes prédictions de Jurieu, et déroulant le tableau des variations des sectes
dissidentes, en regard de l'immuable vérité ; enfin,
essayant, avec le grand Leibnitz, de réunir en un
seul corps tous les membres divisés de la famille
chrétienne. Voilà ce qu'il a fait du côté de l'hérésie.
Dans le sein de l'Église catholique, prédicateur infatigable du dogme et de la morale chrétienne, il
montre à tous ce qu'il faut croire et ce qu'il faut
faire ; il repousse avec une égale énergie la morale
excessive de ces docteurs qui font haïr la vertu, et
celle de ces casuistes dont les relâchements, la coupable complaisance, excusent le vice et élargissent
outre mesure la voie étroite qui conduit au ciel ;
oracle de l'Église gallicane, il en proclame les principes, sans arrière-pensée de flatterie pour la royauté,
sans volonté, mais sans crainte d'irriter le saint-siége :
enfin il combat à outrance le quiétisme, qui lui semblait, sous les apparences d'une perfection impossible, mener fatalement aux langueurs d'un déisme
mystique.

Orateur, théologien, philosophe, historien, cet infatigable athlète accumule les chefs-d'œuvre sans
paraître y songer : il met à tout ce qu'il touche le
sceau de son génie. Dans la chaire chrétienne, il fait
entendre des accents inouïs jusqu'alors et qu'on n'en-
tendra plus lorsque sa voix s'éteindra. Dans l'histoire, dans la philosophie, même supériorité. Bossuet n'a rien fait en vue de lui-même ni de la gloire

humaine; il n'a jamais écrit pour écrire, mais pour
agir, tous ses écrits sont des actions, et ses actions,
l'accomplissement d'un devoir. Il ne s'est jamais dit:
« Sois orateur, sois historien, sois philosophe. » Ses
ouvrages sont des actes qui témoignent de l'exercice
de ses fonctions : il prêche, parce qu'il est prêtre,
il enseigne parce qu'il est précepteur; il combat,
parce qu'il est croyant. L'auteur n'est pas distinct de
l'homme; sa vie et ses œuvres se confondent. Les
mots ne sont rien pour lui : son style, et il n'en est
que plus merveilleux, c'est l'ordre, c'est l'enchaînement, c'est la vigueur, c'est le corps même de la
pensée qui sort tout armée de son cerveau. Où trou-
verez-vous pareille identité entre la pensée et le
langage ? quel est l'écrivain qui n'ait point quelque
complaisance pour les mots, qui ne s'arrête quelquefois à les ajuster, à les parer ? quel est celui, même
entre ceux qui ne veulent pas se faire remarquer,
qui ne se laisse voir et surprendre ? Ailleurs vous
sentirez l'effort; dans Bossuet, vous ne voyez que la
force. Pour les uns, le langage est un vêtement, pour
les autres une parure; à quelques-uns il tient lieu
de substance; dans Bossuet, c'est la pensée visible
et nue.

On a l'air de déclamer lorsqu'on dit que Bossuet
est plus qu'un orateur, que c'est l'incarnation de
l'éloquence; et cependant, si on confronte l'idée de
l'éloquence et les discours de Bossuet, on trouve
l'expression simple et vraie. En effet, l'éloquence
n'est-elle pas la production animée, simple, énergique, souveraine, de la raison et de la passion hu-

maines? Or, le langage de Bossuet est-il autre
chose? n'est-ce pas la raison et la passion manifes-
tées sans efforts et par un mouvement continu? la
passion et la raison de Bossuet ne se font-elles pas
maîtresses des nôtres? ne nous entraîne-t-il pas, ne
nous tourne-t-il pas à son gré, ne nous emporte-t-il
pas d'un élan irrésistible? On peut donc dire à la
lettre que Bossuet, c'est l'éloquence même. Par la
même raison, Bossuet est plus qu'un théologien :
les lumières et les mystères de la théologie se sont
incorporés à son intelligence : il sait la doctrine, il
connaît les faits et leur signification. Non-seulement
il les connaît, mais il en dispose librement comme
de sa chose propre : la Bible est là avec l'Évangile,
avec les Pères, avec les conciles, livres toujours ou-
verts sous les yeux de son esprit. Il est donc vrai de
dire que Bossuet est la théologie même.

Éloquence et théologie, voilà tout Bossuet : aussi,
quelque sujet qu'il aborde, il se montrera théologien
et orateur. Il aborde l'histoire; l'histoire dans ses
mains devient un discours religieux : c'est un récit
des faits de Dieu ou plutôt de ses desseins accomplis
par l'entremise de l'humanité qui les ignore. Des
hauteurs où il se place pour considérer l'histoire, les
empires ne lui apparaissent plus que comme des individus, et les destinées de ces individus ne sont que
des scènes ou des actes d'un drame unique qui se
dénoue par la naissance du Christ et la rédemption
du genre humain. Le prologue, c'est la création;
l'exposition, la chute de l'homme; le nœud, la dispersion des hommes, les progrès de l'idolâtrie, et

la durée du peuple de Dieu; la péripétie, la corruption et le déclin du monde idolâtre; le dénoûment, l'avénement du libérateur et le triomphe de sa
doctrine.

C'est ici le lieu de transcrire une page admirable
où M. Saint-Marc Girardin exprime avec éloquence
l'émotion que produit dans les âmes religieuses ce
défilé des nations sur la scène du monde : « Quelle
admirable revue de tous les peuples ! comme ils viennent tour à tour devant Bossuet témoigner de leur
faiblesse et avouer que Dieu seul est grand ! C'est en
vain qu'ils veulent s'arrêter et faire halte : il faut
marcher, il faut courir. Bossuet pousse les uns sur les
autres les siècles et les peuples : *Marche ! marche !*
dit-il à l'Égypte, et le trône majestueux des Pharaons,
et ce sacerdoce imposant, et ce peuple grave et sérieux
passe et disparaît bientôt. — *Marche ! marche !* dit-il
à la Grèce, et ces républiques turbulentes, cette nation de poëtes et d'orateurs, avec tous ses chefs-
d'œuvre et ses trophées, va se perdre dans le gouffre
de la puissance romaine. — *Marche ! marche !* dit-il
à Rome elle-même, et ce peuple invincible, qui sert
d'instrument aux desseins de Dieu, sera un jour effacé
de la terre, qu'il n'aura conquise que pour Jésus-
Christ; son aigle, qui croyait voler au gré de la politique du sénat, est forcée de reconnaître que son vol
était tracé et qu'elle a suivi le doigt de Dieu plutôt
que l'ambition des Sylla et des Pompée. Ainsi Dieu
est partout : il change et renouvelle à son gré la
figure du monde; et, à la voix de Bossuet, l'antiquité
semble se réveiller du tombeau pour s'entendre ré-

véler ce Dieu inconnu qui présidait à ses destinées,
et qui est le seul qu'elle n'ait point adoré [1]. »

Il est vrai que Bossuet, usant d'un privilége que les
orateurs ne se refusent pas, passe à côté des peuples
qui ne disent rien en faveur de sa thèse. Comme il
fait du peuple juif le centre de l'histoire de l'univers,
il laisse dans l'ombre les Etats dont les annales ne
feraient que gêner sa marche : « Ces empires, dit-il,
ont pour la plupart une liaison nécessaire avec l'histoire du peuple de Dieu. Dieu s'est servi des Assy-
riens pour châtier ce peuple ; des Perses pour le réta-
blir ; d'Alexandre et de ses premiers successeurs pour
le protéger ; d'Antiochus l'Illustre et de ses successeurs pour l'exercer ; des Romains pour soutenir sa
liberté contre les rois de Syrie, qui ne songeaient
qu'à les détruire. Les Juifs ont duré jusqu'à Jésus-
Christ sous la puissance des mêmes Romains. Quand
ils l'ont méconnu et sacrifié, ces mêmes Romains ont
prêté leurs mains, sans y penser, à la vengeance divine et ont exterminé ce peuple ingrat [2]. » Dans cet
ordre d'idées, l'Inde et la Chine, avec leurs innombrables populations, auraient été des éléments réfractaires, Bossuet les élimine. Toutefois sa théologie
éloquente ne dédaigne pas de démêler, au-dessous de
la cause première qui décide tout, les causes particulières et prochaines qui expliquent humainement

---

[1] *Essais de Littérature et de Morale*, 2 vol. in-18. Charpentier, 1845, t. I, p. 42.

[2] *Œuvres de Bossuet*, 4 vol. grand in-8°; Firmin Didot,
1848. Discours sur l'Histoire universelle, 5e partie, ch. I, t. I,
p. 262.

la grandeur et la décadence des empires : « En effet, dira-t-il, dans le jeu sanglant où les peuples ont disposé de l'empire et de la puissance, qui a prévu de plus loin, qui s'est le plus appliqué, qui a duré le plus longtemps dans les grands travaux, enfin qui a su le mieux ou pousser ou se ménager suivant la rencontre, à la fin a eu l'avantage et a fait servir la fortune même à ses desseins [1]. » Par ce côté, le libre arbitre de l'homme prend sa place dans le développement des faits, et ne permet pas de confondre la Providence qui conduit les événements avec la Fatalité qui les enchaîne.

Bossuet a résumé toute sa doctrine historique dans les dernières pages de son *Discours sur l'Histoire universelle;* il conclut comme Balzac, mais en d'autres termes, que ces grandes pièces qui se jouent sur la terre ont été composées dans le ciel, et que si les hommes en sont les acteurs, Dieu en est le poëte. Ceux qui s'imaginent gouverner le monde travaillent à un dessein qu'ils ignorent : « Ils font, dit Bossuet, plus ou moins qu'ils ne pensent, et leurs conseils n'ont jamais manqué d'avoir des effets imprévus ; ni ils ne sont maîtres des dispositions que les siècles passés ont mises dans les affaires, ni ils ne peuvent prévoir le cours que prendra l'avenir, loin qu'ils le puissent forcer. Celui-là seul tient tout en sa main, qui sait le nom de ce qui est et de ce qui n'est pas encore, qui préside à tous les temps et

---

[1] *Discours sur l'Histoire universelle,* 3e partie, ch. II, t. I, p. 265.

prévient tous les conseils. Alexandre ne croyait pas
travailler pour ses capitaines, ni ruiner sa maison
par ses conquêtes. Quand Brutus inspirait au peuple
romain un amour immense de la liberté, il ne songeait pas qu'il jetait dans les esprits le principe de
cette licence effrénée par laquelle la tyrannie qu'il
voulait détruire devait être un jour rétablie plus dure
que sous les Tarquins. Quand les Césars flattaient les
soldats, ils n'avaient pas dessein de donner des maîtres à leurs successeurs et à l'empire. En un mot, il
n'y a point de puissance humaine qui ne serve malgré elle à d'autres desseins que les siens : Dieu seul
sait tout réduire à sa volonté. C'est pourquoi tout
est surprenant, à ne regarder que les causes particulières, et néanmoins tout s'avance avec une suite
réglée[1]. » Cette suite réglée des événements ache-
minait l'humanité à la rédemption par la venue du
Christ. Là s'arrête l'historien, et il ne dit pas où le
christianisme conduira le monde. Il explique le passé,
il n'ose pas sonder l'avenir. Il ne nous fait pas même
entrevoir quelle sera sur la terre la condition des fils
d'Adam, lorsque la doctrine évangélique, qui les a
déjà transformés en les effleurant, aura fini par les
pénétrer.

Dans la constitution d'un État, Bossuet paraît s'arrêter, si l'on s'en rapporte au traité de la *Politique
tirée de l'Écriture sainte*, au pouvoir absolu d'un
seul, réglé par la religion et tempéré par la justice;

---

[1] *Discours sur l'Histoire universelle*, 3ᵉ partie, ch. VIII,
t. I, p. 298.

le gouvernement de Louis XIV lui semble la forme
dernière et la meilleure d'une société de chrétiens.
Cependant d'après le tableau de l'Égypte, qu'il compose avec complaisance de traits empruntés à Hérodote,
à Diodore, à Tacite, sur un idéal qui lui appartient,
on peut croire qu'il y aurait apporté quelques réformes. En effet, dans cette terre de sagesse et de piété
telle qu'il la décrit, « la vraie fin de la politique est
de rendre la vie commode et les peuples heureux. »
En outre, « il n'était pas permis d'être inutile à l'État:
la loi assignait à chacun son emploi, qui se perpé-
tuait de père en fils; on ne pouvait ni en avoir deux
ni changer de profession, mais aussi toutes les professions étaient honorées. Il fallait qu'il y eût des emplois et des personnes plus considérables, comme il
faut qu'il y ait des yeux dans le corps : leur éclat ne
fait pas mépriser les pieds ni les parties les plus
basses. Ainsi, parmi les Égyptiens, les prêtres et les
soldats avaient des marques d'honneur particulières;
mais tous les métiers, jusqu'aux moindres, étaient
en estime, et on ne croyait pas pouvoir sans crime
mépriser les citoyens dont les travaux, quels qu'ils
fussent, contribuaient au bien public. » Aussi, « dans
un si bel ordre, les fainéants ne savaient où se cacher. » En Égypte, si l'on en croit Bossuet, « personne n'était humilié sous le bon plaisir d'autrui, il
n'y avait pas de condition que le dédain des supérieurs rendît intolérable; » c'était un principe de stabilité. Une autre cause de calme et de prospérité,
c'était l'inviolable respect de la loi, à tous les degrés,
dans toutes les classes; seulement « les rois étaient

obligés plus que les autres à vivre selon les lois. »
Rien de plus simple et de plus pur que l'administration de la justice dans ce modèle des États : « Les
juges ne tiraient rien des procès, et on ne s'était pas
encore avisé de faire un métier de la justice. Pour
éviter les surprises, les affaires étaient traitées par
écrit dans cette assemblée; on y craignait la fausse
éloquence, qui éblouit les esprits et émeut les passions. » Ce peuple, ami de la vérité, attendait pour
louer les hommes la fin de la vie, et encore « il n'é-
tait pas permis de louer indifféremment tous les
morts : il fallait avoir cet honneur par un jugement
public; » et lorsqu'un personnage avait mérité d'être
loué, « on faisait son panégyrique, mais sans y rien
mêler de sa naissance[1]. » Sous ce régime, Bossuet aurait eu dispense et même défense de prononcer quelques-unes de ses *Oraisons funèbres*, et c'eût été
grand dommage pour l'éloquence. Hâtons-nous d'a-
jouter que si la réalité historique n'eût point souffert
de ce sacrifice, les vérités supérieures de la morale
et de la religion auraient été privées du plus éclatant
hommage qu'elles aient jamais reçu dans la chaire
évangélique.

L'écueil de l'oraison funèbre serait de faire retentir
la chaire chrétienne d'éloges hyperboliques et men-
songers pour des hommes puissants, qui n'auraient
d'autre titre aux hommages que le rang même d'où
la mort vient de les précipiter. Cet abus n'est pas

[1] *Discours sur l'Histoire universelle*, 3ᵉ partie, ch. III, t. I,
p. 266-273, passim.

sans exemple, et alors l'éloquence porte une grave
atteinte à la morale et à la religion en introduisant
la flatterie dans le sanctuaire. Bossuet ne pouvait pas
consentir à faire de son saint ministère un instrument
de vanité mondaine : aussi, quel que soit le personnage qu'il a mission d'honorer, a-t-il soin d'abaisser
la grandeur humaine devant la majesté divine ; s'il
est tenu, par bienséance, à ménager des morts illustres, il compense des égards nécessaires par les terribles vérités qu'il fait entendre aux vivants. Par ce
biais, l'orateur chrétien se retrouve libre et ressaisit
pleinement sa dignité : nulle part Bossuet n'est ni
plus imposant, ni plus inexorable ; il fait payer chèrement aux grands de la terre sa complaisance apparente. Ce n'est pas, au reste, qu'il soit insensible à
cette grandeur : sa grande âme en est vivement tou-
chée ; mais elle s'affermit contre l'émotion, elle s'é-
lance au delà du temps pour montrer la misère et le
néant de tout ce que le temps emporte. Certes l'admiration ne s'est pas méprise en s'attachant de préférence, parmi tant de chefs-d'œuvre, aux oraisons
funèbres : c'est là surtout qu'on est amené à détourner sur l'orateur cette comparaison qu'il applique à
l'un de ses héros : « comme une aigle qu'on voit toujours, soit qu'elle vole au milieu des airs, soit qu'elle
se pose sur le haut de quelque rocher, porter de tous
côtés des regards perçants, et tomber si sûrement
sur sa proie qu'on ne peut éviter ses ongles non plus
que ses yeux [1] ; aussi vifs étaient les regards, aussi

---

[1] *Oraison funèbre du prince de Condé*, t. II, p. 73.

vive et impétueuse était l'attaque, aussi fortes et iné-
vitables étaient les mains du prince de Condé. » Tel
aussi plane le génie de Bossuet ; tel il voit, tel il saisit,
tel il étreint sa pensée.

Ce génie de Bossuet si sain, si vigoureux, si maître
de lui-même, a trop bien conscience des forces qui
demeurent à l'intelligence humaine, malgré sa chute,
et de sa dignité, pour en être le détracteur ; il l'admire dans son essence et dans les œuvres qu'elle a produites : « Je confesse, dit-il, que je ne puis contempler sans admiration ces merveilleuses découvertes
qu'a faites la science pour pénétrer la nature, ni tant
de belles inventions que l'art a trouvées pour s'accommoder à notre usage. L'homme a presque changé
la face du monde : il a su dompter par l'esprit les animaux qui le surmontaient par la force ; il a su discipliner leur humeur brutale, et contraindre leur liberté indocile. Il a même fléchi par adresse les créa-
tures inanimées : la terre n'a-t-elle pas été forcée
par son industrie à lui donner des aliments plus convenables, les plantes à corriger en sa faveur leur aigreur sauvage, les venins même à se tourner en
remèdes pour l'amour de lui ? Il serait superflu de
vous raconter comme il sait ménager les éléments,
après tant de sortes de miracles qu'il fait faire tous
les jours aux plus intraitables, je veux dire au feu et
à l'eau, ces deux grands ennemis, qui s'accordent
néanmoins à nous servir dans des opérations si utiles
et si nécessaires. Quoi de plus ! il est monté jusques aux
cieux : pour marcher plus sûrement, il a appris aux
astres à le guider dans ses voyages : pour mesurer

plus également sa vie, il a obligé le soleil à rendre
compte, pour ainsi dire, de tous ses pas[1]. » Mais il
faut lire tout ce passage dans l'admirable *sermon sur
la mort.* C'est là aussi que Bossuet ose rattacher
l'âme de l'homme à l'essence divine, l'image à son
modèle ; ce que l'homme ajoute de sa propre industrie à l'œuvre de Dieu lui paraît sur ce point un invincible argument : « O homme, s'écrie-t-il, comment
pourrais-tu faire remuer tant soit peu une machine
si forte et si délicate, s'il n'y avait en toi-même et
dans quelque partie de ton être quelques fécondes
ïdées tirées de ces idées originelles, en un mot, quelque ressemblance, quelque écoulement, quelque portion de cet esprit ouvrier qui a fait le monde ? »
Quand Bossuet parlait ainsi de la raison de l'homme
et qu'il voulait qu'il y eût dans notre âme un écoulement et comme une portion de l'intelligence divine,
personne, ni parmi les théologiens, ni parmi les philosophes, ne songeait à l'accuser, soit de rationa-
lisme, soit de panthéisme : c'est qu'alors les théologiens étaient par surcroît philosophes à la manière
de Platon et de Descartes, et que les philosophes ne
craignaient pas d'être chrétiens. Pour Bossuet,
comme pour Fénelon, il n'y avait point de guerre
entre ce que la raison atteint par ses propres forces
et ce que la foi lui révèle obscurément ; pour eux la
foi élargissait la sphère de la vérité ; ils croyaient résolûment ce qu'elle leur présentait sous un voile mystérieux, et ce voile, ils essayaient encore de le rendre

---

[1] *Bossuet,* Sermon sur la mort, t. II, p. 496.

transparent à l'aide de la science, c'est-à-dire en portant sur ces vérités supérieures et obscures les lumières de l'observation et du raisonnement. Leur théologie est une métaphysique transcendante. Cette science qui ne s'achèvera jamais, noble exercice des âmes religieuses vigoureusement trempées, Bossuet nous en fait entrevoir les profondeurs dans ses *Méditations sur les Évangiles*, et il nous porte vers les cimes les plus ardues par ses *Élévations sur les mystères*. C'est là surtout qu'il nous montre jusqu'où peut aller la pensée humaine sur les ailes de la religion.

Ce que Bossuet doit à la philosophie de Descartes et à la pratique de sa méthode, on le voit surtout dans le traité de la *Connaissance de Dieu et de soi-même*, ouvrage substantiel et didactique qui suffirait pour initier les jeunes gens à la philosophie. C'est encore Descartes qui a servi de guide et d'initiateur à un autre homme de génie, écrivain supérieur et métaphysicien profond, Nicolas Malebranche, père de l'Oratoire, penseur intrépide et chrétien soumis. Son livre de la *Recherche de la vérité* signale mieux qu'on ne l'avait fait avant lui les causes de nos erreurs, et quoiqu'il s'égare lui-même quelquefois en pensant trouver le vrai, on peut dire que dans cette poursuite il a apporté autant de bonne foi que de sagacité. S'il a dépassé le but, il est permis de croire qu'il l'a touché : faisant route entre deux abîmes, il côtoya celui du panthéisme spiritualiste sans y tomber, laissant à l'autre extrémité Spinosa se précipiter dans le gouffre sans fond où la substance unique, impersonnelle et infinie, engloutit la personne humaine et sa liberté. Ce mystère si redoutable et si attrayant du commerce de l'âme humaine et de l'intelligence suprême, Malebranche l'a sondé d'un regard profond et sincère. Il pense que l'homme voit directement la vérité dans sa source même : c'est aussi l'opinion de Bossuet et de Fénelon. Dieu est, à ses yeux, le lieu des esprits, comme l'espace est le lieu des corps; l'âme humaine vit en lui, elle y puise sa force et sa lumière, sans s'y confondre, et selon sa mesure et sa pureté elle y voit l'essence du vrai. Elle n'y voit pas tout, en dépit d'un vers épigrammatique plus spirituel que juste [1]; elle n'y voit que ce qui subsiste éternellement et qui n'est pas ailleurs; c'est de là qu'il lui arrive, soit qu'elle le réfléchisse comme un miroir, ainsi que le veulent d'autres philosophes, soit qu'elle l'atteigne directement, comme le pense Malebranche. Quoi qu'il en soit, la dispute reste ouverte entre les philosophes sur la valeur scientifique des opinions de Malebranche; mais parmi les hommes de goût nul n'hésite à reconnaître le rare mérite de son style, qui, dans un langage souple, précis et lumineux, sait tout ensemble peindre et définir. Malebranche a le génie de la métaphysique; il a aussi le cœur et la pénétration du moraliste; il invite à penser et il pousse à bien agir.

Ce goût de vérité, ce besoin de lumière là où elle peut se produire et d'éclaircissement sur les points mêmes qui doivent demeurer obscurs, commun à

---

[1]   Lui qui voit tout en Dieu n'y voit pas qu'il est fou.

Malebranche et à Bossuet, n'a point troublé ces fermes génies dans leur foi religieuse. Bossuet s'en explique fièrement en s'adressant aux incrédules et aux sceptiques : «Mais qu'ont-ils vu, ces rares génies, qu'ont-ils vu plus que les autres? Quelle ignorance est la leur, et qu'il serait aisé de les confondre, si, faibles et présomptueux, ils ne craignaient d'être instruits! car pensent-ils avoir mieux vu les difficultés, à cause qu'ils y succombent, que les autres qui les ont vues et les ont méprisées? Ils n'ont rien vu; ils n'entendent rien; ils n'ont pas même de quoi établir le néant auquel ils espèrent après cette vie, et ce misérable partage ne leur est pas assuré. Ils ne savent s'ils trouveront un Dieu propice, ou un Dieu contraire. S'ils le font égal au vice et à la vertu, quelle idole! que s'il ne dédaigne pas de juger ce qu'il a créé, et encore ce qu'il a créé capable d'un bon et d'un mauvais choix, qui leur dira ou ce qui lui plaît, ou ce qui l'offense, ou ce qui l'apaise?... Leur raison, qu'ils prennent pour guide, ne présente à leur esprit que des conjectures et des embarras. Les absurdités où ils tombent en niant la religion deviennent plus insoutenables que les vérités dont la hauteur les étonne; et pour ne vouloir pas croire des mystères incompréhensibles, ils suivent l'une après l'autre d'incompréhensibles erreurs. Qu'est-ce donc après tout que leur malheureuse incrédulité, sinon une erreur sans fin, une témérité qui hasarde tout, un étourdissement volontaire, et, en un mot, un orgueil qui ne peut souffrir son remède, c'est-à-dire qui ne peut souffrir une autorité légitime? Ne croyez pas que

l'homme ne soit emporté que par l'intempérance des
sens : l'intempérance de l'esprit n'est pas moins flat-
teuse. Comme l'autre, elle se fait des plaisirs cachés
et s'irrite par la défense. Ce superbe croit s'élever
au-dessus de tout et au-dessus de lui-même, quand
il s'élève, ce lui semble, au-dessus de la religion qu'il
a si longtemps révérée ; il se met au rang des gens
désabusés ; il insulte en son cœur aux faibles esprits
qui ne font que suivre les autres sans rien trouver
par eux-mêmes, et devenu le seul objet de ses complaisances, il se fait lui-même son dieu[1]. »

Telle était l'assurance de Bossuet dans la foi, tel
aussi l'ascendant de son éloquence : jamais la parole
humaine n'eut plus d'autorité. Lorsqu'il monta pour
la première fois dans la chaire chrétienne, il y trouvait le souvenir encore récent du petit père André,
orateur jovial et populaire, héritier de ces prédicateurs franciscains qui ne dédaignaient pas de faire
rire leur auditoire. D'autres, il est vrai, avaient déjà
cherché la gravité et la noblesse : les François de
Sales, les Vincent de Paul, les Cospéan, les Lin-
gendes, les Singlin, les Desmares, d'autres encore,
étaient entrés dans la bonne voie ; le génie de Bossuet y entraîna tous ceux qui hésitaient. C'est alors
que Mascaron, après avoir longtemps sacrifié au bel
esprit, prenait enfin par l'oraison funèbre de Turenne
une place parmi les orateurs. Sur le même sujet
Fléchier composait une œuvre qu'on lit encore et

---

[1] *Œuvres de Bossuet*, Oraison funèbre de la princesse Pala-
tine, t. II, p. 45 et 46.

qu'on admire ; mais Fléchier procède plutôt de Balzac que de Bossuet : le choix des mots, l'harmonie du langage, le tour heureux de la pensée, l'art de placer des figures et de trouver des mouvements oratoires convenables au sentiment qu'il exprime, produisent quelquefois chez cet habile orateur les effets de la grande éloquence. On se tromperait si l'on ne voyait dans Fléchier qu'un rhéteur ingénieux qui simule l'éloquence avec adresse : Fléchier est réellement orateur ; mais il a le tort de montrer avec coquetterie le talent qu'il emploie, et de détourner l'attention sur la parure dont il couvre des pensées solides. Il faut au moins citer un exemple de cet art merveilleux de caresser l'oreille et de charmer l'esprit par l'heureux choix des mots et la proportion des membres d'une période. Il n'a jamais été porté plus loin que dans ce portrait de Judas Machabée :
« Cet homme qui portait la gloire de sa nation jusqu'aux extrémités de la terre, qui couvrait son camp du bouclier et forçait celui de l'ennemi avec l'épée, qui donnait aux rois ligués contre lui des déplaisirs mortels, et réjouissait Jacob par ses vertus et par ses exploits dont la mémoire doit être éternelle ; cet homme qui défendait les villes de Juda, qui domptait l'orgueil des enfants d'Ammon et d'Ésaü, qui revenait chargé des dépouilles de Samarie, après avoir brûlé sur leurs propres autels les dieux des nations étrangères ; cet homme que Dieu avait mis autour d'Israël comme un mur d'airain où se brisèrent tant de fois les forces de l'Asie, et qui, après avoir défait de nombreuses armées, déconcerté les plus fiers et les

plus habiles généraux des rois de Syrie, venait tous
les ans, comme le moindre des Israélites, réparer
avec ses mains les ruines du sanctuaire, et ne voulait d'autre récompense des services qu'il rendait à
sa patrie que l'honneur de l'avoir servie ; ce vaillant
homme, poussant enfin avec un courage invincible
les ennemis qu'il avait réduits à une fuite honteuse,
reçut le coup mortel et demeura comme enseveli
dans son triomphe[1]. » En parlant ainsi, Fléchier
voulait sans aucun doute faire admirer Machabée et
Turenne, mais il voulait aussi qu'on applaudît le
panégyriste.

Bossuet, et c'est sa principale gloire, ne demande
rien pour lui-même ; il ne veut que faire passer sa
pensée dans l'âme de ceux qui l'écoutent ; il en est
de même de Bourdaloue, qu'on a proclamé le premier de nos sermonnaires, quoique Bossuet ait fait
des sermons. Quand on lit ces vigoureuses ébauches
de Bossuet, tout empreintes de génie, en regard des
compositions achevées de Bourdaloue, on s'étonne
que la vogue de celui-ci ait rejeté dans l'ombre le
souvenir des succès antérieurs de Bossuet. Il semble
que les contemporains aient oublié, en entendant
Bourdaloue, que pendant dix années Bossuet les eût
émus et édifiés de la sainte parole. Mais il faut
rendre à Bossuet ce qui lui appartient : l'abbé Maury
a raison de dire : « Bourdaloue a été un des premiers
et un des plus beaux ouvrages de Bossuet[2]. »

[1] *Fléchier*, Oraison funèbre de Turenne.
[2] *Essai sur l'Éloquence de la chaire*, § 18, p. 62, éd. Lefèvre,
1 vol. in-18, 1845.

L'œuvre fut digne du maître. Préparé à la prédication par de fortes études, animé d'une foi sincère, exempt d'ambition et d'intrigue, Bourdaloue
ajoutait à l'autorité de la parole évangélique la force
de ses exemples. Le monde, qu'il ne flattait pas,
qu'il ne décourageait pas non plus, car il savait
lui montrer son intérêt présent à marcher dans la
voie qui conduit aux récompenses éternelles, se
laissa captiver à son éloquence grave et pénétrante.
Bourdaloue put donc mettre à profit la paix de l'E-
glise, pendant la trêve qui fit taire les disputes du
jansénisme, pour établir solidement les vérités du
dogme et les principes de la morale. La vogue donna
l'essor à son talent en portant partout le nom de
l'orateur. Madame de Sévigné, qui *allait en Bourdaloue* plus volontiers qu'aux fêtes de la cour, témoin désintéressé, puisqu'elle tenait à Port-Royal
par ses affections, dépose, par son admiration tant
de fois exprimée sans réserve, de la puissance oratoire de l'éloquent jésuite. Et cependant il négli-
geait tous les moyens de plaire empruntés soit à la
passion, soit aux artifices du langage. C'est de lui
surtout qu'on peut dire avec Fénelon qu'il « ne se
sert de la parole que pour la pensée, et de la pensée
que pour la vérité et la vertu. » La sévérité de son
style égale la rigueur de ses raisonnements; chez
lui l'émotion naît du mouvement logique par la solidité, le nombre et l'ordre des preuves. Ainsi la
lumière se fait dans l'intelligence, et la conscience
prononce. Bourdaloue ne met rien d'étranger entre
la pensée qu'il exprime et l'esprit qui la reçoit;

l'orateur s'efface, il ne détourne sur lui-même ni la
critique, ni l'admiration, et comme la pensée se
trouve en contact direct avec la pensée, le jugement
ne porte que sur le vrai.

On a tout dit sur la belle ordonnance des sermons
de Bourdaloue et sur sa fécondité à en diversifier
les plans, lorsqu'il reprend et renouvelle un sujet
déjà traité par lui et qu'il semblait avoir épuisé.
Pour s'en faire une idée, il faut une étude approfondie, une comparaison détaillée des œuvres de
l'orateur; nous pouvons au moins apporter ici quelques preuves de la pénétration du moraliste et de la
vigueur du logicien. Ainsi, comme exemple des sophismes de la haine, de cette habitude fatale de
juger les hommes « non point par ce qu'ils sont en
effet, mais par ce qu'ils nous sont, » il serait difficile
de trouver ailleurs un tableau plus vif et plus vrai
que celui-ci : « Comment jugeons-nous d'un ennemi? il s'est attiré notre disgrâce : c'est assez.
Avec cela, en vain il ferait des prodiges : ses prodiges mêmes ne serviraient qu'à nous le rendre et à
nous le faire paraître plus odieux; en vain il possé-
derait toutes les vertus : les vertus les plus éclatantes
prennent dans notre imagination la teinture et la
couleur des vices; s'il est dévot, nous l'accusons
d'hypocrisie; s'il ne l'est pas, nous le soupçonnons
d'impiété; s'il est humble, nous regardons son humilité comme une faiblesse; s'il est généreux, nous
appelons son courage orgueil et fierté; s'il est discret
et réservé, c'est dans notre opinion un homme arti-
ficieux et fourbe; s'il est ouvert et sincère, nous le

traitons d'imprudent et d'évaporé. Les autres ont
beau le combler d'éloges, cet intérêt qui nous préoc-
cupe nous fait croire que ces éloges sont autant de
flatteries, de mensonges[1]. »

Un seul passage suffira pour donner une idée de
la force irrésistible de l'argumentation de Bourdaloue : c'est le développement de la dernière des
preuves qu'il tire du mystère de la croix pour démontrer la divinité de Jésus-Christ : « Concluons
par une dernière preuve, mais essentielle : c'est de
voir un homme que l'ignominie de sa mort, que la
confusion, l'opprobre, l'humiliation infinie de sa
mort, élève à toute la gloire que peut prétendre un
Dieu ; tellement qu'à son seul nom, et en vue de
sa croix, les plus hautes puissances du monde flé-
chissent les genoux et se prosternent pour lui faire
hommage de leur grandeur. Voilà ce que Dieu révé-
lait à saint Paul dans un temps, remarque bien importante, dans un temps où, selon toutes les vues
de la prudence humaine, cette prédiction devait
passer pour chimérique ; dans un temps où le nom
de Jésus-Christ était en horreur. Toutefois, ce qu'a-
vait dit l'Apôtre est arrivé : ce qui fut pour les chrétiens de ce temps-là un point de foi a cessé en quelque façon de l'être pour nous, puisque nous sommes
témoins de la chose et qu'il ne faut plus captiver nos
esprits pour la croix. Les puissances de la terre flé-
chissent maintenant les genoux devant ce crucifié.
Les princes, et les plus grands de nos princes, sont

---

[1] *Bourdaloue*, Sermon sur le jugement téméraire.

les premiers à nous en donner l'exemple, et il n'a
tenu qu'à nous, les voyant en ce saint jour au pied
de l'autel adorer Jésus-Christ sur la croix, de nous
consoler et de nous dire à nous-mêmes : Voilà ce que
m'avait prédit saint Paul; et ce que du temps de saint
Paul j'aurais rejeté comme un songe, c'est ce que je
vois et de quoi je ne puis douter. Or un homme, mes
chers auditeurs, dont la croix, selon la belle expression de saint Augustin, a passé du lieu infâme des
supplices sur le front des monarques et des empereurs, un homme qui, sans autre secours, sans autres
armes, par la vertu seule de la croix, a vaincu l'idolâtrie, a triomphé de la superstition, a détruit le
culte des faux dieux, a conquis tout l'univers, au
lieu que les plus grands rois de l'univers ont besoin
pour les moindres conquêtes de tant de secours; un
homme qui, comme le chante l'Église, a trouvé le
moyen de régner par où les autres cessent de vivre,
c'est-à-dire par le bois qui fut l'instrument de sa
mort; et ce qui est encore plus merveilleux, un
homme qui pendant sa vie avait expressément marqué que tout s'accomplirait, et que du moment qu'il
serait élevé de la terre, il attirerait tout à lui : un tel
homme n'est-il pas plus qu'homme? N'est-il pas
homme et Dieu tout ensemble? Quelle vertu la croix,
où nous le contemplons, n'a-t-elle pas eue pour le
faire adorer des peuples! Combien d'apôtres de son
Évangile, combien d'imitateurs de ses vertus, combien de confesseurs, combien de martyrs, combien
d'âmes saintes dévouées à son culte, combien de
disciples zélés pour sa gloire, disons mieux, combien

de nations, combien de royaumes, combien d'empires n'a-t-il pas attirés à lui par le charme secret, mais tout-puissant, de cette croix [1] ! »

Bourdaloue ne nous a pas éloignés de Bossuet, qui lui a été un précurseur et un modèle ; La Bruyère nous y ramène encore. Bossuet devina son génie et le mit en demeure de se produire : c'est l'évêque de Meaux qui tira d'un obscur emploi de finance, pour l'attirer à la cour, sur le théâtre de ses observations, le moraliste ingénieux et profond qui passa de bien loin Théophraste après l'avoir traduit. La Bruyère ne fut pas ingrat, car, en prenant place à l'Académie, il fit le plus noble et le plus juste éloge de son protecteur en quelques paroles qu'on n'a pas oubliées : « Que dirai-je de ce personnage qui a fait parler si longtemps une envieuse critique et qui l'a fait taire [2] ; qu'on admire malgré soi, qui accable par le grand nombre et l'éminence de ses talents : orateur, historien, théologien, philosophe, d'une rare érudition, d'une plus rare éloquence, soit dans ses entretiens, soit dans ses écrits, soit dans la chaire ; un défenseur de la religion, une lumière de l'Église ; parlons d'avance le langage de la postérité, un Père de l'Eglise [3] ? » La Bruyère n'est pas seulement moraliste, il est philosophe et chrétien ; il ne s'est pas

[1] *Bourdaloue*, Sermon sur la Passion de Jésus-Christ.

[2] Cette expression est empruntée à Bossuet lui-même, qui a dit dans le Discours de la Vie cachée en Dieu : « Vaincre enfin l'envie ou la faire taire. »

[3] *La Bruyère*, p. 619, édit. de M. Walckenaer, 1 vol. in-18. Firmin Didot, 1845.

contenté de peindre les travers et les vices de son
siècle, il les à rattachés à leur origine, qui est l'oubli de Dieu. Par cette pensée, il est de l'école de
Bossuet et de Bourdaloue, pendant qu'il se relie par
l'esprit critique et par le sens comique à Boileau et à
Molière ; ce dessein de haute moralité forme aussi
l'unité de son livre, qui semble au premier abord ne
se composer que d'observations détachées.

Personne plus que La Bruyère n'a pris au sérieux
l'art d'écrire et le rôle d'écrivain. Il croit fermement
que le beau et le bien sont autre chose que des abstractions de l'esprit et des caprices de la sensibilité.
Il pense qu'ils existent réellement, qu'on peut les
atteindre et qu'on doit y tendre courageusement :
« Il y a, dit-il, dans l'art un point de perfection,
comme de bonté et de maturité dans la nature : celui
qui le sent et qui l'aime a le goût parfait ; celui qui
ne le sent pas, et qui aime en deçà et au delà, a le
goût défectueux. Il y a donc un bon et un mauvais
goût, et l'on dispute des goûts avec fondement. »
Rien n'est plus vrai ; mais il y a trop de gens inté-
ressés à supprimer la distinction entre les esprits
bien faits et les esprits de travers, pour que la
maxime de La Bruyère ne soit pas contestée. Ce qui
est vrai du fond d'un ouvrage ne l'est pas moins de
la forme : « Entre toutes les expressions qui peuvent
rendre une seule de nos pensées, il n'y en a qu'une
qui soit la bonne. » Et le propre de cette expression
unique qu'on cherche souvent sans la trouver, c'est
« qu'on éprouve, quand enfin on l'a trouvée, qu'elle
est précisément celle qui était la plus simple, la plus

naturelle, qui semblait devoir se présenter d'abord
et sans effort. » Ailleurs, La Bruyère caractérise en
deux mots les écrivains supérieurs : « Tout l'esprit
d'un auteur consiste à bien définir et à bien peindre,»
c'est-à-dire à contenter la raison et à satisfaire l'imagination. Nous avons des écrivains qui peignent sans
définir, et ils sont vagues ou vaporeux ; nous en avons
d'autres qui définissent et ne peignent pas, et ils
sont secs et froids. « Moïse, Homère, Platon, Virgile, Horace, dit La Bruyère, ne sont au-dessus des
autres écrivains que par leurs expressions et par leurs
images ; il faut exprimer le vrai pour écrire naturellement, fortement, délicatement. » Mais le vrai pour
le philosophe, c'est le juste et l'honnête, et il ne
suffit pas qu'un écrivain réussisse à plaire par l'éclat
de son talent, il doit avoir une ambition plus haute :
« Il demande des hommes un plus grand et plus rare
succès que les louanges et même que les récompenses, qui est de les rendre meilleurs. » Telle était l'ambition, tel aussi a été l'honneur de celui qui n'a pas
craint de poser au jugement littéraire cette règle
unique qui condamne tant d'ouvrages, même émi-
nents : « Quand une lecture vous élève l'esprit, et
qu'elle vous inspire des sentiments courageux, ne
cherchez pas une autre règle pour juger de l'ouvrage,
il est bon et fait de main d'ouvrier. »

La Bruyère connaissait toute la force du ridicule ;
il en savait aussi régler l'emploi dans les limites qui
lui sont tracées par le goût et par la morale : « Il ne
faut pas, disait-il, mettre un ridicule où il n'y en a
point : c'est se gâter le goût, c'est corrompre son

jugement et celui des autres ; mais le ridicule qui est
quelque part, il faut l'y voir, l'en tirer avec grâce et
d'une manière qui plaise et qui instruise[1]. » La
Bruyère n'a pas fait autre chose, et celle-là il l'a
faite avec goût et non sans génie : il a vu le ridicule
où il était et il l'en a tiré avec grâce. C'est ce qui fait
le charme et la solidité de son livre ; la raillerie est
son arme favorite, mais il ne la tourne que contre ce
qui mérite d'en être frappé. Il ne rit pas de tout,
comme ces moqueurs de profession qui ne laissent
rien où le respect puisse s'attacher en sûreté : avec
lui, l'âme de l'homme ne risque ni de se fausser, ni
de s'amollir, ni de se dépraver ; le plaisir qu'il donne
n'est pas un plaisir qui corrompe, mais un exercice
qui affermit le cœur et qui aiguise l'intelligence ; il
nous inspire le goût du bien, en nous faisant respirer
comme un parfum de probité qui s'exhale de son âme,
et cet arome nous communique des forces pour la
vertu. Il n'a point de bile noire ni de fiel ; il ne fait
ni haïr ni mépriser l'homme : il rend le vice méprisable ; il ridiculise les travers du cœur et de l'esprit,
et, dans l'occasion, lorsque les torts qu'il signale méritent un châtiment exemplaire, il aime à voiler d'ironie l'indignation qu'il éprouve.

Nulle part il n'a mieux employé cette puissante
figure de pensée et de langage que dans le morceau
célèbre où il appelle la pitié sur le sort des paysans :
« L'on voit certains animaux farouches, des mâles et

---

[1] Toutes les citations qui précèdent sont tirées du chapitre
premier des *Caractères*, qui a pour titre : Des Ouvrages de
l'Esprit, p. 149-177.

des femelles, répandus par la campagne, noirs, li-
vides et tout brûlés du soleil, attachés à la terre qu'ils
fouillent et qu'ils remuent avec une opiniâtreté invincible; ils ont comme une voix articulée, et quand ils
se lèvent sur leurs pieds, ils montrent une face humaine, et, en effet, ils sont des hommes. Ils se reti-
rent la nuit dans des tanières, où ils vivent de pain
noir, d'eau et de racines; ils épargnent aux autres
hommes la peine de semer, de labourer et de recueillir pour vivre, et méritent ainsi de ne pas manquer de ce pain qu'ils ont semé[1]. » Quelle sensibilité
dans cette poignante image de l'excès du labeur et de
la misère! La Bruyère, parmi les délices de la cour,
n'oublie pas ce qu'il a vu de douleurs et de courage
dans les champs où il a passé ses premières années,
et ce n'est pas de lui qu'on pourrait dire après lui :
« Quel moyen de comprendre, dans la première
heure de la digestion, qu'on puisse quelque part mourir de faim? » Il dit encore, car il souffre cruellement
des souffrances d'autrui : « Il y a des misères sur la
terre qui saisissent le cœur : il manque à quelques-
uns jusqu'aux aliments; ils redoutent l'hiver, ils ap-
préhendent de vivre. » Et il ajoute : « Tienne qui
voudra contre de si grandes extrémités[2]! »

Philosophe par nature et par choix, La Bruyère
n'enviait ni les dignités ni l'opulence dont il savait
se passer; mais il ne pardonnait ni à la fausse grandeur ni à l'opulence hautaine et ignorante. Il a à leur

---

[1] *Les Caractères*, de l'Homme, p. 437.
[2] *Ibid.*, des Biens de Fortune, p. 281.

adresse des traits qui pénètrent profondément et qu'il a aiguisés à dessein. Laissons-les de côté, et pour montrer combien il était touché de la vraie grandeur, voyons en quels termes il la définit: « La véritable grandeur est libre, douce, familière, populaire, elle se laisse toucher et manier, elle ne perd rien à être vue de près ; plus on la connaît, plus on l'admire ; elle se courbe par bonté vers ses inférieurs, et revient sans effort dans son naturel ; elle s'abandonne quelquefois, se néglige, se relâche de ses avantages, toujours en pouvoir de les reprendre et de les faire valoir ; elle rit, joue et badine, mais avec dignité. On l'approche tout ensemble avec liberté et avec retenue [1]. » Dans le monde des grands où il était mêlé cette vraie grandeur se présentait rarement à ses yeux, et il avait en retour à souffrir bien souvent de la morgue des hommes d'argent, qui ne savent ni apprécier ni respecter la supériorité de l'intelligence. Il s'en console en songeant à la postérité : « Le présent, disait-il, est pour les riches, et l'avenir pour les vertueux et les habiles [2]. » La Bruyère comptait bien personnellement sur cette compensation, et on est charmé de voir qu'il ait eu la confiance et la légitime fierté du génie.

La Bruyère est pour les mœurs de son siècle un témoin incommode. On ne peut pas nier sa clairvoyance, et on ne saurait douter de sa véracité. Il a vu ce qu'il peint sans ménagement, mais aussi sans

[1] *Les Caractères*, du Mérite personnel, p. 195.
[2] *Ibid.*, des Biens de Fortune, p. 285.

animosité. Il n'a d'autre passion que l'amour du vrai
et du juste ; le mensonge le blesse et l'iniquité l'offense : la seule vengeance qu'il en tire est de les représenter au vif; et comme le fond de la nature humaine ne change pas, que les mêmes travers et les
mêmes vices subsistent toujours sous des formes et
des costumes divers, selon les temps, son livre a été
pour les âges suivants une peinture anticipée. La
malignité des contemporains cherchait et multipliait
les modèles de ses portraits, et nous pouvons encore
les rapporter à des visages qu'il n'a point vus. Les
générations se succèdent et continuent de trouver
parmi les vivants des figures déjà peintes dans cette
galerie dont les originaux se renouvellent sans cesse.
Ainsi, quoique La Bruyère n'ait eu que le dessein de
peindre les mœurs et les caractères de son temps,
comme il a vu au delà de la surface et des traits mobiles du dehors, il est plus qu'un témoin du passé,
et son œuvre ne vieillit point. Elle vit, en outre, par
le style qui donne à tant de réflexions fines et profondes un tour original, à tant de physionomies distinctes un relief durable et des couleurs qui n'ont
point pâli. Cependant, il faut reconnaître qu'avec
tous ces mérites de peintre et d'écrivain La Bruyère
n'a pas l'aisance, le naturel, en un mot, la grande
manière des maîtres qui lui ont frayé la voie. Il sait
les admirer et il ne veut pas les imiter : on sent
même la peine qu'il se donne pour ne pas leur ressembler, cherchant curieusement l'originalité par la
structure de la phrase et le choix des mots qu'il
appelle invention. De plus, il met partout de l'esprit

et veut à chaque instant produire un effet; enfin il
n'a pas cet art suprême qui efface les traces de l'art.

Boileau l'a remarqué, et, tout en estimant beaucoup le talent de La Bruyère, il signalait dans sa
manière un commencement de décadence. Elle lui
parut beaucoup plus sensible dans les premiers écrits
de Fontenelle, dont l'affectation et le pédantisme
mondain blessaient vivement l'homme de goût pour
qui le vrai seul était aimable. Boileau eut à combattre jusqu'à la fin de sa vie, et dans les derniers
temps, sa sévérité, qui ne se déridait plus, devint
âpre et morose. On cite de lui, à cette époque, des
traits d'humeur qui vont jusqu'à l'injustice, et des
arrêts qui ressemblent à des voies de fait. C'est ce
que nous avons appelé ses répugnances de vieillard.
Ainsi Crébillon, qui devait cependant garder un rang
élevé à côté des maîtres tragiques, il le reléguait
au-dessous des méchants auteurs qu'il avait autrefois
bafoués dans ses satires, et le *Diable boiteux*, par
lequel Lesage préludait à *Gil Blas*, ne trouvait pas
grâce à ses yeux. Avant d'en venir à ces extrémités,
excusables chez un vieillard que la nouveauté dépite,
parce qu'elle le déroute, Boileau, sur le retour, avait
utilement « régenté le Parnasse. » On l'avait vu au
premier rang, avec toute la vigueur de la maturité, à
la reprise de cette guerre des modernes contre les anciens, qui a trouvé de nos jours un historien si judicieux, si spirituel, hélas! et si regrettable [1], grande

----

[1] Hippolyte Rigault, t. I des *Œuvres complètes*, 4 vol. in-8°,
Hachette, 1859.

et interminable querelle soulevée d'abord par Desma-
retz, rallumée par Charles Perrault, et que devaient
réveiller encore Fontenelle et La Motte. Dans ce dernier engagement, le vieil athlète, rival des anciens
qu'il défendait contre des novateurs armés à la légère,
fit preuve de vaillance et d'esprit. Ses *Réflexions sur
Longin*, qu'on a nommées avec trop de courtoisie les
Provinciales de la critique, portent au moins témoignage de sa vénération pour l'antiquité.

Boileau, dont les ressentiments étaient moins tenaces que ses admirations, ne garda pas de longue
rancune au plus déterminé champion des modernes,
à Charles Perrault, esprit aimable, que nous avons
tous connu dès l'enfance par ses *Contes des fées*. Il
ne tarda pas à l'amnistier après l'avoir rudoyé. Il s'a-
doucit aussi pour Boursault, comme il avait fait avec
Quinault. Il l'avait harcelé d'abord par affection pour
Molière, dont Boursault s'était cru l'émule. Homme
du monde et financier, Boursault, d'ailleurs fort ignorant, avait le goût des vers et l'instinct de la comédie.
Il fit mal d'abord, puis mieux; enfin il réussit à
bien faire. Un bon procédé de sa part envers Boileau,
malade aux eaux de Bourbon, avait depuis longtemps désarmé le satirique, et par bonheur, Boursault, réconcilié avec son juge, devint vraiment
poëte; de sorte que Boileau, sur ses vieux jours, put
applaudir en lui des succès de bon aloi. Boursault,
dans ses dernières pièces, a du naturel, de la gaieté,
du trait. *Le Mercure galant*, pièce à tiroir, contient
des scènes fort amusantes qui excitent toujours un
rire franc et prolongé. *Ésope à la cour* et *Ésope à la*

ville, comédies épisodiques comme la précédente, sont d'un ordre plus élevé. Citons à ce propos quelques lignes de Montesquieu qui protégeront longtemps la mémoire de Boursault : « Je me souviens qu'en sortant d'une pièce intitulée *Ésope à la cour,* je fus si pénétré du désir d'être plus honnête homme, que je ne sache pas avoir formé une résolution plus forte. »

Les comédies d'un autre poëte bien supérieur à Boursault, et qui fut aussi un moment aux prises avec Boileau à l'occasion de la Satire des Femmes, ne sont point de nature à inspirer de ces généreuses résolutions. On voit que nous voulons parler de Regnard, le premier de nos poëtes comiques après Molière, mais à un intervalle qui ne se mesure pas. Nous n'avons pas de comédies plus divertissantes que *le Joueur, le Légataire* et *les Ménechmes;* mais si Regnard amuse, il n'instruit pas, bien loin de corriger. Il a une verve admirable et peu de nerf, beaucoup de naturel et point de vérité : il arrive au plaisant dans les caractères par la charge, et dans le dialogue par des saillies où la gaieté va trop souvent jusqu'au bouffon. Mais quelle aisance et quel mouvement ! Il fait rire, c'est bien quelque chose; c'est tout pour lui et ce n'est pas assez pour le spectateur, qui n'est pas fâché de trouver parmi le rire une leçon morale et des caractères fortement tracés. Boileau avait raison de dire que Regnard n'est pas médiocrement plaisant, et de limiter ainsi l'éloge d'un poëte qui ne nous montre guère que des fripons et des extravagants. Ainsi Molière était bien dans la tombe.

CHAPITRE V

Déclin de Louis XIV. — Symptômes d'un esprit nouveau. — Fénelon en lutte avec Bossuet. — Ses succès comme orateur et comme précepteur. — Sa disgrâce. — Télémaque. — Massillon. — Caractère de son éloquence. — Historiens. — Mémoires de Saint-Simon.

Nous avons déjà entrevu, au passage, bien des ombres mêlées à l'éclat du siècle de Louis XIV, et nous venons de surprendre de graves symptômes qui donnent de tristes pressentiments. Le regard pénétrant de La Bruyère a saisi sous cette enveloppe brillante qui couvrait déjà tant de misères, de corruption et de scepticisme, les causes secrètes de l'agitation qui troublera et qui emportera les esprits pendant le siècle suivant. Dès lors tout commence à décliner. L'activité des intelligences n'est plus entretenue que par la recherche des moyens de guérir les maux qu'on éprouve et de prévenir ceux qu'on redoute; le pouvoir absolu s'affaisse sous le poids des fautes commises et de la responsabilité qui retombe sur lui seul. Au dedans, le silence succède aux acclamations, et du dehors arrivent, par la voix des réfugiés, des cris accusateurs et des imprécations. La révocation de l'édit de Nantes, qui devait accomplir l'unité de croyance, favorisa le progrès de l'incrédulité. Les docteurs de la foi, débarrassés d'un contrôle aussi utile qu'il paraissait incommode, s'endormirent dans une sécurité trompeuse, et lorsque les grandes intelligences qui s'étaient formées dans les luttes de la parole au temps où la contradiction était permise se furent éteintes, personne parmi les successeurs des Bossuet, des Fénelon, des Massillon, ne se trouva prêt pour le combat contre des adversaires d'une autre sorte qui ne se contentaient plus de discuter quelques points de doctrine, et qui prétendaient non pas à réformer, mais à détruire. Mais reprenons la suite des faits, où nous trouverons encore l'occasion de contempler de nobles figures.

Dans le même discours où La Bruyère, devançant le jugement de la postérité, mettait Bossuet au rang des Pères de l'Église, il disait aussi, en parlant d'un autre prélat qui commençait à partager avec lui l'admiration publique : « On sent la force et l'ascendant de ce rare esprit, soit qu'il prêche de génie et sans préparation, soit qu'il prononce un discours étudié et oratoire, soit qu'il explique ses pensées dans la conversation. Toujours maître de l'oreille et du cœur de ceux qui l'écoutent, il ne leur permet pas d'envier ni tant d'élévation, ni tant de facilité, de délicatesse, de politesse : on est assez heureux de l'entendre, de sentir ce qu'il dit et comme il le dit; on doit être content de soi, si l'on emporte ses réflexions et si on en profite [1]. » Ce rare esprit qui méritait ainsi d'être loué à côté et presque à l'égal de Bossuet, c'était Fénelon. Leur panégyriste commun ne prévoyait pas que l'Aigle et le Cygne, comme les appelle Voltaire,

---

[1] *La Bruyère,* p. 619, édit. Walckenaer.

seraient bientôt aux prises l'un contre l'autre, et que
lui-même deviendrait partie dans le procès en combattant contre le quiétisme. Les deux rivaux étaient
dignes de se mesurer. Nous avons vu déjà quel était
l'ascendant du génie de Bossuet; apprenons d'un
témoin qu'on ne récusera pas quel était le charme et
la séduction du génie de Fénelon : « Ce prélat, dit
Saint-Simon[1], était un grand homme maigre, bien
fait, pâle, avec un grand nez, des yeux dont le feu
et l'esprit sortaient comme un torrent, et une physionomie telle que je n'en ai point vu qui y ressem-
blât, et qui ne se pouvait oublier quand on ne l'aurait vue qu'une fois. Elle rassemblait tout, et les
contraires ne s'y combattaient point. Elle avait de la
gravité et de la galanterie, du sérieux et de la gaieté;
elle sentait également le docteur, l'évêque et le grand
seigneur; ce qui y surnageait, ainsi que dans toute
sa personne, c'était la finesse, l'esprit, les grâces, la
décence, et surtout la noblesse. Il fallait effort pour
cesser de le regarder. On ne pouvait le quitter, ni
s'en défendre, ni ne pas chercher à le retrouver.
C'est ce talent si rare, et qu'il avait au suprême degré, qui lui tint tous ses amis si entièrement attachés toute sa vie, malgré sa chute, et qui, dans leur
dispersion, les réunissait pour se parler de lui, pour
le regretter, pour le désirer, pour se tenir de plus en
plus à lui, comme les Juifs pour Jérusalem, et soupi-
rer après son retour, et l'espérer toujours, comme ce

[1] *Mémoires du duc de Saint-Simon*, t. XI, ch. XII, p. 458,
édit. Chéruel; Hachette, 1856.

malheureux peuple attend encore et soupire après
le Messie. » Cette attente, on le sait, devait être
vaine. Fénelon était destiné à mourir dans son exil
de Cambrai, où il a laissé de si touchants souvenirs,
précédant au tombeau Louis XIV, qui l'avait disgracié,
mais consolé de tout par l'espérance de retrouver ceux
qu'il avait tant aimés, le duc de Bourgogne, son élève,
et Beauvilliers, qui avait partagé l'honneur de cette
difficile éducation.

La plus grande gloire de Fénelon est d'avoir excellé dans l'art de nourrir et de diriger l'esprit de
l'enfance. Il l'a prouvé d'abord dans son humble ministère auprès des Nouvelles Converties, d'où sa première expérience a tiré un livre exquis, le traité de
l'*Éducation des filles*, et plus tard auprès du duc de
Bourgogne, dont il sut avec tant d'habileté dompter
la nature indocile. Son caractère était merveilleusement disposé pour cette tâche à laquelle toutes les
lumières de l'esprit ne suffisent pas : c'était un mélange exquis de tendresse et de force, de complaisance et de fermeté, de patience et de souplesse, où
l'énergie se tempérait de grâce. Le plus sûr moyen de
maîtriser l'enfance est de l'aimer et de ne la craindre
pas, de se dévouer sans s'asservir, car cette affection
courageuse qui prévient toute faiblesse et toute violence est le point d'appui le plus solide et le plus
énergique levier de l'autorité. Les enfants ont une
stratégie pleine d'artifices que le sang-froid peut seul
déjouer : céder avec mollesse ou résister avec emportement, c'est se trahir également à ces petits regards pénétrants et impitoyables ; soit qu'ils lassent

ou qu'ils irritent, ils sentent leur avantage et ils en
profitent en tyrans consommés. Il faut avec eux du
caractère et de l'âme : de l'âme pour les attirer, du
caractère pour les dominer. Ces deux qualités, Fénelon les possédait dans un rapport plein d'harmonie;
il en usa pour prendre sur son élève l'ascendant
nécessaire, et dès lors il put instruire avec fruit cette
jeune et riche intelligence, frémissante encore par
intervalles, mais domptée et disciplinable. C'est pour
ce royal enfant, « né terrible, dit Saint-Simon, et
dont la jeunesse fit trembler, » que Fénelon a composé ces *Fables* si ingénieuses et si attachantes qu'on
lit encore après celles de La Fontaine; ces *Dialogues des morts*, où tant de leçons de saine morale
sont données par des personnages réels, dont le
langage est conforme à leur rôle et à leur caractère
historiques; enfin, le *Télémaque*, qui rendit irrémédiable la disgrâce de l'imprudent et vertueux
précepteur, et qui est de tous ses titres à l'admiration de la postérité le plus considérable.

Nous n'avons plus à louer ces œuvres, destinées
par leur auteur moins encore à l'ornement des esprits
qu'à la culture des âmes; nous en sommes dispensé
par l'appréciation qu'a faite du génie de Fénelon
M. Villemain dans une de ses plus belles études littéraires. C'est là seulement que justice entière a été
rendue au *Télémaque*, un peu rabaissé par Voltaire,
qui n'aurait pas voulu, et pour cause, « chercher le
bonheur dans les murs de Salente[1]. » Certes, il ne

---

[1] Cette boutade de Voltaire sur Fénelon est bien irrévéren-

l'y aurait pas trouvé. Toutefois, cette utopie d'un
homme de bien est surtout un hommage à la discipline qui entretient l'ordre, quand il existe, et à l'a-
griculture, source principale des vraies richesses
d'un État. Mais ce plan de cité idéale n'est qu'un
détail dans l'œuvre du poëte et du moraliste. Ce que
M. Villemain nous fait surtout admirer, c'est l'harmonie de l'ensemble, le rapport des parties au tout
et la beauté des caractères : « Rien n'est plus beau,
dit l'éloquent critique, que l'ordonnance du *Télémaque*, et l'on ne trouve pas moins de grandeur dans
l'idée générale que de goût et de dextérité dans la
réunion et le contraste des épisodes. Les chastes et
modestes amours d'Antiope, introduites à la fin du
poëme, corrigent d'une manière sublime les emportements de Calypso ; et l'intérêt de la passion se
trouve deux fois reproduit, sous l'image de la fureur
et sous celle de la vertu. Mais comme le *Télémaque*
est surtout un livre de morale politique, ce que l'auteur peint avec le plus de force, c'est l'ambition,
cette maladie des rois qui fait mourir les peuples :
l'ambition grande et généreuse dans Sésostris; l'ambition imprudente dans Idoménée; l'ambition tyran-

cieuse. Il est vrai qu'elle se trouve dans *le Mondain* (t. XIV,
p. 130), où le ton qu'il a pris en faisant l'éloge du luxe l'amène
à dire :

> Je consens de grand cœur
> D'être fessé dans vos murs de Salente
> Si je vais là pour chercher le bonheur.

Voltaire ne croyait ni à l'innocence ni à la simplicité du monde
naissant, et il aimait la civilisation jusqu'à faire grâce aux
vices qu'elle introduit ou qu'elle favorise.

nique et misérable dans Pygmalion ; l'ambition bar-
bare, hypocrite, impie, dans Adraste. Ce dernier caractère, supérieur au Mézence de Virgile, est tracé
avec une vigueur d'imagination qu'aucune vérité
historique ne saurait surpasser. Cette invention des
personnages n'est pas moins rare que l'invention
générale d'un plan. Le caractère le plus généreux
dans cette riche variété de portraits, c'est celui du
jeune Télémaque. Plus développé, plus agissant que
le Télémaque de l'Odyssée, il réunit tout ce qui peut
surprendre, attacher, instruire. Dans l'âge des passions, il est sous la garde de la sagesse, qui le laisse
souvent faiblir, parce que les fautes sont l'éducation
des hommes ; il a l'orgueil du trône, l'emportement
de l'héroïsme et la candeur de la première jeunesse.
Ce mélange de hauteur et de naïveté, de force et de
soumission, forme peut-être le caractère le plus touchant et le plus aimable qu'ait inventé la muse
épique [1]. »

Le style, dans le *Télémaque*, est digne de la matière et de l'ordonnance des parties. Cependant Voltaire apporte à l'éloge qu'il en fait une restriction
maligne. Sans doute cette épopée en prose importu-
nait un peu le poëte de *la Henriade*. Prenant donc
à partie dans un trop libre badinage, où perce
quelque dépit, l'auteur du *Télémaque*, il dira :

J'admire fort votre style flatteur,

et il s'empressera d'ajouter :

Discours et Mélanges littéraires, 1846, 1 vol. in-8°, p. 122.

Et votre prose encor qu'un peu traînante [1].

Nous lui répondrons : Oui, le style de Fénelon est
flatteur, mais sa prose n'est pas traînante : elle se
déploie avec aisance et majesté, elle flotte comme
les plis de la chlamyde antique, et au besoin elle a
une ceinture qui accuse la forme et la vigueur de la
pensée, comme elle a des couleurs et des figures qui
la peignent aux yeux. Où trouver, en effet, plus
d'énergie que dans cette peinture du supplice des
méchants que leurs crimes ont précipités dans le
Tartare : « C'est une tristesse noire qui ronge ces
criminels; ils ont horreur d'eux-mêmes, et ils ne
peuvent non plus se défaire de cette horreur que de
leur propre nature. Ils n'ont pas besoin d'autres
châtiments de leurs fautes que leurs fautes mêmes;
ils les voient sans cesse dans toute leur énormité;
elles se présentent à eux comme des spectres horribles; elles les poursuivent. Pour s'en garantir, ils
cherchent une mort plus puissante que celle qui les
a séparés de leur corps. Dans le désespoir où ils sont,
ils appellent à leur secours une mort qui puisse
éteindre tout sentiment et toute connaissance en
eux; ils demandent aux abîmes de les engloutir pour
se dérober aux rayons vengeurs de la vérité qui les
persécute; mais ils sont réservés à la vengeance qui
distille sur eux goutte à goutte et qui ne tarira jamais. La vérité qu'ils ont craint de voir fait leur sup-

---

[1] *Voltaire*, t. XIV, p. 181.

plice[1] : ils la voient, et n'ont des yeux que pour la
voir s'élever contre eux ; sa vue les perce, les déchire, les arrache à eux-mêmes ; elle est comme la
foudre ; sans rien détruire au dehors, elle pénètre
jusqu'au fond des entrailles[2]. » Qu'au spectacle de
ces tortures morales on oppose l'image du bonheur
de ces hommes justes, entourés d'une « lumière pure
et douce qui les environne de ses rayons comme d'un
vêtement[3], » et l'on connaîtra la souplesse de cette
langue, aussi habile à représenter la sérénité des
âmes vertueuses que les ténèbres et les angoisses du
crime. En général, les tableaux que trace Fénelon, à
l'aide de quelques traits bien choisis, sont frappants
de vérité, et laissent dans l'imagination une trace
profonde. Il y a dans sa manière autant de sobriété
que de grandeur. Prenons pour exemple unique le
court récit de la mort de Bocchoris : « Je le vis périr : le dard d'un Phénicien perça sa poitrine, les
rênes lui échappèrent des mains ; il tomba de son
char sous les pieds des chevaux. Un soldat de l'île de
Chypre lui coupa la tête, et la prenant par les cheveux il la montra comme en triomphe à toute l'armée victorieuse. Je me souviendrai toute ma vie d'a-
voir vu cette tête qui nageait dans le sang, ces yeux

---

[1] C'est la pensée exprimée par Perse dans cet admirable
vers (sat. III, v. 38) :

Virtutem videant, intabescantque relictâ.

[2] *Les Aventures de Télémaque,* 4 vol. in-12. P. Didot, 1796,
t. III, liv. XVIII, p. 242.

[3] *Ibid.,* t. IV, liv. XIX, p. 6.

fermés et éteints, ce visage pâle et défiguré, cette bouche entr'ouverte qui semblait vouloir encore achever des paroles commencées, cet air superbe et menaçant que la mort même n'avait pu effacer[1]. » Ni Homère, ni Dante, ni Milton n'ont de peinture plus mâle et plus saisissante.

L'écrivain de génie qui composait de tels ouvrages pour l'instruction d'un prince aspirait aussi à gouverner les hommes. On le lui a reproché, comme si le désir du commandement était incompatible avec la vertu. Plût à Dieu que la passion du bien s'allumât jusqu'à l'ambition dans des âmes si pures et si bien trempées ! Bossuet n'aurait pas dédaigné de se mêler aux affaires publiques si le dauphin eût régné, et Fénelon s'y préparait pour l'avénement de son élève. Il voulait résolûment tenter une épreuve qui n'a jamais été faite, je veux dire l'application de la morale chrétienne à la politique. C'était là cette chimère qui inquiétait Louis XIV, et que Fénelon poursuivait de toute la force de sa volonté, avec toute la candeur de son âme. Cette pensée se fait jour dans toutes les pages écrites pour son élève; elle se retrouve dans sa correspondance intime; elle est manifeste dans les conseils qu'il envoie de Cambrai au duc de Beauvilliers pendant la guerre de succession qu'il aurait voulu prévenir; elle est l'âme du long traité qui a pour titre *les Directions de la conscience d'un roi.* Fénelon croyait opiniatrément à l'efficacité de la justice comme remède aux maux qui affligent

---

[1] *Les Aventures de Télémaque*, t. I, liv. II, p. 79.

les nations. Si nous sommes parfois étonnés des sacrifices qu'il exige dans l'ordre économique et politique au nom de la modération et de la justice, nous
sommes également condamnés à ignorer quelle en
aurait été la vertu: Sans doute il n'aurait pas tenté
de ramener brusquement son siècle à « l'aimable
simplicité du monde naissant, » et quoique dans un
de ses derniers écrits il dise : « La honteuse lâcheté
de nos mœurs nous empêche de lever les yeux pour
admirer le sublime de ces paroles: *aude, hospes, con-
temnere opes*[1], » et qu'il ajoute : « Heureux les
hommes, s'ils se contentaient de plaisirs qui ne
coûtent ni crime ni ruine ! C'est notre folle et cruelle
vanité, et non la noble simplicité des anciens, qu'il
faut corriger[2]; » la douceur de son caractère nous
assure qu'il aurait usé de ménagements, mais aussi
la droiture et la constance de sa volonté nous sont
garants qu'il aurait lutté contre le déréglement des
mœurs et le goût effréné des richesses auxquels la
France s'abandonna sous la régence du duc d'Orléans. Remarquons encore que ce grand esprit dont
on a voulu faire un rêveur a vu plus clair et plus
loin que Bossuet et Louis XIV du côté de la politique : il voulait que l'autorité monarchique se forti-
fiât en se limitant, qu'elle se mît en contact direct
avec la nation pour en mieux connaître les besoins;
car s'il est vrai que Dieu donne le droit aux princes,
il est manifeste que ceux-ci tirent leur force de l'as-

[1] *Lettre sur les occupations de l'Académie*, § 10, p. 258,
t. III, éd. Didot, 1838, 3 vol. grand in-8°.
[2] *Ibid.*, p. 259.

sentiment et du concours populaires. Le mérite de
Fénelon est d'avoir compris, en temps utile, ce qui
pouvait rajeunir et retremper le pouvoir royal : lorsque plus tard on s'en avisera de nouveau, l'heure
propice sera passée.

L'ambition politique de Fénelon est incontestable :
elle nous paraît légitime, puisqu'il prétendait la satisfaire sans rien sacrifier de sa vertu. Au reste, elle
ne fut pas mise à l'épreuve; mais il est permis de
croire que ces desseins qui se trahissaient par bien
des indices, et l'importance chaque jour plus grande
qu'il prenait à la cour par la double séduction de son
génie et de son caractère, contribuèrent à envenimer la querelle religieuse qui fut l'occasion de sa
disgrâce : « C'était, a dit d'Aguesseau, plutôt une
intrigue politique qu'une affaire de religion. » Nous
n'avons pas à débrouiller ici les obscurités du débat
théologique qui agita l'Église de France pendant
deux années et que le saint-siége hésita si longtemps
à trancher. On finit par reconnaître dans les *Maximes*
de Fénelon quelques propositions excessives dans le
sens du pur amour; mais le bref apostolique, devant
lequel Fénelon fléchit avec tant de simplicité et de
noblesse, fut bien loin de donner gain de cause aux
prétentions de Bossuet, qui voulait rendre Fénelon
solidaire des extravagances mystiques de madame
Guyon et des impuretés de Molinos. L'impérieuse
orthodoxie de l'évêque de Meaux, emportée par l'ardeur de la lutte, exagéra les torts de son adversaire
et les périls de sa doctrine; son regard d'aigle, à
l'aide de cette seconde vue que donne la passion,

atteignit, dans le lointain, sous des principes en apparence inoffensifs, des conséquences que Fénelon ne
soupçonnait point, et qui, selon toute vraisemblance,
ne s'en seraient jamais dégagées naturellement.

Loin de nous la pensée de déprécier ou d'élever
l'un de ces grands hommes au profit ou aux dépens
de l'autre : nous tenons trop à leur gloire, dont la
France se décore, pour essayer de l'amoindrir; nous
aimons mieux expliquer leur rupture par des diver-
gences de vues qui n'altèrent ni l'intégrité de leur
foi, ni la loyauté de leurs sentiments, et que les circonstances seules firent dégénérer en animosité. Tous
deux avaient le sentiment des dangers que l'incrédulité, prudente encore, mais déjà répandue, faisait
courir à la religion; ils n'étaient pas d'accord sur les
moyens de combattre le mal. Bossuet voyait le salut
de l'Église dans la science théologique et dans la
puissance du mystère. Il craignait que ce qui restait
de sentiment religieux dans les âmes ne vînt à se
dissiper si on ne le fortifiait par la connaissance profonde des saintes Écritures, si on ne l'étreignait vigoureusement des inflexibles liens du dogme : théologien consommé, c'est par la théologie qu'il voulait
captiver la croyance et réprimer l'incrédulité. Fénelon suivit une autre voie : il voulait assurer la religion par le sentiment de la puissance infinie du
Créateur et par l'amour de Dieu : il prétendit donner
à la croyance des racines profondes, une base iné-
branlable, en dégageant dans toute sa grandeur l'idée
de Dieu, pendant que l'amour, élevant l'âme au-dessus des intérêts de la terre, apaiserait la secrète ré-

volte de la raison contre des mystères impénétrables.
Ainsi, quand Bossuet choisissait ces mystères même
pour vaincre l'orgueil de la raison humaine et lui
enseignait la soumission par le spectacle de son impuissance, Fénelon faisait briller devant elle les clar-
tés de la théodicée, et l'emportait dans l'infini sur
les ailes de l'amour divin, espérant rallier toutes les
intelligences et tous les cœurs sur ces hauteurs inac-
cessibles aux brouillards et aux orages. C'est pour
cela que Fénelon, sans dédaigner la théologie, et
sans rien relâcher des règles austères du devoir,
s'arrête surtout dans la métaphysique à l'idée de
Dieu, et à la charité dans la morale. Ces deux grands
hommes, chrétiens sincères et alarmés, devaient se
heurter en se rencontrant ; mais comme le contraste
de nature qui les a mis aux prises se reproduit dans
la famille humaine, les routes distinctes et non op-
posées qu'ils ont tracées ne seront pas désertes : elles
tendent au même but, et si les cœurs fermes et droits
suivent Bossuet avec assurance, les âmes élevées et
tendres peuvent prendre leur essor dans le sillon lumineux qui marque le passage de Fénelon.

La douceur de Fénelon n'était pas de la mollesse.
Il l'a bien prouvé dans sa lutte contre Bossuet, où
le cygne de Cambrai a donné des coups d'aile qui
ont blessé l'aigle de Meaux. On peut en juger par
les traits qui suivent : « Je ne veux pas me juger
moi-même. En effet, je dois craindre que mon esprit
ne s'aigrisse dans une affaire si capable d'user la patience d'un homme qui serait moins imparfait que
moi. Quoi qu'il en soit, si j'ai dit quelque chose qui

ne soit pas vrai et essentiel à ma justification, ou bien si je l'ai dit en des termes qui ne fussent pas nécessaires pour exprimer toute la force de mes raisons, j'en demande pardon à Dieu, à toute l'Église et à vous. Mais où sont-ils ces termes que j'eusse pu vous épargner? Du moins marquez-les-moi; mais en les marquant, défiez-vous de votre délicatesse. Peut-être prend-elle pour une insulte ce qui n'est que la preuve claire de quelque vérité fâcheuse que vous m'avez forcé de vous dire. Après m'avoir donné si souvent des injures pour des raisons, n'avez-vous point pris mes raisons pour des injures[1]? » La cruauté de ce sarcasme si ingénieux et si acéré est une revanche, cela est vrai, mais il fallait être bien armé en guerre pour la prendre ainsi, et encore ne suffit-elle pas à la douceur implacable de Fénelon. Il continue : « Cette douceur, dont vous dites que je m'étais paré, on la tournait contre moi; on a dit que je parlais d'un ton si radouci, parce que ceux qui se sentent coupables sont toujours timides et hésitants.... Peut-être ai-je ensuite un peu trop élevé ma voix; mais le·lecteur peut observer que j'ai évité beaucoup de termes durs qui vous sont les plus familiers. Plût à Dieu que j'eusse pu vous épargner de même ce que ces termes signifient[2] ! » Nous voilà bien près de Pascal. Fénelon l'atteint s'il ne le dépasse dans le passage qui suit et qui termine sa terrible réplique : « Nous sommes, vous et moi, l'objet de la dérision des

---

[1] *Œuvres de Fénelon*, Versailles, 1821, t. VIII, p. 473.
[2] *Ibid.*, p. 474.

impies, et nous faisons gémir tous les gens de bien.
Que tous les autres hommes soient hommes, c'est
ce qui ne doit pas surprendre; mais que les ministres de Jésus-Christ, ces anges des églises, donnent au monde profane et incrédule de telles scènes,
c'est ce qui demande des larmes de sang. Trop heureux si, au lieu de ces guerres d'écrits, nous avions
toujours fait notre catéchisme dans nos diocèses,
pour apprendre aux pauvres villageois à craindre et
à aimer Dieu [1]. » M. Joubert appelle cette amertume
d'une âme tendre le fiel de la Colombe; nous y voyons,
nous, le déploiement d'une force longtemps voilée par
la charité, et qui serait toujours restée dans l'ombre
si les besoins d'une défense légitime ne l'avaient pas
mise en lumière. Grâce à Bossuet, nous savons combien Fénelon, qui a toujours prêché la paix, avait de
ressources pour la guerre.

Plus jeune que Fénelon, Massillon touche comme
lui par la hardiesse de ses idées, par le goût des réformes dans l'ordre moral et politique au dix-huitième siècle, dans lequel il prolongea fort avant sa
vie toujours irréprochable. Les philosophes l'ont
ménagé comme Fénelon, et ne pouvant l'enrôler
dans leur phalange sceptique ou incrédule, les plus
habiles se sont plu à le faire considérer comme un
précurseur; heureux s'ils eussent comme lui imposé
à leur raison superbe le frein de la pensée religieuse!
Massillon appartenait, comme Malebranche, à l'Oratoire, compagnie à laquelle « son fondateur n'avait

[1] *Œuvres de Fénelon.* Versailles, 1821, t. VIII, p. 515.

voulu, dit Bossuet , donner d'autre esprit que l'esprit
même de l'Église , d'autres règles que les canons, ni
d'autres supérieurs que les évêques , d'autres liens
que la charité, ni d'autres vœux solennels que ceux
du baptême et du sacerdoce ; compagnie où une
sainte liberté fait le saint engagement, où l'on obéit
sans dépendre, où l'on gouverne sans commander,
où toute l'autorité est dans la douceur, et où le respect s'entretient sans le secours de la crainte [1] ; » et
il se montra fidèle à l'esprit de cette société qui
chercha toujours à édifier le monde et jamais à le
dominer. Lorsque Massillon monta dans la chaire
chrétienne, Bourdaloue touchait au terme de sa carrière oratoire. L'éloquent jésuite, au bruit de ses
premiers succès, qui furent éclatants, rendit hommage au talent du jeune et modeste rival qui venait
de se produire, et dit avec une noble humilité : *Hunc
oportet crescere, me autem minui.* La religion seule
peut inspirer ce détachement de la gloire humaine et
ce goût pour les succès d'autrui. Au reste, Massillon
ne provoquait aucune comparaison ; il suivait sa voie
et marchait au but sans ambition mondaine, avec
le seul désir de ramener à Dieu les âmes égarées.

Sincère envers lui-même, il avait pénétré, par la
connaissance de ses propres faiblesses et par la direction des consciences, tous les secrets du cœur humain.
Cette analyse profonde et lumineuse forçait ses auditeurs à reconnaître leurs passions dans les peintures

---

[1] *Bossuet*, Oraison funèbre du R. P. Bourgoing, supérieur
général de la congrégation de l'Oratoire.

qu'il leur offrait ; il les prenait à partie de telle sorte, que chacun d'eux comprenait qu'il était en cause et qu'il ne pouvait pas reporter sur autrui les conseils de l'orateur. C'est là le principe de la puissance singulière de Massillon : la sublimité de Bossuet pouvait passer par-dessus les consciences, la sévère dialectique de Bourdaloue ne les atteignait pas toujours ; Massillon s'y établit par insinuation, il y porte la lumière, il y domine par l'ascendant de la vérité, il les échauffe de la passion qu'il éveille contre celle qu'il combat. C'est ainsi que Louis XIV, après l'avoir entendu, se retirait toujours mécontent de lui-même, ne pouvant plus avoir d'illusion sur ses fautes.

Massillon n'improvisait pas, et sa mémoire n'avait pas cette imperturbable fidélité qui tient lieu de talent à certains prédicateurs en leur donnant l'assurance : aussi disait-il que pour lui le meilleur de ses discours était celui qu'il savait le mieux. Il avait d'ailleurs les dons extérieurs qui recommandent un orateur indépendamment de l'éloquence, une figure noble, une voix pénétrante, une majesté simple dans le maintien : son action, modeste d'abord, s'animait par degrés et se conformait aux élans de la passion, qu'il exprimait dans un langage plein de magnificence et d'harmonie. Jamais orateur ne toucha plus vivement les âmes. Il opérait ainsi de nombreuses conversions et d'éclatants retours à la vie chrétienne. On a gardé le souvenir de l'effet qu'il produisit lorsque, dans le sermon sur *le petit nombre des élus*, il osa faire intervenir le juge suprême pour interroger la conscience des auditeurs pressés autour de sa chaire, et qu'il se

demanda avec terreur si, parmi cette foule, Dieu trouverait une âme, une seule, en mesure de se présenter
avec assurance devant son tribunal. Certes, le mouvement involontaire qui souleva tout à coup l'assemblée
entière ne fut pas un stérile frémissement de terreur
et d'admiration : ces cœurs troublés et ravis résolu-
rent de s'amender pour détourner la sentence de mort.

Massillon est incomparable dans la peinture du
cœur humain, et c'est par cette pénétration de moraliste autant que par l'harmonie enchanteresse de
son style qu'il a mérité d'être surnommé le Racine
de la chaire. Ne prenons qu'un exemple, l'image
d'une âme en proie à l'ennui qui naît de la satiété
des plaisirs. « Oui, l'ennui, qui paraît devoir être le
partage du peuple, ne s'est pourtant, ce me semble,
réfugié que chez les grands : c'est comme leur ombre
qui les suit partout. Les plaisirs, presque tous épuisés
pour eux, ne leur offrent plus qu'une triste uniformité qui endort ou qui lasse : ils ont beau les diversifier, ils diversifient leur ennui. En vain ils se font
honneur de paraître à la tête de toutes les réjouis-
sances publiques : c'est une vivacité d'ostentation ; le
cœur n'y prend presque plus de part : le long usage
des plaisirs les leur a rendus inutiles ; ce sont des
ressources usées qui se nuisent chaque jour à elles-
mêmes. Semblable à un malade à qui une longue langueur a rendu tous les mets insipides, ils essayent de
tout, et rien ne les pique et ne les réveille ; et un dégoût affreux, dit Job, succède à l'instant à une vaine
espérance de plaisir dont leur âme s'était d'abord
flattée : *et spes illorum abominatio animæ.* Toute

leur vie n'est qu'une précaution pénible contre l'ennui, et toute leur vie n'est qu'un ennui pénible elle-
même : ils l'avancent même en se hâtant de multiplier les plaisirs. Tout est déjà usé pour eux à l'entrée
même de la vie ; et leurs premières années éprouvent
déjà les dégoûts et l'insipidité que la lassitude et le
long usage de tout semblent attacher à la vieillesse [1]. »

Ce n'est pas tout pour l'orateur chrétien de peindre
le vice et de le rendre odieux, il doit encore ôter le
masque aux fausses vertus. Comme La Rochefoucauld,
Massillon déclare que les vertus humaines ne sont souvent que des vices déguisés, et il développe cette
pensée avec une merveilleuse sagacité : « Ces hommes
vertueux dont le monde se fait tant d'honneur n'ont
au fond souvent pour eux que l'erreur publique. Amis
fidèles, je le veux ; mais c'est le goût, la vanité, ou
l'intérêt qui les lie, et dans leurs amis ils n'aiment
qu'eux-mêmes. Bons citoyens, il est vrai ; mais la
gloire et les honneurs qui nous reviennent en servant
la patrie sont l'unique lien et le seul devoir qui les
attachent. Amateurs de la vérité, je l'avoue ; mais ce
n'est pas elle qu'ils cherchent, c'est le crédit et la confiance qu'elle leur acquiert parmi les hommes. Obser-
vateurs de leur parole ; mais c'est un orgueil qui
trouverait de la lâcheté et de l'inconstance à se dé-
dire ; ce n'est pas une vertu qui se fait une religion
de ses promesses. Vengeurs de l'injustice ; mais en la
punissant dans les autres, ils ne veulent que publier

---

[1] *Petit Carême*, 1 vol. in-8°. Lefèvre, 1824. Sermon sur le
malheur des grands qui abandonnent Dieu, p. 72.

qu'ils n'en sont pas capables eux-mêmes. Protecteurs de la faiblesse; mais ils veulent avoir des panégyristes de leur générosité, et les éloges des opprimés sont ce que leur offre de plus touchant leur oppression et leur misère[1]. » L'auteur du livre des *Maximes* ne dit pas autre chose, mais Massillon laisse à la vertu toute sa solidité et tout son lustre dans les âmes religieuses régénérées par la grâce.

Ce qui a maintenu la popularité de Massillon à travers le scepticisme du dix-huitième siècle, c'est moins cette connaissance profonde de nos infirmités morales que ses hardiesses d'opinion conformes aux idées qui prévalaient alors. Ainsi la philanthropie des philosophes avait disgracié la guerre et les conquêtes, et on aimait à s'appuyer de l'autorité d'un chrétien pour flétrir les conquérants dont les entreprises, considérées de plus haut et jugées des yeux de la foi, se rattachent aux desseins de Dieu sur l'humanité. Massillon ne voit que le mal qu'ils font, sans se demander si ces souffrances des peuples ne sont pas un châtiment que Dieu leur envoie. Voici ce qu'est un conquérant pour Massillon, qui a été témoin des conquêtes de Louis XIV: « Sa gloire sera toujours souillée de sang : quelque insensé chantera peut-être ses victoires; mais les provinces, les villes, les campagnes, en pleureront : on lui dressera des monuments superbes pour immortaliser ses conquêtes; mais les cendres encore fumantes de tant de villes autrefois florissantes, mais la désola-

---

[1] *Petit Carême*, Sermon sur la fausseté de la gloire humaine, p. 125.

tion de tant de campagnes dépouillées de leur ancienne beauté, mais les ruines de tant de murs, sous lesquelles tant de citoyens paisibles ont été ensevelis, mais tant de calamités qui subsisteront après lui, seront des monuments lugubres qui immortaliseront sa vanité et sa folie[1]. » Quel magnifique langage! mais aussi combien devaient plaire à ceux qui voulaient, avant tout et à tout prix, se reposer dans les délices de la paix, cette peinture des horreurs de la guerre et ce décri de la gloire qu'elle procure!

On savait encore gré à Massillon de montrer sur quelle base fragile s'appuyait le privilége de la naissance, et quelles charges il impose. Selon lui, l'obligation des grands est plus étroite que celle du vulgaire, parce que leur grandeur est un don gratuit, une faveur : ils n'ont naturellement aucun droit à être ce qu'ils sont. « Qu'aviez-vous fait à Dieu, s'écrie l'orateur, pour être ainsi préférés au reste des hommes, et à tant d'infortunés surtout qui ne se nourrissent que d'un pain de larmes et d'amertume? Ne sont-ils pas, comme vous, l'ouvrage de ses mains, et rachetés du même prix? N'êtes-vous pas sortis de la même boue, n'êtes-vous pas peut-être chargés de plus de crimes? Le sang dont vous êtes issus, quoique plus illustre aux yeux des hommes, ne coule-t-il pas de la même source empoisonnée qui a infecté tout le genre humain. » Que répondre à ces pressantes questions, sinon reconnaître humblement qu'il faut rapporter à Dieu les avantages de la naissance? « Vous vous êtes trouvés,

---

[1] *Petit Carême*, Sermon sur les tentations des grands, p. 38.

en naissant, en possession de tous ces avantages[1]. »
Beaumarchais dira soixante ans plus tard : « Vous vous
êtes donnés la peine de naître, » et il en conclura ré-
volutionnairement qu'il faut détruire la noblesse ;
l'orateur chrétien y voit autre chose : comblé de tant
de faveurs, l'homme doit les rapporter à Dieu et les
lui payer en hommages : « Mesurez, dira-t-il, mesurez
là-dessus ce que vous devez au Seigneur, le bienfaiteur de vos pères et de toute votre race. Quoi! vos
faveurs vous font des esclaves, et les bienfaits de Dieu
ne lui feraient que des ingrats et des rebelles! » Quelle
logique et quelle éloquence! mais le Dieu qui favorise
sait aussi punir : « Vos descendants expieront peut-
être dans la peine et dans la calamité le crime de votre
ingratitude; et les débris de votre élévation seront
comme un monument éternel où le doigt de Dieu
écrira jusqu'à la fin l'usage injuste que vous en avez
fait[2]. » Pouvait-on annoncer plus clairement les catastrophes que préparait l'impénitence des grands?

L'orateur ne se contente pas d'inquiéter les grands
sur la valeur de leurs titres; il ose encore remonter à
l'origine du droit des princes et fournir d'arguments
les partisans de la souveraineté populaire : « Le souverain, disait-il, n'est pas une idole que les peuples
ont voulu se faire pour l'adorer; c'est un surveillant
qu'ils ont mis à leur tête pour les protéger et pour les
défendre. Ce n'est point de ces divinités inutiles qui
ont des yeux et qui ne voient point, une langue et ne

---

1 *Petit Carême*, Sermon sur le respect que les grands doivent
à la religion, p. 44.
2 *Ibid.*, p. 45.

parlent point, des mains et n'agissent point; ce sont,
comme dit l'Écriture, de ces dieux qui précèdent les
peuples pour les conduire. Ce sont les peuples qui, par
ordre de Dieu, les ont faits tout ce qu'ils sont; c'est à
eux à n'être ce qu'ils sont que pour les peuples. Oui,
sire, c'est le choix de la nation qui mit d'abord le
sceptre entre les mains de vos ancêtres; c'est elle qui
les éleva sur le bouclier militaire, et les proclama sou-
verains. Le royaume devint ensuite l'héritage de leurs
successeurs; mais ils le durent originairement au consentement libre de leurs sujets. Leur naissance seule
les mit ensuite en possession du trône; mais ce furent
les suffrages publics qui attachèrent d'abord ce droit
et cette prérogative à leur naissance. En un mot,
comme la première source de leur autorité vient de
nous, les rois n'en doivent faire usage que pour
nous[1]. » Ce devoir, Louis XIV l'avait trop oublié, et
le roi enfant auquel Massillon le rappelait ne devait
être ni d'humeur à s'en souvenir, ni de force à le remplir courageusement.

Massillon a osé signaler et flétrir devant un auditoire de courtisans la cause principale de cette impuissance des rois à vouloir et à pratiquer le bien.
C'est celle que Racine a dénoncée à l'indignation
publique lorsqu'il s'écriait :

> Détestables flatteurs, présent le plus funeste
> Que puisse faire aux rois la colère céleste[2].

Aucun autre moraliste n'a accusé avec plus d'éner-

---

[1] *Petit Carême*, sur les écueils de la piété des grands, p. 141.
[2] *Phèdre*, acte IV, sc. VI.

gie et de véhémence les dangers de la flatterie et l'infamie des flatteurs, pas même Tacite lorsqu'il disait :
Pessimum inimicorum genus laudantes. « Les fléaux
des guerres, dit Massillon, et les stérilités sont des
fléaux passagers, et des temps plus heureux ramènent bientôt la paix et l'abondance : les peuples en
sont affligés, mais la sagesse des gouvernements leur
laisse espérer des ressources. Le fléau de l'adulation ne
permet pas d'en attendre ; c'est une calamité pour l'É-
tat qui en promet toujours de nouvelles ; l'oppression
des peuples déguisée au souverain ne leur annonce
que des charges plus onéreuses ; les gémissements
les plus touchants que forme la misère publique
passent bientôt pour des murmures ; les remontrances
les plus justes et les plus respectueuses, l'adulation
les travestit en témérité punissable ; et l'impossibilité d'obéir n'a plus d'autre nom que la rébellion et
la mauvaise volonté qui refuse[1]. » La flatterie est
donc un crime contre la société et que la loi devrait poursuivre : « Quiconque flatte ses maîtres, les
trahit ; la perfidie qui les trompe est aussssi crimi-
nelle que celle qui les détrône ; la même infamie
qui punit la perfidie et la révolte devrait être destinée à l'adulation[2]. » Il ajoute que nulle part l'adulation n'est plus dangereuse et plus coupable que dans
la bouche de ceux qui sont par état les interprètes
de la vérité : « Quel avilissement pour nous, s'écrie
Massillon, si nous faisons du ministère même de la

[1] *Petit Carême*, Sermon sur les tentations des grands, p. 26.
[2] *Ibid.*, p. 31.

vérité un ministère d'adulation et de mensonge ; si dans ces chaires mêmes, destinées à instruire et à corriger les grands, nous leur donnons de fausses louanges qui achèvent de les séduire ; si le seul canal par où la vérité puisse encore aller jusqu'à eux n'y porte qu'une lueur trompeuse qui leur aide à se méconnaître[1] ! » C'est ainsi que Massillon entendait et pratiquait ses devoirs ; et cet attachement à la vérité qui donne tant de ressort à son éloquence l'honore bien plus que son éloquence même.

Le nom de Massillon ferme la liste de ces grands orateurs chrétiens dont la parole ne manqua jamais à Louis XIV. Bossuet se fit entendre le premier, Bourdaloue lui succéda, et Massillon prit immédiatement la place que lui abandonnait l'éloquent jésuite. A côté d'eux, Fénelon avait paru trop rarement dans la chaire ; il y avait jeté un vif éclat, et deux sermons ont suffi pour le placer à la hauteur des maîtres : s'il n'a pas au même degré la sublimité de Bossuet, la rigueur méthodique de Bourdaloue, le pathétique de Massillon, il s'élève, il raisonne, il touche avec un naturel, un tour aisé et noble qui ne sont qu'à lui ; il a au-dessus de tous la souplesse, la grâce, et ce mélange du docteur et du grand seigneur que Saint-Simon lui attribue par privilége. Ces grandes renommées ne doivent pas étouffer tout à fait le bruit de quelques orateurs secondaires qui ont pu se faire écouter dans le même temps. Nous avons déjà cité Mascaron et Fléchier ; il y aurait de

---

[1] *Petit Carême*, Sermon sur les tentations des grands, p. 32.

l'injustice à passer sous silence le père La Rue, esprit orné, fécond, mâle quelquefois, et Cheminais,
sitôt enlevé à l'éloquence pour laquelle il était si
heureusement doué, jésuites tous deux, et qui auraient été de grands orateurs dans une époque moins
féconde en hommes de génie.

La chaire catholique ne fut pas le seul lieu de l'éloquence religieuse. Les protestants eurent aussi leurs
orateurs. Chrétiens plus rigides que les catholiques,
ils n'eurent pas le même éclat, leur prédication austère
et solide eut le mérite de la gravité et de la convenance.
Elle fut un enseignement trop didactique sans doute,
mais conforme à sa destination, qui était de maintenir le dogme et de faire prévaloir la morale évangélique. Le plus judicieux de ces orateurs fut le ministre
Claude, qui soutint contre Bossuet une controverse
où les deux partis purent croire, et crurent en effet, que l'avantage leur était resté. Bossuet a dit de
lui après leur conférence : « Il me faisait trembler
pour ceux qui l'écoutaient. » Bossuet ne tremblait
pas pour lui-même, il était trop assuré de posséder
la vérité, mais il comprenait la force des raisonnements du ministre protestant, et il pensait que parmi
leurs auditeurs il y en aurait un grand nombre qui
n'en verraient pas le côté faible et qui risquaient
d'être séduits. Ces luttes sont la gloire des Églises.
Aussi longtemps que les catholiques et les réformés
ne furent divisés que par leurs dissentiments théolo-
giques et qu'ils se bornèrent à rivaliser de vertu et
de science, leur émulation dans le bien fut un principe de force pour la religion du Christ.

On ne déplorera, on ne flétrira jamais assez la révocation de l'édit de Nantes, et lorsqu'on examine
les intrigues qui l'ont préparée et les violences qui
l'ont suivie, le seul doute que l'on éprouve, c'est de
savoir si elle a été ou plus inique dans ses causes,
ou plus funeste dans ses suites. Louis XIV n'avait
pas de sujets plus fidèles, plus industrieux, plus probes que les protestants. Ce qu'il y a de plus dou-
loureux, c'est que la politique repoussait cette
odieuse mesure et que la religion ne la demandait
pas. Ce n'est pas la force des protestants qu'on a
combattue, c'est leur faiblesse qu'on a voulu accabler :
ce qui a donné prise sur eux, c'est qu'ils avaient cessé
de paraître redoutables : ils étaient une minorité
dissidente sur un seul point et non un parti hostile;
ils ne brisaient pas l'unité et ils augmentaient la
puissance de la nation. Après leur proscription, la
France n'a pas été plus unie, elle a été diminuée.

Les réformés savaient que leur sécurité dépendait
de la volonté du roi, et s'ils l'avaient ignoré, leur oracle, le ministre Claude, le leur aurait appris. Voici ce
qu'il leur disait : « Ce sera, mes frères, sous la béné-
diction divine que nous jouirons aussi de la protection
de notre puissant monarque, laquelle, après celle
de Dieu, doit être notre unique refuge. Ce grand
prince n'ignore pas l'ardeur, le zèle et la fidélité que
nous avons pour son service ; mais nous ne devons
pas ignorer aussi de quelle nécessité nous est sa bienveillance. Tout serait déclaré contre nous, s'il retirait cette ombre ou, pour mieux dire, ces rayons
sacrés de son autorité, qui nous couvrent et qui nous

défendent. Nous ne pouvons avoir sur la terre d'autre
recours qu'à sa justice ; elle seule est l'asile qui reste
à notre espérance. C'est ce qui nous doit d'autant
plus obliger à prier le Roi des rois que, par sa providence immortelle, il veuille le garder et le conserver en toutes occasions, et particulièrement aujourd'hui dans les périls de la guerre où Sa Majesté
va s'exposer pour le repos de ses peuples[1]. » Claude
parlait ainsi neuf ans avant la révocation, et à la
veille de ce jour sinistre, quand l'appui du prince est
retiré à son troupeau, il n'accuse pas la main qui le
frappe, il se tourne vers Dieu, seul appui qui ne
manque jamais : « Promettez à Dieu de cheminer en
ses voies, que sa vérité vous sera plus chère que
toutes choses, et de lui être fidèles jusqu'à la mort, et
je vous jurerai de sa part qu'il sera encore votre Dieu.
Vous le promettez ? Vous, cieux, je vous prends à
témoin entre ce peuple et son Dieu. De la sorte Dieu
sera toujours votre Dieu. Vous serez sans pasteurs,
mais vous aurez pour pasteur le grand Pasteur des
brebis, que vous irez entendre dans sa Parole. Vous
n'aurez plus les serviteurs, mais vous aurez le Maître.
Vous ne viendrez plus entendre nos prédications,
mais vous irez au sermon du Fils de Dieu et tirerez
ses instructions de sa bouche. Vous n'entendrez plus
notre parole, mais vous entendrez la voix du Seigneur, le chef et consommateur de la loi ; vous pui-
serez dans la source même des lumières plus pures et

[1] *Les Fruits de la repentance*, sermon prononcé à Charenton,
1676, p. 41.

plus efficaces [1] ? » Après avoir lu ces graves adieux si touchants de résignation et d'espérances, on se demande à qui pouvait profiter l'éloignement de celui qui les a faits et la douleur de ceux qui les ont reçus.

Jacques Saurin est supérieur à Claude par l'éloquence. On peut même dire que, seul parmi les sermonnaires de la réforme, il a mérité le nom d'orateur. Il avait les dons extérieurs, la noblesse du visage, le volume et le timbre de la voix, la convenance du geste; du genre oratoire il possédait les parties les plus rares. « Comme orateur, dit M. Vinet, il n'est inférieur à aucun des grands maîtres de la chaire catholique. Il peut manquer de quelques-unes des qualités qui se joignent à l'éloquence : il n'a pas la richesse d'idées de Bourdaloue; il n'a pas la langue suave de Massillon; bien qu'à la hauteur de Bossuet, quand il est sublime, il ne l'est pas d'une manière aussi continue; mais il est orateur comme eux [2]. » Ce qui distingue Saurin, c'est la hardiesse et la nouveauté des figures de pensée. C'est ainsi que dans le sermon prononcé à l'ouverture de la campagne de 1706, voulant convaincre ses auditeurs de la justice de Dieu, il commence par la mettre en doute : « Ah! Seigneur, s'écrie-t-il, que de choses tu nous as faites! chemin de Sion couvert de deuil, portes de Jérusalem désolées, sacrificateurs sanglotants, vierges dolentes, sanctuaires abattus, déserts peuplés de fugitifs, membres de Jésus-

---

[1] *Exhortation* prononcée quelques jours avant le 18 octobre 1685, date de la révocation de l'édit de Nantes.

[2] *Histoire de la prédication parmi les réformés de France au dix-septième siècle*, 1 vol. in-8°, 1860, p. 645.

Christ errants sur la face de l'univers, enfants arra-
chés à leurs pères, prisons remplies de confesseurs,
galères regorgeant de martyrs, sang de nos compatriotes répandu comme de l'eau, cadavres vénérables
puisque vous serviez de témoins à la religion, mais
jetés à la voirie, et donnés aux bêtes des champs et
aux oiseaux des cieux pour pâture, masures de nos
temples, poudre, cendre, tristes restes de maisons
consacrées à notre Dieu, feux, roues, gibets, supplices
inouïs jusqu'à notre siècle, répondez et déposez ici
contre l'Éternel. » On croit qu'il blasphème, mais
attendons la fin : « Si nous considérons Dieu comme
juge, quelle foule de raisons ne pourrions-nous pas
alléguer pour justifier ces coups dont il nous a frappés ! L'abus que nous faisions de ses grâces, le mépris
que nous avions pour sa parole, les avertissements de
ses pasteurs dont nous ne tenions aucun compte, tant
de mondanité, tant d'orgueil, tant de froideur, tant
d'indifférence et tant de vices odieux qui ont précédé
nos misères, sont des témoins trop convaincants que
nous les avons méritées ; ils doivent faire succéder à
nos plaintes ce triste mais sincère aveu qu'un prophète
met dans la bouche de l'Église : « L'Éternel est juste,
car je me suis rebellé contre lui[1]. » Ainsi l'Éternel
est justifié, mais, et c'est en cela que l'artifice du discours est admirable, le réquisitoire qui paraissait di-
rigé contre lui subsiste pour flétrir les persécuteurs et
pour attirer la pitié sur les victimes.

---

[1] *Sermons choisis de Saurin*, publiés par M. Ch. Weiss, 1854,
1 vol., p. 407.

Saurin n'ignore rien des misères de la proscription, mais il n'en a pas les implacables ressentiments.
Comme il adore la main qui le frappe, il ne maudit
pas l'instrument dont elle s'est servie. Il laisse à Jurieu l'invective et la soif de vengeance. Il attend que
les fautes soient expiées et que la résipiscence des
pécheurs ayant désarmé la colère de Dieu, le cœur du
roi s'amollisse enfin pour la clémence. La justice de
Dieu pallie à ses yeux l'iniquité du roi. L'expression
complexe de ce double sentiment élève à la plus haute
éloquence l'apostrophe à Louis XIV : « Et toi, prince
redoutable que j'honorai jadis comme mon roi, que je
respecte encore comme le fléau du Seigneur, tu auras
aussi part à mes vœux. Ces provinces que tu menaces,
mais que l'Éternel soutient ; ces climats que tu peuples
de fugitifs, mais de fugitifs que la charité anime ; ces
murs qui renferment mille martyrs que tu as faits,
mais que la foi rend triomphants, retentiront encore
de bénédictions en ta faveur. Dieu veuille faire tomber
le bandeau fatal qui cache la vérité à ta vue ! Dieu
veuille oublier ces fleuves de sang dont tu as couvert
la terre et que ton règne a vu répandre ! Dieu veuille
effacer de son livre les maux que tu nous as faits, et,
en récompensant ceux qui les ont soufferts, pardonner
à ceux qui les ont fait souffrir ! Dieu veuille qu'après
avoir été pour nous, pour l'Église, le ministre de ses
jugements, tu sois le dispensateur de ses grâces et le
ministre de ses miséricordes[1]. » Certes voilà un beau
mouvement, un noble langage, des sentiments vrai-

[1] *Sermons choisis*, p. 240.

ment chrétiens, et toutefois je ne saurais consentir, avec M. Vinet, à mettre Saurin à côté de Bossuet ; il y a bien là quelque chose qui retentit et qui s'élève, mais ce n'est ni le bruit de la foudre, ni l'essor de l'aigle. Il n'y a eu en France que deux voix de tonnerre, Bossuet dans la chaire, Mirabeau à la tribune. Saurin n'est que le Vergniaud de l'éloquence religieuse. C'est encore une place assez belle.

Nous ne pouvions qu'indiquer les richesses oratoires du siècle de Louis XIV dans le genre religieux, tant elles sont nombreuses, grâce à l'indépendance et aux franchises de la chaire chrétienne. L'histoire ne nous donne pas le même embarras : ne pouvant être sincère dans ses jugements, fidèle dans ses tableaux, utile dans ses leçons que par la liberté politique, elle n'a produit pour les faits contemporains que des panégyriques, parmi lesquels on peut distinguer l'*Histoire de Louis XIV* par Pellisson, où l'hyperbole des louanges n'exclut pas toujours l'éloquence. Mais si le grand siècle n'a laissé en histoire d'autre chef-d'œuvre que le discours théologique de Bossuet sur les temps anciens, œuvre unique à laquelle on ne peut rien comparer dans aucune littérature, l'érudition a fait des prodiges qui étonnent la mollesse de notre siècle. Baluze, Montfaucon, Mabillon, Tillemont, et au-dessus de tous Du Cange, représentent par leurs travaux véritablement cyclopéens l'âge héroïque de l'érudition ; on ne se lasse pas de les consulter, et, grâce à leurs savantes recherches, on est dispensé de les imiter. Dans l'absence d'historiens tout à fait dignes de ce nom, on

rencontre cependant quelques écrivains en ce genre
qui ne sont pas à dédaigner : à leur tête il faut placer Mézerai qui a de la vigueur dans le style et de
l'indépendance dans la pensée; quelques pages de sa
grande *Histoire de France* rappellent la manière des
historiens antiques. On croit qu'il eut grande part à
l'*Histoire de Henri IV* que Péréfixe mit sous les
yeux de son élève Louis XIV. Vers le même temps
Maimbourg, qui n'est pas sans talent, gâtait, par
l'affectation du bel esprit, deux grands sujets qui
demandaient une gravité soutenue et une instruction profonde, les croisades et la Ligue; Varillas, écrivain fécond et sans conscience, improvisait une foule
d'histoires qu'on lirait avec plaisir si on pouvait les
lire avec confiance; Saint-Réal écrivait avec force et
non sans élégance l'histoire romanesque de la conjuration de Venise, et le père Daniel entreprenait
après Mézerai une histoire de France qui n'a pas
fait oublier celle de son devancier. Citons encore le
père Dorléans, qui a tracé un tableau intéressant des
révolutions de l'Angleterre; le réfugié Rapin ɪhoyras,
que son oncle Pellisson ne put convertir ni par son
exemple ni par ses arguments, et qui fit éclater dans
son histoire d'Angleterre ses ressentiments contre la
France. N'oublions ni Vertot, qui sut disposer avec art
et raconter dans un style agréable des faits intéressants, ni le comte de Boulainvilliers, publiciste féodal
qui présente comme un type d'ordre et de justice les
institutions que le temps a détruites, ni surtout l'abbé
Fleury, docte historien de l'Église, impartial sans froideur, sévère sans dureté, orthodoxe sans intolérance.

Pendant que ces écrivains de second ordre composaient sans génie des ouvrages dignes d'estime, dont
quelques-uns ont survécu, un grand seigneur, courtisan janséniste, d'une curiosité infatigable et d'une
incroyable pénétration, témoin prévenu mais sincère
des dernières années du grand roi, ignorant l'art d'é-
crire, mais dont la plume devait être un burin et un
pinceau, tant son esprit avait de clairvoyance et son
imagination de flamme, le duc de Saint-Simon épan-
chait chaque soir, secrètement, sur le papier, sa bile
étincelante. Avec la négligence d'un grand seigneur
et la fougue d'un chevalier, il traçait à grands traits
les scènes qu'il avait embrassées d'un coup d'œil, et
peignait ces visages qu'il avait, comme il dit, « percés de ses regards clandestins en y délectant sa curiosité. » Quelle joie pour lui lorsque quelque crise
imprévue, rompant l'uniformité du cours des choses,
livrait à son observation la cour en désarroi ; comme
alors il « nourrit les idées qu'il s'était formées de
chaque personnage, et qui ne l'ont jamais guère
trompé ; » comme « il tire de justes conjectures de la
vérité de ces premiers élans dont on est si rarement
maître, et qui par là, pour qui connaît la carte et les
gens, deviennent des inductions sûres des liaisons et
des sentiments les moins visibles en temps rassis ! »
Par cet aveu de l'espèce d'ivresse que lui donne le
plaisir d'observer, de sa confiance dans les idées qu'il
s'est formées, et de la foi qu'il accorde à ses inductions, Saint-Simon nous livre le secret de la vivacité
de ses peintures et de ses injustices involontaires. Sa
pénétration est si vive, elle a tant de charme pour lui,

qu'il ne veut pas croire qu'elle soit jamais en défaut ;
il affirme ce qu'il a deviné, il sait ce qu'il conjecture.
Cette disposition est une grâce d'état pour qui veut
peindre d'une main assurée : elle met la conscience
en repos. Ainsi sur sa compétence à juger sainement
les hommes et les choses Saint-Simon n'eut point de
scrupules à vaincre : sa piété lui en suggéra sur le
droit d'écrire et de publier ses jugements. Mais la
sécurité lui vint d'où partaient ses appréhensions.
Dégagé de tout scrupule par l'autorité du Saint-Esprit
qui avait inspiré les livres historiques de la Bible, fort
de sa loyauté, il ne craint pas de s'abandonner à l'ins-
stinct de sa nature impitoyable ; et alors s'il a des
haines cordiales et de superbes dédains, il n'hésite
pas à les exprimer. C'est ainsi que sa verve s'échauffe,
que son coloris s'anime et qu'il donne tant de relief
à des traits ineffaçables. Ce n'est pas sans raison que
M. Villemain l'a rapproché de Tacite : s'il n'a ni la
sobriété, ni le choix de celui que Racine nomme le
plus grand peintre de l'antiquité, il a la même vigueur
de pinceau, le même éclat de coloris, et, comme lui,
il n'a pas le moindre doute sur la perversité de ceux
qu'il déteste ou qu'il méprise.

Un seul fragment détaché de l'immense tableau
qui se déroule dans les *Mémoires* de Saint-Simon
suffira pour justifier ce rapprochement et pour montrer en même temps les rapports et les différences de
manière entre ces deux maîtres. On se rappelle la
peinture que fait Tacite de la contenance des convives de Néron, témoins de la mòrt de Britannicus :
voyons en regard celle des courtisans de Louis XIV

au moment où le grand Dauphin vient d'expirer.
« Plus avant commençait la foule des courtisans de
toute espèce. Le plus grand nombre, c'est-à-dire les
sots, tiraient des soupirs de leurs talons, et, avec des
yeux égarés et secs, louaient Monseigneur, mais toujours de la même louange, c'est-à-dire de bonté, et
plaignaient le roi de la perte d'un si bon fils. Les
plus fins d'entre eux, ou les plus considérables, s'inquiétaient déjà de la santé du roi ; ils se savaient bon
gré de conserver tant de jugement parmi ce trouble,
et n'en laissaient pas douter par la fréquence de
leurs répétitions. D'autres, vraiment affligés et de
cabale frappée, pleuraient amèrement, ou se conte-
naient avec un effort aussi aisé à remarquer que les
sanglots. Les plus forts de ceux-là, où les politiques,
les yeux fichés à terre, et reclus en des coins, médi-
taient profondément aux suites d'un événement aussi
peu attendu, et bien davantage sur eux-mêmes.
Parmi ces diverses sortes d'affligés, point ou peu de
propos, de conversation nulle, quelque exclamation
parfois répondue par une douleur voisine, un mot en
un quart d'heure, des yeux sombres ou hagards, des
mouvements de mains moins rares qu'involontaires,
immobilité du reste presque entière ; les simples curieux et peu soucieux presque nuls, hors les sots qui
avaient en partage le caquet, les questions, le redou-
blement du désespoir et l'importunité pour les autres.
Ceux qui déjà regardaient cet événement comme favorable avaient beau pousser la gravité jusqu'au
maintien chagrin et austère, le tout n'était qu'un
voile clair, qui n'empêchait pas de bons yeux de

remarquer et de distinguer tous leurs traits. Ceux-ci
se tenaient aussi tenaces en place que les plus touchés, en garde contre l'opinion, contre la curiosité,
contre leur satisfaction, contre leurs mouvements ;
mais leurs yeux suppléaient au peu d'agitation de
leur corps. Des changements de posture, comme des
gens peu assis ou mal debout ; un certain soin de
s'éviter les uns les autres, même de se rencontrer des
yeux ; les accidents momentanés qui arrivaient à ces
rencontres ; un je ne sais quoi de plus libre en toute
la personne, à travers le soin de se tenir et de se
composer ; un vif, une sorte d'étincelant autour
d'eux les distinguaient, malgré qu'ils en eussent[1]. »
Quelle fougue et quelle liberté de pinceau! Quelle netteté et quelle profondeur de regard! Quelle lucidité
et quelle assurance de seconde vue ! On le voit, cet
esprit inquisiteur est armé de toutes pièces, et on
peut dire, sans trop de hardiesse, qu'il crochette les
consciences dont il n'a pas la clef et qu'il les pénètre.
Les scènes de ce genre abondent dans ce livre unique
qui donne à la postérité ses grandes et ses petites
entrées à Versailles, à Meudon, à l'Escurial, au Pa-
lais-Royal, qui nous montre en grand costume, en
petite tenue, en déshabillé même, Louis XIV, Philippe V, le duc d'Orléans, leurs ministres avoués et
leurs agents mystérieux ; c'est la plus insigne et en
même temps la plus loyale des trahisons politiques,
et le plus fécond des enseignements pour le moraliste
et l'homme d'État.

[1] *Mémoires de Saint-Simon*, ch. VII, t. IX, p. 122, éd. Hachette.

Le duc de Saint-Simon, que nous mêlons par anticipation aux écrivains du grand siècle pour lui faire rendre témoignage sur les dernières années de Louis XIV et sur la régence, est un juge bien sévère. Lorsqu'il peint ce qu'il a vu, il est irrécusable, parce que sa sincérité est hors de doute, mais il ajoute ce qu'il croit, et il ne manque jamais de croire ce qui est défavorable à ceux qu'il n'aime pas. C'est ainsi qu'ayant à se plaindre du parlement de Paris, qu'il obséda de ses prétentions de duc et pair, il accueille sans examen contre le président Lamoignon une imputation odieuse dont l'entière fausseté a été démontrée; c'est ainsi encore qu'ayant ses raisons pour haïr madame de Maintenon, qui lui fermait l'oreille de Louis XIV, qui favorisait les bâtards du roi au préjudice des princes du sang, qui cabalait contre les jansénistes, il la diffame sans scrupule sur un point où tout donne à penser qu'elle est invulnérable. Nous n'avons pas une sympathie bien vive pour cette femme qui, jeune fille, s'affranchit d'une tutelle incommode par un mariage disparate, qui lie son chaste veuvage à la fortune et aux fautes d'une maîtresse royale qu'elle supplante lentement dans la faveur du maître; qui s'insinue si adroitement et s'établit si bien dans le cœur du roi, sans donner le sien, qu'elle triomphe de la fierté de Louis XIV par la passion qu'elle lui inspire; qui, fille d'un huguenot intraitable, porte le prosélytisme orthodoxe jusqu'à la persécution; mais cette vie même de contrainte, de manéges et de sacrifices, qui ne laisse voir que l'ambition, contredit les faiblesses que l'auteur des *Mé-*

moires attribue à madame de Maintenon. Les lettres qu'elle a écrites, d'un style si ferme et si pur, et dont les graves agréments révèlent un sens si droit et tant de solidité avec quelque froideur, confondent encore ces calomnies de la malveillance, et nous pouvons ajouter qu'elles lui donnent place parmi les meilleurs écrivains qui ont manié cette belle langue du dix-septième siècle. Louis XIV lui-même, quoique son éducation ait été négligée, a parlé excellemment la langue de son temps; la méditation solitaire et le maniement des hommes firent de lui un penseur, et la pensée un écrivain. Les *Mémoires pour l'instruction du Dauphin* [1] ont reçu son empreinte; non-seulement il les a inspirés, mais il y a mis sa main royale.

Ces réflexions morales et politiques destinées à l'instruction du Dauphin prouvent surabondamment que la France, lorsqu'elle admirait Louis XIV, n'était pas dupe de sa propre ivresse ni d'un fantôme de grandeur. Ce prince avait, outre l'éclat extérieur qui attirait les hommages de la foule, les qualités solides qui justifient l'adhésion des esprits sérieux à l'engouement populaire. On est moins surpris de trouver dans ces pages écrites d'un style ferme et

---

[1] Ces *Mémoires* viennent d'être publiés intégralement pour la première fois, et avec une rare intelligence, par M. Charles Dreyss (2 vol. in-8°; Didier, 1860). Dans une savante introduction, M. Dreyss a fait d'une main sûre la part du roi et celle de ses collaborateurs. La plus belle appartient à M. de Périgny, précepteur du Dauphin avant Bossuet. Pellisson serait venu le dernier pour polir et amplifier.

précis les qualités d'un écrivain supérieur, lorsqu'on sait que la parole de Louis XIV avait le même caractère de noblesse et de naturel. Sur ce point nous avons un témoignage qu'on ne récusera pas : c'est celui de madame de Caylus, qui ne fut pas toujours en faveur à la cour, qui « avait de quoi être méchante, » comme elle l'a prouvé dans ses piquants *Souvenirs*, et qui, de plus, est parfaitement compétente sur la beauté du langage. Voici comment elle juge Louis XIV : « Le roi parlait parfaitement bien. Il pensait juste, s'exprimait noblement, et ses réponses les moins préparées renfermaient en peu de mots tout ce qu'il y avait de mieux à dire selon les temps, les choses et les personnes ; jamais pressé de parler, il examinait, il pénétrait les caractères et les pensées ; mais comme il était sage et qu'il savait combien les paroles des rois sont pesées, il renfermait souvent en lui-même ce que sa pénétration lui avait fait découvrir. S'il était question de parler d'affaires importantes, on voyait les plus habiles et les plus éclairés étonnés de ses connaissances, persuadés qu'il en savait plus qu'eux et charmés de la manière dont il s'exprimait. » C'est bien là l'effet que produisent sur le lecteur les écrits de Louis XIV, de sorte que madame de Caylus dépose, sans y songer, en faveur de leur authenticité.

Louis XIV n'avait ni un esprit vulgaire, ni une âme commune. Le principe de ses erreurs et de ses fautes a été l'éblouissement inévitable d'un homme qui, placé au-dessus de tout, devient le centre de tout. Il nous a décrit lui-même dans son beau langage les enchantements et par conséquent les périls de ce poste suprême : « Tous les yeux, dit-il, sont attachés sur lui seul, et c'est à lui seul que s'adressent tous les yeux ; lui seul reçoit tous les respects ; lui seul est l'objet de toutes les espérances. On ne poursuit, on n'attend, on ne fait rien que par lui seul ; on regarde ses bonnes grâces comme la source de tous les biens ; on ne croit s'élever qu'à mesure qu'on s'approche de sa personne ou de son estime. » Comment à cette hauteur et parmi tant d'hommages se défendre du vertige et de l'enivrement ? La fortune de Louis XIV eut de cruels retours ; mais puisque nous aurons à dire quels furent ses torts et ses fautes, nous devons, pour être justes, reconnaître, avec un bon juge de la grandeur morale, que son âme fut à l'épreuve des revers : « Je ne sache rien, dit Montesquieu, de si magnanime que la résolution que prit un monarque qui a régné de nos jours de s'ensevelir plutôt sous les débris du trône que d'accepter des propositions qu'un roi ne doit pas entendre. Il avait l'âme trop fière pour descendre plus bas que ses malheurs ne l'avaient mis ; et il savait bien que le courage peut raffermir une couronne, et que l'infamie ne le fait jamais [1]. »

[1] *Grandeur et décadence des Romains*, ch. V, p. 53, édit. Ducrocq, 1 vol. in-8°, 1852.

LIVRE TROISIÈME

DIX-HUITIÈME SIÈCLE

CHAPITRE PREMIER

État des esprits à la mort de Louis XIV. — Précurseurs de la régence. — Chaulieu et La Fare. — J.-B. Rousseau. — Novateurs discrets. — Fontenelle. — La Motte. — Auteurs dramatiques. — Destouches. — Crébillon. — Lesage. — Écrivains de l'école de Port-Royal. — Louis Racine. — Rollin. — Le chancelier d'Aguesseau.

Lorsque Louis XIV mourut, la France avait passé depuis longtemps de l'enivrement à l'ennui, la plus insupportable des maladies pour les peuples comme pour les individus. Aussi la fin de ce long règne fut-elle saluée comme une délivrance, et le peuple, toujours extrême dans la manifestation de ses sentiments, témoigna une joie insultante, prodigue en outrages, sur le cercueil du prince qu'il avait encouragé lui-même à abuser de son pouvoir, d'abord par l'ivresse de son dévouement, et plus tard par une soumission d'esclave. La cour imita le peuple, le parlement suivit la cour, et toute cette grandeur dont on avait fini par ne plus sentir que le poids s'était évanouie, lorsque devant la tombe à peine fermée du monarque Massillon fit entendre cette parole de vérité : « Dieu seul est grand, mes frères[1]. » Mais Louis XIV, sur la foi de son siècle, s'était divinisé; il n'avait vu, il n'avait adoré que lui-même, et le dénoûment faisait voir par un nouvel exemple combien sont impies, chimériques et funestes ces apothéoses humaines. Au terme de sa trop longue carrière, ce roi absolu avait affaibli tout ce qu'il avait prétendu fortifier. Son autorité sans limites, en perdant son prestige, avait fomenté et comme autorisé l'esprit d'indépendance; son ambition de conquêtes, ce besoin de s'agrandir et de frapper de grands coups, amenèrent de tels revers, que l'indépendance et l'unité même de la nation furent mises en péril; sa dévotion étroite, formaliste, impérieuse, avait tourné contre la religion la fierté indocile de ces âmes qui ne se croient pas nées pour céder à la violence et qui s'indignent contre l'hypocrisie; la morale qu'il s'était faite à son usage en affichant royalement l'adultère, dont il osait légitimer les fruits, avait, non sans scandale, relâché les liens de la famille; enfin les caprices hautains de son orgueil et de son intolérance avaient travaillé, sous la compression, au développement des principes hostiles qui allaient se déchaîner. Les hommes qui auraient tenté et qui étaient peut-être dignes de conjurer cette éruption n'ayant pas été mis à l'épreuve, on se demande vai-

---

[1] *Oraison funèbre de Louis le Grand.* Cette phrase est le début même du discours.

nement ce qu'auraient été l'autorité royale et l'influence religieuse, si Fénelon et le duc de Bourgogne eussent été appelés à recueillir l'héritage de Louis XIV et de Chamillart, si la piété sincère, le dévouement à la chose publique, le désir de réformer les mœurs et l'administration avaient été, au commencement du dix-huitième siècle, les ressorts du gouvernement. Pour ce règne en espérance, cruellement détourné par la mort, il n'y a de place que dans les conjectures et les regrets. L'histoire et la réalité nous donnent la régence de Philippe d'Orléans, le ministère du cardinal Dubois, et le règne de Louis XV. C'est assez dire que, dans l'avilissement et l'incurie du pouvoir, la licence des mœurs et la hardiesse des idées vont se donner carrière, que la ruine des institutions anciennes et l'ébranlement des croyances ne peuvent être prévenues, et qu'une révolution est inévitable.

Notre tâche est de suivre rapidement dans cette mêlée le mouvement des esprits, et de crayonner au passage les principales figures qui doivent arrêter le regard; nous avons heureusement d'excellents guides, puisque M. Villemain a tracé de cette époque un tableau complet si ferme de dessin, si riche de couleurs, et que M. de Barante et M. Jay en ont donné des esquisses fidèles et durables[1]. Avant d'arri-

---

[1] *Tableau de la Littérature française au dix-huitième siècle,* par M. Villemain, 4 vol. in-8°. — *De la Littérature française pendant le dix-huitième siècle,* par M. de Barante, 1 vol. in-8°. — *Discours sur la Littérature au dix-huitième siècle,* par M. Jay, couronné par l'Académie. — Voir aussi sur cette mémorable époque les études du pasteur Vinet, de Lausanne,

ver aux grands hommes du dix-huitième siècle, Montesquieu, Voltaire, Buffon et J.-J. Rousseau, autour desquels nous aurons à grouper les hommes de talent qu'on peut appeler leurs satellites, nous avons d'abord à passer en revue les esprits distingués, mûris dans le siècle précédent, et qui ont rempli l'interrègne du génie. Disciples fidèles des maîtres ou dissidents, soit qu'ils continuent la tradition ou qu'ils essayent d'innover, ils ont droit à un souvenir, puisqu'ils ont maintenu le goût des lettres et qu'ils remplissent utilement l'intervalle qui sépare deux grandes générations d'écrivains. Ainsi, sur la limite des deux siècles, J.-B. Rousseau, tour à tour loué avec excès et dénigré outrageusement, garde encore à côté des classiques, et peut-être parmi eux, un rang qui lui est vivement disputé. Quoique Rousseau se rattache par l'éducation littéraire, par la date et le caractère de quelques-unes de ses œuvres, au siècle de Louis XIV, on peut dire qu'il devança la régence en se mêlant de bonne heure à cette société clandestine qui bravait, dans le voisinage de la cour, toutes les bienséances. Le relâchement est manifeste chez lui par les plaisirs d'une vie épicurienne passée en compagnie de grands seigneurs qui donnaient dans leurs splendides hôtels l'exemple de la débauche et de l'impiété; il l'est encore par l'emploi désordonné d'un rare talent poétique voué tour à tour à des chants religieux qui édifiaient la piété du duc de

penseur sincère et habile écrivain, recueillies après sa mort par ses amis et publiées sous le titre d'*Histoire de la Littérature française au dix-huitième siècle*, 2 vol. in-8°, 1855.

Bourgogne, et prostitué à des épigrammes licen-
cieuses qui égayaient au dessert les soupers du grand
prieur de Vendôme. Le tort de Rousseau est d'avoir
été, comme on l'a dit : « David à la cour, Pétrone à
la ville ; » d'avoir manié indifféremment « la harpe
des prophètes et le flageolet de Marot; » enfin, d'a-
voir associé les apparences de la religion aux libertés
et même aux licences d'une vie toute mondaine.

Parmi ces corrupteurs de J.-B. Rousseau, il y avait
au moins deux poëtes qu'il n'est pas permis d'oublier,
et qu'il est imposible de séparer l'un de l'autre : ce
sont l'abbé de Chaulieu et le marquis de La Fare. Pour
eux la poésie fut un jeu qui ajoutait aux plaisirs des
sens la volupté de l'esprit. Chaulieu aurait pu mieux
faire; mais il tomba aux mains de Chapelle qui lui
communiqua son goût pour les vers et pour la table.
Chapelle, le père de la poésie facile et l'inventeur
des rimes redoublées, épicurien par les sens et par
l'esprit, fit doublement école ; s'il échoua auprès de
Molière, de Racine et de Boileau, que cependant il
dérida souvent et dérangea quelquefois, le spirituel
auteur du *Voyage à Montpellier* réussit complétement auprès de Chaulieu, qui l'avoua pour maître.
Grâce à lui, le spirituel abbé fut un vrai païen et
mérita le surnom d'Anacréon du Temple. J.-B. Rousseau nous dira où il puisait son inspiration. Lisons pour
le savoir ce compliment poétique qu'il lui adresse :

> Maître Vincent [1], ce grand faiseur de lettres,
> Si bien que vous n'eût su prosaïser,

[1] Voiture.

Maître Clément [1] ce grand faiseur de mètres,
Si doucement n'eût su poétiser :
Phébus adonc va se désabuser
De son amour pour la docte fontaine,
Et connoîtra que pour bons vers puiser,
Vin champenois vaut mieux qu'eau d'Hippocrène [2].

Toutefois, la baguette de Circé le toucha sans le
métamorphoser complétement : elle lui laissa dans
la mollesse où elle le plongeait quelque délicatesse
de sentiment et une certaine vigueur de pensée. On
voit par quelques-uns de ses vers que ce mondain est
resté sensible au charme de la nature. Il disait :

Je me fais des amusements
De tout ce qu'à mes yeux présente la nature.
Quel plaisir de la voir rajeunir chaque jour !
Elle rit dans nos prés, verdit dans nos bocages,
Fleurit dans nos jardins; et dans les doux ramages
Des oiseaux de nos bois, elle parle d'amour [3].

On sait avec quelle grâce émue il a chanté, au déclin
de sa vie, la solitude de Fontenay où il était né et où
il désirait sortir de la vie :

Muses, qui dans ce lieu champêtre
Avec soin me fîtes nourrir;
Beaux arbres, qui m'avez vu naître,
Bientôt vous me verrez mourir [4].

---

[1] Marot.
[2] *Œuvres de J.-B. Rousseau*, 5 vol. in-8°, Lefèvre, 1820, avec
notice et commentaire de M. Amar, t. II, p. 205.
[3] *Œuvres de Chaulieu*, 1 vol. in-8°, 1825, p. 66.
[4] *Ibid.*, p. 50.

La poésie de Chaulieu a du naturel, de l'abandon, de l'harmonie, et elle aurait pu s'élever jusqu'à la noblesse. Il y touchait lorsqu'il écrivait ces vers qui ne sont pas indignes de J.-B. Rousseau :

> D'un dieu maître de tout j'adore la puissance ;
> La foudre est en sa main, la terre est à ses pieds ;
>   Les éléments humiliés
> M'annoncent sa grandeur et sa magnificence.
>   Mer vaste, vous fuyez !
> Et toi, Jourdain, pourquoi dans tes grottes profondes,
> Retournant sur tes pas, vas-tu cacher tes ondes ?
> Tu frémis à l'aspect, tu fuis devant les yeux
> D'un Dieu qui sous ses pas fait abaisser les cieux [1].

La Fare est bien inférieur à Chaulieu ; la paresse qu'il prit pour muse finit par l'engourdir, et Chaulieu, qui ne cessa jamais de l'aimer, resté maître de lui-même malgré bien des faiblesses, vit avec douleur que son élève, vaincu par la volupté, en était venu à faire nombre dans le troupeau d'Épicure. Triste exemple d'abaissement moral dans un homme qui avait eu assez de force et de sérieux dans l'esprit pour écrire des *Mémoires* que les historiens ne dédaignent pas de consulter.

Chaulieu et La Fare, qui aboutissent à la régence du duc d'Orléans, représentent ce courant de mœurs dissolues et de libertinage d'esprit qui coula souterrainement même aux plus belles années du dix-septième siècle, et qui, s'étant toujours gonflé, n'était plus séparé de la surface que par une couche fort

---

[1] *OEuvres de Chaulieu*, p. 13.

mince qui se rompit à la mort de Louis XIV. Soit fortune, soit prudence, ils ne firent point scandale, et
n'ayant point attiré sur eux la colère du maître, ils
évitèrent les coups qui frappèrent Bussy-Rabutin
d'une disgrâce irrévocable et Saint-Évremond d'un
exil qui ne finit qu'avec sa vie. Tel était le sort réservé aux esprits qui s'émancipaient. Au reste, ni
Bussy ni Saint-Évremond, qui passèrent alors pour
des hommes supérieurs et qui furent beaucoup vantés,
n'ont rien laissé de durable comme écrivains ; ils
brillèrent dans le monde pour s'éclipser devant la
postérité. Il n'en est pas de même de l'Écossais
Hamilton, naturalisé Français par son langage, et
qui, en racontant, sur ses vieux jours, les prouesses
en tout genre de son beau-frère, le comte de Gra-
mont, a donné le premier modèle de ce langage
alerte, brillant et naturel qui nous charme dans la
prose de Voltaire. Hamilton, tout étranger qu'il est,
ne paraît pas dépaysé à côté de nos meilleurs écrivains. Avant d'écrire ses *Mémoires*, il avait réclamé
le patronage de la muse de Chaulieu et de la Fare,
qui lui fut refusé, et dont il n'avait pas besoin.

Revenons à J.-B. Rousseau, dont on sait la gloire
et les malheurs. Les torts de sa jeunesse furent expiés
outre mesure par un long exil ; et ce qui attire un
certain intérêt sur sa disgrâce, c'est que, s'il n'est pas
exempt de reproches, il est au moins avéré que les
couplets scandaleux qui furent l'occasion de sa perte
lui ont été faussement imputés[1]. Ce n'est pas ici le

---

[1] Dans cette affaire, Rousseau fut victime d'un complot. On

lieu d'examiner cette ténébreuse affaire; nous avons
surtout à juger le poëte qui se porta pour l'héritier
de Malherbe et de Racine dans la poésie lyrique. Dans
ce genre, où il est si difficile d'exceller, même lorsque
la saison est favorable et que l'état des âmes pousse à
l'inspiration et à l'enthousiasme, Rousseau, par un
juste sentiment des beautés des cantiques sacrés,
par un goût vif et une connaissance profonde de la
poésie d'Horace, par le respect des modèles que lui
offrait déjà notre littérature, réussit, en employant
toutes les ressources de l'art, à composer des odes et
des hymnes qui n'ont, sans doute, ni le feu des prophètes, ni l'impétuosité de leurs mouvements, ni l'audace de leurs figures, qui n'ont ni toute la grâce ni
toute la force des lyriques profanes, mais qui ont du

---

avait oublié les premiers couplets composés et répandus par
lui-même dix années auparavant, on en forgea alors de nouveaux
pour le perdre. Il allait entrer à l'Académie (1710) en dépit de
Fontenelle et de La Motte, et il aurait eu sa part de la pension
royale que la mort de Boileau allait rendre disponible. Ses recherches pour découvrir le coupable le conduisirent à Saurin
le géomètre, qui avait remis les couplets à un colporteur. Rousseau eut l'imprudence d'accuser Saurin de les avoir faits. Ce
Saurin, qu'une cause honteuse avait forcé de quitter la Suisse,
s'était fait des patrons puissants en venant abjurer son hérésie
aux mains de Bossuet. Il avait l'amitié de Fontenelle et de La
Motte. Il est probable qu'une instruction régulière l'aurait
convaincu; il l'est aujourd'hui par les aveux de Boindin; mais
Rousseau gâta tout par son emportement d'abord et ensuite
par sa négligence, lorsque l'affaire se fût embrouillée. Enfin
la peur le prit, il quitta la France; et comme les absents ont
toujours tort, la cabale obtint contre lui un arrêt qui ne put
jamais être annulé,

moins le mérite de charmer l'oreille et de présenter
dans un langage poétique de vives images. L'harmonie du rhythme, l'éclat des figures, la propriété
dn langage, la rapidité des mouvements, plus sensibles encore dans ses Cantates que dans ses Odes, ne
permettent pas de disputer à J.-B. Rousseau le nom
de poëte; mais aussi le titre de Grand, qui ne convient
chez nous qu'au seul Corneille, ne saurait lui être
maintenu. C'est l'esprit de parti qui le lui a décerné
pour amoindrir un autre Rousseau et pour irriter
Voltaire; gardons-nous par représaille de le punir de
cette malencontreuse et malveillante hyperbole en
le réduisant, comme l'ont fait ses détracteurs par un
autre excès, à l'industrie d'un artisan de paroles,
n'ayant d'autre souci ni d'autre talent que d'enchaîner avec adresse des syllabes sonores.

Il connaissait la nature et les conditions de l'inspiration poétique, celui qui a dit dans l'ode au comte
du Luc :

> Des veilles, des travaux un foible cœur s'étonne.
> Apprenez toutefois que le fils de Latone,
>   Dont nous suivons la cour,
> Ne nous vend qu'à ce prix ces traits de vive flamme
> Et ces ailes de feu qui ravissent une âme
>   Au céleste séjour [1].

Il avait aussi le sens du grand et du terrible, le poëte
qui a tracé en quelques vers ce lugubre et touchant
tableau :

[1] *Œuvres de J.-B. Rousseau*, liv. III, ode première, t. I,
p. 168.

Sur un rocher désert, l'effroi de la nature,
Dont l'aride sommet semble toucher les cieux,
Circé, pâle, interdite, et la mort dans les yeux,
    Pleurait sa funeste aventure.
    Là, ses yeux errants sur les flots,
D'Ulysse fugitif semblaient suivre la trace.
Elle croit voir encor son volage héros;
Et, cette illusion consolant sa disgrâce,
    Elle le rappelle en ces mots,
Qu'interrompent cent fois ses pleurs et ses sanglots [1].

Refusera-t-on la sensibilité à l'exilé qui a composé les stances à Philomèle, d'un rhythme si tendre, d'un accent si mélancolique :

    Pourquoi, plaintive Philomèle,
    Songer encor à vos malheurs,
    Quand, pour apaiser vos douleurs,
    Tout cherche à vous marquer son zèle?

    L'univers à votre retour
    Semble renaître pour vous plaire;
    Les dryades à votre amour
    Prêtent leur ombre solitaire.

Et le reste, jusqu'à ce retour sur sa propre infortune que rien ne vient consoler :

    Hélas! que mes tristes pensées
    M'offrent des maux bien plus cuisants!
    Vous pleurez des peines passées,
    Je pleure des ennuis présents;

    Et quand la nature attentive
    Cherche à calmer vos déplaisirs,

---

[1] *OEuvres de J.-B. Rousseau*, cantate VII, t. I, p. 361.

Il faut même que je me prive
De la douceur de mes soupirs[1].

J.-B. Rousseau, disciple brillant mais inégal des maîtres du dix-septième siècle, forme la transition entre Boileau et Voltaire : il a vécu en temps opportun pour recevoir les leçons de l'un, dont il a profité, et les injures de l'autre, dont il a souffert, et qui n'ont pas détruit sa renommée, fondée sur un talent incontestable. Toutefois il y a bien de l'alliage et des lacunes dans le génie de Rousseau, qui manque surtout d'invention, et qui, faute de sincérité, n'a pas tiré des dons naturels de son âme poétique tous les trésors qu'une forte conviction en aurait fait jaillir. Il n'a pas eu la conscience morale du génie; en lui l'homme a fait tort au poëte; il nous force souvent à l'admirer, mais il nous touche rarement; il échauffe l'imagination, il flatte l'oreille, sans remuer le cœur, et il n'inspire point cette vive sympathie qui est le ressort et la sauvegarde de l'admiration. De tous les poëtes classiques par l'élégance, il est incontestablement celui à qui l'on peut reprocher le plus de mauvais vers; M. Villemain, qu'on peut prendre avec sûreté pour arbitre dans le débat littéraire qu'a soulevé le mérite de J.-B. Rousseau, a dit avec raison : « De tous les poëtes, classiques par l'élégance, il est incontestablement celui à qui l'on peut reprocher le plus de mauvais vers, mais sa gloire ne périra pas, tant que durera notre langue[2]. »

---

[1] *Odes*, liv. II, ode XI, p. 155.
[2] *Tableau de la littérature au dix-huitième siècle*, t. I, p. 47.

Cette gloire ne se fonde pas seulement sur l'éclat du langage dans les belles odes de Rousseau, sur l'harmonie de ses vers qui rivalise avec la musique; elle repose encore sur ses succès dans l'épigramme, où il n'a d'émules que Marot et Racine. L'épigramme portée à ce point de perfection, aiguisée avec tant de finesse naïve, décochée avec tant d'adresse et de malice, n'est pas une chose vulgaire. *In tenui labor, at tenuis non gloria.* Ce sont là des titres durables. On a presque oublié que Rousseau a fait des épîtres, quoique ces pièces un peu martelées contiennent des passages bien frappés; on voudrait ne pas savoir qu'il a composé des allégories obscures et envenimées où la haine ne produit pas les effets de la colère; et il est désormais inutile de rappeler qu'à ses débuts il voulut vainement prendre place parmi les poëtes dramatiques. Son esprit caustique et personnel l'a éloigné de la gaieté et de la vérité qui font vivre la comédie, et dans l'opéra même, où la mélodie de ses vers lyriques faisait espérer un successeur de Quinault, l'harmonie lui a échappé, et il a eu l'amère douleur d'y être vaincu par le froid Danchet, le dur La Motte et le maniéré Fontenelle.

Fontenelle et La Motte, étroitement liés d'amitié et tous deux en butte aux sarcasmes de Rousseau, qui ne les épargna guère, sont encore des écrivains de transition. Hommes d'esprit l'un et l'autre et sans génie, ils cherchèrent tous deux la nouveauté dans le paradoxe; incapables de créer ou de rien ajouter aux vérités reçues, ils prirent le parti de les combattre. C'est ce qui les enrôla dans la croisade contre les anciens, et comme ils manquaient d'imagination, on peut croire qu'ils nièrent de bonne foi les beautés naturelles d'une poésie dont ils ne pouvaient sentir le charme. Le doute au moins n'est pas permis pour La Motte, qui s'est donné la peine de jeter le génie d'Homère dans le moule de son esprit et qui l'en a retiré dépouillé de toute grâce et de toute vigueur poétiques. Ce qu'il retranche comme superflu est précisément tout ce qui a fait d'Homère le prince des poëtes. Le traducteur absout l'homme en démontrant la complète incompétence du critique. A défaut d'âme et d'imagination, La Motte avait de l'esprit, et il en avait beaucoup; il le porta dans tous les genres et il le fit briller dans la controverse et dans la fable. Sa malice, son sang-froid, son aménité surtout, déconcertèrent et irritèrent madame Dacier, qui avait raison et qui parut avoir tort, parce qu'elle se fâchait. Heureusement Homère n'était pas à la merci des apologies d'une savante emportée ni des critiques d'un bel esprit railleur. Fontenelle, qui secondait son ami dans cette polémique, ne descendit pas comme lui à la critique des détails; il se contenta de poser en principe la supériorité des modernes sur les anciens par le progrès continu des connaissances humaines, sans songer que l'imagination, qui a un prisme et des ailes, ne procède point comme la science, qu'elle prend librement son essor et qu'elle ne tire pas ses couleurs des magasins de l'entendement.

Boileau, alors retiré de la lice, souriait aux épigrammes que Rousseau décochait contre Fontenelle et La Motte pour les punir de leur irrévérence envers

les anciens; mais ces épigrammes atteignirent sans
les décourager les deux novateurs, qui eurent bientôt
le champ libre lorsque Rousseau cessa de faire ses vers
à Paris. D'ailleurs, la petite cour lettrée que tenait à
Sceaux la duchesse du Maine; l'Académie, où ils fini-
rent par dominer sans contrôle après la mort de Boileau; le salon de la marquise de Lambert, alors puissant sur l'opinion et auquel ils donnaient le ton : tout
concourut à mettre en faveur Fontenelle et La Motte,
qui avaient, au début de leur carrière, rencontré de
puissants contradicteurs. L'atticisme de la prose de
La Motte fit oublier le prosaïsme et la dureté de ses
vers; il eut même par une tragédie faiblement versifiée, mais bien conduite et fort touchante, *Inès de
Castro*, un de ces succès populaires qui simulent la
gloire; de plus, il affermit sa réputation d'écrivain spirituel par des apologues finement conçus, dont quelques-
uns ne manquent pas de naturel et ont mérité de sur-
vivre, de sorte qu'il put impunément travestir en
prose la tragique légende d'Œdipe et donner cours
à ses paradoxes littéraires, qu'il soutenait ingénieusement. Quant à Fontenelle, après avoir essuyé les dédains de Racine, la raillerie de La Bruyère, qui fit de
lui, sous le nom de Cydias, le type de la pédanterie
maniérée, et les sarcasmes de Rousseau, il devint
réellement, dans l'absence des maîtres, une grande
puissance littéraire et l'oracle de la science. Pour
cela, il lui suffit de pouvoir attendre et de savoir porter
et employer toutes les ressources de son intelligence
du côté de sa force réelle.

Il fallait bien que Fontenelle eût un solide et rare

mérite pour se relever de la chute d'*Aspar*, à laquelle
Racine fait remonter l'origine des sifflets, par une
épigramme qui pourrait bien être le chef-d'œuvre du
genre, et pour faire oublier le portrait que La Bruyère
avait buriné : « Soit qu'il parle ou qu'il écrive, disait
l'auteur des *Caractères*, il ne doit pas être soupçonné
d'avoir en vue ni le vrai, ni le faux, ni le raison=
nable, ni le ridicule ; il évite uniquement de donner
dans le sens des autres et d'être de l'avis de quelqu'un : aussi attend-il dans un cercle que chacun se
soit expliqué sur le sujet qui s'est offert, ou souvent
qu'il a amené lui-même, pour dire dogmatiquement
des choses toutes nouvelles, mais à son gré décisives et sans réplique. Cydias s'égale à Lucien et à
Sénèque, se met au-dessus de Platon, de Virgile et
de Théocrite ; et son flatteur [1] a soin de le confirmer
tous les matins dans cette opinion. Uni de goût et
d'intérêt avec les corrupteurs d'Homère, il attend
paisiblement que les hommes détrompés lui préfèrent
les poëtes modernes ; il se met en ce cas à la tête de
ces derniers, et il sait à qui il adjuge la seconde place.
C'est, en un mot, un composé du pédant et du précieux, fait pour être admiré de la bourgeoisie et de
la province, en qui néanmoins on n'aperçoit rien de
grand que l'opinion qu'il a de lui-même [1]. » Voilà qui
est bien dit, mais J.-B. Rousseau fera mieux encore :

> Depuis trente ans un vieux berger normand
> Aux beaux esprits s'est donné pour modèle ;

[1] La Motte.
[2] *Caractères*, de la Société et de la Conversation, p. 265,
édit. de M. Walckenaer.

Il leur enseigne à traiter galamment
Les grands sujets en style de ruelle.
Ce n'est le tout : chez l'espèce femelle
Il brille encor malgré son poil grison ;
Et n'est caillette en honnête maison
Qui ne se pâme à sa douce faconde.
En vérité, caillettes ont raison,
C'est le pédant le plus joli du monde [1].

J.-B. Rousseau n'a pas fait de meilleure épigramme, et Fontenelle n'en est pas mort.

Fontenelle était un esprit très-fin et très-étendu ; hardi par la pensée, circonspect de caractère, ennemi du bruit et amoureux de la célébrité ; philosophe ayant plutôt le goût que la passion de la vérité ; versé dans les sciences, capable seulement de les comprendre et d'y ajouter la clarté ; n'ayant de l'âme qu'une certaine délicatesse de sentiments qu'il relevait de toutes les finesses de l'esprit, il comprit de bonne heure que la poésie, où il eut de graves échecs et de petits succès, ne le conduirait pas où il voulait arriver. Il s'y était engagé sous les auspices de ses deux oncles Pierre et Thomas Corneille ; mais n'ayant ni le génie du premier, ni la veine facile du second, il fut averti par la chute d'*Aspar* et d'*Idalie* qu'il n'était pas destiné à recueillir leur héritage dramatique ; il vit aussi que les rapprochements singuliers et les sophismes de morale dont il s'était fait un jeu dans ses *Dialogues des morts*, et la galanterie maniérée de ses *Lettres du chevalier d'Her...*, ne feraient de lui ni un Lucien ni même un Voiture, et comme il avait re-

---

[1] *Épigrammes*, liv. II, épigr. XV, t. II, p. 289.

cueilli les suffrages des gens de goût en humanisant
la science et la philosophie dans les *Entretiens sur
la pluralité des mondes* et dans l'*Histoire des oracles*[1], il résolut de retenir dans cette voie toute la
force, toute la grâce, toute la finesse de son esprit
mûri par la réflexion, nourri par l'étude, et poli par
le commerce avec les Muses, qui, s'il ne lui avait
point donné directement la gloire, l'avait préparé à
la mériter dans une autre carrière. Rien n'est plus
utile aux savants que la culture et l'amour des lettres, qui sont réellement, selon l'expression des anciens, *plus humaines* que la science. La science sans
les lettres a quelque chose de sec, de hautain et de
farouche qui se communique à ceux qui l'embrassent exclusivement; les lettrés aussi ont besoin de
science pour échapper au juste reproche de frivolité
et de vanité. Fontenelle, savant et lettré, eut, en
écrivant sur la science et sur les hommes qui l'ont
honorée par leurs travaux, un agrément et une solidité qui font de l'*Histoire de l'Académie des sciences*
et des *Éloges des Savants* un des plus beaux monuments de notre littérature. Sa gloire est là tout en-

---

[1] Dans ces deux livres Fontenelle préludait, sans paraître y
songer, aux plus grandes hardiesses du dix-huitième siècle.
La Pluralité des mondes est, en effet, plus inquiétante pour la
cosmogonie de Moïse que le mouvement de la terre qui déplace
seulement le centre du monde matériel. Fontenelle allait donc
plus loin que Galilée. Quant à l'*Histoire des oracles*, on peut
croire sans témérité que dans l'intention de l'historien elle
atteignait tous les genres de prophéties. Il n'ouvrait pas la
main, mais il écartait un peu les doigts, sauf à les resserrer en
cas d'alerte.

tière, et elle n'est point médiocre : « Les subtilités,
les obscurités, les puérilités de l'école, dit M. Flourens, auraient peut-être détourné pour toujours les
bons esprits des vraies et solides études. Le pédantisme était le dragon qui gardait cet autre jardin des
Hespérides. Fontenelle apprît au monde que le bon-
net, la robe, les enrouements gagnés sur les bancs
des écoles, n'étaient pas la science ; et il apprit aux
savants qu'ils pouvaient très-bien rester hommes
d'esprit en devenant savants [1]. » Ainsi il est juste
d'appliquer à Fontenelle ce qu'il a dit lui-même du
chimiste Lemery, qui par ses travaux et par son
enseignement avait interrompu la tradition de barbarie pédantesque longtemps en honneur dans tous
les laboratoires et les amphithéâtres. « M. Lemery,
dit Fontenelle, fut le premier qui dissipa les ténèbres
naturelles ou affectées de la chimie, qui la réduisit à
des idées plus nettes et plus simples, qui abolit la
barbarie inutile de son langage, qui ne promit de sa
part que ce qu'elle pouvait et ce qu'il la connaissait
capable d'exécuter ; et de là vint le grand succès. Il
n'y a pas seulement de la droiture d'esprit, il y a une
sorte de grandeur d'âme à dépouiller ainsi d'une
fausse dignité la science qu'on professe [2]. »

L'Académie des sciences, dont Fontenelle dirigeait
et résumait les travaux qu'il popularisait au dehors,
et l'Académie française, où il régnait paisiblement,
n'étaient pas ses seuls domaines ; on peut dire que

---

[1] *Fontenelle*, par M. Flourens, vol. in-18.
[2] *OEuvres de Fontenelle*, éloge de Lemery, t. V, p. 228,
Amsterdam, 1764.

par la conversation il étendait son influence sur toute
la société contemporaine. Jamais homme ne reçut
plus d'hommages et n'en fut moins troublé. Il avait
gagné à sa cause les femmes les plus aimables et les
plus instruites de son temps ; il cherchait auprès
d'elles, non la passion dont il ne fut jamais tour-
menté, mais la douceur des entretiens mêlés de sérieux et d'enjouement. A Sceaux, chez la duchesse
du Maine, il aimait à rencontrer madame de Staal,
femme d'un esprit supérieur, qui a laissé ces piquants *Mémoires* que tout le monde a lus et qui font
si bien connaître les misères, les agréments, les cabales, les fêtes poétiques et pastorales de cette petite
cour hostile au régent, qui aurait pu l'accabler et qui
l'épargna, retraite de bergers mondains et de bergères coquettes, espèce d'Arcadie doucereuse et
frondeuse où le marquis de Saint-Aulaire venait im-
proviser ses madrigaux de galant octogénaire et où
Cellamare faisait agréer ses projets de complot; à
Paris, il allait chercher dans son salon la marquise
de Lambert, qui a pris et qui garde une place parmi
nos meilleurs moralistes par les *Conseils* qu'elle a
donnés avec tant de bon sens pratique, de fermeté et
de douceur à son fils et à sa fille. Il faut demander
aux *Causeries* de M. Sainte-Beuve ce que valent madame de Lambert et madame de Staal.

En dehors de tous les cercles littéraires et de tous
les partis, nous trouvons à cette époque intermédiaire, qui n'est plus le siècle de Louis XIV et qui
n'est pas encore le siècle de Voltaire, des noms qui
n'ont point péri. Au théâtre, Destouches, qui n'a ni

la force comique de Molière ni la gaieté étincelante
de Regnard, ni le naturel de Dancourt, peintre inimitable de la naïveté et de la malice des paysans
comme des ridicules de la bourgeoisie, n'en a pas
moins réussi dans le plus difficile des genres, la comédie de caractère. *Le Glorieux* est presque un
chef-d'œuvre. Dans cette pièce Destouches avait osé,
comme Molière pour *Tartufe*, punir le marquis de
Tufiére, et son œuvre en était plus dramatique et
plus morale. Par malheur, le dénoûment a été sacrifié à la vanité d'un acteur plus glorieux que le héros
de la comédie. *Le Philosophe marié* n'est pas de
beaucoup inférieur au *Glorieux*. Le mérite de Destouches est de peindre les hommes avec vérité et de
placer ses personnages dans des situations qui intéressent; sans verve et sans force comique, il est
plaisant quelquefois et toujours attachant. Il n'a pas
pris à Boileau, qu'il admirait et qu'il imite, tous les
secrets de son style tempéré et poétique; mais il a
su, comme lui, détacher sous forme de maximes
bien exprimées quelques-unes de ces vérités générales qui deviennent des proverbes. C'est Destouches
et non Boileau qui a dit :

La critique est aisée et l'art est difficile [1].

Et encore :

Chassez le naturel, il revient au galop [2].

[1] *Le Glorieux*, acte II, sc. V.
[2] *Ibid.*, acte III, sc. V.

Dans *le Dissipateur*, pièce inférieure au *Glorieux*, et au *Philosophe marié*, il y a un éloge de l'avarice qui ne manque pas d'originalité :

> Plus on aime l'argent et moins on a de vices :
> Le soin d'en amasser occupe tout le cœur,
> Et quiconque s'y livre y trouve son bonheur.
> Un ami qu'on implore ou refuse ou chancelle,
> L'argent est un ami toujours prompt et fidèle.
> Le plaisir d'entasser vaut seul tous les plaisirs.
> Dès qu'on sait que l'on peut remplir tous ses désirs,
> Qu'on en a les moyens, notre âme est satisfaite...
> De tout ce que je vois je puis faire l'emplette,
> Et cela me suffit. J'admire un beau château...
> « Il ne tiendrait qu'à moi d'en avoir un plus beau, »
> Me dis-je. J'aperçois une femme charmante :
> « Je l'aurai si je veux, » et cela me contente.
> Enfin ce que le monde a de plus précieux,
> Mon coffre le renferme, et je l'ai sous mes yeux,
> Sous ma main ; et par là, l'avarice qu'on blâme
> Est le plaisir des sens et le charme de l'âme [1].

Ce style facile manque de vivacité et de relief, c'est de la prose rimée. Molière et Regnard sont poëtes sans cesser d'être naturels. Là est leur supériorité. Ils ont aussi dans leurs libres propos le sel gaulois que Destouches ne se permet jamais. Le comique y perd, mais la morale n'y gagne rien, car dans ce théâtre si discret les mœurs se sentent horriblement du relâchement de la régence, nous venons de le voir dans le « je l'aurai si je veux, » du pané-

---

[1] *Le Dissipateur*, acte III, sc. v.

gyriste de l'argent. En voici un autre échantillon. Une soubrette dit à sa maîtresse :

> Qu'importe qu'un mari
> Soit fat, s'il vous permet d'avoir un favori.

Et la jeune fille répond :

> Mais au fond tu dis vrai[1].

Tout cela se dit le plus naturellement du monde, et sans penser à mal ; car la soubrette ne nous est pas donnée pour une coquine, ni la maîtresse pour une coquette. C'est simplement la morale courante du temps, avant les philosophes.

Sur la scène tragique, Crébillon, dont les premiers essais avaient épouvanté l'oreille de Boileau, ne fut jamais ni tendre ni harmonieux ; mais il frappa vivement les âmes par la sombre énergie de ses drames. Cet excellent homme se plut à peindre le crime, dont il exagéra la noirceur, pour le mieux détester et pour communiquer la haine et l'épouvante qu'ils lui inspiraient. Il ne connaissait pas mieux l'amour qu'il mêle aux horreurs du crime, et il lui prête un langage fade et prétentieux. C'est ainsi qu'il a gâté les belles légendes antiques d'*É-lectre*, d'*Atrée*, d'*Idoménée*, qui eurent cependant, sous le travestissement qu'il leur faisait subir, un succès d'effroi ; mais il eut un jour vraiment glorieux, une bonne fortune dramatique qui l'immorta-

---

[1] *Le Philosophe marié*, acte II, sc. I.

lisa, en composant *Rhadamiste et Zénobie*. Ce n'est
ni Corneille ni Racine ; mais c'est Crébillon, et par
miracle en lui, c'est la nature vraie et terrible. On
sait qu'il eut un fils qui ne lui ressemble guère, et
dont les succès ne sont pas à l'honneur du siècle.

Vers le même temps, une grande comédie de
mœurs promettait un rival de Molière. Lesage, qui
s'était déjà fait connaître par un spirituel roman de
mœurs, *le Diable boiteux*, donna son *Turcaret*, peinture fidèle et divertissante d'un monde dont la réalité ne pourrait inspirer que du dégoût. Lesage, six
ans avant la mort de Louis XIV, livrait au ridicule
une classe puissante, celle des traitants, et sans colère apparente, cruel par la seule fidélité de son pinceau, il représentait les mœurs qui naissent de l'o-
pulence lorsqu'elle enivre brusquement des âmes
grossières incapables de voiler la corruption sous
la politesse. La rumeur fut grande dans le camp
des financiers, et leur cabale, qui n'avait pas été
assez puissante pour empêcher que ce coup ne leur
fût porté publiquement, le fut assez pour susciter
à l'auteur des obstacles qui le découragèrent après
l'éclat de ce premier succès. Lesage porta sa veine
comique sur un théâtre vulgaire et se contenta de
harceler dans la farce les ennemis qu'il avait si vigoureusement frappés sur la scène française. Comme
les comédiens s'étaient ligués contre lui au profit des
hommes de finance pour lui faire abandonner la partie, Lesage prit sa revanche contre eux dans le roman de *Gil Blas*, qui est aussi bien que les fables de
La Fontaine, « une ample comédie à cent actes di-

vers. » Ce roman, qu'on ne se lasse pas de relire,
est l'image la plus fidèle du train ordinaire de la vie
humaine et de l'indifférence habituelle des hommes
au vice et à la vertu. Là le mobile de toutes les actions est la poursuite du bien-être : de là, tant d'expédients pour sortir d'embarras et le dégagement de
toute règle qui serait une gêne pour l'action. Le
héros de Lesage et la plupart de ses personnages
n'ont pas de répugnance pour l'honnêteté ; ils n'en
ont pas non plus pour la fourberie. La valeur des
moyens employés se mesure au succès, mauvais s'ils
échouent, excellents s'ils réussissent. Ici, comme
dans la comédie de *Turcaret*, l'art de Lesage est de
faire vivre les personnages qu'il met en scène, de
produire l'illusion par la vérité du langage et la vraisemblance des actes. On a dit de son livre qu'il était
moral comme l'expérience : c'est en effet une véritable épreuve de la vie réelle, épreuve sans péril,
enseignement sans frais, que la vue de tous ces personnages agissant sous nos yeux et s'y trahissant aux
dépens de leurs pareils, qu'on rencontrera certainement dans le monde et qu'on ne manquera pas d'y
reconnaître. Lesage n'a point d'illusions, et comme
il a eu peu de mécomptes, il n'a point de ressentiments ; son sang-froid lui a laissé la liberté de bien
voir, la netteté de son regard donne de la précision
aux images qu'il trace, et la gaieté de son humeur
ajoute l'agrément à la vérité. Il n'y a pas de lecture
qui soit plus facile et plus attrayante que celle de *Gil
Blas*, et dans un certain sens il y en a peu qui
soient aussi profitables. Lesage est bien de race gau-

loise ; il a de la franchise, du bon sens, du trait et
du naturel. Il y a du Molière dans Lesage . « Il ne
voit pas aussi loin, dit M. Patin, mais il regarde de
même ; sa touche est moins hardie et moins profonde, mais elle est aussi franche[1]. » La langue de
Lesage est vive ; elle est saine et sans parure ; elle a
le vernis des maîtres, la netteté.

Lesage, en peignant les hommes qu'il n'a ni flattés
ni déguisés, ne paraît pas soupçonner qu'on puisse
les réformer ; peut-être serait-il fâché qu'ils eussent
moins de défauts et de travers, car alors ils seraient
moins amusants, et il aurait moins de plaisir à les
observer et à les peindre. La corruption qui l'entoure ne l'atteint pas et ne l'indigne pas non plus ; le
monde est pour lui un spectacle ; il ne cherche point
querelle aux acteurs, il les accepte tels qu'ils sont ; il
leur sait gré de poser devant lui et de le divertir.
Aussi ne touche-t-il en aucune sorte aux institutions ;
l'avenir ne l'inquiète guère ; il est sujet fidèle et
chrétien soumis. Il n'entend pas le bruit de la controverse religieuse qui s'est ranimée, dans les dernières années du règne de Louis XIV, entre les jansénistes et leurs implacables ennemis. La bulle *Uni-
genitus* sera-t-elle ou non enregistrée ? La charrue
passera-t-elle sur les ruines de Port-Royal ? il n'en a
nul souci. D'autres esprits prenaient à cœur ces
graves questions : Port-Royal conservait des disciples fidèles, et parmi eux nous trouvons le pieux

---

[1] *Mélanges de littérature ancienne et moderne*, 1 vol. in-8°,
1840. Éloge de Lesage, p. 321.

Louis Racine, le bon Rollin et le vertueux d'Aguesseau. Liés tous trois par une affection sincère et par
les mêmes doctrines, ils maintiennent, en présence
des novateurs et des sceptiques qui les respectent,
les traditions littéraires et la ferveur religieuse de
l'âge précédent.

Le fils de Racine avait un nom difficile à porter,
et s'il ne l'a pas soutenu au niveau paternel, il ne l'a
pas laissé tomber. Louis Racine eut plus de talent
que de génie; il recueillit de l'héritage de son père
toute sa piété, et il n'eut qu'une faible étincelle de
son talent poétique. Il a chanté la *Religion* sans enthousiasme, et il a célébré les mystères de la *Grâce*
sans en avoir sondé les profondeurs. Cependant ses
vers ne sont pas dénués de charme; sa poésie a une
gravité douce et un accent de probité qui inspirent le
respect; mais la marche de ses poëmes est trop didactique, et son style, toujours correct, manque de
coloris. Il a été plus voisin de la poésie dans quelques chants lyriques qui rappellent au moins par la
pureté et par l'harmonie les chœurs d'*Esther* et
d'*Athalie*. Ce qu'on peut surtout louer en lui, c'est
le culte des lettres, la sagacité du critique et la curiosité d'un esprit qui s'initie aux littératures étrangères.
Louis Racine, un des premiers en France, étudia la
langue et la littérature de l'Angleterre, et s'il ne remonte pas jusqu'à Shakspeare, il s'attache du moins
à Milton, et il essaye de traduire *le Paradis perdu*
que ni son père ni Boileau ne connaissaient pas
même de nom.

Racine, à son lit de mort, avait légué son jeune

fils aux soins de Rollin, alors principal du collége de
Beauvais : c'était le mettre à la meilleure des écoles
pour la morale et pour les lettres. Rollin consacra sa
vie entière à l'éducation de la jeunesse, et il a laissé
pour diriger les maîtres et les éléves le *Traité des
études*, qui est avant tout un livre de morale où l'art
de nourrir les intelligences est surtout le secret d'ennoblir et de purifier les âmes. Il y a ajouté l'*Histoire
ancienne* et une partie de l'*Histoire romaine*, livres
excellents qu'on n'aurait pas dû déprécier, puisqu'il
est si difficile de les remplacer. La reconnaissance
publique a consacré le nom vénéré de Rollin : il
nous serait doux de le louer, mais il vaut mieux
recueillir, sur ce sujet, les paroles d'un maître illustre bien digne d'apprécier celui qui a été l'honneur de l'ancienne université : « L'éducation de la
jeunesse, dit M. Villemain, et par elle le progrès des
mœurs publiques, était toute sa pensée. Personne ne
fut jamais meilleur citoyen, sans le dire, sans le
savoir. Le mélange naïf de l'antiquité et du christianisme, les vertus républicaines de ces grands hommes
de Plutarque, les vertus soumises et douces de l'É-
vangile, l'enthousiasme pour le beau littéraire dans
l'Écriture sainte, dans Homère, dans Bossuet, la tendresse attentive et paternelle pour l'enfance, l'affection grave et pleine d'espérance pour la vive jeunesse, toutes ces émotions, réunies dans une âme
saine et pure, au milieu de la vie la plus simple, de
la plus décente pauvreté : voilà comment s'est formé
Rollin, écrivain inimitable, sans être un écrivain de
génie. Sa gloire même, sa gloire qui nous est chère,

est la dernière et la plus utile leçon qu'il nous ait
donnée. Elle montre jusqu'à quel point les dons de
l'esprit s'accroissent èt fructifient par les vertus, et
quelle puissance l'amour du bien ajoute au talent[1]. »
A cette image fidèle du bon Rollin, le plus digne des
maîtres, nous pouvons ajouter, tracé de la même
main, l'idéal de l'élève fidèle à ses leçons et formé
par l'éducation publique, qui seule, bien dirigée,
peut donner des hommes à la société, des citoyens à
l'État. « Jeté dans la foule il s'y débat, il y grandit
sous la loi d'une vigilante discipline, sous la garde
de la religion, partout présente à son jeune cœur et
mêlée à toutes ses études par l'imagination et l'éloquence ; il étudie avec une ardeur salutaire les modèles de grâce et de sublime que l'on met sous ses
yeux ; il est à la fois instruit et candide ; et la préoccupation même du savoir prolonge son innocence. Il
n'a pas, comme on le dit, appris seulement des mots,
mais toutes les vérités intellectuelles, toutes les
nuances morales que renferme la perfection du langage. Il a étudié dans le travail de la traduction la
méthode pour penser. Il a recueilli, ainsi le voulait
Rollin, mille notions de philosophie, d'histoire, de
sciences naturelles, qui sont comme la matière de
l'art de penser et d'écrire. De plus, encore enfant par
le cœur, il a déjà commencé la vie d'homme par un
noviciat de travail assidu[2]. Il a fait avec zèle et persé-

---

1 *Tableau de la littérature au dix-huitième siècle*, t. I,
p. 244.
2 *Ibid.*, p. 247.

vérance son état d'étudiant, comme il remplira plus
tard quelque devoir public. »

Un autre homme de bien, attaché comme Rollin,
aux doctrines de Port-Royal, nourri comme lui dans
la saine atmosphère du dix-septième siècle, fut non
pas un maître de la jeunesse, mais l'instituteur moral
des hommes de loi : c'est d'Aguesseau. Tous ses ouvrages, et ils sont nombreux, se rapportent à l'instruction et aux devoirs de la magistrature. Le tribunal,
le barreau et le parquet apprennent avec lui ce qu'il
leur convient de savoir, et comment on doit agir et
parler quand on représente la justice, cette chose
sainte qui règle et qui fait durer les États. Élevé de
bonne heure au poste d'avocat général, et bientôt
après à celui de procureur général au parlement de
Paris, il eut souvent, au début de sa longue carrière,
l'occasion de donner des exemples et des leçons. Le
ministère lui fut moins favorable; car s'il avait toutes
les lumières de l'esprit, il lui en manquait le glaive,
qui est la décision, laquelle tranche les difficultés. Sa
probité, dont la régence avait voulu se couvrir, comme
autrefois Catherine de Médicis de celle de L'Hospital,
était mal à l'aise et gênante à côté du cardinal Dubois
et de Philippe d'Orléans. Elle eut ses disgrâces et ses
retours de faveur, qui parurent également des faiblesses, et toutefois, dans l'exil comme au pouvoir,
il ne cessa jamais de jouir de la considération qui
s'attache au talent et à la vertu[1]. Son éloquence, que

---

[1] Un ancien magistrat, M. Boullée, a publié en 1848 une
vie très-intéressante de d'Aguesseau. Après cette histoire,

les contemporains ont beaucoup louée, et qui était
une nouveauté au palais par sa solide élégance et sa
gravité ornée, n'a ni la vigueur ni la flamme qui font
les grands orateurs ; il y a en lui de l'Isocrate et du
Fléchier : il polit son langage, il arrondit et il cadence
ses périodes, il cherche le nombre et il le trouve ; il
charme l'oreille, mais il veut la caresser ; même il
touche l'âme, mais il ne la remue point. C'est le modèle des orateurs diserts. Il plaît encore aux âmes
calmes et saines, capables de suivre avec attention les
développements d'une pensée qui se déroule lentement et de goûter des sentiments qui ne flattent point
la passion. Les gens de bien qui veulent s'améliorer
sont les lecteurs naturels de d'Aguesseau : ce n'est pas
dire qu'il en conserve beaucoup.

Nous trouvons dans une des mercuriales de d'A-
guesseau, à la décharge du dix-huitième siècle, qu'on
veut rendre responsable du désordre des âmes, la
preuve que le mouvement qui l'a entraîné remonte
plus haut. En 1698, dix-sept ans avant la fin du règne
de Louis XIV, d'Aguesseau caractérisait ainsi les
mœurs du siècle : « Une inquiétude généralement
répandue dans toutes les professions, une agitation
que rien ne peut fixer, ennemie du repos, incapable
du travail, portant partout le poids d'une inquiète et

M. Francis Monnier a composé un excellent livre *Le chancelier
d'Aguesseau*, 1 vol. in-8°, 1860, où l'érudition la plus solide
vient en aide à un sens droit et à un goût sûr pour apprécier
la valeur de cet homme de bien comme jurisconsulte, comme
politique, comme moraliste et comme écrivain. Nous aimons à
rencontrer de pareils ouvrages pour les indiquer à nos lecteurs.

ambitieuse oisiveté, un soulèvement universel de tous les hommes contre leur condition, une espèce de conspiration générale dans laquelle ils semblent être tous convenus de sortir de leur caractère; toutes les professions confondues, les dignités avilies, les bien-séances violées; la plupart des hommes hors de leur place, méprisant leur état et le rendant méprisable. Toujours occupés de ce qu'ils veulent être et jamais de ce qu'ils sont, pleins de vastes projets, le seul qui leur échappe est celui de vivre contents de leur état [1]. »

Ainsi l'inquiétude des esprits et la convoitise avaient déjà troublé l'ordre des rangs et tendaient à le bou-leverser. L'ambition couvait partout sous une docilité apparente. Il en était de même de la soumission des âmes à la foi religieuse : seulement ce qui n'était qu'une protestation clandestine fit éruption et parut au grand jour lorsque la contrainte eut cessé. Fénelon avait dit en 1685, l'année même de la révocation de l'édit de Nantes : « Un bruit sourd d'impiété vient frapper nos oreilles, et nous en avons le cœur dé-chiré : après s'être corrompus dans ce qu'ils con-naissent, ils basphèment ce qu'ils ignorent. Prodige réservé à nos jours! L'instruction augmente et la foi diminue. La parole de Dieu, autrefois si féconde, de-viendrait stérile, si l'impiété l'osait. De tous les vices on ne craint plus que le scandale; que dis-je? le scan-dale même est au comble; car l'incrédulité, quoique timide, elle n'est pas muette; elle sait se glisser dans

---

[1] *Œuvres de d'Aguesseau*, première Mercuriale, t. 1, p. 45.

les conversations, tantôt sous des railleries envenimées, tantôt sous des questions où l'on veut tenter Jésus-Christ, comme les pharisiens [1]. » Trente ans après, le bruit sourd était devenu une rumeur publique, la timidité s'était changée en audace, et dès la seconde année de la régence Massillon pouvait dire : « Aujourd'hui l'impiété est presque devenue un air de distinction et de gloire : c'est un titre qui honore ; c'est un mérite qui donne accès auprès des grands ; qui relève, pour ainsi dire, la bassesse du nom et de la naissance ; qui donne à des hommes obscurs, auprès des princes du peuple, un privilége de familiarité dont nos mœurs mêmes, toutes corrompues qu'elles sont, rougissent, et l'impiété, qui devrait avilir l'éclat même de la naissance et de la gloire, décore et ennoblit l'obscurité et la roture [2]. »

N'oublions pas non plus que Bayle, sceptique par amour de la tolérance, en exposant avec une apparente impartialité les contradictions et le peu de fondement de la plupart des opinions humaines, n'avait pas seulement donné l'exemple du doute, mais que sa vaste érudition avait fourni des armes pour la lutte et que sa dialectique même était une machine de guerre. Dans Bayle il y a deux choses qui sont indivisibles ; c'est, comme l'a fort bien dit M. Lenient, « d'un côté, le principe de contradiction apparaissant à la fin du dix-septième siècle, et préparant sur tous les points, en religion, en philosophie, en politique,

[1] *Sermon sur la fête de l'Épiphanie*, t. II, p. 373.
[2] *Petit Carême*, Sermon sur le respect que les grands doivent à la religion, p. 50.

en histoire, les représailles de l'âge suivant; de l'autre, le principe de la tolérance se produisant par contre-coup, et sous forme de protestation, en face de la révocation de l'édit de Nantes. Telles sont les deux idées qui dominent tout le scepticisme de Bayle: l'une est le moyen, l'autre la fin [1]. » Ainsi, l'arsenal étant prêt et le combat déjà engagé, les philosophes du dix-huitième siècle eurent moins à détruire les anciennes doctrines qu'à en proposer de nouvelles.

---

[1] *Étude sur Bayle*, 1 vol. in-8°, 1855, p. 1 de la préface. Cet ouvrage de M. Lenient est un des plus distingués dans la série de savantes monographies que la jeune université apporte, depuis plusieurs années, en Sorbonne pour y être publiquement discutées et consacrées par le suffrage des meilleurs juges. Ce sont de précieux chapitres de notre histoire littéraire. On me saura gré d'indiquer le titre et la date de quelques-unes de ces thèses : *Les Prédicateurs de la Ligue*, Ch. Labitte, 1841; *Essai sur les variations de style français*, Arnould Fremy, 1845; *La Bruyère*, Caboche, 1844; *Études sur l'Astrée*, Bonafous, 1846; *Essai sur La Mothe Levayer*, L. Étienne, 1849; *Essai sur la légende d'Alexandre*, Talbot, 1850; *Vaugelas*, Moncourt, 1851; *Saint-Martin*, Caro, 1852; *La Fontaine*, A.-H. Taine, 1853; *Ronsard*, Gandar, 1854; *Henri IV considéré comme écrivain*, Yung, 1855; *La querelle des anciens et des modernes*, H. Rigault, 1856; *Guillaume du Vair*, Cougny, 1857; *Montaigne*, Moët, 1859; *Les Ennemis de Racine*, Deltour, 1859; *L'abbé de Saint-Pierre*, E. Goumy, 1859; *Études sur Chaucer, considéré comme imitateur des trouvères*, Sandras, 1859; *François Villon*, Campaux, 1859; *Mémoires de Louis XIV*, Ch. Dreyss, 1859; *Pellisson*, Marcou, 1859.

CHAPITRE II

Le besoin d'innover et le désir d'améliorer qui
tourmentèrent le dix-huitième siècle n'est nulle part
plus sensible que dans les innombrables écrits d'un
homme singulier dont on ne prononce pas le nom
sans sourire et qu'on ne peut se défendre d'aimer :
c'est l'abbé de Saint-Pierre, le plus bienveillant des
hommes et le plus fécond en projets honnêtes et im-
praticables. Sa vie fut un long apostolat de paix et de
justice. Son âme, tout ensemble d'une ardeur infatigable et d'une inaltérable sérénité, avait l'ambition
de réformer le monde à son image. Il voulait que la
paix qui régnait en lui devînt la loi de l'humanité.
Il s'était pacifié lui-même par un complet désintéres-
sement et par une résignation absolue à la justice, et
son illusion fut de croire que ce privilége individuel
de sa nature pût devenir un jour le tempérament général de l'espèce. Le trait commun à tous les réformateurs, j'entends ceux qui se disent en possession
d'une panacée, c'est de supposer que le malade qu'ils
veulent mettre en santé est déjà guéri. A ce prix, ils
répondent de la cure. L'abbé de Saint-Pierre veut éta-

blir la paix universelle pour faire régner la justice,
et il ne voit pas qu'avant de songer à la paix universelle il faudrait avoir établi la justice. Le principe
qu'il pose serait la conséquence du moyen qui lui
manque. En effet, la diète générale de princes qu'il
convoque pour régler à l'amiable les différends qui
doivent s'élever ne saurait fonctionner que si ces
princes n'ont pas d'autre intérêt que celui de la justice.
C'est renverser les termes du problème, et cependant,
malgré ce vice de méthode, on peut dire que les recherches de ce genre faites de bonne foi ne sont pas
stériles. Ce désir sincère de régénérer l'ensemble
opère, chemin faisant, des améliorations partielles ;
le mirage qui pousse en avant ces éclaireurs de l'humanité nous porte peu à peu sur un terrain meilleur,
et l'espoir toujours déçu et toujours vivace d'un repos qui, sans doute, n'est pas dans la destinée de
l'homme ici-bas, l'achemine au moins, à travers de
pénibles épreuves, à des conquêtes durables. Il y a
certainement quelque chose de divin dans le malaise
et l'ambition de ces âmes honnêtes et courageuses
toujours à la recherche du mieux, et qui, en présence
des maux dont gémit l'humanité, ne pensent pas qu'il
convienne de s'unir à ceux qui, selon l'expression de
Pascal, justifient la force, au lieu de tendre à fortifier
la justice.

Le cynique favori du régent, le cardinal Dubois,
disait, en parlant des projets du bon abbé de Saint-
Pierre, que c'étaient les rêves d'un homme de bien,
et pour sa part il ne risquait pas d'en avoir de semblables ; moins encore aurait-il été tenté de les réa-

liser. Mais ce n'est pas un médiocre honneur que
d'avoir ainsi rêvé sous un tel ministre. Au reste, le
zèle de l'abbé de Saint-Pierre, qui s'étendait à tout,
a souvent rencontré juste dans les détails, et parmi
les maux qu'il a signalés quelques-uns ont été ou
guéris ou palliés par des moyens analogues à ceux
qu'il indiquait. Ainsi il proposait d'établir pour l'as-
siette de l'impôt une proportion, et même une certaine progression, qui n'ont pas été négligées depuis
qu'on a tenté de distribuer les charges publiques avec
équité ; il indiquait des ressources pour rembourser
ies acquéreurs d'offices et donnait le conseil de ne
plus en vendre ; il voulait diminuer le nombre et la
durée des procès, employer l'armée, si onéreuse quand
elle est oisive, à la culture des terres ; sans rancune
contre l'Académie, qui l'avait évincé pour le punir de
quelques vérités sévères sur Louis XIV, il l'engageait
à honorer dans ses concours la mémoire des grands
hommes de la France ; il appelait des assemblées politiques et des conseils administratifs à éclairer et à
contrôler le pouvoir dirigeant ; il demandait encore
une éducation non-seulement publique, mais patriotique : que ne demandait-il pas? On a fait quelque
chose dans le sens de ses idées, et toutefois on attend
encore le bonheur général et la paix universelle [1].
C'est ainsi que les souffleurs du moyen âge n'ont pas

---

[1] Nous avons sur l'abbé de Saint-Pierre une étude complète,
très-savante et très-spirituelle, par M. Goumy, 1 vol. in-8°,
1859. N'oublions pas l'éloge de ce naïf et vertueux philan-
thrope par Dalembert, qui a réuni dans les notes de son discours de curieux documents.

trouvé la pierre philosophale, objet de leurs recherches, et qu'ils ont livré de précieux secrets à la chimie,
et que les lunettes des astrologues, braquées vers le
ciel pour y lire ce qui n'y est pas écrit, ont rapporté,
au profit des astronomes, d'utiles renseignements.

Pendant que l'abbé de Saint-Pierre, qui avait enfin
gagné à sa réputation de rêveur la liberté de tout
dire, entretenait le goût et l'espérance des réformes
politiques, un savant médecin, Quesnay, étudiait l'o-
rigine de la richesse et concevait l'idée d'une science
nouvelle, la plus redoutable des sciences jusqu'à ce
qu'elle en soit devenue la plus utile, l'économie politique. A peine ébauchée, pleine encore d'obscurités et
de contradictions, elle a passionné des hommes de
bien et de génie tels que Turgot, qui ne prévoyait
pas que cette recherche, entreprise en vue du bien-
être général, pouvait devenir une occasion de terribles représailles. Le regard perçant du très-spiri-
tuel et très-sensuel abbé napolitain Galiani a vu le
premier toute la portée de cette étude nouvelle. A
ses yeux, les philosophes étaient de petits saints au
prix des économistes : « Quesnay, disait-il, c'est
l'Antechrist. » Cet abbé en parlait à son aise, il ne
croyait ni à Dieu, ni au fils de Dieu, il ne croyait
qu'au plaisir et à l'esprit, et il ne voulait pas qu'on
dérangeât le moins du monde un arrangement des
choses où il trouvait de bons repas et d'agréables salons. C'était un conservateur gai que les réformateurs
sérieux importunaient. Les physiocrates, dont Quesnay était le chef, voulaient que la nature arrivât, en
déployant toute sa puissance, à nourrir tous ses en-

fants ; ils cherchaient la cause des famines, si fréquentes alors, et les moyens d'en prévenir le retour.
La misère du peuple les navrait et ils ne croyaient pas
qu'elle fût une nécessité des choses. Ils espéraient en
trouver le remède. Galiani, qui n'avait pas à craindre
la famine pour lui-même, ne s'en souciait pas autrement : il s'inquiétait des doctrines qui menaçaient
ce qu'on appelait l'ordre établi, et ce qui n'était,
en réalité, qu'un désordre régularisé. Il voyait en
germe au sein de l'école les sectes qui devaient en
sortir par une génération fatale. Dévoiler le mystère
de la richesse, c'était préparer la guerre entre ceux
qui en jouissent et ceux qui la produisent. Pourquoi
aussi, dirons-nous, ne pas mépriser virilement et
employer chrétiennement les richesses ; pourquoi ris-
quer d'en faire pour les autres un objet de convoitise
par l'attachement qu'on leur témoigne ? Ainsi se po-
saient dans l'ordre politique et dans l'ordre économique les formidables problèmes qui s'agitent encore
et que, Dieu aidant, le temps seul et l'expérience
peuvent résoudre.

Entre les utopies de l'abbé de Saint-Pierre et les
recherches matériellement positives de Quesnay et de
son école il y avait place pour l'étude sérieuse des
principes qui régissent les sociétés. Ce fut l'œuvre de
Montesquieu, génie lumineux et profond que le présent ne satisfaisait pas, et qui voulait ménager sans
secousse violente l'avénement d'une liberté sage par
le décri des institutions qui maintenaient en France
une autorité dégradée et avilissante. Le but unique
de Montesquieu a été de déshonorer le despotisme,

en faisant voir quelle est sa nature et quelles sont ses œuvres, et d'inspirer le goût de la liberté politique, qui seule peut mettre l'homme à son rang. Les peuples qui n'osent pas la conquérir ou qui ne savent pas la conserver ne sont pas pour lui des nations, mais des troupeaux. Il voulait, sans aucun doute, que le genre humain fît valoir ses titres, longtemps perdus, et qu'il lui rendait, selon la belle expression de Voltaire. Il méprise ceux qui exercent et ceux qui subissent la tyrannie; l'oppression lui pèse, soit qu'elle vienne d'un seul ou de la foule; il n'a d'amour que pour la liberté, de respect que pour la justice, et il voit que la justice et la liberté sont des biens indivisibles dont la vertu est le ciment.

Montesquieu n'est pas révolutionnaire, il est libéral. Il compte sur la justice, il croit au droit naturel, il demande du temps. Surtout il n'a pas ce genre d'illusion qui, ne tenant aucun compte des époques, des lieux, des habitudes, des croyances, aime mieux tout bouleverser que de ne pas tout changer en un seul instant. Il prend ses mesures pour éclairer les intelligences et disposer les âmes à recevoir la vérité, qui passe naturellement dans les faits lorsqu'elle est établie dans l'entendement. « Si je pouvais, dit-il, faire en sorte que tout le monde eût de nouvelles raisons pour aimer ses devoirs, son prince, sa patrie, ses lois; qu'on pût mieux sentir son bonheur dans chaque pays, dans chaque gouvernement, dans chaque poste où l'on se trouve, je me croirais le plus heureux des mortels. — Si je pouvais faire que ceux qui commandent augmentassent leurs connaissances sur ce qu'ils doivent prescrire, et que ceux qui obéissent trouvassent un nouveau plaisir à obéir, je me croirais le plus heureux des mortels. — Je me croirais le plus heureux des mortels, si je pouvais faire que les hommes pussent se guérir de leurs préjugés. J'appelle ici préjugés, non pas ce qui fait qu'on ignore de certaines choses, mais ce qui fait qu'on s'ignore soi-même. — C'est en cherchant à instruire les hommes que l'on peut pratiquer cette vertu générale qui comprend l'amour de tous. L'homme, cet être si flexible, se pliant dans la société aux pensées et aux impressions des autres, est également capable de connaître sa propre nature lorsqu'on la lui montre, et d'en perdre jusqu'au sentiment lorsqu'on la lui dérobe [1]. » Ainsi Montesquieu ne désespère pas des hommes, mais il sait qu'on ne peut dissiper leurs erreurs qu'en les instruisant. Il sait aussi combien est lente l'éducation des peuples.

Les *Lettres persanes*, ce livre si sérieux sous une apparence frivole, annonce déjà toute la pensée de Montesquieu : d'un côté, il fait entrevoir tout ce que le despotisme oriental a enfanté de corruptions, d'iniquités, de lâchetés; de l'autre, il signale les périls de la société française en esquissant les travers, les inconséquences de ce peuple, « où l'on enferme quelques fous pour faire croire que ceux qu'on laisse libres ne sont pas fous, » peuple qui s'étonne de tout et ne réfléchit sur rien, qui se croit libre parce qu'il se

---

[1] *Œuvres complètes de Montesquieu*, 2 vol. in-18, édit. Lahure, 1859, t. I, p. 2.

moque de ses maîtres, qui n'a plus d'attachement qu'à
tous ses plaisirs et à quelques préjugés, jouant en
pleine sécurité sur un terrain miné de toutes parts
et sous un édifice qui menace ruine; puis, quittant le ton badin et l'enjouement railleur qu'il a pris
pour se faire écouter de ses frivoles contemporains,
il les instruit par l'exemple de ces Troglodytes que
la perte des mœurs conduit à travers la volupté à la
misère et à la barbarie, et qui retrouvent leur dignité d'hommes par l'effort d'une volonté courageuse.
L'apologue est transparent, et les Troglodytes de
Paris, qui touchaient sans le savoir à la dégradation,
purent apprendre à quel prix un peuple se régénère.
On sait que l'idée de faire juger nos mœurs par des
étrangers et de tourner leur surprise en épigrammes
appartient à ce Dufresny, qui fut dans la comédie le
collaborateur et non l'égal de Regnard [1], talent plein
de finesse et visant à la singularité, qui ne sut tirer
parti ni de son habileté dans l'art de dessiner les jardins où il eut plus d'originalité que Le Nôtre, ni de
son sens comique qu'il fatiguait à la recherche de
sujets rares et de travers exceptionnels, esprit capricieux et difficile, qui dissipa en esquisses toujours in-

---

[1] Ils avaient commencé ensemble *le Joueur*, qui revenait
de plein droit à Regnard. Les deux amis se brouillèrent à cette
occasion. Regnard, emporté par sa verve, se trouva prêt avec un
chef-d'œuvre, pendant que Dufresny, qui aimait à raffiner ses
plans, ses caractères et son style, élaborait à bâtons rompus
les actes d'une pièce en prose qu'il retoucha plusieurs fois, et
qui fut toujours froidement accueillie. Le vrai père était évidemment celui dont l'enfant était né viable.

génieuses, et trop souvent froides, un talent capable
de concevoir et de traiter des grands sujets, et en
folles dépenses les largesses de Louis XIV, qui déses-
péra de pouvoir l'enrichir. *La Coquette du village* et
l'Esprit de contradiction, ses meilleures pièces,
gardent leur place dans la mémoire des connaisseurs
comme tableaux de genre finement touchés. Ses *Amusements sérieux et comiques* n'ont fourni à Montesquieu que le cadre des *Lettres persanes;* le tableau
appartient sans partage au peintre qui lui a donné la
couleur et la vie.

Montesquieu a mis dans les *Lettres persanes* toute
la fleur et aussi toutes les richesses de son esprit.
Nous n'avons pas dans notre littérature de livre
plus spirituel, et on voit de plus que ce livre n'a pu
être écrit que par un homme de génie. M. Villemain
pouvait seul surprendre et mettre en lumière tous
les secrets de l'art employé par Montesquieu pour
charmer ainsi son siècle dont il peignait les travers
et les vices; il l'a fait dans une page exquise que
nous devons transcrire : « Portraits satiriques, exagérations ménagées avec un air de vraisemblance,
décisions tranchantes amenées par des saillies, con-
trastes inattendus, expressions fines et détournées;
langage familier, rapide et moqueur; toutes les
formes de l'esprit s'y montrent, et s'y renouvellent
sans cesse. Ce n'est pas l'esprit délicat de Fontenelle,
l'esprit élégant de La Motte : la raillerie de Montesquieu est sentencieuse et maligne comme celle de
La Bruyère : mais elle a plus de force et de hardiesse. Montesquieu se livre à la gaieté de son siècle;

il la partage pour mieux la peindre : et le style de
son ouvrage est à la fois le trait le plus brillant et le
plus vrai du tableau qu'il veut tracer [1]. »

Le génie de Montesquieu révéla enfin toute sa force
et sa gravité dans les *Considérations sur les causes de
la grandeur et de la décadence des Romains*. Avec
un bon sens égal à celui de Polybe, avec plus de netteté et de pénétration, il met sous nos yeux tous les
ressorts de la puissance romaine, les principes de
cette force toujours croissante jusqu'à ce que la vertu,
qui en était l'âme, venant à se relâcher, ce grand
corps commence à s'affaiblir par des convulsions avant
de s'éteindre dans le marasme. Rome fut invincible
aussi longtemps qu'elle eut pour se diriger une tête
saine dans le sénat et pour accomplir ses desseins un
cœur généreux dans le dévouement du peuple à la
chose publique. Le respect des dieux, la religion du
serment, le sentiment du devoir, le mépris de la vie
et des richesses et l'amour de la gloire étaient, dans
tous les rangs, autant de forces vives, également propres à la discipline et à l'action, qui réglaient les
mouvements de ce corps formidable et le poussaient
fatalement à la conquête du monde. Avec ce tempérament moral, les agitations intérieures étaient une
menace pour l'étranger et non un péril pour la république, parce que ces luttes politiques entre le peuple
et les patriciens exerçaient et augmentaient les forces
qui devaient s'unir contre les ennemis du dehors :

---

[1] *Discours et mélanges*, 1 vol. in-8°, 1846. Éloge de Montesquieu, p. 59.

« Il fallait bien, dit Montesquieu, qu'il y eût à Rome
des divisions : et ces guerriers si fiers, si audacieux,
si terribles au dehors, ne pouvaient pas être modérés
au dedans. Demander, dans un État libre, des gens
hardis dans la guerre et timides dans la paix, c'est
vouloir des choses impossibles ; et, pour règle générale, toutes les fois qu'on verra tout le monde tran-
quille dans un État qui se donne le nom de république, on peut être assuré que la liberté n'y est
pas [1]. »

Montesquieu est un patricien ami de la liberté. Sa
place aurait été dans le sénat de Rome aux beaux
jours de la république : il aurait défendu les priviléges
de cette auguste assemblée, et surtout il y aurait
recommandé les vertus qui seules pouvaient les maintenir ; car il n'entend pas qu'on en possède jamais à
titre gratuit. Rome n'a point péri par ses divisions intes-
tines, qui étaient nécessaires, mais par le relâchement
des mœurs. La décadence commença par l'opulence
des particuliers, qui purent acheter des partisans dès
que la pauvreté ne fut plus en honneur. L'avidité des
patriciens irrita le peuple, en blessant d'abord dans
ces âmes loyales le sentiment de la justice ; l'orgueil
qu'ils y ajoutèrent, à défaut de dignité, froissa la
fierté des plébéiens, et comme la justice et la fierté
se trouvaient engagées dans un débat qui avait pour
objet un intérêt matériel, le partage du domaine public, *ager publicus*, la résistance des uns alluma la

---

[1] *Œuvres de Montesquieu*, Grandeur et décadence des Romains, t. II, ch. IX, p. 42.

convoitise des autres, et dès lors l'ambition des chefs
de parti et le concours de leurs partisans n'eurent
plus pour mobile l'intérêt politique, mais le butin.
Rome alors, avec ce qui lui restait de courage et de
génie, put bien encore avoir de grands hommes, elle
n'eut plus de grands citoyens. C'en était fait de la
liberté, et, avec le temps, de la puissance de Rome.
Montesquieu déplore cette double chute : il ne pardonne pas à Pompée d'avoir mal défendu la liberté,
ni à César de l'avoir immolée ; il ne pardonne pas davantage aux empereurs l'abus de la toute-puissance,
ni à ceux qui les supportent leur avilissement. On lui
a reproché sa prédilection pour le patriciat ; mais
pour lui le mot aristocratie conservait son sens primitif, de pouvoir exercé par l'élite des citoyens : l'histoire lui avait appris que la multitude, lorsqu'elle
règne, ne fait jamais régner la liberté et qu'elle remet
volontiers sa toute-puissance anarchique aux mains
d'un maître dont le niveau ne courbe que les têtes
élevées. Cette préférence était surtout un regret, et
si l'espérance s'y mêlait, c'était pour un avenir éloigné : les mœurs et les institutions de la France répu-
gnaient trop à cet idéal d'ordre et de liberté, pour
que Montesquieu la conviât à le réaliser immédiatement. Il n'en disait pas moins : « Il n'y a rien de si
puissant qu'une république où l'on observe les lois,
non pas par crainte, non pas par raison, mais par
passion, comme furent Rome et Lacédémone[1] ; car
pour lors il se joint à la sagesse d'un bon gouver-

---

[1] *Grandeur et décadence des Romains*, t. II, chap. IV, p. 14.

nement toute la force que pourrait avoir une faction. »

Cette manière de traiter l'histoire était une nouveauté ; sans doute Montesquieu doit beaucoup à Polybe, à Machiavel, et plus encore à Bossuet, qui, dans
quelques pages de l'Histoire universelle, avait mis à dé-
couvert les ressorts humains de la grandeur de Rome ;
mais ces traits de génie, Montesquieu les a précisés
par une analyse plus fine ; il les a continués et déve-
loppés par une étude plus exacte des faits et des lois.
Dans cette revue rapide, on ne saurait trop admirer
l'enchaînement des causes qui ont produit les événements et les institutions. Si l'historien publiciste ne
remonte pas, comme avait fait Bossuet, à la cause
première, s'il ne dévoile pas les desseins de la Providence, il saisit plus nettement, dans la sphère de
l'activité humaine, la nature et l'action des causes
secondes, et il en déduit les effets avec une suite qui
a toute la rigueur des sciences exactes. La précision
et le coloris du style donnent à la pensée de l'écrivain une vigueur et un éclat surprenants. Ce style
brillant et contenu fait voir au delà de ce qu'il exprime, et l'auteur nous instruit doublement et par
ce qu'il nous découvre et par ce qu'il nous force à
trouver.

Il faut en donner au moins un exemple. Dans le
parallèle de Rome et de Carthage peu de traits bien
choisis suffisent à Montesquieu pour montrer les
causes du triomphe des Romains : « Carthage, qui
faisait la guerre avec son opulence contre la pauvreté romaine, avait, par cela même, un désavan-

tage : l'or et l'argent s'épuisent; mais la vertu, la constance, la force et la pauvreté ne s'épuisent jamais. — Les Romains étaient ambitieux par orgueil, et les Carthaginois par avarice; les uns voulaient commander, les autres voulaient acquérir; et ces derniers, calculant sans cesse la recette et la dépense, firent toujours la guerre sans l'aimer. — Des batailles perdues, la domination du peuple, l'affaiblissement du commerce, l'épuisement du trésor public, le soulèvement des nations voisines, pouvaient faire accepter à Carthage les conditions de paix les plus dures; mais Rome ne se conduisait point par le sentiment des biens et des maux : elle ne se déterminait que par sa gloire; et comme elle n'imaginait point qu'elle pût être si elle ne commandait pas, il n'y avait point d'espérance ni de crainte qui pût l'obliger à faire une paix qu'elle n'aurait point imposée[1]. » Ainsi quelques lignes nous font connaître deux peuples et nous apprennent de quel côté devait être la victoire ou la défaite. Jamais tant de pensées n'ont été contenues en si peu de mots.

Le livre de la Grandeur et de la Décadence des Romains n'était que le prélude d'un plus vaste ouvrage où Montesquieu, embrassant l'ensemble des législations qui ont régi tous les peuples de la terre, trouvait encore dans les rapports nécessaires qui naissent de la nature des choses les causes de la durée et de la chute des empires. « Cet ouvrage, dit-il, a pour objet les lois, les coutumes et les divers

___

[1] *Grandeur et décadence des Romains*, t. II, chap. IV, p. 14.

usages de tous les peuples de la terre. On peut dire
que le sujet en est immense, qu'il embrasse toutes
les institutions qui sont reçues parmi les hommes,
puisque l'auteur distingue ces institutions; qu'il
examine celles qui conviennent le plus à la société
et à chaque société; qu'il en cherche l'origine; qu'il
en découvre les causes physiques et morales ; qu'il
examine celles qui ont un degré de bonté par elles-
mêmes et celles qui n'en ont aucun; que de deux
pratiques pernicieuses il cherche celle qui l'est plus
et celle qui l'est moins; qu'il discute celles qui peuvent avoir de bons effets à un certain égard et de
mauvais dans un autre [1]. » Ainsi Montesquieu ne considère pas les lois dans leur rapport avec la justice
éternelle; il ne part pas de l'absolu pour viser à l'i-
déal : il les prend telles qu'il les rencontre; il en
cherche l'origine et il en examine les effets; il voit
pourquoi dans tel lieu, dans tel temps, chez tel peuple,
elles se sont produites avec tel caractère et non autrement, et quelles conséquences en ont découlé.

En jetant les yeux sur les différents gouvernements des peuples, il découvre sous la diversité
presque infinie de leurs formes trois grandes classes
auxquelles se rattachent toutes les variétés : ou bien
la loi, consentie par tous, domine seule; ou le prince
fait des lois qu'il est tenu de respecter; ou la volonté du chef tient lieu de loi : si la loi est seule
maîtresse, le gouvernement est républicain; il est
monarchique si le chef de l'État est soumis à la loi;

---

[1] *Défense de l'Esprit des lois,* deuxième partie, t. I, p. 604.

il est despotique si le caprice d'un seul commande à
tous. Le principe de ces gouvernements, c'est-à-dire
leur raison d'être et de durer, c'est la vertu pour
les républiques, l'honneur pour les monarchies, la
crainte pour les États despotiques. En effet, la vertu
est nécessaire dans le chef et dans les membres pour
assurer le règne de la loi; le pouvoir d'un seul réglé
par des lois ne peut subsister que si, d'un côté,
l'honneur retient la volonté du maître dans les limites de la loi, et que si, de l'autre, le même mobile
entretient le dévouement et l'obéissance des sujets;
quant au despotisme, il est clair qu'il s'affaisserait
de lui-même et tomberait de son propre poids si le
despote cessait de menacer ou si ses esclaves commençaient à ne plus trembler. Otez des républiques
la vertu; des monarchies, l'honneur; du despotisme,
la terreur, et vous les verrez aussitôt s'ébranler et
crouler; affaiblissez seulement ces ressorts, et le désordre naîtra, et se produiront soudainement des
symptômes de malaise, préludes d'anarchie et de
ruine. Montesquieu ne l'entend pas autrement, et il
a seulement voulu déclarer quelles sont les conditions de stabilité des gouvernements d'après leur nature. On ne réfute pas Montesquieu lorsqu'on lui
montre le vice dans les républiques, la servilité sous
des rois, l'intrépidité sous des despotes, car il répond
que c'est précisément par là que ces gouvernements
se dénaturent et périssent.

Le sang-froid de Montesquieu n'est pas de l'indifférence; il est bien éloigné d'absoudre le mal qu'il comprend et qu'il explique. Ainsi un seul trait, une image

frappante, lui suffit pour flétrir le despotisme lorsqu'il en a fait connaître la nature : « Quand les sauvages de la Louisiane veulent avoir du fruit, ils coupent l'arbre au pied et cueillent le fruit. Voilà le gouvernement despotique [1]. » Ainsi il explique fort bien comment s'est établi l'esclavage des noirs; mais si on lui demandait de le justifier, voici ce qu'il dirait : « Les peuples d'Europe ayant exterminé ceux de l'Amérique, ils ont dû mettre en esclavage ceux de l'Afrique pour s'en servir à défricher tant de terres. — Le sucre serait trop cher si l'on ne faisait travailler la plante qui le produit par des esclaves. — Ceux dont il s'agit sont noirs depuis les pieds jusqu'à la tête, et ils ont le nez si écrasé qu'il est presque impossible de les plaindre. — On ne peut se mettre dans l'esprit que Dieu, qui est un être sage, ait mis une âme, surtout une bonne âme, dans un corps tout noir. — Il est impossible que nous supposions que ces gens-là soient des hommes, parce que, si nous les supposions des hommes, on commencerait à croire que nous ne sommes pas nous-mêmes des chrétiens. — De petits esprits exagèrent trop l'injustice que l'on fait aux Africains, car si elle était telle qu'ils le disent, ne serait-il pas venu dans la tête des princes d'Europe, qui font entre eux tant de conventions inutiles, d'en faire une générale en faveur de la Miséricorde et de la Pitié [2]? » Est-il rien de plus poignant, de plus sarcastique, de plus pénétrant, de plus démonstratif que cette sublime ironie?

[1] *Esprit des lois*, t. I, liv. V, ch. XIII, p. 51.
[2] *Ibid.*, t. I, liv. XV, ch. V, p. 204.

Ce n'est plus par l'ironie, c'est par le raisonnement que Montesquieu attaquera un autre fléau plus terrible peut-être que l'esclavage qui est l'asservissement des corps, je veux dire l'intolérance qui prétend à l'asservissement des âmes. La contrainte en matière de foi est à son sens la plus odieuse des tyrannies, pour tout dire les inquisiteurs lui paraissent plus dignes de haine que les planteurs. On le voit bien dans ces « très-humbles remontrances aux inquisiteurs d'Espagne et de Portugal » qui forment le treizième chapitre du vingt-cinquième livre de l'*Esprit des lois*. C'est là qu'au nom d'une juive de dix-huit ans qui venait d'être brûlée à Lisbonne, en plein dix-huitième siècle, il fait entendre le cri du bon sens et de l'humanité : « Vous nous faites mourir, nous qui ne croyons que ce que vous croyez, parce que nous ne croyons pas tout ce que vous croyez. Vous vous privez de l'avantage que vous a donné sur les mahométans la manière dont votre religion s'est établie. Quand ils se vantent du nombre de leurs fidèles, vous leur dites que la force les leur a acquis, et qu'ils ont étendu leur religion par le fer; pourquoi donc établissez-vous la vôtre par le feu? Nous vous conjurons, non pas par le Dieu puissant que nous servons vous et nous, mais par le Christ que vous nous dites avoir pris la condition humaine pour vous proposer des exemples que vous puissiez suivre, nous vous conjurons d'agir avec nous comme il agirait lui-même s'il était encore sur la terre. Vous voulez que nous soyons chrétiens et vous ne voulez pas l'être. Si vous avez la vérité ne nous la cachez pas par la manière dont vous la pro-

posez. Le caractère de la vérité, c'est son triomphe
sur les cœurs et les esprits, et non pas cette impuissance que vous avouez, lorsque vous voulez la faire
recevoir par des supplices. Il faut que nous vous aver-
tissions d'une chose, c'est que, si quelqu'un dans la
postérité ose jamais dire que dans le siècle où nous
vivons les peuples d'Europe étaient policés, on vous
citera pour prouver qu'ils étaient barbares; et l'idée
qu'on aura de vous sera telle qu'elle flétrira notre siècle
et portera la haine sur tous vos contemporains [1]. »
On a dit de nos jours, avec douceur, qu'il convenait
de renoncer à l'inquisition parce qu'elle ne serait plus
bonne à rien. A quoi donc a-t-elle été bonne dans les
temps qui ne sont plus, sinon à maintenir et peut-
être à dépasser l'antique barbarie? Quoi qu'on puisse
dire, l'éternel honneur des philosophes sera d'avoir
engagé la lutte contre l'esclavage et l'intolérance,
et de nous avoir laissé des armes pour les vaincre.

Le succès de l'*Esprit des lois* fut prodigieux, surtout en Angleterre, où Montesquieu avait vécu pendant plusieurs années, et d'où il avait rapporté ce
goût de liberté légale qui est l'âme de son livre. La
constitution anglaise était à ses yeux le chef-d'œuvre
de la législation dans les temps modernes, comme
celle de Rome pour l'antiquité. Il admirait cette nation sérieuse et fière, sa liberté de tout dire, sa ferme
volonté de ne rien faire contre la loi, sa patience à
attendre des réformes, sa fermeté à les maintenir, ses
luttes patientes et ses sages transactions. Le génie de

---

[1] *Œuvres de Montesquieu,* t. I, p. 397.

notre grand publiciste avait trop bien pénétré les
Anglais, il leur avait témoigné trop d'estime, pour
qu'il n'en fût pas payé par une admiration sincère.
La France, et c'est un de ses malheurs, fut plus ré-
servée dans ses hommages. Un bon mot, les bons
mots sont notre fort et aussi notre faible, accueillit le
chef-d'œuvre à sa naissance : « C'était, disait madame
du Deffand, de l'esprit sur les lois. » Il est vrai que Montesquieu a prodigieusement d'esprit, et il ne s'en cache
pas ; mais il fallait voir que l'esprit n'est en lui que
le caractère et comme la physionomie du génie. Sa
raison n'en est pas moins droite, ni ses vues moins
profondes, pour se produire en saillies. Buffon criti-
qua la forme de l'ouvrage, et c'est Montesquieu qu'il
désignait en disant : « Le grand nombre des divisions,
loin de rendre un ouvrage plus solide, en détruit l'assemblage ; le livre paraît plus clair aux yeux, mais le
dessein de l'auteur demeure obscur ; » et cette observation, juste en général, ne reçoit pas ici d'application, car le sujet multiple et disparate que traite Montesquieu ne comporte pas « cette continuité de fil,
cette dépendance harmonique des idées, ce développement successif, cette gradation soutenue, ce mouvement uniforme, » que Buffon demande aux œuvres
de l'esprit pour y reconnaître l'unité. L'*Esprit des
lois* n'était pas de nature à être fondu d'un seul jet
comme une statue ; ce n'est pas même un édifice
unique : c'est une suite de constructions diverses for-
mant un ensemble, parce qu'on reconnaît dans toutes
les parties la pensée et la main du même architecte.
Un riche financier qui se piquait de science et de litté-

rature, M. Dupin, entreprit la critique des détails, et il en avait formé trois volumes qu'il sacrifia, soit qu'il en eût à temps encore reconnu la faiblesse, soit qu'il ait craint de paraître s'être trop souvenu que Montesquieu avait défini le métier des traitants « une profession qui n'a ni ne peut avoir d'objet que le gain, profession sourde et inexorable qui appauvrit les richesses et la misère même ; » et qu'il avait osé dire : « Tout est perdu lorsque la profession lucrative des traitants parvient encore par ses richesses à être une profession honorable. Cela peut être bon dans les États despotiques. Cela n'est pas bon dans la monarchie ; rien n'est plus contraire à l'esprit de ce gouvernement. Un dégoût saisit tous les autres États, l'honneur y perd toute sa considération, les moyens lents et naturels de se distinguer ne touchent plus, et le gouvernement est frappé dans son principe[1]. »

Montesquieu laissa sans réponse les critiques qui portaient sur le mérite de son livre ; mais lorsque le gazetier des nouvelles ecclésiastiques, janséniste hargneux, le prit à partie sur ses intentions et le signala comme entaché de déisme et de spinosisme, l'auteur de l'*Esprit des lois* releva le gant de manière à faire repentir son imprudent adversaire. Il opposa de solides arguments à des injures, et il répondit par des textes positifs et une dialectique serrée à des inductions malveillantes et téméraires. Comme ses paroles ne donnaient point de prise directe sur ses croyances, il s'indignait que, pour détruire l'autorité de son livre

---

[1] De l'*Esprit des lois*, t. I, liv. XIII, ch. xx, p. 180.

et rendre sa personne suspecte, on lui attribuât des
pensées qu'il n'avait pas exprimées, et même des sentiments diamétralement opposés à son langage. Il lui
fut facile de montrer que les imputations de déisme
et de spinosisme étant contradictoires [1], il était insensé de lui attribuer l'une et l'autre doctrine à la
fois; mais non-seulement il désavouait le spinosisme,
il déclinait encore l'accusation de déisme, puisqu'en
plusieurs endroits de son livre il avait distingué les
fausses religions de la vraie et qu'il avait reconnu expressément la vérité du christianisme. Cette déclaration devait suffire. Il se plaignait donc avec raillerie,
et non sans amertume, qu'on lui reprochât d'avoir
omis des choses qui n'étaient point de son sujet, et
de n'avoir pas été théologien là où son dessein était
d'être jurisconsulte et publiciste. Ce zèle ombrageux,
Montesquieu le signale comme funeste aux progrès
des sciences : « La manière de critiquer dont on use
avec moi, dit-il, est la chose du monde la plus capable
de borner l'étendue et de diminuer, si j'ose me servir
de ce terme, la somme du génie national. La théologie a ses bornes, elle a ses formules, parce que les
vérités qu'elle enseigne étant connues, il faut que les
hommes s'y tiennent, et on doit les empêcher de s'en
écarter. C'est là qu'il ne faut pas que le génie prenne

---

[1] « On lui a fait les plus affreuses imputations. Il ne s'agit
pas moins que de savoir s'il est spinosiste ou déiste; et, quoique
ces deux accusations soient par elles-mêmes contradictoires,
on le mène sans cesse de l'une à l'autre. Toutes les deux étant
incompatibles ne peuvent pas le rendre plus coupable qu'une
seule; mais toutes les deux peuvent le rendre plus odieux. »
Défense de l'Esprit des lois, t. I, première partie, p. 592.

l'essor : on le circonscrit pour ainsi dire dans une enceinte. Mais c'est se moquer du monde de vouloir mettre cette même enceinte autour de ceux qui traitent les sciences humaines. Les principes de la géométrie sont très-vrais ; mais si on les appliquait à des choses de goût, on ferait déraisonner la raison même. Rien n'étouffe plus la doctrine que de mettre à travers les choses une robe de docteur. Les gens qui veulent toujours enseigner empêchent beaucoup d'apprendre. Il n'y a point de génie qu'on ne rétrécisse lorsqu'on l'enveloppera d'un million de scrupules vains. Avez-vous les meilleures intentions du monde, on vous forcera vous-même d'en douter. Vous ne pouvez plus être occupé à bien dire quand vous êtes effrayé par la crainte de dire mal, et qu'au lieu de suivre votre pensée, vous ne vous occupez que des termes qui peuvent échapper à la subtilité des critiques. On vient nous mettre un béguin sur la tête pour nous dire à chaque mot : Prenez garde de tomber ; vous voulez parler comme vous, je veux que vous parliez comme moi. Va-t-on prendre l'essor, ils vous arrêtent par la manche ; a-t-on de la force et de la vie, on vous l'ôte à coups d'épingle. Il n'y a ni science, ni littérature qui puisse résister à ce pédantisme[1]. »

Dans toute cette discussion, qui est un modèle de polémique ferme et courtoise, Montesquieu garde toujours une parfaite mesure de langage, qui ajoute à la force de ses raisons. On y chercherait en vain une seule parole injurieuse : mais comme on a voulu « le rendre

[1] *Défense de l'Esprit des lois*, t. I, troisième partie, p. 627.

odieux à ceux qui ne le connaissent pas et suspect à ceux qui le connaissent, » il ne néglige aucun moyen d'enlever aux paroles de son adversaire le crédit qu'elles pourraient avoir : il lui a prouvé qu'il ne raisonne pas toujours pertinemment et que sa science est souvent en défaut ; il va plus loin dans le passage suivant : « Quoique nous devions penser aisément que les gens qui écrivent contre nous, sur des matières qui intéressent tous les hommes, y sont déterminés par la force de la charité chrétienne, cependant, comme la nature de cette vertu est de ne pouvoir guère se cacher, qu'elle se montre en nous malgré nous, et qu'elle éclate et brille de toutes parts, s'il arrivait que dans deux écrits faits contre la même personne coup sur coup on ne trouvât aucune trace de charité, qu'elle n'y parût dans aucune phrase, dans aucun tour, aucune parole, aucune expression, celui qui aurait écrit de pareils ouvrages aurait un juste sujet de craindre de n'y avoir pas été porté par la charité chrétienne. Et comme les vertus purement humaines sont en nous l'effet de ce qu'on appelle un bon naturel, s'il était impossible d'y découvrir aucun vestige de ce bon naturel, le public pourrait en conclure que ces écrits ne seraient pas même l'effet des vertus purement humaines[1]. »

Le principe de ces attaques si vives et si injustes contre Montesquieu était la croyance de l'illustre publiciste à la réalité et à l'importance de la loi et de la religion naturelles, et il a montré à quels périls

[1] *Défense de l'Esprit des lois*, t. I, troisième partie, p. 625.

on expose la société et les religions positives elles-
mêmes, en brisant dans les mains de la philosophie
ces armes dont elle se sert au besoin contre ceux qui
nient Dieu et la justice : « Fait-il bien, s'écrie-t-il,
en parlant de son adversaire, de s'effaroucher toutes
les fois que l'auteur considère l'homme dans l'état
de la religion naturelle, et qu'il explique quelque
chose sur les principes de la religion naturelle ?
Fait-il bien de confondre la religion naturelle avec
l'athéisme ? N'ai-je pas toujours ouï dire que nous
avions tous une religion naturelle ? n'ai-je pas ouï
dire que le christianisme était la perfection de la
religion naturelle ? n'ai-je pas ouï dire que l'on
employait la religion naturelle pour prouver l'existence de Dieu contre les athées ? Il dit que les
stoïciens étaient des sectateurs de la religion naturelle, et moi je lui dis qu'ils étaient des athées, puisqu'ils croyaient qu'une fatalité aveugle gouvernait
l'univers ; et que c'est par la religion naturelle que
l'on combat les stoïciens. Il dit que le système de la
religion naturelle rentre dans celui de Spinosa ; et
moi je lui dis qu'ils sont contradictoires, et que c'est
par la religion naturelle qu'on détruit le système de
Spinosa. Je lui dis que confondre la religion naturelle
avec l'athéisme, c'est confondre la preuve avec la
chose qu'on veut prouver et l'objection contre l'erreur
avec l'erreur même, que c'est ôter les armes puissantes qu'on a contre cette erreur [1]. » Cette argumentation ne prouve pas la parfaite orthodoxie de

_____

[1] _Défense de l'Esprit des lois_, t. I, première partie, p. 603.

Montesquieu, qui avait sans doute ses raisons de se tenir sur la réserve ; mais elle efface tout soupçon d'impiété, et elle démontre l'imprudence de son accusateur. En effet, si l'homme n'avait pas naturellement quelque connaissance de Dieu, il serait impossible d'avoir prise sur ceux qui sont devenus incrédules, et on ne voit pas même comment la foi religieuse aurait pénétré dans les âmes qu'elle échauffe et qu'elle éclaire plus vivement, si elle n'y trouvait pas quelque foyer de chaleur et de lumière.

Le propre du génie de Montesquieu est de tout comprendre, de ne rien sacrifier et de ne rien exagérer. Tempérant et fort, il répugne aux extrémités. Il l'a prouvé en jugeant les systèmes opposés de deux publicistes qui l'avaient précédé dans l'étude des origines de la monarchie française, le comte de Boulainvilliers et l'abbé Dubos. Ses paroles nous serviront à caractériser ces deux écrivains, qui ne doivent pas être oubliés ici, et rendront témoignage de la mesure qu'il a mise en toutes choses. Boulainvilliers prétendait que la conquête des Gaules par les Francs continuait d'avoir son effet dans la supériorité de la noblesse sur les autres états de la nation, et qu'elle légitimait la dépendance de la bourgeoisie. Dubos, au contraire, assurait que cette conquête était un faux bruit accrédité par l'imposture et la crédulité ; que les Francs, appelés et accueillis par les Gaulois, n'avaient eu ni à les combattre ni à les soumettre, et que, par conséquent, ils n'avaient jamais pu jouir légitimement des droits que donne la victoire sur des vaincus. Montesquieu les combat tous deux, et il rend hommage à leur mérite: « Le public, dit-il, ne doit pas oublier qu'il est redevable à M. l'abbé Dubos de plusieurs compositions excellentes [1]. C'est sur ces beaux ouvrages qu'il doit le juger, et non pas sur celui-ci [2]. M. l'abbé Dubos y est tombé dans de grandes fautes, parce qu'il a plus eu devant les yeux M. le comte de Boulainvilliers que son sujet. » Il n'en demeure pas moins avéré que la Gaule a été soumise par les Francs, et que, par conséquent, l'abbé Dubos s'est trompé; et Montesquieu ajoute modestement: « Si ce grand homme a erré, que ne dois-je pas craindre [3]? » L'abbé Dubos n'est pas un grand homme, mais Montesquieu est un contradicteur poli. Boulainvilliers n'a pas non plus trop à se plaindre de sa critique. Selon lui, « il avait plus d'esprit que de lumières, plus de lumières que de savoir ; mais ce savoir n'était pas méprisable, parce que, de notre histoire et de nos lois, il savait très-bien les grandes choses. » Ces précautions prises, Montesquieu conclut ainsi : « M. le comte de Boulainvilliers et M. l'abbé Dubos ont fait chacun un système, dont l'un semble une conjuration contre le tiers état et l'autre une conjuration contre la noblesse. Lorsque le soleil donna à Phaéton son char à conduire, il lui dit: Si vous montez trop haut, vous brûlerez la demeure

[1] Parmi ces compositions auxquelles Montesquieu fait allusion, il faut compter et placer au premier rang l'ouvrage qui a pour titre : *Réflexions sur la poésie et la peinture.*

[2] *Histoire critique de l'établissement de la monarchie française dans les Gaules,* 1734, 3 vol. in-4°.

[3] De l'*Esprit des lois,* t. I, liv. XXX, ch. xxv, p. 544.

céleste; si vous descendez trop bas, vous réduirez en cendres la terre. N'allez point trop à droite, vous tomberiez dans la constellation du Serpent; n'allez point trop à gauche, vous iriez dans celle de l'Autel; tenez-vous entre les deux[1]. » Ovide sert ici d'introducteur à la devise de Montesquieu, *inter utrumque tene*, à laquelle il se montra toujours fidèle dans ses écrits comme dans sa vie.

Un autre publiciste demeuré célèbre par les *Entretiens de Phocion* et par ses *Observations sur l'histoire de France*, et qui a eu sur l'opinion une influence considérable et fàcheuse, l'abbé de Mably, ne se fit pas, comme Boulainvilliers, le champion de la noblesse, ni, comme Dubos, l'apôtre du tiers état; il prit résolûment parti contre les institutions et les mœurs des temps modernes en faveur des républiques anciennes. Il fut Grec et Romain, sans espérance toutefois et même sans désir d'amener ses contemporains à partager ses idées. Apre et morose, il éleva comme un fantôme de vertu antique qui n'engageait à rien qu'à mépriser le moyen âge et à maudire la monarchie : « Il se refuse, dit M. de Barante, à entrer dans l'esprit de nos anciennes mœurs et de nos formes de gouvernement. Il est un des premiers qui aient élevé la voix pour déclamer contre les souvenirs français, qui aient accoutumé nos oreilles à entendre taxer de barbarie, de despotisme ou d'anarchie, des institutions nécessaires dans leur temps, et qui, se modifiant successivement, ont

---

[1] *Esprit des lois*, t. I, liv. XXX, ch. XI; p. 507.

donné à la France, pendant la durée des siècles, quelquefois le bonheur, toujours la gloire. Il n'a pas su voir tout ce que le caractère national a pu présenter de noble et d'honorable durant les anciens temps ; et parce que les compagnons de saint Louis avaient eu pour descendants les courtisans de Louis XV, il a cru ne pouvoir rien trouver d'admirable qu'à Rome ou dans la Grèce[1]. » Montesquieu, plus clairvoyant et plus juste que Mably, tout en admirant les anciens, n'a pas déprécié la civilisation moderne.

Il y a peu de noms aussi grands que celui de Montesquieu dans l'histoire des lettres, il n'y en a pas qui soit entouré de plus de considération. Comme écrivain, quelques restrictions ont été mises à l'éloge. On l'accuse d'avoir prodigué l'esprit. Sa pensée, dit-on, s'aiguise en traits, sa lumière jaillit en étincelles, sa profondeur prend une forme énigmatique ; soit, mais on avouera que ces traits ont de la portée, ces étincelles de l'éclat, ces énigmes des mots de grand sens qui satisfont les esprits distingués. Tout ce qu'on peut conclure de là, c'est que cet homme de génie avait, par surcroît, un merveilleux esprit. Comme homme, ce fut véritablement un sage. Si ses ouvrages doivent être un objet d'études assidues et d'admiration, sa vie aussi est un modèle à suivre. Ce grand homme aima et pratiqua la vertu, parce que la vertu est selon l'ordre et qu'elle conduit au bonheur par le respect du juste et du vrai ; il fit le bien sans

[1] *Tableau de la Littérature au dix-huitième siècle*, 1 vol. in-18, Didier, 1860, p. 144.

ostentation et goûta la paix d'une bonne conscience.
Il a été donné à peu d'hommes de pouvoir dire comme
lui : « Chaque jour, je m'éveille en revoyant la lumière
avec une joie ineffable. » Le goût de la solitude, où il
ramassait les forces de son esprit dans une méditation
féconde, ne le rendait pas insensible aux agréments
du commerce des hommes. « Il était, dit Dalembert,
d'une douceur et d'une gaieté toujours égales ; sa conversation légère, agréable et instructive, était coupée
comme son style, pleine de sel et de saillies ; point
d'amertume, point de satire ; personne ne racontait
mieux et sans apprêts. Ses fréquentes distractions
ne le rendaient que plus aimable ; il en sortait toujours par quelque trait inattendu. Il était sensible à
la gloire, mais il ne voulait y parvenir qu'en la méri-
tant ; jamais il n'a cherché à augmenter la sienne par
aucune manœuvre. Digne de toutes les distinctions
et de toutes les récompenses, il ne demandait rien
et ne s'étonnait pas d'être oublié ; quoiqu'il vécût
parmi les grands par convenance et par goût, leur
société n'était pas nécessaire à son bonheur. Il fuyait,
dès qu'il le pouvait, dans sa terre, pour y retrouver
sa philosophie, ses livres et son repos[1]. » Un mot encore à l'honneur de Montesquieu. C'est lui qui a
marqué l'ordre des devoirs imposés à l'homme pour
la conduite de la vie dans ces paroles mémorables :
« Si je savais quelque chose qui me fût utile et qui
fût préjudiciable à ma famille, je le rejetterais de mon
esprit. Si je savais quelque chose qui fût utile à ma

---

[1] *Dalembert*, Éloges des académiciens.

famille et qui ne le fût pas à ma patrie, je cher-
cherais à l'oublier. Si je savais quelque chose utile
à ma patrie et qui fût préjudiciable à l'Europe et au
genre humain, je le regarderais comme un crime[1]. »

A côté de Montesquieu il faut donner place à
Turgot. Ce n'est pas qu'on puisse le mettre au rang
des grands écrivains, il s'est contenté d'écrire sainement et judicieusement, mais c'est un penseur profond, un cœur généreux, une âme loyale et vigoureusement trempée. Il a été pour son siècle et pour
la France un autre L'Hospital. Comme le chancelier
de Charles IX, il a voulu introduire la probité dans
l'administration et la justice dans la politique, et il a
prouvé par un second exemple, qui sera sans doute
aussi stérile que le premier, que les gouvernements
et les nations malades ne supportent pas la première
amertume de ces breuvages qui leur rendraient la
santé. L'histoire montre surabondamment qu'il n'est
pas donné aux sages qui savent prévoir, et qui veulent
conjurer les crises violentes, de se faire écouter. C'est
ainsi qu'après avoir repoussé les réformes on subit
les guerres civiles et les révolutions. Appelé au conseil
par un Maurepas, comme L'Hospital l'avait été par
le cardinal de Lorraine, comme lui encore Turgot eut
pour premier adversaire son introducteur, et, pour
achever la ressemblance, secondé d'abord par le roi,
il ne tarda pas d'en être abandonné. Un jeune publiciste, déjà mûr par le talent et par la pensée, M. Henri
Baudrillart, va nous dire quelles furent les causes vé-

[1] *Œuvres de Montesquieu*, Pensées diverses, t. II, p. 456.

ritables des mécomptes de ce ministre, qui a voulu
résolûment le bien public et qui n'a pas eu d'autre ambition : « Pour soutenir Turgot contre les attaques du
clergé qui l'accusait d'être un impie, de la noblesse qui
l'accusait d'être un spoliateur, du parlement qui l'accusait d'être un despote, des fermiers généraux qui le
jugeaient leur ennemi, parce qu'il voulait mettre de
l'ordre dans les finances, des petits marchands qui ne
pouvaient souffrir que leurs ouvriers pussent, grâce au
travail, devenir leurs égaux, contre tous ces corps,
enfin, qui se haïssaient mutuellement, mais qui haïssaient en commun le réformateur, il eût fallu l'appui
constant, énergique de la royauté, et Turgot eut affaire
à Louis XVI. » Turgot n'a donc laissé que le souvenir
d'une généreuse entreprise. L'insuccès n'obscurcit
pas la gloire de la tentative, s'il est vrai que la clairvoyance de celui qui donne un conseil ne doit pas en
bonne justice être responsable de l'aveuglement de
ceux qui ont refusé de le suivre. Il reste à Turgot
l'honneur d'avoir indiqué quels devaient être les
avantages de la liberté de l'industrie, du commerce,
de la pensée ; de l'égalité des charges ; de la parti-
cipation des peuples aux affaires publiques ; et pour
tout dire en un mot, d'avoir mis dans son programme
tout ce qu'on a été obligé d'écrire dans la transac-
tion, après la guerre. Il a fait plus encore en dégageant de ses obscurités l'idée de progrès qui paraît
devoir être la lumière nouvelle, qui est déjà l'espérance des nobles âmes dans le long et laborieux pèle-
rinage de l'humanité vers le but inconnu que lui a
marqué la Providence.

CHAPITRE III

Il est temps d'arriver à l'homme supérieur dont la gloire litigieuse, mais impérissable, remplit le dix-huitième siècle. Voltaire a séduit ses contemporains ; il les a enivrés en exprimant sous une forme vive et brillante les idées et les sentiments qui fermentaient dans les âmes d'où s'étaient retirées les antiques croyances. Il ne fit pas, comme on l'en a accusé, l'incrédulité ou plutôt le scepticisme de son temps : il s'en empara, il l'autorisa, pour faire prévaloir au profit de l'humanité et de la civilisation le seul dogme auquel il fût attaché sincèrement, la tolérance. Là se trouve l'unité de sa vie, le ferment de toutes ses passions, le mobile de toutes les luttes qu'il a ou engagées ou soutenues : c'est aussi ce qui protége sa mémoire contre l'animosité de ses détracteurs. Voltaire a voulu réellement pacifier le monde qu'il a tant agité, il a aimé les hommes qu'il a si cruellement raillés, il a prétendu conduire au bien-être et à la vérité ceux-là même auxquels il a pour sa part et trop souvent contribué à enlever et leurs plus douces consolations et leurs plus chères espérances. Voltaire était plutôt malicieux que méchant, plutôt indiscipliné que factieux, plutôt relâché que corrompu ; parmi tous les caprices de son esprit, les témérités de sa raison, les inégalités de son humeur, il avait de généreuses passions : il aimait la gloire, il fut sensible à l'amitié, l'injustice le révoltait, et pour redresser les torts de la violence et du fanatisme, on l'a vu braver et irriter courageusement la colère des violents et des fanatiques.

Soyons juste envers Voltaire : s'il a dans sa vie une de ces taches qui ne s'effacent point, et des torts qu'on ne doit ni oublier ni pallier, il a aussi des titres incontestables qui ne permettent pas qu'on l'abandonne sans réserve aux représailles de ceux qu'il a vaincus. Comme son siècle, il a eu dans la guerre contre le passé ses ruses déloyales, ses emportements, ses ingratitudes. Il a été au delà du but ; mais l'ardeur qu'il ne sait pas toujours maîtriser ne l'entraîne pas à tous les excès : il s'arrête avec respect devant la noble figure de saint Louis, malgré sa haine pour le moyen âge ; il glorifie Henri IV, il honore Louis XIV au delà même de ses mérites ; il reste fidèle à la religion littéraire du siècle précédent ; il défend la civilisation contre les chimères d'innocence et de pureté barbares écloses du cerveau de Jean-Jacques ; il renvoie avec dédain et colère le brevet d'athéisme que lui décernent les d'Holbach et les Lamettrie, et il ne se laisse pas déconcerter par les railleries des Grimm et des Diderot qui lui reprochent comme une faiblesse de tenir encore à son Dieu « ré-

munérateur et vengeur. » En parlant d'un tel homme,
il y a certainement un milieu à garder entre l'anathème et l'apothéose.

François Arouet, qui prit à vingt ans le nom de
Voltaire, nom sonore et vibrant, destiné à être répété
par les mille voix de la foule, tantôt avec amour,
tantôt avec colère, jamais avec indifférence, annonça
dès l'enfance ce qu'il serait un jour. Avant l'âge
de la réflexion il avait comme respiré le germe des
doctrines qu'il professa pendant toute sa vie. Les
jésuites, qui le reçurent des mains de l'abbé de Châ-
teauneuf, son parrain, ne purent qu'orner son esprit
par leurs agréables leçons, et le seul de ses profes-
seurs qu'il n'eût pas séduit, car tous les autres étaient
sous le charme et s'amusaient de ses saillies, sans
songer à réprimer ses témérités, le P. Le Jay fut prophète à coup sûr, lorsqu'il jeta le cri d'alarme en disant qu'il serait « le coryphée du déisme en France. »
Du collége où il avait brillé, il courut vers le monde,
qui le connaissait déjà et qui l'attendait pour lui faire
fête. Accueilli, caressé, choyé par l'élite de ces
courtisans et de ces abbés, épicuriens émérites, les
Vendôme, les La Fare, les Chaulieu, les Courtin,
précurseurs de la régence, Arouet, novice encore,
apportait parmi ces beaux esprits vétérans du plaisir,
qui en avaient bu la coupe jusqu'à la lie, le feu de sa
jeunesse, la verve étincelante de son esprit, et on
peut ajouter l'ingénuité relative de son cœur. Ces
vieillards voluptueux l'auraient complétement per-
verti. Heureusement le château de Saint-Ange, où
l'attirait un autre vieillard, M. de Caumartin, ami des

lettres et tout plein des souvenirs de la vieille France, lui suggéra dans la solitude et sous l'influence d'une conversation savante, sérieuse et saine, de grands desseins poétiques, et bientôt la Bastille, qui se referma sur lui pour des vers qu'il n'avait point faits [1], lui donna des loisirs qui furent féconds : c'est là qu'il acheva son *OEdipe* et qu'il ébaucha le poëme de la *Ligue*, qui fut plus tard *la Henriade*.

Le succès d'*OEdipe* lui donna la célébrité, qu'il désirait surtout pour étendre son influence. Il s'occupa aussi dès lors à établir solidement sa fortune, persuadé que l'opulence lui serait une ressource et une garantie contre la persécution. Ce mélange de prudence et d'audace caractérise les hommes qui, nés pour la lutte, n'ont pas l'abnégation qui pousse au martyre. Voltaire prit ses sûretés contre lui-même et contre les autres; il voulut pouvoir harceler sans relâche les ennemis qu'il eut de bonne heure, et s'en faire de nouveaux sans donner trop de prise sur sa personne. Aux amis de cœur qu'il doit à une sympathie désintéressée il ajoute des prôneurs qu'il s'attache par ses libéralités et ses éloges. Sa clientèle forme un parti lié à sa cause; il courtise les rois et même leurs maîtresses, et bientôt il a lui-même des courtisans parmi les princes; il déjoue par la puissance de sa propre cabale les intrigues ourdies contre lui; il étonne l'envie par l'éclat de ses succès, et finit par conquérir le droit de tout oser impunément. Nous

---

[1] La pièce satirique des *J'ai vu*, qui fut le prétexte de l'emprisonnement du jeune Arouet, était l'œuvre d'un obscur rimeur du nom de Lebrun.

n'avons pas à suivre dans tous ses incidents cette vie
orageuse et brillante qui se termine par une splendide
ovation et par un enterrement clandestin, symboles
d'une gloire dont il faut cacher quelque chose; mais
il convenait de jeter au moins un coup d'œil sur le
caractère de cet homme prodigieux et sur la carrière
qu'il a parcourue. Nous sommes également forcé de
choisir entre ses œuvres.

Le génie infatigable et capricieux de Voltaire courut comme une flamme mobile sur tous les points du
domaine des lettres; il s'arrêta sur quelques-uns et
il y jeta une vive lumière. Sa véritable supériorité est
dans son ardeur, son étendue et son incomparable
netteté. Il manque de profondeur : il s'en passe et il
la méprise. Pour lui, aller au fond des choses, c'est
s'enfoncer dans un obscur souterrain ; et monter sur
les hauteurs, c'est se perdre dans le vide. Il nie har-
diment ce qu'il ne peut pas atteindre. Aussi n'est-il
au premier rang que, dans les choses légères et dans
l'ordre des vérités moyennes. Avec quelle clarté il
exprime ce qu'il comprend, et avec quelle sécurité
il anéantit ce qu'il ne comprend pas! Tout ce qui est
mystère est pour lui non avenu, excepté le mystère
général que la nature révèle et recouvre en même
temps. Il ne cherche pas à le percer, et il accuse d'erreur ou d'imposture tout ce qui tend à l'éclaircir : les
hautes spéculations de la philosophie sont pour lui
des chimères, et les enseignements de la religion sur
l'origine du monde et la destinée de l'homme, des
conjectures ou des inventions accueillies par la crédulité. Voltaire est tombé au piége de sa raison, si

lumineuse sur les choses qu'elle atteignait directement, de son bon sens si droit et si clairvoyant
dans ses limites; ce qui est au delà l'importune,
et pour s'en débarrasser il le détruit. Sa force est
l'occasion de sa faiblesse. Ce n'est point par perversité de cœur que Voltaire est irréligieux : c'est
par la séduction de ses propres lumières, et par
l'assurance qu'il s'est faite que ce qu'elles n'atteignent pas est inaccessible à tous les yeux. Ainsi
ceux qui n'ont pas vu comme lui ce qu'il voit clairement ont été des barbares plongés dans d'épaisses
ténèbres, et ceux qui prétendent avoir vu ce qu'il ne
voit pas sont des visionnaires ou des imposteurs. De
plus, ce qu'il appelle visions, mensonges, erreurs,
étant, à ses yeux, l'aliment du fanatisme, et le fanatisme la maîtresse cause de tous les maux de l'humanité, il pense faire une œuvre pie en essayant de
détruire tout ce qui dépasse la nature et surmonte la
raison. Il appellera de bonne foi le siècle qu'il éblouit
et qu'il enchante le siècle des lumières, et il dira
fièrement :

> J'ai fait plus en mon temps que Luther et Calvin[1];

Et il ajoutera :

> J'ai fait un peu de bien, c'est mon meilleur ouvrage[2].

Il ne disait pas, le savait-il lui-même ? quelle dose
de mal la passion avait mêlée à ce bien.

---

[1] *Voltaire*, épître CXI, t. XIII, p. 266.
[2] *Id.*, épître à Horace, t. XIII, p. 319.

Nous l'avons déjà dit, Voltaire voulait des admirateurs pour avoir des prosélytes ; il aimait la gloire et plus encore la domination. En tacticien habile, il demanda d'abord la célébrité au théâtre, où le nom des poëtes qui réussissent retentit si bruyamment. Son *OEdipe*, qui faisait oublier celui de Corneille, parut l'égaler à Racine, et parmi ses contemporains d'habiles critiques s'abusèrent au point de le croire supérieur à Sophocle. Cette tragédie est loin d'être une œuvre irréprochable ; mais les beautés qu'elle renferme couvrent les défauts, et les connaisseurs sont d'accord pour avouer que le quatrième acte demeure, pour le style tragique et l'intérêt, au niveau des plus belles créations dramatiques. Malheureusement, pour complaire au goût dominant, qu'il ne pouvait encore diriger et qu'il ne voulait pas heurter, Voltaire n'avait pas osé suivre fidèlement les traces de Sophocle ; il avait corrompu la majesté de son antique sujet par un alliage moderne qui le dénature. Quoi qu'il en soit, à dater de ce jour, Voltaire fut un grand poëte, et quelques années après, le poëme de la *Ligue*, devenu la *Henriade*, mit le sceau à sa renommée poétique.

Le succès de ce poëme, salué du nom d'épopée, prouve surabondamment que les Français n'avaient pas la tête épique. Cela est vrai surtout du dix-huitième siècle, où l'esprit narquois de notre race était mêlé de scepticisme. Ce poëme héroïque n'est, à proprement parler, qu'une thèse morale contre le fanatisme et en faveur de la tolérance, relevée par de brillantes descriptions et glacée par de froides

allégories. Le poëte aime son héros pour avoir triomphé de la Ligue qu'il déteste ; mais on comprend
qu'il lui sait peu de gré d'avoir abjuré l'hérésie, et
il ne le convertit pas au point de le rendre orthodoxe. On voit trop que le chantre de Henri IV
n'a d'autre religion que l'amour de la paix et de
l'humanité. Satirique et moraliste, il lui manque
la foi, qui, par le sentiment religieux, lui aurait
donné l'inspiration poétique. Quelques tableaux
peints vigoureusement, des portraits tracés d'un
burin énergique et ingénieux, de beaux vers en
grand nombre et de nobles idées bien exprimées ne
suffisent pas pour une épopée; il faut des caractères
variés, des personnages agissants et vivant de la vie
héroïque, le commerce du ciel et de la terre, enfin
l'unité d'action et d'intérêt, conditions vitales qui
manquent à *la Henriade*. Cependant Voltaire avait
rencontré juste : il avait traité ses contemporains
à leur gré, et, plus heureux que ses nombreux
devanciers dans cette carrière, plus heureux encore
que ses successeurs non moins nombreux, il lui fut
donné de faire lire sans fatigue et même admirer dix
mille alexandrins noblement alignés.

On sait trop, et on voudrait pouvoir l'oublier, que
la Henriade n'est pas la seule épopée de Voltaire : la
seconde, on n'ose la nommer même pour la flétrir.
Comment se fait-il qu'un poëte, qu'un Français ait
osé prendre le ton badin de l'Arioste, en y mêlant le
cynisme d'Apulée, à propos de la chaste héroïne dont
l'intervention merveilleuse a délivré la France? Ni
le libertinage de l'esprit, ni l'irréligion du siècle ne

peuvent expliquer cet attentat ; ces goûts dépravés auraient pu se satisfaire autrement. Il a fallu, par surcroît, que cette sainte mémoire eût été négligée et que l'ingratitude nationale eût comme enseveli le miracle de notre affranchissement. La responsabilité est donc partagée. Que la France ait un long poëme obscène, c'est un malheur et une tache ; mais que ce poëme travestisse et souille la plus belle page de nos annales, c'est le châtiment d'une coupable indifférence. Certes, si la France avait dignement honoré Jeanne d'Arc, la muse lascive de Voltaire aurait passé outre, en baissant les yeux.

Voltaire n'est ni un Virgile ni un Arioste, quoiqu'il ait entendu ces deux noms prononcés pour lui plaire. Il n'est pas non plus un Racine, mais ses titres comme poëte tragique sont mieux établis que pour l'épopée. S'il n'a pas l'exquise pureté du style de Racine, s'il pénètre moins avant dans le cœur humain, s'il combine ses plans avec un art moins délicat, s'il n'atteint pas la vigueur et le sublime de Corneille, il a plus de mouvement et d'éclat ; il a emporté des succès moins durables, il est vrai, mais aussi brillants ; il a remué les âmes et fait verser des larmes abondantes par une chaleur qui n'est pas toujours factice, par une sensibilité souvent vraie, délicate et profonde, par des situations terribles ou touchantes. Il a ranimé la muse tragique qui, depuis le *Manlius* de Lafosse et les premiers succès de Crébillon déjà éloignés, sommeillait aux accents monotones des disciples dégénérés de Corneille et de Racine : à peine faut-il faire une exception en faveur

de l'*Amasis* de La Grange-Chancel, dont Voltaire a
tiré plus tard quelques effets dramatiques pour sa
Mérope.

Voltaire s'était endormi sur le succès d'*OEdipe*,
et, aussi longtemps qu'il se laissa entraîner au tourbillon du monde, l'originalité et le succès lui man-
quèrent également. Son séjour forcé en Angleterre,
l'étude d'une littérature nouvelle, les loisirs de l'exil
retrempèrent son génie. L'amour de la liberté, le
respect des lois dont il avait vu l'exemple en Angleterre l'inspirèrent heureusement, lorsqu'à son retour
il composa son *Brutus* dont quelques scènes sont dignes de Corneille. Le souvenir de Shakspeare le servit mieux encore, puisque de l'*Othello* du poëte anglais il a tiré sa *Zaïre*[1] qui fit couler tant de larmes,
qui parut un instant le chef-d'œuvre de la scène et
qui demeure la plus émouvante de ses tragédies. A
dater de ce jour, Voltaire est un maître qui marche
avec indépendance dans sa propre voie.

L'originalité dramatique de Voltaire est surtout
marquée dans deux tragédies qui n'éclipsèrent pas
Zaïre, mais dont le succès fut également populaire :
on voit que nous voulons parler d'*Alzire* et de *Mahomet*. Ces deux pièces méritent qu'on s'y arrête un
instant. *Alzire* n'est pas la plus touchante des créa-

---

[1] Voltaire doit aussi à Shakspeare *la Mort de César*, qui
n'est guère qu'une tragédie de collége très-bien versifiée,
sévère, correcte, mais bien mesquine, surtout si on la compare à celle du poëte anglais. M. Villemain a fait cette comparaison dans une des plus brillantes leçons de son *Cours de
Littérature*, t. I, p. 227-258.

tions du poëte, puisqu'il a fait *Zaïre*, mais c'est la
plus neuve et la plus brillante. L'action se rattache à
une grande scène historique, la conquête du nouveau
monde ; elle met en contraste deux religions, et de
plus la civilisation et l'état de nature. Ces grands
objets sont déjà une cause d'intérêt ; mais la fable
qui se développe sur cette trame et dans ce cadre est
par elle-même saisissante et pathétique. Les personnages chargés de représenter les passions et les idées
qui sont en jeu attachent par la diversité de caractères bien tracés. Alvarès, Zamore, Gusman, Alzire
surtout, ne sont pas des ébauches, mais des êtres
réels, qui parlent et qui agissent selon des passions
vraisemblables, attachantes, qui ne se démentent
pas. La pensée philosophique que le poëte veut faire
prévaloir, et qu'il enseigne sous forme dramatique,
ne le domine pas au point de déplacer ou de glacer
l'intérêt : il prêche la tolérance, sans doute, mais il en
démontre les bienfaits par une action rapide, qui tient
la curiosité en éveil, qui touche le cœur et dont l'issue satisfait le sentiment moral. Il faut ajouter à ces
qualités le mérite de l'invention, qui s'étend à toutes
les parties du drame, et l'éclat soutenu d'un style
que déparent seulement quelques négligences. Voltaire, n'eût-il fait qu'*Alzire*, aurait noblement gagné
le nom de poëte dramatique et un rang élevé parmi
les maîtres de la scène.

Mahomet vise plus haut qu'Alzire et dépasse le but
qu'il veut atteindre. Le dix-huitième siècle y vit le
suprême effort du génie, et nous y voyons, nous, la
suprême erreur de Voltaire et de son siècle. Pour

Voltaire, l'établissement d'une religion ne va jamais
sans imposture : fondateurs et ministres, il ne fait
grâce à personne : dans les chefs il voit la fraude et
l'hypocrisie; dans les disciples, la bonne foi n'est
qu'aveuglement. Voltaire pensa faire un coup de
maître en montrant sous les noms de Mahomet,
d'Omar et de Séide, l'imposture et le fanatisme,
parce qu'il pouvait se défendre d'avoir voulu atteindre
indirectement la religion du Christ, prêchée et pro-
pagée par de tout autres moyens que ceux qui ont
amené le triomphe de l'islamisme. Mais ici l'excuse
est si plausible, que le coup fourré ne porte pas.
Benoît XIV était plus fin que Voltaire en agréant la
dédicace de sa tragédie. Aussi bien Mahomet lui-
même n'était pas atteint. Voltaire a tellement défiguré
l'histoire, sa conception est tellement arbitraire, la
violence de ses coups est si mal dirigée, que cette
machine si formidable en apparence devient en réalité
tout à fait inoffensive. Il a voulu, dit-il, nous montrer
Tartufe les armes à la main! mais Tartufe ne se bat
point; Tartufe ne fonde pas de religion : il se sert
de celle qu'il trouve établie, il y assoit son industrie et il en tire ses bénéfices; il se garde bien des entreprises qui demandent du dévouement et qui expo-
sent à des sacrifices. Mahomet, tel que l'a peint
Voltaire, loin de convaincre et de conquérir la moitié
du monde, n'aurait pas entraîné à sa suite un seul cha-
melier, ni dominé la moindre des bourgades de l'Asie.
Ce *Mahomet* de fantaisie et de rancune a beaucoup
perdu dans l'estime des connaisseurs, comme œuvre
d'art, et de nos jours il a cessé d'émouvoir la foule.

Le succès de ces grandes scènes de l'histoire moderne, transformées par l'imagination du poëte et détournées au profit de la propagande philosophique, n'empêcha pas Voltaire de revenir aux légendes héroïques de la Grèce. Après *Mahomet*, il composa *Mérope* sur un sujet antique et d'après une pièce moderne de l'Italien Scipion Maffei. Nulle part il n'a mieux réussi à se rapprocher des tragiques de la Grèce. En effet, l'ordonnance du poëme a la simplicité majestueuse d'un temple grec, les figures ont cette netteté de contour qui rappelle la sculpture antique, les passions sont naturelles et contenues, le langage des personnages s'enfle rarement jusqu'à la déclamation [1] ; enfin on peut dire de cette pièce qu'elle est, toute proportion gardée, l'*Athalie* de Voltaire. Il a été bien moins heureux dans *Oreste*, quoiqu'il ait fait illusion à ses contemporains.

La Harpe paraît croire et il insinue que Voltaire égale ici Sophocle qui lui a servi de modèle, et il ne soupçonne pas que l'imitateur, en introduisant dans les caractères des éléments nouveaux, a substitué un pathétique vulgaire à la sainte terreur que produit dans Sophocle l'inexorable puissance de la Fatalité. Sophocle ne comporte pas de changement ; tout ce qui modifie ses conceptions les affaiblit : il est tout entier, qu'on nous passe cette expression vulgaire, à

---

[1] Il n'y a de traces de déclamation que dans le rôle de Polyphonte, qui ouvre une trop large bouche, par exemple, lorsqu'il dit (*Mérope*, acte I, sc. I) :

Un soldat tel que moi peut justement prétendre
A gouverner l'État, quand il l'a su défendre.

prendre ou à laisser. Racine l'a bien compris, et il s'est abstenu. Voltaire a été plus hardi, parce qu'il entrevoyait seulement les beautés du modèle à travers un nuage. Il a cru reproduire, il a cru embellir Sophocle, et il n'est parvenu qu'à construire une pièce hybride qui aurait révolté les Athéniens et que les Français ont médiocrement goûtée. En effet, c'est mitiger la terreur et dépouiller le drame de toute valeur morale, de tout enseignement, que de prétendre transporter l'intérêt sur Clytemnestre, épouse adultère, homicide, en lui laissant les sentiments d'une mère, et d'atténuer le parricide d'Oreste en l'amenant par une méprise. Qu'est-ce donc qu'Oreste, si le destin n'entraîne pas son bras et sa volonté au meurtre de Clytemnestre? Qu'est-ce que Clytemnestre elle-même, si elle ne conserve pas l'audace du crime et l'impénitence? Clytemnestre *repentie*, et visant à couler en paix ses vieux jours au sein de sa famille unie sous le patronage d'Égisthe, est un personnage chimérique[1]; Oreste, fils respectueux, devient insignifiant; Électre elle-même, dont le poëte grec avait fait le génie de la piété et de la vengeance, est abâtardie. Tous ces beaux monstres antiques, ainsi apprivoisés, ont perdu leur attrait de terreur,

---

[1]   Je voudrais dans le sein de ma famille entière
         Finir un jour en paix ma fatale carrière. (Acte I, sc. III.)

Ce vœu que Clymnestre exprime dans la seconde scène de la tragédie touche au comique. Pour que la famille fût *entière*, il y faudrait Agamemnon qu'elle sait mort et Oreste qu'elle croit mort. Oreste seul reparaîtra, et ce ne sera pas pour que Clytemnestre *finisse en paix sa fatale carrière.*

leur charme d'épouvante. Que valent après cela des
scènes bien conduites, quelques tirades pathétiques,
une intrigue régulière? Le terrible prestige de la
race d'Atrée est détruit, et nous n'avons pas même
en échange des gens de bien.

Voltaire a laissé sur la scène tragique une trace
brillante dont l'éclat s'est affaibli, mais n'est pas
effacé. On se souvient encore de *Rome sauvée*, de
Sémiramis, de *l'Orphelin de la Chine*, et surtout de
Tancrède, tableau brillant et pathétique des mœurs
chevaleresques, drame artistement construit, où seule
la faiblesse du style accuse une main sexagénaire. Ce
fut au théâtre le dernier signe de sa force. Les pièces
qu'il composa plus tard, telles que *les Guèbres* et *les
Lois de Minos*, ne sont plus que des pamphlets en
action, et quelle action! Elles n'ont d'autre but que
de mettre en scène un grand prêtre déloyal et fanatique, impuissantes machines de guerre et poëmes
insipides, témoignage et châtiment d'une animosité
qui avait dégénéré en manie. Si Voltaire a fini par
être médiocre et même absolument mauvais dans la
tragédie, il n'a jamais été bon dans la comédie : car
ses demi-succès en ce genre, *Nanine* et *l'Enfant
prodigue*, reviennent de droit à la comédie lar-
moyante, genre équivoque, genre faux, selon Voltaire
lui-même qui ajoute :

> Souvent je bâille au tragique bourgeois,
> Aux vains efforts d'un auteur amphibie
> Qui défigure et qui brave à la fois,
> Dans son jargon, Melpomène et Thalie [1].

[1] *Voltaire*, le Pauvre Diable, t. XIV, p. 159.

En parlant ainsi, Voltaire faisait ses réserves pour
lui-même et aussi pour La Chaussée, qui est le maître
du genre et qu'il estimait fort [1]. Au reste Voltaire
disait aussi :

Tous les genres sont bons hors le genre ennuyeux [2].

Cette maxime est la sentence de Voltaire dans la
comédie. Quand il veut être comique à la scène, lui qui
est si plaisant dans ses pamphlets, dans ses satires, dans
ses romans, quelquefois même et hors de propos dans
l'histoire, il échoue complétement. C'est que le génie
d'observation lui manquait pour pénétrer les mœurs et
les caractères; c'est qu'il n'avait pas ce désintéresse-
ment de l'esprit qui s'oublie pour faire agir et parler les
autres selon leur nature. Il est trop prompt, trop personnel, trop sarcastique pour ne pas se trahir; il veut
toujours paraître et se moquer : comme s'il craignait

[1] Voltaire a toujours loué La Chaussée, qui avait débuté
par défendre la poésie ou du moins les vers contre La Motte
dans son *Épître à Clio*, et il l'a jugé sainement lorsqu'il a dit
de lui qu'il était « un des premiers après ceux qui ont du génie. » Parmi ses comédies on n'a oublié ni le *Préjugé à la mode*,
ni *Mélanide*, ni *l'École des mères*, ni *la Gouvernante*, qui pourraient être reprises avec succès, puisqu'elles sont écrites naturellement et qu'elles ont doucement fait larmoyer nos pères.
En 1736, Voltaire lui envoya un exemplaire d'*Alzire*, comme
« à l'homme de France qui sait et qui cultive le mieux cet art
si difficile de faire de bons vers. » *Lettre du 2 mai*, t. LII,
p. 240.

[2] Cette maxime, qui forme un bel et bon alexandrin devenu
proverbe, n'en est pas moins une ligne de simple prose écrite
dans la préface de *l'Enfant prodigue*, t. IV, p. 239. éd. Beuchot.

de passer pour dupe, il immole lui-même les personnages qu'il devrait abandonner loyalement au
jugement du parterre et des loges ; mais le spectateur
qui a été devancé par le poëte ne rit pas, il siffle ou
il bâille.

Quoique Voltaire ait vainement prétendu à l'universalité, il n'en faut pas moins reconnaître et admirer la souplesse et l'étendue de ses rares facultés.
Le poëte qui pendant près d'un demi-siècle sut frapper
l'imagination et charmer l'esprit de ses contemporains sous tant de formes diverses : par des tragédies
qui rappelaient Racine et Corneille ; par des discours
en vers sur la morale, où abondent de saines idées et
de poétiques images ; par des satires piquantes, moins
châtiées, mais plus vives et plus acérées que celles
de Despréaux ; par des contes moins libres que ceux
de La Fontaine et presque aussi naturels ; par des
poésies légères qui laissent bien loin celles des Chapelle, des La Fare et des Chaulieu [1] ; ce poëte toujours si facile et souvent si distingué se montre

---

[1] Voltaire a même eu un accès lyrique, un seul (t. XIII,
p. 212), c'est à la vue du lac de Genève et des Alpes. Il a jeté
un cri de liberté qui retentit encore :

> Mon lac est le premier : c'est sur ces bords heureux
> Qu'habite des humains la déesse éternelle,
> L'âme des grands travaux, l'objet des nobles vœux,
> Que tout mortel embrasse, ou désire, ou rappelle,
> Qui vit dans tous les cœurs, et dont le nom sacré,
> Dans les cours des tyrans est tout bas adoré,
> La Liberté ! J'ai vu cette déesse altière
> Avec égalité répandant tous les biens,
> Descendre de Morat en habit de guerrière,
> Les mains teintes du sang des fiers Autrichiens
> Et de Charles le Téméraire.

encore dans la prose le plus vif et le plus lumineux
de nos écrivains. Il n'a d'égal dans le genre épistolaire que Cicéron chez les anciens et madame de
Sévigné chez les modernes ; il donne au roman une
rapidité qui entraîne, un tour nouveau qui surprend
et qui charme, une portée satirique et morale
qui étonne les penseurs et qui les déconcerte quand
elle ne les séduit pas ; dans la controverse, il a
une prestesse, une légèreté et quelquefois une vigueur surprenantes : il est vrai que dans cette es-
crime il se permet tout, la ruse, l'audace et l'outrage ; enfin il fait une révolution dans la manière
d'écrire et de comprendre l'histoire. En ce genre, il
déploie toutes les qualités de son génie. Ses récits
clairs et rapides emportent le lecteur ; les réflexions
ingénieuses et sensées, qui ne se détachent jamais
en maximes ambitieuses comme dans ses tragédies,
courent avec le récit qu'elles éclairent sans le ralen-
tir ; l'art par lequel il rattache les effets à leurs
causes, quoiqu'il ne voie que les petites causes, ne
laisse pas languir l'intérêt ; ajoutons à ces mérites que
la précision de son style net et animé complète la
séduction.

Parmi ses compositions historiques, il n'y a d'irréprochable que l'*Histoire de Charles XII*. C'est une
peinture achevée qui met sous nos yeux avec tout le
charme de la vérité et de la simplicité les lieux, les
événements et les hommes. Le *Siècle de Louis XIV*
mériterait les mêmes éloges si le plan n'en était pas
défectueux. L'heureuse idée de ne pas borner l'histoire d'une époque à celle des batailles et des faits et

gestes des princes aurait eu toute sa valeur si l'historien eût trouvé le secret de représenter dans un tableau unique, outre les faits purement politiques, le
mouvement des lettres, les querelles religieuses, les
petits incidents qui ont eu de graves conséquences,
les vicissitudes des finances, le mécanisme de l'administration; mais en isolant ces divers éléments, il
a morcelé la vie sociale et dispersé l'unité de l'ensemble qu'il faut reconstruire après l'avoir lu. La
conception de l'*Essai sur les mœurs et l'esprit des
nations* est aussi une grande idée, mais sa grandeur
se perd dans l'exécution, parce que l'historien ne voit
partout que des causes accidentelles, et que son scepticisme lui dérobe la marche progressive des peuples à
travers l'obscurité du moyen âge. L'humanité s'agite
sous ses yeux et n'avance pas; les événements, que
rien ne règle ni ne mène, ne lui montrent que des
scélérats et des victimes; il s'indigne et raille tour à
tour, et il ne soupçonne pas le mot de cette énigme
confuse qui est sans doute l'affranchissement des
hommes après leur rédemption. Bossuet voyait Dieu
partout dans les temps qui ont précédé la venue du
Christ, Voltaire ne le voit nulle part dans ceux qui
l'ont suivie. Toutefois les sarcasmes de Voltaire
expriment moins la cruauté de son esprit que l'émotion de son âme, c'est la fourberie et l'ignorance
qu'il poursuit pour apprendre aux hommes à se débarrasser de ces ennemis de leur bonheur et de leur
dignité. C'est le même esprit qui l'anime dans ce roman de *Candide* qu'on lui a tant reproché et dont la
gaieté railleuse a paru diabolique, quand elle n'est au

ll.

fond qu'une invitation ironique à combattre courageusement les fléaux de la nature et de la société.

Soit que l'on s'indigne ou qu'on s'en réjouisse, il
faut bien reconnaître que Voltaire a réellement régné
sur son siècle; mais comme sa souveraineté était
contestée, il a eu contre les dissidents les impatiences
d'un chef de parti qui l'ont emporté jusqu'à la dérision et à l'injure, et d'autre part, comme il était puissant, il a eu des flatteurs qui encourageaient ses
violences. On sait quelle fut son animosité contre
J.-B. Rousseau, autrefois son ami et presque son
patron littéraire, et que ce souvenir aurait dû protéger. Il eut moins d'amertume contre un autre
lyrique, ami fidèle de Rousseau, Lefranc de Pompignan; mais sa gaieté, qui fut contagieuse, n'en a été
que plus cruelle. Pompignan n'est à dédaigner ni
comme poëte ni comme prosateur; comme homme
et citoyen, il était digne de beaucoup d'estime. Cœur
droit et généreux, il fit preuve de courage en portant
jusqu'au trône les doléances du peuple ; il n'en
montra pas moins lorsqu'il jeta contre les abus de
l'esprit philosophique ce cri d'alarme qui émut la bile
de Voltaire. Philosophe lui-même, mais toujours
chrétien, Pompignan avertissait les novateurs du
danger qu'ils faisaient courir à la société en portant
leurs coups au delà de la superstition. Ils renver-
saient l'arbre pour atteindre quelques branches pa-
rasites. Que ne l'émondaient-ils :

De son tempérament il eût encor vécu [1],

---

[1] *La Fontaine,* liv. X, f. 11, v. 75.

et de ses bons fruits il eût continué de faire vivre le
monde. Telle était la pensée de cet honnête homme,
mais il donnait prise sur lui par l'importance exagérée
qu'il s'attribuait, et aussi par l'emphase de son langage, et Voltaire, dont il contrariait les desseins, ne
pouvant lui répondre sérieusement, le prit par ce
côté faible : il fit pleuvoir sur lui une véritable grêle
de traits plaisants dont il resta criblé ; tout le monde
répétait après lui, et même le dauphin, tout pieux
qu'il était :

> César n'a point d'asile où son ombre repose
> Et l'ami Pompignan pense être quelque chose [1].

Pompignan était sans doute moindre qu'il ne croyait,
mais enfin il avait, non sans raison, conscience de sa
probité et de son talent, et il voulait sincèrement le
bien public. Ses cantiques *sacrés* ne sont point, pour
ceux qui les ont *touchés* [2], un objet de raillerie ; on
y trouve de la noblesse, de l'harmonie, et l'élévation
du sentiment religieux. Voltaire, qui les bafoue,
n'aurait pas réussi à en faire de semblables, et moins
encore cette ode sur la mort de J.-B. Rousseau, où il
a été forcé, par surprise, il est vrai, d'admirer au moins
une strophe. Comme tragique, Voltaire a fait beaucoup mieux que la *Didon* de Lefranc ; mais cette
pièce avait réussi, et certainement elle n'est pas
l'œuvre d'un sot. En outre, Pompignan, comme

---

[1] *La Vanité*, sat., t. XIV, p. 172.

[2]   Sacrés ils sont, car personne n'y touche.
      (*Le Pauvre Diable*, sat., t. XIV, p. 156.)

Louis Racine et d'Aguesseau, ne se bornait pas à la connaissance des lettres grecques, latines et françaises, il étudiait encore l'Italie et l'Angleterre. Au reste Voltaire gardait de l'estime pour lui[1], tout en le combattant à outrance. Il voulait seulement le désarçonner et il y parvint.

Un poëte charmant, le seul peut-être qui se place à côté de Voltaire dans la poésie légère, Gresset reçut de la même main une atteinte qui ne l'a pas blessé profondément. Gresset se fait toujours lire en dépit des épigrammes de Voltaire, et cela les émousse. Celui-ci avait été charmé de le voir quitter l'ordre des jésuites pour rimer en liberté, et il avait dit : « Un poëte de plus et un jésuite de moins, c'est un grand bien dans le monde; » mais lorsque Gresset fit ses adieux au monde par une lettre contre la comédie, Voltaire atténua ses éloges et prétendit malignement que Gresset n'était pas aussi coupable qu'il le disait, et qu'il s'accusait à tort d'avoir fait une comédie [2]. N'en déplaise à Voltaire, le *Méchant* est bien une comédie; la seule peut-être que Gresset pût faire, car il n'était pas en fonds pour tenter d'autres entre-

---

[1] Il ne s'en cache pas : « Ces facéties, dit-il, ne portent point sur l'essentiel, et laissent subsister le mérite de l'homme de lettres et du galant homme. » *Epître au roi de la Chine*, note *a*, p. 281, t. XIII.

[2]
Gresset se trompe, il n'est pas si coupable,
Un vers heureux et d'un tour agréable
Ne suffît pas : il faut une action,
Des mœurs du temps un portrait véritable,
Pour consommer cette œuvre du démon.

(*Le Pauvre Diable*, sat., t. XIV, p. 158.)

prises du même genre, mais il a réussi dans celle-là,
comme Piron pour *la Métromanie.* Piron est encore
un ennemi de Voltaire, mais il a lancé plus d'épigrammes qu'il n'en a reçu. Ce joyeux Bourguignon
avait la repartie vive et il n'était pas prudent d'engager avec lui un duel de bons mots. Le métromane
Damis est le poëte lui-même qui, sentant ce qu'il y
avait de noble et de comique dans la fougue qui emportait son âme au delà du monde réel, tout en y
laissant son corps, a fait de cette nécessité de vivre
là où il lui était impossible de se régler au train ordinaire des choses le pivot d'une action vraisemblable et divertissante. Il y a mis tout le feu de son
âme, tout le piquant de son esprit, toute la chaleur
d'une verve étincelante, et par une bonne fortune
unique dans sa vie, il a fait un chef-d'œuvre.
Desmahis aussi ne pouvait faire qu'une bonne comédie
en se peignant lui-même, et ce fut *l'Impertinent. La
Métromanie* et *le Méchant* sont au théâtre les seuls
titres de Piron et de Gresset, quoiqu'ils aient fait
d'autres pièces et même des tragédies. N'en disons
rien, puisqu'elles sont oubliées. Gresset eut d'autres
succès encore. Son petit poëme de *Vert-Vert* est un
badinage où la coquetterie du style se concilie avec
le naturel et la grâce, et on admirera toujours la
merveilleuse aisance de ses vers dans *la Chartreuse*
et quelques autres pièces spirituelles, élégantes et
surtout harmonieuses. Gresset a eu toute la fraîcheur
de l'adolescence dans ses premières poésies, et ce
charme ne s'est pas effacé; sa maturité a été courte,
mais encore féconde, puisqu'elle a produit *le Mé-*

chant, qui est, comme l'a dit M. Villemain, la médaille des salons du dix-huitième siècle : « Jamais,
toutes les grâces du monde, cette flatterie maligne,
cette amertume mêlée d'insouciance, ces exagérations si vives, cette verve de dédain, cette franchise
d'égoïsme qui veut être gaie, cette raillerie apparente sur soi-même pour se moquer des autres, ce
sacrifice de toutes les choses à l'esprit et cette satiété de l'esprit qui jette dans le paradoxe, cette légèreté enfin qui n'est souvent que le défaut d'attention et de raison, n'ont été si bien rendus; et l'effet
poétique est né de cette peinture si fidèle d'une société sans âme et sans poésie [1]. »

On ne trouve nulle part dans les écrits de Voltaire
le nom de Gilbert; il paraît avoir été insensible aux
injures de ce poëte comme à ses avances. Peut-être la
jeunesse de cet adversaire inattendu, sa détresse et la
beauté de quelques-uns de ses vers satiriques l'ont-ils
désarmé. Gilbert, mort à vingt-neuf ans, laisse une
trace dans l'histoire. Un cri d'indignation jeté contre
la corruption des mœurs de son siècle et la dépravation
du goût, un gémissement de douleur résignée exhalé
à la veille de sa mort sur un lit d'hôpital, voilà ses titres devant la postérité, et ils sont durables. Dans la
satire, Gilbert a toute la véhémence de Juvénal, mais
il n'a pas au même degré la séve et l'énergie poétiques ; il met de la déclamation dans l'éloquence : on
sent que sa colère se nourrit trop de haine et d'envie,

---

[1] *Tableau de la Littérature au dix-huitième siècle*, t. I,
p. 331.

et qu'il venge moins la morale que lui-même. Dans
l'élégie, son âme est purifiée; elle n'a plus de rancune ni de convoitise : elle gémit, elle pardonne, elle
est vraiment chrétienne. On voudrait que Voltaire,
par égard ou par dédain pour ses détracteurs, surtout par respect pour lui-même, eût toujours montré
la même réserve; mais il a eu trop souvent la faiblesse de vouloir se venger. Il est inexcusable de n'a-
voir pas mesuré ses coups, d'avoir prodigué l'outrage,
l'insulte et même la calomnie. Sans doute il a rencontré sur sa route de bien méprisables adversaires
acharnés contre sa gloire; mais que ne souffre-t-il,
dans cette gloire même, pour avoir trop goûté le vilain et cruel plaisir de la vengeance? On peut surtout
reprocher à Voltaire d'avoir diffamé Fréron, critique
incommode, sans doute, mais qui, pour avoir harcelé
Voltaire, n'en était pas moins homme de savoir et de
probité. Que n'a-t-il pas dit contre les deux Rousseau, Jean-Baptiste et Jean-Jacques, contre le savant
Larcher et bien d'autres encore? En vérité, ces crises
de colère ressemblent fort à des accents de démence.
Quelle leçon pour ceux qui, engagés dans la polémique, ne refusent rien à leur orgueil et à leurs ressentiments !

Voltaire n'était pas toujours de cette humeur. Ainsi
l'abbé Guénée lui avait fait de profondes blessures par
ses *Lettres de quelques Juifs*, où il relève si finement
et avec tant d'esprit bien des bévues historiques;
Voltaire, tout irascible qu'il est, le ménage cependant
et lui témoigne de l'estime : c'est que l'abbé Guénée
faisait preuve d'urbanité, qu'il n'était point pédant et

qu'il savait avoir raison avec mesure. Ainsi encore
Marivaux, se croyant désigné par Voltaire, qui avait
parlé de comédies métaphysiques, lui avait dans un
moment d'humeur décoché le titre de bel esprit fieffé :
Voltaire ne récrimina point ; il estimait le caractère
et le talent de Marivaux, et il se garda d'envenimer
une méprise qui pouvait, s'il l'eût relevée avec amertume, dégénérer en animosité : « Je serais, disait-il,
très-fâché de compter parmi mes ennemis un homme
de son caractère, et dont j'estime l'esprit et la probité; » et il ajoutait avec une douce malice : « J'aime
d'autant plus son esprit que je le prierais volontiers
de le moins prodiguer [1]. » C'est ainsi qu'il convient
de critiquer un auteur. Voltaire avait raison de ne
pas dédaigner le talent de Marivaux : quoique, par
l'abus de la finesse et de l'esprit, la manière de cet
écrivain ait donné cours au nom de *marivaudage*,
l'auteur de la comédie des *Fausses confidences* et du
roman de *Mariamne* est un esprit d'une rare distinction. Il faut oublier ses débuts dans le genre burlesque, mort avec Scarron, et qu'il ne fallait pas essayer de ressusciter ; il s'y émancipa jusqu'à s'attaquer
à Homère et à Fénelon. Mais dans la comédie il trouva
une veine nouvelle qu'il suivit avec un art infini. Il
sonda les replis du cœur d'une main délicate, et il
exprima les nuances les plus fugitives du sentiment
dans un langage qui a du trait, de la finesse et de la
grâce. Les artifices d'un dialogue plus brillant que
naturel lui servent à dérouler le fil d'une intrigue lé-

---

[1] Lett., février 1756, t. LII, p. 181.

gère, qui se briserait à chaque instant sans des prodiges d'adresse. Dans ce cadre étroit, sur cette trame
si mince, il n'y a que des profils, des nuances et des
mots; mais le roman, qui lui donne plus d'air, plus
d'espace, un terrain plus solide, lui permet de nouer
et de développer une intrigue attachante, de peindre
fidèlement les mœurs et de tracer des caractères :
Mariamne passe à bon droit pour un de nos meilleurs
romans.

Voltaire n'a pas non plus gardé rancune à Palissot,
qui avait, à l'instigation du duc de Choiseul, traduit
sur la scène *les Philosophes*. Il est vrai qu'il était personnellement épargné dans cette comédie d'un Aristophane gagé par la cour [1], et que Jean-Jacques Rousseau y était un objet de risée ; mais ses amis
Dalembert et Diderot étaient attaqués, et Voltaire ne
souffrait guère qu'on touchât à ses amis. Il faut lui
laisser le mérite d'avoir eu de la chaleur et de la sincérité dans ses affections. S'il a trop souvent abusé de
sa renommée et de son autorité pour écraser, pour
humilier ses ennemis, quelle bonne grâce n'a-t-il pas
mis à encourager, à patronner les jeunes gens qui annonçaient le goût des lettres et qui avaient besoin
d'aide ! C'est à Desmahis qu'il disait :

> Tout s'éteint, tout s'use, tout passe,
> Je m'affaiblis et vous croissez;
> Mais je descendrai du Parnasse
> Content, si vous m'y remplacez.

[1] Voltaire ne figure pas davantage dans sa *Dunciade,* poëme
satirique publié d'abord en trois chants, et qui finit par en
avoir dix. Palissot tenait à y loger tous ses ennemis, et comme

Je jouis peu, mais j'aime encore;
Je verrai du moins vos amours,
Le crépuscule de mes jours
S'embellira de votre aurore.

Je dirai : Je fus comme vous;
C'est beaucoup me vanter peut-être;
Mais je ne serai point jaloux :
Le plaisir permet-il de l'être [1]?

Voltaire promet également et avec la même bonne grâce son héritage à Marmontel, à La Harpe, à Saint-Lambert, au comte de Tressan, au chevalier de Boufflers, à Chabanon même. Ces jeunes clients lui forment un cortége dont on ne peut pas le séparer. Il faut placer à leur tête Marmontel, qui n'est pas un écrivain supérieur, poëte du genre tempéré, quoiqu'il aspire au sublime dans ses tragédies dont quelques-unes ont réussi sans pouvoir rester au théâtre, prosateur élégant qui a fait lire des poëmes en prose, *Bélisaire*, que les philosophes accueillirent avec faveur et qui scandalisa la Sorbonne, et plus tard *les Incas*. On a beaucoup loué ses *Contes moraux*, qui ne répondent pas toujours à leur titre. Ses *Mémoires*, dont les premiers livres sont exquis, et ses *Éléments de littérature*, qui sont d'un critique judicieux et quelquefois hardi, feront vivre son nom plus sûrement que *Bélisaire*, autrefois si vanté et qui garde encore,

chaque jour lui en amenait de nouveaux, il avait chaque jour à composer de nouveaux vers. Cette satire, qui dans ses premières dimensions était loin d'être gaie, toucha en s'allongeant la limite extrême de l'insipidité.

[1] *Voltaire*, t. XIII, p. 201.

bien qu'on ne s'en doute guère, de nombreux fidèles.
Le principal tort de Marmontel est d'avoir essayé de
déconsidérer Boileau, qu'il ne pouvait pas remplacer
comme arbitre du goût. Voltaire l'avait averti : « Ne
dites pas de mal de Nicolas, cela porte malheur, » lui
disait-il souvent, mais inutilement. Beaucoup de vers
prosaïques, sans parler des essais de prose poétique,
ont vengé Boileau des irrévérences de son jeune détracteur.

Marmontel n'a jamais cessé de louer Voltaire, et
pendant longtemps La Harpe, autre disciple non
moins aimé du maître, rivalisa d'ardeur avec lui. La
Harpe, comme Marmontel, fut poëte et critique. Il
a mieux réussi au théâtre, puisqu'on se souvient au
moins du succès de *Warwick*, de *Philoctète* et de
Mélanie; comme Marmontel, il brilla dans les concours académiques. Il a su le premier introduire l'éloquence dans la critique littéraire : toutefois on l'a
flatté en lui donnant le surnom de Quintilien français; mais s'il a faiblement apprécié les anciens, qu'il
ne connaissait guère que par le souvenir de ses premières études plus brillantes que fortes, il s'est montré
critique supérieur dans l'appréciation de nos grands
écrivains, et on peut toujours étudier avec fruit cette
importante partie de son *Cours de littérature*. Disons-
le en passant, notre jeunesse ferait mieux de lire La
Harpe que de le dénigrer sur la foi d'autrui et que de
répéter, après un de ses spirituels détracteurs :

La Harpe avait du goût, heureux qui n'en a point [1].

[1] Ce vers est de M. Amédée Pommier, *Crâneries et Dettes*

En vérité, ce genre de bonheur n'est pas assez rare pour être envié.

Marmontel et La Harpe étaient disciples et protégés de Voltaire, et il n'est pas surprenant qu'ils lui aient prodigué l'éloge. Saint-Lambert, qui ne lui devait rien, poussa l'hyperbole de la louange jusqu'à le mettre au-dessus de Corneille et de Racine par ce distique :

> Vainqueur des deux rivaux qui régnaient sur la scène,
> D'un poignard plus tranchant il arma Melpomène[1].

Telle était l'admiration des contemporains. Voltaire avait trop de goût pour en être dupe, mais il en jouissait. Saint-Lambert a jeté en passant ce distique adulateur dans le poëme des *Saisons*, où les vers ne sont pas sans harmonie et qui offre l'image poétique de quelques grandes scènes du monde physique; œuvre froide cependant et monotone, puisqu'il y manque le

de cœur, 1 vol. in-8°, 1842, p. 53. M. A. Pommier n'est pas aussi brouillé avec le goût qu'il s'en vante, car il a su dans une heure de résipiscence faire couronner par l'Académie française sa prose dans l'*éloge d'Amyot*, et ses vers dans une épître sur la *Vapeur*, et cela à la même séance.

[1] A ce prix et par un échange courtois, Saint-Lambert devenait :

> L'harmonieux émule
> Du pasteur de Mantoue et du tendre Tibulle.
> (Épît. cxii, p. 268, t. XIII.)

Mais la satire intervenait à son tour, et faisait entendre son coup de sifflet :

> Saint-Lambert, noble auteur dont la muse pédante
> Fait des vers fort vantés par Voltaire qu'il vante.
> (*Gilbert*, le Dix-huitième siècle; v. 407.)

sentiment religieux qui, sur le même sujet, inspirait Thompson en Angleterre, et qui seul peut vivifier les descriptions de la nature. La poésie de Saint-Lambert, qui a rarement de l'éclat et souvent de la pesanteur, ne permettait pas cependant de prévoir combien serait lourde et terne la prose du même auteur, lorsque, atrophié par le matérialisme et glacé par l'âge, il écrivit en l'honneur de la sensation et de l'intérêt bien entendu le *Catéchisme universel*, indigeste et illisible testament des plus tristes doctrines du siècle. Quoi qu'il en soit, ce poëme des *Saisons* donna le signal à la poésie descriptive et la mit à la mode. Dans les dernières années du siècle qui virent paraître et qui accueillirent favorablement *les Jardins* de Delille, *les Fastes* de Lemierre, *l'Agriculture* de Rosset, *les Mois* de Roucher, ce fut un véritable débordement de vers très-artificiels à propos de la nature. Delille, qui se produisit quelques années après Saint-Lambert et qui emporta tout d'abord le nom de poëte par sa belle traduction des *Géorgiques*, fait aussi partie du cortége de Voltaire, dont il ne dédaigna ni le patronage ni les éloges. Tous les rayons poétiques venaient aboutir à Voltaire comme à leur centre. Il reçut encore les hommages du lyrique Lebrun, dont les odes étaient la fanfare de tous les événements du siècle : cette musique dura longtemps, grâce à la longévité du poëte, qui put, après la chute de la monarchie, chanter l'héroïsme républicain et la gloire de l'empire. Nous le retrouverons alors [1].

[1] Je lui ai donné place dans l'*Histoire de la Littérature française pendant la Révolution*, liv. II, chap. III, p. 195-199.

Lebrun conseilla en beaux vers une belle action que
Voltaire s'empressa d'accomplir, en tirant de la misère
une nièce du grand Corneille. Lebrun n'est pas un
poëte à dédaigner : la dureté de ses vers, les images
forcées dont ils abondent, les oripeaux mythologiques
qui les déparent en voulant les orner, ne leur enlèvent ni le feu ni la vigueur qui frappa d'étonne-
ment et presque d'admiration leurs premiers lecteurs.
La France crut avoir son Pindare : plaisante méprise
qui serait inexcusable si la France eût connu Pindare. La vérité est que Lebrun est encore loin d'avoir
égalé dans l'ode J.-B. Rousseau; mais il lui dispute
le prix de l'épigramme.

Entre tous les poëtes que nous venons de nommer
et dont Voltaire encouragea les débuts nous devons
donner une place distincte à Delille qui, pour sa traduction des *Géorgiques*, reçut du patriarche de Fer-
ney le surnom d'abbé Virgile. Malgré quelques critiques fondées ce travail est demeuré parmi nous le
chef-d'œuvre de la traduction en vers. Sans doute
Delille n'a pas reproduit toutes les mâles beautés de
l'original; il n'a pas laissé vivre dans sa touchante
profondeur cette sensibilité qui vivifie chez Virgile
jusqu'aux préceptes de la science ; il n'a pas la fière et
libre allure de son modèle; sa langue n'a pas cette
perpétuelle invention des mots, ce coloris des images
dont se compose la désespérante perfection du poëte
latin ; mais il a triomphé des difficultés de sa tâche
autant que le permettaient l'infériorité naturelle de
notre langue et les entraves de ce labeur ingrat qui,
soumettant l'inspiration à des formes déterminées,

enferment l'imitateur dans un cercle infranchissable.
Quelle souplesse dans cette infinie variété de tours,
quelle facilité de pinceau dans ces nuances finement
et vigoureusement touchées, quelle dextérité pour
faire entrer tant d'idées et de figures dans le moule
inflexible de l'alexandrin ! Certes la traduction n'a ni
le titre ni le poids du modèle ; le métal est de qualité
inférieure, mais ici le problème à résoudre ce n'est
pas d'arriver à l'égalité, c'est de s'en rapprocher le
plus possible. Or, jusqu'à preuve contraire, il est
vraisemblable que Delille a atteint les limites du genre.
D'autres ont fait autrement, personne n'a fait aussi
bien. Delille a donc la gloire d'avoir été plus loin que
pas un dans une carrière marquée par tant de chutes.

Il faudrait ajouter beaucoup de noms à cette énumé-
ration pour épuiser la liste des disciples de Voltaire.
« Quelques-uns, dit M. Jay, se distinguaient par d'heureuses tentatives ; Guimond de La Touche, Saurin, Lemierre, obtinrent d'honorables suffrages. De Belloy fut
mieux inspiré dans le choix de ses sujets que dans la
manière de les traiter : des noms chers à la France attachèrent à ses productions un intérêt puissant ; le spectacle de l'héroïsme national commandait l'indulgence,
protégeait les succès du poëte et fait encore pardonner
à ses défauts [1]. » En effet, *le Siége de Calais* de cet
auteur tragique, écrivain très-médiocre, fait époque
dans les annales de notre théâtre. Quant à Lemierre,
qui ne manquait pas de talent, mais de goût, et qui

---

[1] Discours sur la *Littérature française au dix-huitième
siècle.*

s'admirait avec un orgueil naïf dont on souriait, il a
frappé d'une empreinte vigoureuse, dans ses tragédies et dans ses poëmes qu'on ne lit plus, quelques
vers excellents qu'on a retenus. L'*Iphigénie en Tau-
ride* de Guimond de La Touche et le *Spartacus* de
Saurin ont été remarqués dans leur temps. Voltaire
applaudissait à ces heureux essais. Il se montra de
même favorable au comédien La Noue, auteur de
Mahomet II, et d'une comédie longtemps applaudie,
la Coquette corrigée. Il vit encore les premiers succès
de Ducis, à qui il n'a manqué, pour monter au premier rang, qu'un style plus châtié et l'art de composer un plan. L'ensemble de ses tragédies, qui
renferment toutes d'admirables scènes, est toujours
défectueux. Imitateur de Shakspeare, que Voltaire
regrettait, sur ses vieux jours, d'avoir fait connaître
en France, Ducis a transporté sur notre scène tragique quelques raccourcis des chefs-d'œuvre du poëte
anglais, *Hamlet*, *Roméo et Juliette*, *le Roi Lear*,
Macbeth et *Othello*. Personne ne l'a surpassé dans
l'expression des sentiments moraux, et il a peint
avec charme l'amour filial, avec noblesse l'autorité
paternelle. Il rajeunissait la tragédie comme avait
fait autrefois Voltaire, il lui succédait au théâtre et il
le remplaça à l'Académie.

Nous n'avons pas quitté Voltaire en voyant défiler
devant nous quelques-uns de ses adversaires et de
ses admirateurs; nous le retrouverons encore; il est
partout. L'histoire de sa vie serait celle de tout son
siècle, et l'examen de ses ouvrages soulèverait toutes
les questions morales, religieuses, politiques, litté-

raires, dont la discussion est l'aliment et l'attrait des
grandes intelligences. On aurait beaucoup à louer,
beaucoup à reprendre, et il y aurait une ample matière aux diatribes et aux panégyriques. La difficulté
serait de garder une juste mesure. Louer sans réserve
et même excuser avec complaisance, c'est prendre
une part dans de coupables excès que flétrit justement
la conscience humaine; mais aussi le dénigrement
systématique de Voltaire trahit, chez ses détracteurs,
une secrète sympathie pour les abus qu'il a voulu
détruire. Ceux qui n'ont que l'outrage pour sa mémoire ne disent pas tous leur dernier mot, qui
serait fort menaçant pour la liberté de conscience et
pour bien d'autres conquêtes, moindres sans doute,
mais précieuses encore, de la civilisation moderne :
« L'envie que j'aurais, dit très-judicieusement et
très-spirituellement M. de Sacy, de condamner sans
ménagement des écrivains et des philosophes qui
n'ont pas su se préserver de la corruption commune,
tombe quand je vois que l'arrêt qu'on demande contre
eux est un arrêt de réhabilitation pour tous les abus
que leur voix vengeresse a fait écrouler [1]. » Laissons
à Voltaire l'honneur de ses bonnes pensées et de ses
généreux sentiments, ne lui disputons pas le rare
mérite de ses meilleurs ouvrages, et ne contestons
pas les qualités qui brillent encore dans ceux que
nous réprouvons. Quoi qu'on puisse dire, Voltaire
est un grand écrivain : il a, quand la passion ne l'égare

---

[1] *Variétés littéraires, morales et historiques*, 2 vol. in-8°,
1858, t. I, p. 276.

pas, la raison la plus droite, la lucidité, la netteté
d'un bon sens exquis; ne faisons pas non plus un
démon de malice, un monstre de perversité, de celui
qui a eu l'ambition de rendre les hommes plus humains et moins ignorants, qui a eu la passion du
travail et de la justice, qui a salué avec transport
l'avénement de Turgot au ministère, qui s'affligea de
sa disgrâce comme d'un malheur public : « La France,
disait-il, aurait été trop heureuse ! » Et il ajoutait :
« La destitution de ce grand homme m'écrase, et je
vais mourir en le regrettant. » Il ne mourut que
deux ans plus tard, et sur son lit de mort voici les
derniers mots que le généreux défenseur des Calas et
des Sirven traça d'une main défaillante lorsqu'on lui
annonça que le comte de Lally-Tollendal venait de
réussir à faire casser l'arrêt qui avait conduit son
père à l'échafaud et qui flétrissait sa mémoire : « Le
mourant ressuscite en apprenant cette grande nouvelle ; il embrasse bien tendrement M. de Lally ; il
voit que le roi est le défenseur de la justice. Il mourra
content. » C'est du même cœur qu'étaient sorties,
pendant la révision du procès de Sirven, ces paroles
vraiment humaines : « Cette affaire me donne plus
de soins et d'inquiétudes que n'en peut supporter un
vieux malade ; mais je ne lâcherai prise que quand
je serai mort, car je suis têtu [1]. » Noble entêtement
qui efface bien des fautes et qui donne la gloire !

[1] Lettre du 4 sept. 1769, t. LXVI, p. 10.

CHAPITRE IV

L'Encyclopédie. — Dalembert. — Diderot. — Philosophes matérialistes. — Helvétius. — D'Holbach. — Philosophie de la sensation. — Condillac. — Écrivains spiritualistes. — Vauvenargues. — Thomas. — L'Histoire naturelle. — Buffon.

La raison humaine émancipée du joug de la foi religieuse et comme enivrée de son indépendance et de ses conquêtes, pensant avoir atteint les limites de la science, devait songer à élever le monument de son triomphe. C'était une imprudence, car si la victoire était assurée, elle n'était pas complète et la guerre durait toujours. Le temple allait devenir une citadelle condamnée à être attaquée et forcée de se défendre, pendant qu'on la construirait. Toutefois l'attente était vive et générale, l'espérance ressemblait à de la sécurité, lorsque vers le milieu du dix-huitième siècle les philosophes entreprirent de réunir, sous le nom d'*Encyclopédie*, l'ensemble des connaissances humaines. Ces architectes avaient l'ambition de construire un édifice à l'abri des injures du temps. Il arriva qu'ils ne purent l'achever, que le plan en était trop vaste, que l'inhabileté et l'indiscipline de quelques-uns des ouvriers ne permirent pas même de mettre en œuvre tous les matériaux dont on pouvait disposer, que dès les premiers essais les mé-

comptes furent nombreux, et que le bâtiment, battu
en brèche par les ennemis du dehors pendant qu'on
y travaillait avec précipitation, vit s'écrouler quelques-unes de ses parties, qui furent des ruines anti-
cipées. Voltaire avouait qu'il était « bâti moitié de
marbre, moitié de boue [1] ; » Dalembert, usant d'une
autre métaphore, y voyait un habit d'arlequin, où il
y a quelques morceaux de bonne étoffe et trop de
haillons. Ainsi les auteurs mêmes de l'œuvre en
signalèrent les imperfections, et, comme on le voit,
ils n'imputaient pas tous les torts aux intrigues et
aux voies de fait des adversaires de l'entreprise. Il y
avait d'insurmontables difficultés qui tenaient à la
matière même et aux artisans de l'œuvre.

La responsabilité de l'*Encyclopédie* revient surtout
à Dalembert, qui en a tracé le plan, et à Diderot,
qui a pris la plus grande part dans le travail de direction. Voltaire se contentait de les encourager de loin.
Dalembert avait la considération d'un sage, qu'il
s'était acquise par la modération de ses désirs et par
la noblesse de son caractère ; il y ajoutait la gloire
d'un savant du premier ordre, qu'on ne lui conteste
pas même aujourd'hui, quelques progrès qu'aient pu
faire depuis la géométrie et la mécanique par où il
s'est illustré. La préface qu'il composa pour servir
d'introduction et comme de péristyle passa pour un
chef-d'œuvre, et elle demeure un livre excellent, de
sorte que le satirique Gilbert n'a fait qu'une méchante
antithèse sans portée en disant :

---

[1] Lettre du 12 mars 1758, t. LVII, p. 518.

Et ce froid Dalembert, chancelier du Parnasse,
Qui se croit un grand homme et fit une préface [1].

Cet homme qui dédaigna la faveur et l'opulence, qui,
fils délaissé de madame de Tencin, ne voulut jamais
d'autre mère que la femme obscure et dévouée qui
avait recueilli son enfance; qui refusa l'honneur
d'élever pour le trône de la Russie, au prix de cent
mille francs par année, l'héritier de Catherine; qui
mit au-dessus de tout le séjour de la patrie et le culte
de la science et des lettres, n'en fut pas moins, sous
les apparences de la froideur et avec toutes les précautions de la prudence, le plus opiniâtre partisan
et le plus déterminé promoteur des doctrines nouvelles.

Avant tout, Dalembert voulait vaincre, et il avait
pris pour devise : *dolus an virtus quis in hoste re-
quirat?* Ce que la guerre a de pis, c'est d'autoriser la
ruse et la violence, et de fausser par là et la prudence et l'intrépidité. La tactique de Dalembert fut
la prudence : il n'attaqua jamais de front la religion
qu'il voulait détruire, il lui rend perfidement hommage, et, sans jamais prétendre qu'elle soit fausse,
il veut amener doucement le monde à s'en passer.
Il emploie contre elle non pas le bélier, mais la sape,
bien assuré que s'il parvient à enlever aux fondements leur solidité, l'édifice croulera de lui-même.
Toute la stratégie qu'il a employée sans relâche
contre le christianisme, il nous l'a révélée sous le

[1] *Gilbert*, le Dix-huitième siècle, v. 459.

couvert de l'abbé de Saint-Pierre, qui de son côté
avait proposé la destruction du mahométisme. La
théorie, selon le formulaire que Dalembert en a
tracé, s'étend à toutes les religions, elle est complète
et conforme à sa pratique; en voici quelques traits :
« Parmi les abus sans nombre sous lesquels le mahométisme fait gémir l'humanité, on doit relever avec
soin ceux que les ministres de cette religion n'ose-
raient défendre à force ouverte; il ne faut surtout
négliger aucune occasion de faire sentir au sultan
que le mufti et ses suppôts le tiennent comme en
tutelle, par l'autorité qu'ils prennent sur lui et par
celle dont ils s'emparent auprès des peuples; il faut
sans cesse mettre en opposition leur conduite avec
leur doctrine, leur luxe avec le détachement dont ils
font profession, leur fanatisme avec la charité qu'ils
prêchent et qu'ils annoncent. »

Le principal complice de Dalembert dans cette
conspiration, le fougueux Diderot, n'était pas homme
à user de ces ménagements : l'ardeur de son sang et
sa vive imagination l'emportaient dans ses impru-
dentes manifestations au delà même de ses propres
idées. Voltaire écrivait un jour à Dalembert : « Vous
dites donc que Diderot est un bonhomme; je le
crois, car il est naïf. Plus il est bonhomme et plus
je le plains d'être dépendant des libraires, qui ne
sont point du tout bonnes gens, et d'être en proie à
la rage des ennemis de la philosophie [1]. » Le fait est
que Diderot était à la merci de tout le monde, et

[1] Lettre du 12 mars 1758, t. LVII, p. 518.

surtout de lui-même ; je veux dire de son génie, car
avec lui il ne faut point parler de volonté. Si jamais
homme parut irresponsable de ses paroles, et même
de ses actes, c'est bien Diderot, qui n'a jamais atteint
l'âge de raison, quoiqu'il ait beaucoup raisonné ; ni
de la réflexion, bien qu'il ait fait beaucoup de systèmes. C'est de sa propre expérience qu'il a tiré la
désolante et immorale doctrine qui substitue la fatalité au libre arbitre. Fatalité des sens, fatalité de
l'imagination, fatalité des circonstances, il a tout
subi, et son activité désordonnée, infatigable, inépuisable, n'a été que le mouvement d'une nature
tout ensemble fougueuse et docile.

Autour de lui, les choses et les hommes usaient et
abusaient de ses puissantes facultés : les nécessités
de la vie, dans une condition précaire, arrachaient à
sa plume les productions les plus disparates ; et alors
il composait sans scrupule, quelquefois sans conviction, et toujours avec feu, des romans, des traductions, des prospectus, et jusqu'à des mandements et
des sermons. On criait famine à ses côtés, et il n'entendait que ce cri du besoin. De plus, ses amis, les
Grimm, les Raynal, les d'Holbach, bien d'autres
encore, épiaient ses accès de verve et d'enthousiasme
pour en profiter, et le prodigue ne réclamait rien : il
donnait sans compter, comme il recevait. Certes, il
y a peu d'écrivains aussi dangereux que Diderot, car
il est sincère ; peu de perturbateurs de l'intelligence
plus désastreux, car il est éloquent : et il n'y a guère
de recours contre ses erreurs que dans ses contradictions. Heureusement elles sont nombreuses et pal-

pables. Nous n'avons pas de place à leur donner ici,
et nous aimons mieux, laissant de côté ses sophismes,
le prendre dans un de ses bons moments qui ne sont
pas rares, et alléguer, comme preuve de son talent,
un passage où cet homme, qui a fini par se croire et
peut-être par devenir athée, rend témoignage à Dieu :
« Convenez qu'il y aurait de la folie à refuser à vos
semblables la faculté de penser? — Sans doute; mais
que s'ensuit-il de là? — Il s'ensuit que si l'univers,
que dis-je, l'univers! si l'aile d'un papillon m'offre
des traces mille fois plus distinctes d'une intelligence que vous n'avez d'indices que votre semblable
a la faculté de penser, il est mille fois plus fou de
nier qu'il existe un Dieu que de nier que votre semblable pense. Or, que cela soit ainsi, c'est à vos lumières, c'est à votre conscience que j'en appelle.
Avez-vous jamais remarqué dans les raisonnements,
les actions et la conduite de quelque homme que ce
soit, plus d'intelligence, d'ordre, de sagacité, de
conséquence, que dans le mécanisme d'un insecte?
La Divinité n'est-elle pas aussi clairement empreinte
dans l'œil d'un ciron que la faculté de penser dans
les écrits du grand Newton? Quoi! le monde formé
prouverait moins une intelligence que le monde expliqué! Quelle assertion! l'intelligence d'un premier
être ne m'est-elle pas mieux démontrée par ses ouvrages que la faculté de penser dans un philosophe
par ses écrits [1]? Songez donc que je ne vous objecte

[1] Œuvres de Diderot, 6 vol. in-8°, 1818. Pensées philosophiques, t. I, p. 110.

que l'aile d'un papillon, quand je pourrais vous écraser du poids de l'univers. »

Diderot a dispersé son génie dans l'*Encyclopédie* et dans une foule d'ouvrages, romans et dissertations, où quelques traits de lumière percent à travers le fatras. Les néologismes abondent pour représenter les caprices de son esprit, et les apostrophes pour soulager la passion qui l'anime. Ses écrits sont l'image de sa conversation, qui n'était guère d'ailleurs qu'un monologue dans lequel sa chaleur, toujours croissante, était prodigue de flamme et de fumée. Comme le corps parlait au corps, et que sa pensée avait alors pour se manifester complétement le secours d'une voix sonore, d'une vive pantomime et d'un visage expressif, il produisit par la parole improvisée tous les effets de l'éloquence; peut-être la chaire ou la tribune auraient-elles fait de lui un grand orateur : encore eût-il fallu que sa fougue se réglât et qu'il se fût longtemps recueilli avant de parler; toujours est-il que, comme écrivain, il n'a pas échappé aux inconvénients de l'improvisation, la négligence et l'enflure. Cependant il avait la passion et même la manie du naturel ; il l'a cherché au théâtre avec une singulière affectation. L'épreuve ne lui a pas été heureuse; car *le Père de famille* et *le Fils naturel*, qui auraient toujours été très-médiocres comme drames, sont devenus insupportables par le soin puéril de reproduire tous les détails de la vie commune, et par ce luxe de phrases inachevées, de propos interrompus donnés comme une fidèle image des entretiens réels. Dans cette réforme du théâtre,

Diderot eut un auxiliaire fort compromettant, le dramaturge Mercier, détracteur juré des maîtres du dix-septième siècle, également fécond en idées nouvelles qui étaient fausses et en nouveaux mots qui étaient barbares. Le souvenir de Sedaine est plus favorable à Diderot. Sans doute il lui aura prêché les mérites de sa théorie dramatique; mais cet artisan illettré, qui laissa l'équerre et la truelle pour bâtir des pièces de théâtre, l'a rectifiée par un bon sens et un naturel exquis. Diderot a eu du moins le mérite de goûter ces qualités qu'il n'avait pas, d'encourager, de prôner, de faire apprécier ce talent qui s'ignorait lui-même et dont l'instinct, qui devinait les secrets de l'art, a produit pour le grand Opéra *Aline, reine de Golconde*, pour l'Opéra-Comique, *le Déserteur* et *Richard Cœur-de-Lion*, pour le Théâtre-Français, *le Philosophe sans le savoir*.

La complaisance de Diderot à la célébrité et à la paresse de ses amis le met de moitié dans bien des œuvres dont d'autres ont eu longtemps tout l'honneur. C'est ainsi que les petits princes d'Allemagne dont Grimm[1] était à Paris le correspondant officiel ont cru lire la prose de leur baron, lorsqu'ils recevaient les

---

[1] Grimm est certainement un critique distingué et un esprit original. Son caractère seul est équivoque. Il exploitait ses amis et les supplantait volontiers. Voltaire commence ainsi une lettre à Frédéric, nov. 1769. « Sire, un Bohémien qui a beaucoup d'esprit et de philosophie, nommé Grimm.... » Comme Grimm était Bavarois, le nom de Bohémien a bien l'air d'être pris dans le sens d'aventurier. Grimm n'en fut pas moins baron et diplomate. Son esprit le tira de la roture où il était né.

comptes rendus de nos expositions de peinture, et cependant c'était bien Diderot qui, de sa meilleure plume, mettait tant de goût et surtout d'invention dans la critique des beaux-arts. Le temps lui a restitué cette œuvre originale, qui est son meilleur titre. Il a aussi recouvré, et c'est un moindre avantage, les tirades pompeuses et déclamatoires qui ont fait la fortune de l'*Histoire philosophique des deux Indes*, par l'abbé Raynal. La contagion du matérialisme de Diderot, mais non celle de son éloquence, se fait sentir encore dans Helvétius, qui composa le traité *De l'Esprit* pour prouver que la matière seule existe. Ce livre, qui se serait naturellement abîmé de son propre poids, fut soulevé par la tempête qu'il excita. Les théologiens l'attaquèrent vivement, la Sorbonne prépara ses foudres, et cela suffit pour mettre en faveur l'interprète de doctrines qui d'elles-mêmes ne se soutiennent pas. L'intervention de la Sorbonne paralysa la bonne volonté de J.-J. Rousseau, qui allait opposer sa dialectique et son éloquence à ce manifeste du matérialisme. Helvétius ne voit pas que la vie physiologique, par laquelle il croyait expliquer les phénomènes de la pensée, demande elle-même, pour être comprise, l'action d'une force immatérielle. En effet, les lois qui régissent la matière ne donnent pas le secret du jeu de nos organes. Ainsi, quand les fonctions du corps accusent déjà la présence des ressorts étrangers à la matière, Helvétius tire de la matière le ressort de l'intelligence. L'âme humaine, dans son triple rôle de force sensible, active et intelligente, apparaît à la conscience comme une substance unique, et la nature des phénomènes dont elle est ou le sujet ou l'agent démontre qu'elle est une substance simple. Qu'oppose-t-on à ces données du sens intime et à ces déductions du raisonnement? rien que des hypothèses. On écarte le fait invincible attesté par la conscience, c'est-à-dire un témoignage universel, direct, irrécusable, et on décline arbitrairement les conséquences qui en découlent; on dit à l'être qui se voit cause et principe qu'il est dupe d'une illusion. Mais alors d'où viendra la lumière? Quels sont vos titres pour nier, quels sont vos moyens de contrôler et de confondre l'évidence intérieure? Il n'y en a point : mais il était si doux de pouvoir garantir une mort définitive; l'annonce du néant était une si bonne nouvelle, qu'on pouvait bien, en vue d'un résultat si attrayant, démentir l'expérience et la logique! Sur ce fond de grossière métaphysique, Helvétius établissait la morale de l'intérêt bien entendu, comme s'il était facile à l'homme d'entendre son véritable intérêt et que le bien dépendît de calculs compliqués qui peuvent toujours mettre en défaut la prévoyance la plus exercée. La conscience procède avec plus de simplicité et d'autorité : elle montre clairement où est le devoir, et elle ne laisse aucun doute sur la nécessité d'obéir[1].

[1] Il est bien entendu que notre blâme porte seulement sur les doctrines et non sur la personne de ceux qui les ont professées. Helvétius a été un modèle de probité et de générosité, d'Holbach jouissait d'une considération méritée. Si l'on veut connaître à fond tous ces représentants du matérialisme, il faut lire les consciencieuses études de M. Damiron

Cette école, qui prenait plaisir à dégrader l'humanité, tout en aspirant à la glorifier et à l'affranchir, a eu d'autres adeptes encore plus cyniques, et parmi eux il faut citer, non pour leur faire honneur, deux étrangers, tous deux barons : d'Holbach, qui tenait table ouverte au profit de l'impiété, véritable amphitryon de l'athéisme, et Grimm, qui en était l'entremetteur et le parasite. La maison de d'Holbach était l'officine où se fabriquaient et d'où partaient ces livres impudemment clandestins, pesamment érudits, tantôt anonymes, tantôt pseudonymes, et dont quelques-uns ont osé se couvrir du nom de Fréret, si digne de respect pour tant de beaux travaux sur l'histoire et la chronologie. Les morts dont on chargeait ainsi la mémoire ne pouvaient pas réclamer.

Le dix-huitième siècle, ou tout au moins ses enfants perdus étaient arrivés à ces tristes doctrines pour avoir quitté les traces de Descartes. Une mauvaise méthode, un faux point de départ, ont égaré, à la suite de philosophes sincères et à vue courte, des esprits malsains, avides de nouveauté. Locke, et après lui Condillac, ont mis sur cette mauvaise voie les téméraires qui ont tout gâté. L'erreur de ces penseurs honnêtes, qui auraient désavoué avec mépris et colère les logiciens qui ont mené si loin leurs principes, a été de chercher l'origine de la pensée avant d'en étudier la nature, d'avoir fait une table

lues à l'Académie des sciences morales, et qui, réunies successivement en volumes, forment une histoire pleine d'intérêt, judicieuse et impartiale de la philosophie en France au dix-huitième siècle.

rase, et comme une membrane d'abord inerte et obscure, de la substance qui agit spontanément avant
de savoir comment elle doit agir; qui voit avant de
regarder, qui connaît avant de réfléchir, et qui est par
essence force et lumière. En effet, si l'âme ne possédait rien par elle-même, si elle était réduite à tout
recevoir du dehors, elle ne pourrait jamais devenir
libre. Condillac, qui tire de la sensation toutes les
idées et même les facultés de l'âme par une suite
de transformations arbitraires et incompréhensibles,
n'a aucun moyen de lui donner l'indépendance et
l'initiative qui font d'elle une personne morale et
responsable, et la condamne à demeurer invinciblement l'esclave des sens qui l'ont éveillée et avertie
de son existence. Il faut, pour qu'elle les domine,
qu'elle ait en soi la puissance de s'affranchir, c'est-à-
dire qu'elle soit naturellement une force vive, libre,
clairvoyante; que créée, comme on nous l'enseigne,
à l'image de Dieu, elle soit, dans les limites du fini,
substance et cause.

Dans le groupe encyclopédique, il faut donner une
place distincte à Condorcet, ouvrier de la onzième
heure, mais ouvrier infatigable et désintéressé. Condorcet, savant distingué, écrivain de second ordre,
est au premier rang par le cœur. Il a aimé l'humanité
avec passion. Il n'eut pas d'autre passion que cet
amour; il y consacra, il y sacrifia sa vie, gardant
encore ses espérances pour l'avenir des hommes,
lorsque l'aveuglement de quelques forcenés le réduisit à désespérer de lui-même, à l'une des heures
les plus sinistres de notre histoire.

La licence des mœurs et des idées n'étendit pas sa
contagion sur Vauvenargues, ce rare esprit, ce noble
cœur qui, mêlé aux philosophes, remarqué et protégé
par Voltaire, semble tenir encore à la famille des
Pascal et des La Bruyère. Vauvenargues eut pour
unique souci la connaissance de l'homme et la recherche des moyens d'éclairer son intelligence et
d'améliorer son âme. Mort à la fleur de l'âge, on ne
peut pas savoir jusqu'où l'amour de la vérité, le détachement de tout intérêt mondain et la pureté morale auraient élevé ce penseur loyal et pénétrant,
capable de devenir un grand écrivain. Quoi qu'il en
soit, quelques années d'un travail souvent interrompu par la maladie ont suffi pour assurer à Vauvenargues une renommée durable et un rang honorable parmi les moralistes. Il se distingue à côté des
plus accrédités par l'estime qu'il fait de l'homme : il
le relève et il l'honore, et pour cela, il n'a besoin
que de le mettre à son niveau ; il prétend lui « res-
tituer ses vertus, » dont les uns lui ont disputé le
mérite, et les autres la réalité. Il réfute La Rochefoucauld sans le prendre à partie, et on peut dire
qu'il a vu les hommes en n'observant que soi, mieux
que n'a fait La Rochefoucauld en les étudiant eux-
mêmes dans un moment et dans un milieu qui ne
leur étaient pas favorables. La rencontre de cet
homme de bien, clairvoyant et sincère à un moment
où les meilleurs esprits déguisent leurs véritables
pensées par prudence ou les exagèrent par bravade,
rafraîchit les yeux et repose le cœur. Vauvenargues
est un ami pour tous ceux qui le lisent ; il leur offre

des pensées justes et belles, nettement exprimées ;
il leur suggère de nobles sentiments. Il donne avec
une juste notion de la vertu le désir et la force de la
pratiquer, tandis que les matérialistes en détrui-
sent jusqu'à l'idée, et que les spiritualistes tels que
J.-J. Rousseau en forment seulement une idée vague
et chimérique, plus puissante sur l'imagination qu'elle
échauffe que sur la volonté qu'elle ne règle pas.

Le charme de la beauté morale, si puissant sur
l'âme de Vauvenargues, ne ferme pas, quoi qu'on ait
dit, ses yeux au spectacle de la nature ; il ne la décrit pas, mais il la sent ; et il en était ému, puisqu'il
lui emprunte des images pour représenter les émotions de l'âme. Celui qui a dit : « Les feux de l'aurore ne sont pas plus doux que les premiers regards
de la gloire[1], » avait eu les yeux charmés du spectacle auquel il compare si heureusement la pure
ivresse d'une âme qui commence à recueillir l'admiration dont elle est digne. S'il a écrit, avec l'imagination d'un poëte, et le cœur d'un moraliste :
« Les premiers jours du printemps ont moins de
grâce que la vertu naissante d'un jeune homme[2], »

---

[1] *Pensées et Maximes*, n° 758, p. 477. Nous suivons l'édition donnée par M. D.-L. Gilbert, auteur de l'*Éloge de Vauvenargues*, couronné par l'Académie française en 1856. Cette édition se compose de deux volumes, dont le premier comprend les
œuvres publiées du vivant de Vauvenargues ; le second volume,
outre les œuvres posthumes, renferme une correspondance iné-
dite du plus grand intérêt. Cette édition définitive et monumen-
tale lie honorablement le nom de M. Gilbert à celui de Vauvenargues. 2 vol. in-8°, Furne, 1857.

[2] *Œuvres de Vauvenargues*, Pensées et Maximes, n° 757,
t. I, p. 477.

c'est que le parfum et le chaste éclat des fleurs et de l'adolescence le charmaient également. L'originalité de Vauvenargues, comme moraliste, est de n'avoir ni injurié ni voulu détruire les passions, mais d'en avoir reconnu l'utilité et réglé l'usage : « L'esprit, dit-il, est l'œil de l'âme et non sa force. Sa force est dans le cœur, c'est-à-dire dans les passions [1]. » Ainsi contre ses contemporains Vauvenargues affirme que la raison ne suffit pas, et contre Pascal que les passions ne sont pas uniquement des suggestions diaboliques. Il disait encore contre Pascal, et, dans un certain sens, avec raison : « La pensée de la mort nous trompe, car elle nous fait oublier de vivre [2]. » Il connaissait bien l'emploi de la vie, celui qui a pu dire : « Faisons généreusement et sans compter, c'est le bien qui tente nos cœurs : on ne peut être dupe d'aucune vertu. » Quelle noblesse dans la maxime qu'on va lire et qui est comme le gémissement d'une âme héroïque : « La servitude abaisse les hommes au point de s'en faire aimer; » et combien d'équité dans celle-ci : « Lorsque les plaisirs nous ont épuisés, nous croyons avoir épuisé les plaisirs; et nous disons que rien ne peut remplir le cœur de l'homme. » Fermons le livre, car si on se laissait aller au plaisir de citer Vauvenargues, il faudrait tout transcrire.

Vauvenargues avait tout à défendre contre son siècle, religion, libre arbitre, vertu, dignité et responsabilité morale; il a tout maintenu avec force et

[1] *Vauvenargues*, n° 149, p. 389.
[2] *Ibid.*, n° 145, p. 388.

mesure. Il l'a fait devant Voltaire, qui ne l'en a pas moins aimé. Cette tendresse, où se mêlait le respect malgré la jeunesse de Vauvenargues, aurait été, on peut le croire, un frein pour Voltaire si la mort ne lui eût pas ravi ce jeune Mentor, à peine âgé de trente-deux ans. Voltaire, qui gardait encore quelque mesure, eût-il osé mettre Vauvenargues dans la confidence de ce poëme déjà ébauché, sans doute pour amuser à Cirey les loisirs de madame Du Châtelet, et la crainte de perdre l'estime de cette jeune âme si loyale et si pure ne l'aurait-elle pas gardé de s'engager plus avant? Si la vie de Vauvenargues pouvait avoir cette heureuse influence, combien sa mort prématurée n'est-elle pas à déplorer! Voltaire le savait bien, lorsque devenu éloquent pour louer son ami il consacrait sa mémoire par ce touchant souvenir : « Par quel prodige avais-tu, à l'âge de vingt-cinq ans, la vraie philosophie et la vraie éloquence, sans autre étude que le secours de quelques bons livres? Comment avais-tu pris un essor si haut dans le siècle des petitesses? et comment la simplicité d'un auteur timide couvrait-elle cette profondeur et cette force de génie? je sentirai longtemps avec amertume le prix de ton amitié; à peine en ai-je goûté les charmes [1]. »

Vauvenargues ne tient à la philosophie de son époque que par la liberté de penser ; il s'en détache par le caractère de sa pensée sincèrement morale et religieuse. Il n'est pas le seul qui ne doive pas être

[1] *Voltaire*, Éloge funèbre des officiers morts dans la guerre de 1741, t. XXXIX, p. 43.

confondu dans la foule. Les fanfarons d'incrédulité déplaisaient fort à un autre philosophe, historien et moraliste, qui eut de la tenue et qui parut avoir de la franchise, à Duclos, qu'on peut toujours croire sincère, puisqu'il n'a d'autre accusateur devant la postérité que le témoignage posthume de Grimm dont il avait pénétré la fourbe et gêné les intrigues. Quoi qu'il en soit, Duclos a joui d'une grande considération parmi ses contemporains, et nous n'avons le droit ni de le mépriser comme homme, ni de le dédaigner comme écrivain. Sa rudesse bretonne, la brusquerie de son esprit fécond en saillies, n'excluaient pas une certaine habileté de conduite qui a fait dire à J.-J. Rousseau qu'il était droit et adroit : ce mot le caractérise à merveille. Membre de deux académies, secrétaire perpétuel de l'Académie française, historiographe du roi, il eut tous les honneurs littéraires ; érudit, grammairien, moraliste, historien, il avait mérité ces honneurs par ses travaux. Duclos, comme grammairien, a moins de méthode que Dumarsais, moins d'originalité et de profondeur que Beauzée, moins d'invention que Court de Gébelin. Historien, il manque de coloris et d'imagination ; il a fait du règne de Louis XI un tableau exact et sévère, mais froid. Lorsqu'il tente d'égaler Tacite, dont il affecte la manière, il n'atteint pas même dans ce genre le mérite d'un écrivain qui ne passait alors, sur la foi de quelques vers bien tournés, que pour un bel esprit mondain, et qui se montra peintre habile et politique profond dans l'*Histoire de l'anarchie de Pologne*. Nous voulons parler de Rulhière. Le meil-

leur titre de Duclos comme penseur et comme écrivain, ce sont les *Considérations sur les mœurs* de son
siècle. Il ne trace pas de portraits comme La Bruyère;
il ne détache pas ses pensées en maximes comme
La Rochefoucauld et Vauvenargues; il présente avec
suite, d'un style nerveux, original par le tour, des
réflexions fines, des observations judicieuses, et il
exprime des sentiments qui sont d'un honnête homme
et d'un bon citoyen. Nous n'en citerons qu'un passage, mais il prouvera à quel point il voyait juste
dans la plus importante des questions sociales :
« On trouve parmi nous beaucoup d'instruction et
peu d'éducation. On y forme des savants, des artistes
de toutes espèces; chaque partie des lettres, des
sciences et des arts y est cultivée avec succès par des
méthodes plus ou moins convenables. Mais on ne s'est
pas encore avisé de former des hommes, c'est-à-
dire de les élever respectivement les uns pour les
autres, de faire porter sur une base d'éducation
générale toutes les instructions particulières; de
façon qu'ils fussent accoutumés à chercher leurs
avantages personnels dans le plan du bien général,
et que, dans quelque position que ce fût, ils com-
mençassent par être patriotes. » A qui la faute?
Duclos avait dit au début de son livre : « J'espère
que mes idées s'éloigneront également de la licence
et de l'esprit de servitude; j'userai en citoyen de la
liberté dont la vérité a besoin. » Ces mots simples et
fermes peuvent servir de devise à tous ses ouvrages.

Un autre homme de bien qu'aucun soupçon ne
peut atteindre, et qui échappa complétement à la

contagion morale dans un siècle de licence, c'est
Thomas, philosophe à la manière des anciens, disciple d'Epictète et de Marc-Aurèle égaré parmi des
épicuriens. Thomas a le sentiment de la grandeur,
mais il n'en a pas la mesure; il n'a pas non plus de
place où développer naturellement sa force : cette
âme antique ne respire pas librement dans l'atmosphère corrompue des temps modernes. De là cette
tension continue et cette emphase qui gâtent chez
lui l'expression de sentiments nobles et vrais. Les
Éloges de Thomas élèvent l'âme et fatiguent l'esprit;
ils sont d'un orateur condamné à devenir rhéteur,
mais sa rhétorique est celle d'un Dion Chrysostôme
qui a retrouvé et qui exprime, comme on peut le
faire sous le pouvoir absolu, les idées de vertu et de
liberté. Par les mêmes raisons, Thomas, dans ses
vers, car il a aussi tenté d'être poëte, a la pompe
d'un Claudien. Malgré ces défauts que le temps a
rendus plus sensibles, Thomas conserve encore des
lecteurs ; mais s'il a sur l'âme des jeunes gens une
heureuse influence morale, il risque d'égarer leur
goût en les poussant à la déclamation. La seule
gloire qu'on ne puisse lui contester, c'est d'avoir été
un homme de bien irréprochable. Parlons maintenant d'un homme de génie.

Bien supérieur à Dalembert par l'imagination, à
Diderot par la consistance des idées, à Voltaire par la
gravité et l'unité de ses travaux, Buffon, trop sérieux
et trop réservé pour s'enrôler parmi les philosophes
militants, trop fier et trop indépendant pour venir en
aide à leurs adversaires, se réfugia dans l'étude de la

nature, laissant à d'autres moins scrupuleux et plus
ardents le soin de débattre les problèmes de la politique, de la morale et de la religion. Sur les traces
d'Aristote et de Pline, avec plus de savoir que n'en
eut Pline; avec moins de méthode, mais plus de hardiesse et d'éloquence que n'en eut Aristote; doué
d'une patience infatigable et d'une imagination brillante et forte, il conçut le dessein d'embrasser, de
coordonner et de peindre, dans un tableau unique,
l'ensemble des œuvres de la création. Non-seulement
il prétendit faire connaître, par l'étude des trois règnes de la nature, tout ce qui couvre la surface de la
terre et ce qu'elle renferme dans ses entrailles, mais il
osa remonter par la pensée vers des âges où l'œuvre
divine se formait sans autre témoin que Dieu lui-
même; il voulut nous faire assister à ces révolutions
successives qui ont façonné le théâtre où l'homme,
dernier venu de la création, règne en souverain.
Comment s'est formée notre planète? Buffon nous répond : C'est un fragment incandescent détaché du
soleil et jeté dans l'espace par le choc d'une comète;
il a bouillonné pendant trente-cinq mille ans; attiédi
enfin par le rayonnement séculaire de sa chaleur innée, il a vu refluer vers sa surface les vapeurs qu'il
avait rejetées, et ces vapeurs, en se condensant, ont
formé une sphère liquide qui servit d'enveloppe à ce
noyau de lave brûlante. Après vingt-cinq mille ans
d'ébullition et de refroidissement, le niveau des eaux
s'abaissa pour laisser paraître de vastes espaces solides, où commencèrent la végétation et la production
d'êtres animés se mouvant par une force intérieure.

Quels lieux furent d'abord habitables; dans quelles contrées et pendant combien de siècles se firent les premiers essais de la nature vivante; quelles dynasties d'animaux se succédèrent à la surface du globe? Buffon le sait, et il le raconte avec la précision d'un témoin oculaire, avec l'orgueilleuse et puissante émotion d'un voyageur qui a visité seul des régions inconnues. De ces brillantes conjectures la science a gardé la théorie du feu central, du refroidissement successif de la terre, et des générations successives; mais elle laisse à Buffon la responsabilité de plus d'une hypothèse, et elle a répondu au vœu de Voltaire, dont le bon sens avait dit dès lors : « Ne fera-t-on pas quelque jour justice des comètes qui forment une terre avec une échancrure du soleil? »

Le plan conçu par Buffon était trop vaste pour qu'il pût l'exécuter tout entier : toutefois il a dessiné l'ensemble du monument, il en a élevé le majestueux péristyle et construit les parties principales. Dans ce travail immense il appela à son aide d'habiles auxiliaires qu'il animait du souffle de son génie. C'est dans cet imposant ouvrage que se trouvent les titres de Buffon, comme savant et comme écrivain, aux yeux de la postérité. Sous le rapport scientifique, sa renommée a porté la peine de son dédain pour les classificateurs et les nomenclateurs. Ce qu'il a dédaigné, on l'impute à l'ignorance; les méthodes secondaires, les règles convenues qu'il a négligées par une vue supérieure de l'ensemble et pour obéir à une pensée plus générale deviennent des arguments contre la régularité de sa marche. Il y a

bien un fond de vérité dans ces reproches : une méthode plus sévère, des observations plus précises
n'auraient rien gâté dans l'œuvre de notre grand na-
·turaliste ; mais ce qu'on peut désirer au delà de ce
qu'on a reçu est bien compensé par la fécondité de
l'admiration qu'inspire une œuvre de génie : « Buffon, dit excellemment M. Villemain, par le caractère
seul de ses recherches, la sublimité de ses conjectures, de ses paradoxes même, agitait les esprits, appelait de loin les découvertes, et créait ce qu'il ne savait pas encore [1]. »

Le débat sur la science de Buffon a été fermé par
l'exposition lucide que M. Flourens a faite de ses
travaux [2]. Comme écrivain, on ne conteste pas sa
gloire. Buffon a exposé lui-même ses procédés de
style et de composition dans son discours de récep-
tion à l'Académie française. En indiquant la méthode
que doit suivre un écrivain pour arriver à la perfection, il s'était pris pour modèle, et nous n'avons rien
de mieux à faire que de transcrire une page dans laquelle il énumère complaisamment les secrets de son
art et les qualités qui distinguent son style. « Pour
bien écrire, il faut posséder pleinement son sujet ; il
faut y réfléchir assez pour voir clairement l'ordre de
ses pensées et en former une suite, une chaîne continue, dont chaque point représente une idée ; et, lorsqu'on aura pris la plume, il faudra la conduire succes-

[1] *Tableau de la Littérature au Dix-huitième siècle*, t. II,
p. 215.

[2] *Buffon*, Histoire de ses travaux et de ses études, 1 vol.
in-18, Paulin, 1844.

sivement sur ce premier tracé sans lui permettre de
s'en écarter, sans l'appuyer trop inégalement, sans
lui donner d'autre mouvement que celui qui sera déterminé par l'espace qu'elle doit parcourir. C'est en
cela que consiste la sévérité du style; c'est aussi ce
qui en fera l'unité et ce qui en réglera la rapidité, et
cela seul aussi suffira pour le rendre précis et simple,
égal et clair, vif et suivi. A cette première règle dictée par le génie si l'on joint de la délicatesse et du
goût, du scrupule sur le choix des expressions, de
l'attention à ne nommer les choses que par les termes
les plus généraux, le style aura de la noblesse. Si
l'on y joint encore de la défiance pour son premier
mouvement, du mépris pour tout ce qui n'est que
brillant, et une répugnance constante pour l'équivoque et la plaisanterie, le style aura de la gravité,
il aura même de la majesté[1]. » Qu'on ajoute à ces
traits cette chaleur tempérée qui naît du paisible enthousiasme de la science et le coloris qui tient à l'i-
magination, on aura Buffon tel que ses ouvrages
nous le montrent, méthodique, précis, grave, majestueux, abondant, animé d'un feu contenu, et co-
lorant sa pensée de teintes énergiques et brillantes.
Disons encore, pour compléter ce tableau, que
lorsque Buffon composait il aimait à mettre le monde
extérieur en harmonie avec la dignité de sa pensée.
Le cabinet voisin de la tour solitaire de Montbar,
où il se retirait dans un majestueux isolement, était

---

[1] *Œuvres complètes de Buffon*, t. I, p. 3; édit de M. Geof-
froy Saint-Hilaire, 5 vol. grand in-8°, 1837.

comme un sanctuaire dans lequel l'interprète de la nature célébrait les merveilles de la création.

« Il ne manquerait rien à Buffon, dit M. de Chateaubriand, s'il avait eu autant de sensibilité que d'éloquence. » D'autres critiques lui ont reproché de manquer de simplicité et de variété, et l'on sait que Voltaire, entendant louer l'*Histoire naturelle*, ne se refusa pas une maligne épigramme, en disant à voix basse : « pas si naturelle. » Ces reproches sont fort exagérés. Buffon n'est pas un écrivain sentimental, mais il est gravement et profondément ému de la majesté de la nature, de ses beautés douces et terribles. Parmi les animaux dont il décrit les mœurs, il y en a qu'il admire, qu'il aime, qu'il redoute, qu'il méprise, et les sentiments divers qu'il éprouve passent dans son langage, qu'ils teignent de couleurs différentes et qu'ils animent d'émotions diverses. Son éloquence, qui est partout, communique au lecteur les impressions de l'écrivain. Buffon est toujours noble, mais ce n'est pas à dire qu'il soit uniforme, et moins encore monotone; car il a la noblesse de tous les styles : s'il a la noblesse du sublime, il a aussi celle de la grâce et même de la simplicité; ses couleurs sont toujours pures, son dessin toujours correct, mais aussi combien de nuances et quelle souplesse de contours! Ne lui demandez pas d'être vulgaire et négligé, il s'y refuse : il a trop de respect pour sa pensée. Il n'a point cette variété que produisent les dissonances et les disparates, mais celle qui naît du rapport du langage au sujet qu'on traite, de la convenance des parties et de l'harmonie de l'ensemble. Buffon est un écrivain noble et soutenu, cela est vrai; mais il faut ajouter qu'il a sur sa palette toutes les couleurs et qu'il trouve tous les tons dans le registre de sa voix. Faudra-t-il lui imputer à crime de prendre tant de soin pour parler aux yeux et pour plaire à l'oreille?

Ainsi la noblesse qui caractérise le style de Buffon se concilie avec toutes les qualités du langage pour les orner et les tempérer. Elle n'enlève rien à l'énergie du passage suivant : « Qu'on se figure un pays sans verdure et sans eau, un soleil brûlant, un ciel toujours sec, des plaines sablonneuses, des montagnes encore plus arides, sur lesquels l'œil s'étend et le regard se perd, sans pouvoir s'arrêter sur aucun objet vivant; une terre morte et pour ainsi dire écorchée par les vents, laquelle ne présente que des ossements, des cailloux jonchés, des rochers debout ou renversés[1]. » Elle achève la grâce de celui-ci : «L'instant du péril passé, tout est oublié, et le moment d'après notre fauvette reprend sa gaieté, ses mouvements et son chant. C'est des rameaux les plus touffus qu'elle se fait entendre; elle s'y tient ordinairement couverte, ne se montre que par instants au bord des buissons et rentre vite à l'intérieur, surtout pendant la chaleur du jour. Le matin on la voit recueillir la rosée, et, après ces courtes pluies qui tombent dans les jours d'été, courir sur les feuilles mouillées et se baigner dans les gouttes qu'elle secoue du feuillage[2]. »

[1] *Œuvres de Buffon*, t. III, p. 391.
[2] *Ibid.*, t. IV, p. 525.

Il n'y a pas jusqu'à la coquetterie qui ne gagne à ce mélange de noblesse, comme on le voit à ce petit chef-d'œuvre si artistement travaillé, la description de l'oiseau-mouche : « De tous les êtres animés, voici le plus élégant pour la forme et le plus brillant pour les couleurs. Les pierres et les métaux polis par notre art ne sont pas comparables à ce bijou de la nature; elle l'a placé dans l'ordre des oiseaux au dernier degré de l'échelle de grandeur; son chef-d'œuvre est le petit oiseau-mouche; elle l'a comblé de tous les dons qu'elle n'a fait que partager aux autres oiseaux : légèreté, rapidité, prestesse, grâce et riche parure, tout appartient à ce petit favori. L'émeraude, le rubis, la topaze, brillent sur ses habits; il ne les souille jamais de la poussière de la terre, et dans sa vie tout aérienne, on le voit à peine toucher le gazon par instants; il est toujours en l'air, volant de fleur en fleur; il a leur fraîcheur, comme il a leur éclat; il vit de leur nectar, et n'habite que des climats où sans cesse elles se renouvellent[1]. »

Buffon admire les œuvres de la nature; il en est profondément ému, et c'est pour cela qu'il les décrit avec tant de vérité; mais il n'est pas moins touché des conquêtes de l'homme sur la nature elle-même. Avec quel noble orgueil il montre partout la trace du génie de l'homme : « L'or, et le fer plus nécessaire que l'or, tirés des entrailles de la terre; les torrents contenus, les fleuves dirigés, resserrés; la mer soumise, reconnue, traversée d'un hémisphère à l'autre;

---

[1] Œuvres de Buffon, t. V, p. 65.

la terre accessible partout, partout rendue aussi vivante que féconde[1]. » Avec quelle joie il énumère les
travaux et « les monuments de puissance et de gloire
qui démontrent que l'homme, maître du domaine de
la terre, en a changé, renouvelé la surface entière, et
que de tout temps il partage l'empire avec la nature[2] ! »
Mais que l'homme n'aille pas s'imaginer que cette
part de l'empire lui soit acquise à jamais, il ne peut
la garder que par les moyens qui la lui ont donnée :
« Il ne règne que par droit de conquête; il jouit plutôt qu'il ne possède ; il ne conserve que par des soins
toujours renouvelés; s'ils cessent, tout languit, tout
s'altère, tout change, tout rentre sous la main de la
nature; elle reprend ses droits, efface les ouvrages
de l'homme, couvre de poussière et de mousse les
plus fastueux monuments, les détruit avec le temps,
et ne lui laisse que le regret d'avoir perdu par sa faute
ce que ses ancêtres avaient conquis par leurs travaux[3]. » Grande et terrible leçon, qui s'étend de
l'ordre matériel à l'ordre moral, qui s'applique aux
individus comme aux nations, sanction manifeste de
cette loi de la Providence qui met la conquête de tous
les biens, de toutes les vertus, et leur durée, au prix
du courage et de la persévérance.

On avait osé soupçonner et dire que Buffon, tout
entier à la science, absorbé dans l'étude des forces de
la nature et des ressources du génie de l'homme, ne
s'était pas élevé jusqu'à la cause première de cette

[1] *Œuvres de Buffon*, t. III, p. 321.
[2] *Ibid.*, t. III, p. 320.
[3] *Ibid.*, p. 321.

double grandeur. Buffon, qui avait toujours dédaigné
de repousser les attaques de ses détracteurs, confon-
dit enfin ces soupçons injurieux lorsque, protégé par
sa vieillesse et par sa gloire, il pouvait à son choix
continuer de se taire ou s'expliquer. Il rendit hommage à Dieu par cette prière, qui est aussi pour l'humanité un acte d'espérance : « Dieu de bonté, auteur
de tous les êtres, vos regards paternels embrassent
tous les objets de la création; mais l'homme est votre
être de choix; vous avez éclairé son âme d'un rayon
de votre lumière immortelle; comblez vos bienfaits
en pénétrant son cœur d'un trait de votre amour : le
sentiment divin, se répandant partout, réunira les
nations ennemies; l'homme ne craindra plus l'aspect
de l'homme ; le fer homicide n'armera plus sa main;
le feu dévorant de la guerre ne fera plus tarir la source
des générations; l'espèce humaine, maintenant affai-
blie, mutilée, moissonnée dans sa fleur, germera de
nouveau et se multipliera sans nombre; la nature, ac-
cablée sous le poids des fléaux, stérile, abandonnée,
reprendra bientôt avec une nouvelle vie son ancienne
fécondité; et nous, Dieu bienfaiteur, nous la secon-
derons, nous la cultiverons, nous l'observerons sans
cesse, pour vous offrir à chaque instant un nouveau
tribut de reconnaissance et d'admiration[1]. »

[1] *Œuvres de Buffon*, t. III, p. 321.

CHAPITRE V

La vie de Montesquieu touchait à son terme, Buffon était dans toute sa gloire, Voltaire avait produit
ses plus belles œuvres, lorsqu'un homme de génie,
longtemps entravé dans sa marche et trempé par les
épreuves mêmes que la destinée lui avait fait subir,
entra tardivement, mais avec éclat, dans la carrière
littéraire par une double déclaration de guerre aux
lettres et à la civilisation. C'est le Genevois J.-J. Rousseau, le plus éloquent des écrivains de son siècle.
Apôtre de la vertu, dont le sentiment s'était exalté
dans son âme par le contact et la pratique du vice, et
de l'indépendance, après avoir connu la gêne et la
honte d'une position quelquefois servile, toujours
précaire, il parla de la dignité de l'âme immatérielle
et même de religion à des matérialistes et à des sceptiques, du devoir de conquérir et de faire respecter ses
droits de citoyen à des mutins asservis qui se contentaient de railler et de harceler leurs maîtres, de la
simplicité et des vertus de la nature primitive à des

sybarites fiers de leur luxe et infatués de leur corruption. Il se fait écouter, parce qu'il étonne; il entraîne,
parce qu'il émeut et qu'il commande impérieusement.
Le secret de la force de Rousseau n'est pas tout entier dans son éloquence; il est surtout dans son ton
d'oracle, dans la véhémence de ses reproches, dans
l'assurance de son dogmatisme. Voltaire avait armé
les esprits pour la défensive et surtout pour l'attaque;
Rousseau les échauffa du feu de sa parole, il les gon-
fla, il les souleva de terre, il leur donna l'essor sans
les diriger, il les vivifia sans les remplir, et il parut
les avoir ennoblis.

Jean-Jacques Rousseau n'est pas une âme saine,
mais c'est une âme puissante; ce n'est pas un esprit
juste, mais c'est une forte intelligence : il a la passion
de la vertu et de la vérité, et s'il n'y conduit pas sûrement, il y convie énergiquement, ou plutôt, et cette
illusion n'est pas sans danger, ceux qu'il a émus se
croient déjà transformés, tant ils sont épris du désir
de se montrer vertueux. La séduction de ses ouvrages
a été et devait être contagieuse, parce que, devant
les ruines déjà faites, il promettait de tout renouveler
et de donner le bonheur à la société régénérée. Il
entrait dans les idées de son siècle en blâmant le
présent; il caressait la passion de détruire, et il la
purifiait en lui donnant pour but la conquête d'un
meilleur avenir. Il rejetait tous les torts du passé non
pas sur l'homme, dont il faisait une créature excellente, mais sur ses maîtres et sur les institutions qui
l'avaient égaré et corrompu; il faisait de ses lecteurs
autant de complices de son orgueil. De même que,

pour son propre compte, tout en avouant ses faiblesses et ses égarements, il ne s'est jamais reconnu
de torts, il rejetait sur la société et non sur les individus toutes les misères et tous les crimes de l'humanité : de sorte que, sous la forme et avec le ton d'un
censeur impitoyable, il était réellement le plus attrayant des flatteurs. Il ne s'inquiétait pas de la contradiction qui faisait découler d'une source pure tant
d'impuretés, et de l'égalité primitive tant de cho-
quantes inégalités; il n'en disait pas moins avec
assurance : « Tout est bien en sortant des mains de
l'auteur des choses; tout dégénère entre les mains de
l'homme; » il ajoutait : « tous les hommes sont naturellement égaux, » et il en concluait qu'il est urgent
et qu'il est possible de revenir à l'état de nature
et à l'égalité. Mais qu'est-ce que l'état de nature?
qu'est-ce que l'égalité? Rousseau l'ignore, ou plutôt, par une méprise étrange, il confond l'état de
nature, qui est le règne de la force, avec le droit naturel, d'où découlent tous les droits que la société
peut seule garantir. Tout ce qu'il voit clairement,
c'est que la civilisation, telle que l'a faite le cours
des ans, lui pèse, et que les supérieurs qu'elle lui
impose lui sont insupportables. Quant à l'égalité ni-
veleuse de Rousseau, c'est le pire des fléaux et la
plus criante des iniquités.

La magie du style de Rousseau et la sincérité de
ses émotions, lorsqu'elles dominent son âme et qu'elles
colorent son imagination, communiquent à ses écrits
une puissance irrésistible. Il ne nous toucherait pas
si vivement s'il n'était pas réellement touché. Il ré-

pugne de voir en lui un charlatan de sensibilité, un
hypocrite de vertu : sans doute, sa sensibilité et sa
vertu sont plus dans l'imagination que dans le cœur,
mais elles sont aussi dans le cœur. On ne parle pas
de la nature avec cet accent pénétré lorsqu'on n'en a
pas senti et goûté les charmes, et on n'y est pas sensible à ce point si on n'a pas à quelque degré la bonté
et la beauté de l'âme. Voyons ce qu'éprouve Rousseau
au réveil de la nature, dans l'attente et à la vue des
premiers rayons du soleil : « On le voit s'annoncer de
loin par les traits de feu qu'il lance au-devant de lui.
L'incendie augmente, l'orient paraît tout en flammes :
à leur éclat, on attend l'astre longtemps avant qu'il se
montre : à chaque instant on croit le voir paraître; on
le voit enfin. Un point brillant part comme un éclair
et remplit aussitôt tout l'espace; le voile des ténèbres
s'efface et tombe. L'homme reconnaît son séjour et le
trouve embelli. La verdure a pris durant la nuit une
vigueur nouvelle; le jour naissant qui l'éclaire, les
premiers rayons qui la dorent, la montrent couverte
d'un brillant réseau de rosée qui réfléchit à l'œil la
lumière et les couleurs. Les oiseaux en chœur se
réunissent et saluent de concert le père de la vie; en
ce moment pas un seul ne se tait; leur gazouillement,
faible encore, est plus lent et plus doux que dans le
reste de la journée : il se sent de la langueur d'un
paisible réveil. Le concours de tous ces objets porte
aux sens une impression de fraîcheur qui semble pénétrer jusqu'à l'âme. Il y a là une demi-heure d'enchantement auquel nul homme ne résiste : un spectacle si grand, si beau, si délicieux, n'en laisse aucun

de sang-froid [1]. » Certes, il n'y a pas à douter de la vérité de l'émotion, et il faut en tirer loyalement la conséquence au profit de celui qui l'exprime avec tant de force et d'éclat.

Mais, hâtons-nous de le dire, Rousseau n'est pas seulement touché des splendeurs de la nature physique, il a devant la beauté morale la même admiration, le même attendrissement. Il faut voir de quelles couleurs il peint l'adolescence que le souffle du vice n'a pas flétrie : « Un jeune homme élevé dans une heureuse simplicité est porté par les premiers mouvements de la nature vers les passions tendres et affectueuses : son cœur compatissant s'émeut sur les peines de ses semblables ; il tressaillit d'aise quand il revoit son camarade ; ses bras savent trouver des étreintes caressantes, ses yeux savent verser des larmes d'attendrissement ; il est sensible à la honte de déplaire, au regret d'avoir offensé. Si l'ardeur du sang qui l'enflamme le rend vif, emporté, colère, on voit le moment d'après toute la bonté de son cœur dans l'effusion de son repentir ; il pleure, il gémit sur la blessure qu'il a faite ; il voudrait, au prix de son sang, racheter celui qu'il a versé ; tout son emportement s'éteint, toute sa fierté s'humilie devant le sentiment de sa faute. Est-il offensé lui-même, au fort de sa fureur, une excuse, un mot le désarme ; il pardonne les torts d'autrui d'aussi bon cœur qu'il répare les siens. L'adolescence n'est l'âge ni de la

---

[1] *Œuvres de J.-J. Rousseau*, 4 vol. grand in-8°, Furne, 1855. Émile, liv. iii, t. II, p. 495.

vengeance ni de la haine; elle est celui de la commi-
sération, de la clémence, de la générosité. Oui, je le
soutiens, et je ne crains pas d'être démenti par l'expérience, un enfant qui n'est pas mal né, et qui a
conservé jusqu'à vingt ans son innocence[1], est à cet
âge le plus généreux, le meilleur, le plus aimant et
le plus aimable des hommes. » Il y a bien des regrets
dans cette émotion, qui n'en est que plus touchante.
Hélas! ce n'était pas sur ses propres souvenirs que
Rousseau décrivait ainsi la pureté de l'adolescence.

Il serait facile, en profitant des aveux de Rousseau
sur sa vie et en relevant les fausses idées contenues
dans ses ouvrages, de composer une diatribe qui ne
laisserait rien subsister de sa grandeur ; mais il est
plus juste de reconnaître les belles qualités de son
génie et les généreux mouvements de son âme, sans
toutefois se laisser prendre aux sophismes de son
puissant esprit et aux prestiges de son éloquence.
Rousseau est un malade qui veut guérir les autres;
il se fait illusion à lui-même, et il est bon de prendre
ses précautions contre la contagion de son mal ; mais
il ne faut pas l'injurier, car il a beaucoup souffert et
il fut homme de génie.

Rousseau avait près de quarante ans, et il avait
mené cette vie d'aventures que nous retracent les
premiers livres de ses *Confessions*, lorsque son génie,
jusqu'alors méconnu de tous et peut-être ignoré de
lui-même, prit tout à coup un essor imprévu. Une
annonce insérée au *Mercure* fit sortir du nuage l'étin-

---

[1] *Emile*, liv. IV, t. II, p. 553.

celle électrique : « Le progrès des sciences et des
arts a-t-il contribué à corrompre ou à épurer les
mœurs? » Voilà ce que demandait l'académie de
Dijon. Ce fut comme un éclair qui sillonna l'âme de
Rousseau et qui fit gronder dans son sein ses ressentiments contre son siècle et le dégoût de la corruption commune qui l'avait avili lui-même. Sa rancune
contre une époque si fière de sa littérature décide le
parti qu'il va prendre; sa détermination n'est pas
moins soudaine que son inspiration; trente années
de sa vie mal employée s'évanouissent : ne parlez
plus de l'écolier indocile et déjà libertin, de l'apprenti
sournois et déloyal, du vagabond à qui toutes les
ressources sont bonnes, pourvu qu'elles le nourrissent, et qui ne craint pas même la livrée, du
catéchumène hypocrite qui se fait un jeu de l'abju-
ration : tout cela a disparu. L'homme fait se rejoint
à l'enfant dont l'âme s'exaltait à la lecture des *Vies*
de Plutarque et s'enivrait d'héroïsme. L'idéal longtemps obscurci rayonne de nouveau, et voilà Rousseau tout prêt à mesurer aux règles, à peser au poids
de l'antiquité les mœurs de ses contemporains. Au
nom de sa pureté qui lui a été ravie, il sera le fléau
de l'impureté. Son œuvre aujourd'hui nous paraît
déclamatoire, et nous sommes tentés de renvoyer
dans le tombeau l'ombre de Fabricius; mais combien
alors elle parut éloquente! c'est qu'on prenait trop
au sérieux les souvenirs classiques.

Le discours *sur l'origine et les fondements de l'inégalité parmi les hommes* n'eut ni le succès académique ni la vogue populaire du manifeste contre les

lettres ; il est d'ailleurs beaucoup plus chimérique et tout aussi déclamatoire. Pour faire pièce à la civilisation, Rousseau imagine cette fois une ère d'ignorance et de pureté morale, sans autre autorité que les rêves de son esprit, et il accuse la société d'avoir substitué le mensonge de ses institutions aux rapports simples et légitimes que la nature avait établis. Tout le mal venait de la propriété : « Le premier qui, ayant enclos un terrain, s'avisa de dire : *Ceci est à moi*, et trouva des gens assez simples pour le croire, fut le vrai fondateur de la société civile. Que de crimes, de guerres, de meurtres, que de misères et d'horreurs n'eût point épargnés au genre humain celui qui, arrachant les pieux ou comblant le fossé, eût crié à ses semblables : Gardez-vous d'écouter cet imposteur ; vous êtes perdus si vous oubliez que les fruits sont à tous et que la terre n'est à personne ! » Ainsi le gage du bonheur aurait été de ne pas cultiver la terre, car la culture crée un privilége sur les fruits et même sur la fécondité du fonds cultivé. Voltaire prit la chose du côté plaisant, et il écrivit à Rousseau : « Vous donneriez l'envie de marcher à quatre pattes ; » les bipèdes s'obstinèrent : ils parurent peu jaloux de goûter les douceurs de l'état sauvage, et Rousseau put comprendre que la civilisation était un mal irrémédiable.

Rousseau n'était pas seul à médire de la civilisation : un jeune écrivain qu'il n'est pas permis d'oublier, puisqu'il a eu prodigieusement d'esprit et des succès de bon aloi, Chamfort, l'auteur des *Éloges* si distingués de Molière et de La Fontaine, et d'une jolie comédie, *la Jeune Indienne*, s'est montré au moins par boutades plus misanthrope que le philosophe de Genève : « Les fléaux physiques et les calamités de la nature, disait-il, ont rendu la société nécessaire ; la société a ajouté aux malheurs de la nature. Les inconvénients de la société ont amené la nécessité du gouvernement, et le gouvernement ajoute aux malheurs de la société. Voilà l'histoire de la nature humaine. » Voilà, dirons-nous, la dernière expression du pessimisme. Rousseau n'en est pas arrivé à ce point. Les malheurs et les iniquités de la société lui paraissent intolérables, mais il y cherche au moins des palliatifs, et c'est dans cet esprit qu'il composa coup sur coup, dans les loisirs d'une retraite heureuse, *la Nouvelle Héloïse*, *le Contrat social* et l'*Émile*. Remarquons en passant, et pour qu'on y réfléchisse, cette fécondation de l'intelligence par la solitude. Quatre grands écrivains ont laissé, au dix-huitième siècle, des monuments durables, et le nom de chacun d'eux rappelle une retraite illustrée par leurs travaux : le château de la Brède raconte la gloire de Montesquieu, Montbar parle de Buffon, Cirey de Voltaire, et on ne sépare plus du nom de Rousseau celui de la vallée de Montmorency.

Ces deux discours de Rousseau semblaient un engagement public de vertu : ils n'en furent pas moins suivis de *la Nouvelle Héloïse*, qui a troublé et qui trouble encore tant de jeunes imaginations. Rousseau la composa sous le charme de quelques souvenirs de vraie passion mêlés à des sentiments chimériques. Pour sauver la contradiction, le réformateur écrivit dans le préambule de son ouvrage : « J'ai vu les mœurs de mon siècle, et j'ai publié ce livre. » Qu'étaient donc les mœurs de ce siècle, pour qu'elles eussent besoin d'être ramenées vers la pureté par des peintures dangereuses pour des âmes pures ? La nature du remède prouve bien l'intensité du mal. Ce n'est pas ici le lieu d'entrer dans le détail; mais il faut bien remarquer que si Rousseau a voulu sincèrement par cette œuvre moraliser le mariage et la famille, la voie qu'il suit est bien détournée, et que ceux qu'il guide peuvent être égarés et séduits chemin faisant. Tel est le danger du trouble des sens et de l'exaltation du cerveau. Un romancier contemporain de Rousseau, qui n'a pas eu la prétention d'amender les mœurs ni de réformer la famille, exempt d'ailleurs d'ambition littéraire, l'abbé Prévost, par le seul attrait de la vérité et de la simplicité, a fait dans le récit des aventures de *Manon Lescaut* une peinture de la passion beaucoup plus attachante comme drame, et littérairement plus rare et plus durable que les amours de Julie et de Saint-Preux. En effet, dans *la Nouvelle Héloïse*, il n'y a rien de complétement vrai que le paysage. Rousseau avait bien vu et il sentait vivement la nature; mais tout ce qui est de la passion et tout ce qui touche aux rapports de la vie manque de vraisemblance, d'analogie et de proportion.

Quelle qu'ait été l'intention de Rousseau, il est certain que ceux qui se plaisent encore à la lecture de son roman n'y vont pas chercher et n'y trouvent certainement pas le calme des sens et la paix de l'âme. *Le Contrat social* n'est pas un guide plus sûr

en politique. Sous l'enseigne trompeuse de la liberté
et de la souveraineté populaire, ce traité est en réalité un système de servitude et de despotisme plus
oppresseur que les législations les plus tyranniques
de l'antiquité. En posant des principes absolus dont
il déduit les conséquences avec une rigueur géométrique, Rousseau, rejetant bien loin la prudente méthode de Montesquieu, ne s'est embarrassé ni de
l'histoire, ni de la science politique, ni de la pratique des affaires; sa pensée a combiné, dans l'isolement, les ressorts d'une machine simple et puissante,
sans dessein d'application complète et prochaine,
autant peut-être par ambition de montrer la force et
la sagacité de son génie que par espérance de transformer un jour le monde. Mais l'autorité de son nom
accrédita ces principes abstraits dont la clarté était
déjà une séduction, et on ne tarda pas à en faire
l'épreuve sur une société qu'ils bouleversèrent sans
pouvoir la réorganiser. Rousseau fut le docteur politique de la Convention, et si cette assemblée, par
l'emploi du ressort énergique que le *Contrat social*
mettait dans ses mains, a préservé pour un temps
l'indépendance de la France, elle a gravement compromis l'établissement de la véritable liberté. L'expérience a ruiné les théories politiques de Rousseau;
notre siècle n'admet pas l'infaillibilité du peuple; il
contrôle par l'éternelle idée de la justice les actes de
tous les pouvoirs quels qu'ils soient, et l'autorité n'est
légitime à ses yeux que par l'exercice régulier de
la puissance souveraine. La foule communique bien la
force par son assentiment, le droit vient de plus haut.

27.

Au reste, la réforme d'un État est toujours une entreprise ruineuse, si on laisse subsister les mœurs et les idées d'où sont sortis les abus que le législateur prétend déraciner : Rousseau l'a bien compris, et c'est pour cela qu'il a composé un traité d'éducation. Pour que le corps social puisse se régénérer, il faut avant tout en modifier les molécules organiques. Les habiles ont toujours dit : Donnez-nous les enfants, et nous répondons des hommes. L'élève que Rousseau entreprend de former et dont il veut préserver l'intelligence et le cœur de toute contagion, cet enfant, destiné à être un modèle de pureté et de raison, doit communiquer sa vertu aux générations nouvelles. L'éducation d'Émile n'est donc que le prélude de l'éducation nationale; mais dans ce but restreint est-elle complétement saine et praticable? Et d'abord, en demandant tout à la raison de son élève dans un âge où l'intelligence est surtout alimentée par la foi et par la mémoire, Rousseau est-il bien sûr de ne pas opprimer la faculté qu'il surcharge? retrouvera-t-il, à point nommé, celles qu'il a laissées dormir? Que dire de cet ajournement de la notion de Dieu, que le précepteur réserve pour la faire luire à sa convenance, comme s'il était assuré que cette notion sublime, si nécessaire et si naturelle qu'elle semble innée, ne préviendra pas longtemps à l'avance le signal qu'il veut lui donner à son heure? Ces objections, d'une force réelle, troublent l'ensemble du système de Rousseau; mais son livre n'en demeure pas moins un des plus beaux monuments que le génie de l'homme ait élevés, et les vérités partielles qu'il renferme ont suffi pour opérer une réforme heureuse dans l'éducation. On peut dire que l'*Émile* a reconstitué la famille par l'importance nouvelle qu'il donne aux enfants; il a garanti la vertu des mères par l'exercice des devoirs que leur impose la nature, que leur conseille la tendresse; il a protégé la jeunesse contre ces traitements barbares, contre ces peines corporelles qui étaient toujours la dernière et souvent la seule raison des maîtres; en forçant peut-être l'emploi de la raison, il a certainement détrôné la routine; en présentant la notion de Dieu dans son antique simplicité, il a arrêté l'irréligion sur la pente glissante de l'athéisme.

La destinée diverse des livres de Rousseau est un grand exemple de l'iniquité et de l'aveuglement des passions. *La Nouvelle Héloïse* qui était un danger moral au moins pour l'inexpérience, *le Contrat social* qui sapait la base de tous les gouvernements établis, le *Discours sur l'inégalité des conditions* qui renversait la société, ont paru sans scandale, tandis que l'*Émile*, qui faisait un appel éloquent aux vertus de la famille et qui opposait aux progrès de l'athéisme l'autorité du sentiment religieux, souleva des tempêtes. Le Vicaire Savoyard fut traité en ennemi public. Le clergé catholique, le parlement janséniste, la république calviniste de Genève, eurent contre lui des foudres et des bûchers. Ce fut un crime inexpiable à cet inoffensif apôtre de la religion naturelle d'admirer la majesté des Écritures et d'affirmer l'existence de Dieu, quand la Bible était tournée en dérision, quand Dieu passait au rang des

fables, quand l'esprit devenait l'esclave de la matière
et la matière reine du monde! Ainsi ce ne seraient
pas les erreurs de Rousseau, mais bien les vérités
qu'il y a mêlées qui auraient allumé la violence des
persécuteurs. Au reste, ce n'est point par des arrêts
qui sont trop souvent des voies de fait de la justice
humaine, ni par des châtiments qui paraissent des
abus de la force, qu'il faut combattre la pensée. Les
adversaires naturels et légitimes des idées fausses
sont les idées vraies, et ce qu'il faut opposer aux sophismes ce sont des raisonnements fondés en raison.

Nous ne l'avons pas dissimulé, Rousseau n'est pas
pour nous un oracle; mais peut-on mettre au rang
des corrupteurs systématiques de la morale l'écrivain
qui a protesté avec tant d'éloquence contre la corruption, qui a proclamé si haut l'autorité de la conscience
et qui n'a pas craint, en présence d'un siècle incrédule, de la rattacher à sa source divine, lorsqu'il s'est
écrié : « Conscience! Conscience! instinct divin,
immortelle et céleste voix; guide assuré d'un être
ignorant et borné, mais intelligent et libre; juge
infaillible du bien et du mal, qui rends l'homme semblable à Dieu! C'est toi qui fais l'excellence de sa nature et la moralité de ses actions; sans toi je ne sens
rien en moi qui m'élève au-dessus des bêtes, que le
triste privilège de m'égarer d'erreurs en erreurs à
l'aide d'un entendement sans règle et d'une raison
sans principe [1]. » Rousseau a trop oublié pour lui-
même et pour les autres que cette voix intérieure ne

---

[1] *Emile*, liv. IV, t. II, p. 584.

parle clairement que dans le silence des passions;
mais n'est-ce rien que d'avoir reconnu hautement le
commerce de Dieu avec sa créature et la dépendance
de l'homme à Dieu ?

N'imitons pas Rousseau en l'appréciant ; gardons-
nous bien du ton tranchant et de l'hyperbole soit
dans le blâme soit dans l'éloge. J.-J. Rousseau est le
dernier en date des grands prosateurs du dix-huitième
siècle. On ne saurait lui refuser le titre d'écrivain
supérieur ; mais il a moins de sensibilité qu'il n'en
montre et moins de profondeur qu'il n'en affecte.
Il aime la vérité et trop souvent il devient sophiste
pour paraître neuf ; il est réellement éloquent et il
n'échappe pas toujours à la déclamation ; toutefois,
jusque dans le paradoxe systématique et dans l'émotion exagérée il a des éclairs de raison et des accents
qui partent du cœur. Son style a du nerf et de l'éclat,
de la véhémence et de la pureté, et on peut dire qu'il
a manié notre langue avec une puissance qu'on n'a
point surpassée et qu'il lui a donné une physionomie nouvelle sans la dénaturer. Son influence a
été immense.

J.-J. Rousseau, nous l'avons déjà dit, est sans
comparaison le plus éloquent des écrivains de son
temps. On peut ajouter, sans témérité, qu'il est,
en dehors de l'orthodoxie, le principal orateur religieux de son siècle, puisque dans la décadence de
la chaire, dont les enseignements étaient dédaignés,
et qui n'a à citer qu'un nom populaire, celui du
père Bridaine, il a seul agité puissamment les problèmes de la destinée humaine. On oublie trop qu'il

est venu troubler les sceptiques dans la sécurité de leur triomphe au moment même où ils se croyaient à toujours maîtres de l'opinion. Celui qui n'a pas craint de dire, au bruit des blasphèmes de d'Holbach : « La majesté des Écritures m'étonne, » et qui a prononcé sur la morale des Évangiles et sur la mort du Christ des paroles que la chaire chrétienne a souvent répétées, a certainement déposé le germe d'où devait éclore le *Génie du Christianisme.* « Nul, dit saint Jean, ne vient au Fils si le Père ne l'attire[1]. » Or, Rousseau ramenait son siècle au Père, et c'est pour cela que le plus éloquent de ses disciples, je ne dis pas de ses sectateurs, M. de Chateaubriand a été conduit à revendiquer les droits du Fils. Rousseau a fait au moins douter ceux qui ne croyaient plus à rien et qui étaient fiers de ne plus croire.

Avant d'inspirer M. de Chateaubriand, il avait déjà formé un disciple qui, avec moins de force, mais plus d'onction et d'attrait, propagea les mêmes doctrines : c'est Bernardin de Saint-Pierre, dont la destinée présente plus d'une analogie avec celle de Rousseau. Tous deux passèrent par de longues épreuves, par bien des mésaventures, des mécomptes et des déceptions, avant de donner des leçons à leur siècle. Leur génie s'était trempé dans une lutte opiniâtre avec le sort et contre les hommes. Mais les épreuves de Bernardin de Saint-Pierre avaient été moins rudes, et n'ayant pas subi d'humiliations, il n'eut point

[1] Nemo potest venire ad me nisi Pater qui misit me traxerit eum. (Ev. sec. Joh., cap. VI, p. 129, éd. de Robert Estienne, 1545.)

d'amers ressentiments. Son imagination toujours
déçue s'était nourrie de chimères riantes et bienfai-
santes, et ses mécomptes ne l'avaient pas irrité au
point de donner à sa voix l'accent du reproche. Il
n'avait pas non plus l'orgueil qui pousse Rousseau
au mépris hautain de ce qui le blesse. Mais le maître
et le disciple, divers de tons, ne s'en rencontrent pas
moins dans leur recours à Dieu et à l'éternelle justice contre les erreurs et les iniquités de l'homme,
et ils trouvent tous deux leurs plus douces consolations dans l'amour et la contemplation des beautés
de la nature. Ainsi disposés, Rousseau débute par
deux réquisitoires contre l'homme, et Bernardin de
Saint-Pierre par un pieux hommage au Créateur et
par un hymne en l'honneur de la création. En effet,
les *Études de la nature* ne sont pas autre chose,
malgré l'ambition de science qu'elles annoncent.

« O mon Dieu, s'écrie l'auteur au début de cet
ouvrage, donnez à ces travaux d'un homme, je ne
dis pas la durée ou l'esprit de vie, mais la fraîcheur
du moindre de vos ouvrages! que leurs grâces di-
vines passent dans mes écrits, et ramènent mon
siècle à vous, comme elles m'y ont ramené moi-
même! » Ce vœu comprend toute la pensée de Bernardin de Saint-Pierre. La nature n'est pas pour lui
la satire de l'homme : elle en est le guide, le modèle
et le refuge. C'est dans cet esprit qu'il se plaît à la
décrire, et s'il veut la faire aimer, c'est qu'elle
conduit sûrement à Dieu et qu'en Dieu est toute la
force de l'homme : « Contre vous, dit-il encore, toute
puissance est faiblesse ; avec vous, toute faiblesse

devient puissance. » Ainsi, de la nature, qu'il aime
tendrement et qu'il se garde bien de diviniser, comme
ferait un panthéiste, Bernardin s'élance vers Dieu, et,
pénétré d'amour et de reconnaissance pour le créateur des mondes, il voit dans chaque objet l'empreinte de la puissance de Dieu et de sa sollicitude
pour l'homme. Là, tout se rapporte à cet être préféré
que la Providence a comblé de ses dons ; les trois
règnes de la nature lui offrent à l'envi les moyens
de soutenir et d'embellir son existence. Ce n'est pas
tout : pour donner plus d'attrait à la description de
la nature, Bernardin de Saint-Pierre aime à l'animer
par la présence de l'homme : « Il n'est point, dit-il,
de prairie qu'une danse de bergers ne rende plus
riante, ni de tempête que le naufrage d'une barque
ne rende plus terrible. » Dieu, la nature et l'homme
ne sont jamais séparés dans les écrits de Bernardin de Saint-Pierre, et leur présence continue en fait
l'unité et la vie. L'intérêt qui les anime contraste
avec la froideur des poëtes descriptifs, qui ont pu
faire admirer par surprise la coquette industrie de
leurs vers et la mignardise de leur pinceau, mais qui,
n'ayant parlé qu'aux yeux et à l'esprit, ont été bientôt délaissés.

Bernardin de Saint-Pierre, peintre inimitable,
moraliste aimable, a créé bien des chimères dans la
science et dans la politique ; mais ces rêves de l'esprit et de l'imagination n'enlèvent rien à sa gloire,
qui est tout entière dans la beauté de son style et
dans la pureté des sentiments qu'il exprime. Personne, parmi les savants, n'a été induit à faire

cause commune avec lui contre Newton, et sa *Chau-
mière indienne* n'a fait déserter ni Dehly ni Paris :
ces utopies de simplicité primitive ne ramènent point
l'âge d'or des poëtes ; elles peuvent seulement, et
c'est toujours un bien, adoucir la dureté des siècles
de fer. Les douces fictions de Bernardin de Saint-
Pierre nous aident à supporter les maux que l'amère
éloquence de Rousseau nous rend intolérables ; Rousseau souffle la guerre, Bernardin inspire la paix ; il
ramène le calme et la sérénité où l'autre a fait gronder la tempête, et cela est vrai pour l'ordre moral et
pour l'ordre politique. Il suffira pour s'en convaincre
de lire les *Vœux d'un solitaire* après *le Contrat social*, et *Paul et Virginie* après *la Nouvelle Héloïse*.
Rousseau enflamme le cerveau, il trouble les sens,
tandis que Bernardin de Saint-Pierre nous apaise et
nous purifie. Sa gloire, et elle n'est pas médiocre,
est de tendre à humaniser les hommes et d'y réussir.
On devient plus religieux en lisant les *Études de la
nature* et les *Harmonies*, de même que *Paul et
Virginie* nous dispose à mieux goûter les joies de la
famille et à en remplir les devoirs. Ce roman est
véritablement une œuvre de génie ; il a cette grâce
d'éternelle jeunesse que le temps ne flétrit pas. La
surprise et le ravissement des contemporains se renouvellent avec les générations, parce que rien n'est
plus durable que la peinture expressive des beautés
réelles de la nature unie à la vraisemblance idéale
des mœurs et des caractères [1].

---

[1] Il est vrai de dire que dans Bernardin de Saint-Pierre

Quelque goût qu'un siècle ait pour la matière, il n'échappe pas au besoin de l'idéal tant qu'il lui reste un peu de cœur et d'imagination. L'émotion que produisirent les écrits de Rousseau et de Bernardin de Saint-Pierre en est la preuve éclatante; on en trouve encore, dans une sphère moins élevée, des témoignages sensibles. Ainsi quelques écrivains sans génie et non sans mérite se virent accueillis avec faveur pour avoir distrait le siècle de ses propres passions par l'image de ce qui n'était plus et de ce qui n'a jamais été. Le plus agréable parmi ces esprits délicats fut le jeune Florian, dont Voltaire avait bercé l'enfance sans la corrompre. Florian a eu avec mesure toutes les ambitions littéraires; ne parlons ni de ses Pastorales qui ont tant de grâce et de pureté, ni de ses Nouvelles qui sont de petits drames ou touchants ou plaisants, ni de son théâtre où Arlequin perd sa noirceur et garde sa gentillesse, ni de ses épopées en prose, *Numa Pompilius* et *Gonzalve de Cordoue* où l'héroïsme s'unit à tant de grâce et d'humanité, ni de son *Don Quichotte* où la verve comique de Cervantes fait place à une douce malice; laissons de côté tous ces agréables diminutifs [1] d'œuvres antérieures qui lui ont servi de modèles; mais n'ou-

---

l'homme ne vaut pas l'écrivain. Cette restriction, je l'ai faite et motivée dans l'*Histoire de la littérature française pendant la Révolution*, 1 vol. in-18, Charpentier, 1859, liv. III, ch. 1, p. 232-244.

[1] M. Sainte-Beuve a remarqué ingénieusement que le surnom de Florianet donné par Voltaire à son jeune ami a été comme une prophétie littéraire.

blions pas ses *Fables*, que relève une malice sans
aigreur et qu'une saine morale fortifie. Sans doute
Florian reste bien en deçà de La Fontaine ; mais
pour le second rang, dans ce genre si difficile et si
attrayant auquel ont déjà prétendu beaucoup d'esprits distingués, nous ne lui voyons guère de com-
pétiteur vraiment redoutable que M. Viennet, qui a
su de nos jours, après Arnault, et avec plus de verve
et de gaieté mordante, faire de la fable une forme
nouvelle de la satire. Pendant que Florian renouve-
lait ainsi, en les diminuant, la pastorale italienne,
la satire espagnole, les grands romans de la régence
d'Anne d'Autriche, l'apologue de La Fontaine, le
comte de Tressan, remontant à des sources plus
éloignées, essayait de rajeunir le moyen âge ; il ci-
vilisait, pour les faire agréer, les héros de la table
ronde et nos fabliaux du moyen âge. Il faut lui savoir
gré d'avoir, en déguisant le *Petit Jehan de Saintré*,
préparé notre siècle à accueillir l'œuvre originale.
Il a, de concert avec le comte de Caylus, Barbazan,
Le Grand d'Aussy, le marquis de Paulmy, Lévesque
de la Ravallière, l'abbé Sallier et quelques autres,
ouvert la voie où sont entrés avec plus de courage
les critiques érudits qui exhument de nos jours les
œuvres si longtemps enfouies de notre moyen âge.
Cependant l'antiquité grecque et latine paraissait
délaissée. Mais déjà les sérieux travaux du président
de Brosses, le savant et judicieux abrégé du président
Hénault, les conjectures hardies des Pouilly et des
Beaufort, sans distraire le siècle, annonçaient que
l'érudition n'était ni inactive ni stérile. Au reste,

l'époque qui avait produit dom Calmet, et les laborieux auteurs de l'*Histoire littéraire de la France*, n'en
était plus à faire ses preuves. Toutefois, ces utiles travaux ne sortaient guère de l'ombre des cloîtres ni de
l'enceinte de l'Académie des inscriptions. L'érudition
demandait à être popularisée. Un savant infatigable,
esprit délicat, écrivain élégant, vint enfin, par un
ouvrage longtemps médité et que pouvaient lire les
gens du monde, réveiller l'attention publique sur les
chefs-d'œuvre de la littérature et de la philosophie
des Grecs. L'abbé Barthélemy publia dans les dernières années du siècle le *Voyage du jeune Ana-
charsis*. La science historique et la critique littéraire, sous cette nouvelle forme qui tenait du roman, perdait sans doute quelque chose de sa gravité
et de sa profondeur; mais cet agrément emprunté,
cette parure ajustée pour le goût moderne, les rendaient abordables. Platon, Sophocle, Aristophane,
Démosthène, étaient francisés; mais la France accueillait cette image altérée pour lui complaire et qui
lui inspirait le désir de voir enfin les originaux.
Lorsque Barthélemy achevait cette œuvre d'art, de
savoir et de patience, il ne soupçonnait pas qu'un
jeune diplomate français qui avait dans ses veines le
pur sang des Hellènes et dans l'âme quelques rayons
du génie de la Grèce, André Chénier, retrouvait,
par l'étude solitaire et l'inspiration, la grâce émue
de Simonide et la naïveté de Théocrite.

Ces retours isolés vers un passé lointain n'arrêtaient
pas le mouvement des idées qui poussaient la France
à de nouvelles destinées. Toutes les institutions de

la monarchie étaient debout, mais aucune n'était respectée ; on était dans une paix profonde, mais on pressentait l'orage sans prévoir d'où il viendrait, et sans songer à le prévenir. L'opinion publique applaudissait à toutes les témérités de la pensée, et les novateurs les plus hardis trouvaient des complices parmi ceux-là même dont la fonction était de les réprimer. La puissance des mœurs et des idées paralysait l'action des lois, qui subsistaient terribles, mais impuissantes. Le prodigieux esprit de Beaumarchais et son audace précipitèrent une crise inévitable. Personne plus que lui, dans ces dernières années du siècle, ne contribua à déconsidérer la force publique et à secouer l'ordre ancien sur ses appuis vermoulus. Dans le cours du long procès qu'il eut à soutenir contre un conseiller du parlement Maupeou, Goesman, il vilipenda, il immola la justice elle-même, en ne paraissant attaquer qu'un de ses ministres indignes. La rancune des parlementaires disgraciés et le discrédit de leurs successeurs l'autorisaient à tout oser. Ses *Mémoires*, qui étaient de véritables comédies sans cesser d'être des pièces d'éloquence, se succédaient avec un applaudissement général. Au scandale de la cause s'ajoutait le scandale du succès, dont l'éclat fut tel que la gloire de Voltaire s'en alarma. Il croyait cependant qu'il était plus beau d'avoir fait *Mérope;* il n'en disait pas moins, dans l'enchantement où le jetaient ces merveilleux et insolents plaidoyers : « Les Mémoires de Beaumarchais sont ce que j'ai jamais vu de plus singulier, de plus fort, de plus hardi, de plus comique,

de plus intéressant, de plus humiliant pour ses adversaires. Il se bat contre dix ou douze personnes à la
fois, et les terrasse comme Arlequin sauvage renversait une escouade du guet[1]. » Il est plus explicite
encore dans le passage suivant : « Quel homme que
ce Beaumarchais! Il réunit tout, la plaisanterie, le
sérieux, la raison, la gaieté, la force, le touchant,
tous les genres d'éloquence, et il n'en recherche
aucun, et il confond tous ses adversaires, et il donne
des leçons à ses juges. Sa naïveté m'enchante; je lui
pardonne ses imprudences et ses pétulances[2]. » Le
public allait plus loin : il savait gré à Beaumarchais
de ce que Voltaire lui pardonnait. Mieux que Voltaire, avec plus de pénétration encore et plus d'équité,
M. Villemain a caractérisé les Mémoires de Beaumarchais dans une page qu'il faut citer : « Ce singulier talent de l'éloquence judiciaire, tel que les
anciens l'ont vanté, l'ont pratiqué; ce talent plus
puissant que moral, analysé par Cicéron avec tant de
plaisir et d'orgueil; cet art d'envenimer les choses
les plus innocentes, d'entremêler de petites calomnies un récit naïf, de médire avec grâce, d'insulter
avec candeur, d'être ironique, mordant, impitoyable,
d'enfoncer dans la blessure la pointe du sarcasme,
puis de se montrer grave, consciencieux, réservé, et
bientôt après de soulever une foule de mauvaises
passions au profit de la bonne cause, d'intéresser
l'amour-propre, d'amuser la malignité, de flatter
l'envie, d'exciter la crainte, de rendre le juge sus-

---

[1] *Voltaire*, lettre du 5 janvier 1714, t. LXVIII, p. 418
[2] *Id. ibid.*, p. 447.

pect à l'auditoire et l'auditoire redoutable au juge;
cet art d'humilier et de séduire, de menacer et de
prier; cet art surtout de faire rire de ses adversaires,
au point qu'il soit impossible de croire que des gens
si ridicules aient jamais raison; enfin tout cet arsenal
de malice et d'éloquence, d'esprit et de colère, de
raison et d'invective, voilà ce qui compose en partie
les Mémoires de Beaumarchais[1]! »

L'éloquence judiciaire devenait ainsi aux mains
de Beaumarchais un instrument de réforme sociale
et politique : elle avait déjà eu le même caractère
dans les réquisitoires de quelques magistrats qui
furent d'énergiques orateurs, les La Chalotais et les
Monclar; elle l'eut encore dans les plaidoyers de
quelques avocats, hommes probes, habiles à bien
dire, les Servan, les Élie de Beaumont, les Dupaty,
que Voltaire applaudissait, et dans plusieurs remontrances des parlements; mais aucune de ces haran-
gues n'égala la puissance oratoire et l'effet moral
des Mémoires de Beaumarchais, qu'un accident
de sa vie de spéculateur avait conduit au palais. Il
ne s'arrêta pas à ce premier succès et il porta sur
le théâtre sa verve sarcastique. C'est ce qui fit dire
à Gilbert, dont la critique touche de bien près à
l'éloge :

> Ce fameux Beaumarchais qui trois fois avec gloire
> Mit le mémoire en drame et le drame en mémoire[2].

---

[1] *Tableau de la littérature au dix-huitième siècle*, t. III,
p. 474,

[2] *Gilbert*, le Dix-huitième siècle, p. 437.

Le théâtre, grâce à Voltaire, à Diderot, à Sedaine,
à Marmontel même, était alors une école d'opposition : « Pendant la dernière moitié du dernier siècle,
dit M. Saint-Marc Girardin, l'esprit philosophique
régnait au théâtre comme dans le reste de la littérature. Dans la tragédie, des tirades contre le fanatisme; dans les comédies et les drames, des maximes
d'égalité; dans les opéras-comiques, des leçons de
morale données en couplets; partout enfin de ces
choses qu'on appelle hardies, faute de pouvoir mieux
définir ce qu'elles sont[1]. » Cela est vrai de tous les
écrivains qui eurent alors quelque popularité; mais
Beaumarchais fut plus vif et plus directement agressif
que ses devanciers. On a pu dire qu'il avait par Figaro
donné le signal et le programme de la révolution[2].
Figaro est de la famille de Panurge : comme le héros
de Rabelais, il représente la supériorité de l'intelligence et l'infériorité sociale, l'éternel contraste de la
capacité et de la condition, dont on fait un crime à la
société, qui, à vrai dire, n'en peut mais. Tout ce
qu'on peut lui demander, c'est de disposer les choses
de manière à atténuer autant que possible le scan-

[1] *Essais de littérature et de morale*, t. I, p. 99.
[2] La vie de Beaumarchais n'a plus de secrets pour nous depuis qu'elle a été racontée à l'aide de documents inédits par
un écrivain distingué (*Beaumarchais et son temps*, par M. Louis
de Loménie, 2 vol. in-8, 1855), qui, en suivant toutes les
phases de cette existence agitée, nous montre combien a été
puissante et active l'influence de Beaumarchais pendant les
dernières années du dix-huitième siècle. Le comte Almaviva
et le barbier Figaro ligués ensemble n'auraient pas mieux
fait.

dale du désaccord, en ne posant pas de barrières infranchissables. Nous nous plaignons comme si notre naissance était un fait nécessaire et que notre condition fût contingente, et c'est le contraire qui est vrai. Nous pouvions indifféremment naître ou ne pas naître ; mais naître autres que nous sommes nés, nous ne le pouvions pas. Voilà ce qui est souvent dur et toujours fatal. Figaro ne s'est pas même donné la peine de naître, il est né sans le vouloir, sans le savoir ; quoi qu'il en ait, quoi qu'il en pense, il est au nombre des choses fortuites, et il ne devra s'en prendre qu'à Marceline de la condition fâcheuse où il se trouve jeté. C'est à lui d'y demeurer courageuse-ment ou d'en sortir avec honneur.

Beaumarchais disait en parlant du *Mariage de Figaro*, qui s'appela aussi *la Folle journée :* « Il y a quelque chose de plus fou que ma pièce, c'est le succès. » Nous pouvons ajouter qu'il y a encore quelque chose de plus fou que le succès, c'est le fait de la représentation autorisée d'un pareil ouvrage sous un régime qui n'était pas celui de la liberté. Un gouvernement qui tolère, qui protége même de pa-reils écarts, une société qui se laisse ainsi bafouer et qui est pour elle-même un agréable sujet de risée, déclarent de concert qu'ils n'ont pas l'intention de vivre ; peu importe qu'il y ait encore quelques esprits inoffensifs, amoureux de l'art, tels que l'aimable Collin d'Harleville ou le spirituel Andrieux, donnant, celui-ci *les Étourdis*, celui-là *l'Optimiste, les Châ-teaux en Espagne, le Vieux célibataire*, charmantes comédies sans aigreur : ce sont là des distractions qui ne tirent pas à conséquence ; il n'en est pas moins avéré, par les licences et les sarcasmes de Beaumarchais en plein théâtre, que le champ est ouvert aux envahisseurs.

De toute part on pressentait une catastrophe. Louis XV, avec son insouciante sagacité, avait dit : « Tout cela durera bien aussi longtemps que moi, » et il s'était endormi dans la débauche ; Voltaire annonçait « le beau tapage » qui arriverait après lui ; Rousseau pressentait un bouleversement général, et il conseillait aux privilégiés de la fortune, comme mesure de précaution, à l'exemple de son Émile, l'apprentissage d'un métier ; si l'on en croyait un récit de La Harpe, le mystique Cazotte, dans un transport prophétique, aurait révélé à de gais convives sur la fin d'un repas, avec la précision d'un témoin oculaire, la cruelle destinée qui les attendait[1]. Enfin l'orage éclata, car on n'avait rien fait avec suite pour le conjurer ; tous les essais de réforme partielle avaient avorté : « Au fond, dit très-bien M. Mignet, rien n'était changé : le parlement soutenait les priviléges, la cour continuait les abus, le clergé conseillait l'intolérance, la noblesse revendiquait l'inégalité, le roi exerçait l'arbitraire. » L'aimable et spirituel Victor de Bonstetten nous donne la même pensée en d'autres termes : « En Angleterre, les abus sont des exceptions, en France ce sont des lois. » Cependant la

[1] On sait aujourd'hui que ce récit est de pure invention ; c'est un acte de contrition et de malignité par lequel La Harpe, converti et non régénéré, expiait ses fautes passées et soulageait ses rancunes persistantes.

France avait soif de justice et de liberté, et elle en
accueillit l'espérance avec ivresse lorsque les états
généraux furent convoqués. Nous n'avons pas à dire
ici comment et pourquoi ces nobles espérances furent
déçues ; disons seulement que la première de nos
assemblées nationales dressa pour l'éloquence politique une tribune où montèrent des orateurs dignes
des temps antiques. Au-dessus de tous s'élève Mirabeau, qui eut souvent la véhémence et, par intervalles, la vigueur logique de Démosthène. Homme
puissant par la passion et par la pensée, capable de
dominer les autres et de se dompter lui-même ; âme
supérieure à laquelle la corruption ne put enlever ni
l'énergie du caractère, ni la clairvoyance de l'esprit,
ni même la générosité des sentiments, combien il
dut gémir, lorsque sa haute raison eut surmonté ses
ressentiments et qu'il entreprit de lutter contre le
désordre qu'il avait aggravé, de contenir et de régler
le mouvement qu'il avait accéléré, d'avoir à traîner
avec soi les souvenirs d'une jeunesse scandaleuse et
de ne pouvoir pas ajouter à la force de la raison l'ascendant de l'autorité morale ! En cela Mirabeau est
bien le symbole de son siècle, qui, par la licence des
mœurs et le déréglement de la pensée, avait perdu
le droit de voir l'accomplissement pacifique des nobles
vœux qu'il avait faits pour le bien de l'humanité. Les
torts des nations et leurs mérites ont leur sanction
dans le temps ; comme leur destinée s'accomplit tout
entière en ce monde, elles y reçoivent le salaire qui
leur est dû. C'est pour cela que notre révolution, châtiment et récompense tout ensemble, a été une expia-

tion et un bienfait, qu'elle a eu sa gloire et ses souillures, et que, si elle est triomphante, il lui reste encore d'irréconciliables ennemis. Elle n'est ni achevée ni assurée. N'oublions pas que si elle a rendu meilleure la condition des hommes, nous ne possédons pas ces avantages à titre gratuit, mais à la charge de nous en montrer toujours dignes. Faisons en sorte qu'elle vaille enfin tout ce qu'elle a coûté.

FIN DU DEUXIÈME ET DERNIER VOLUME.

LISTE

PAR ORDRE ALPHABÉTIQUE, AVEC LES DATES

DES PRINCIPAUX ÉCRIVAINS ET PERSONNAGES NOMMÉS
DANS CE VOLUME.

A

B

C

D

E

F

G

H

J

L

M

N

O

P

Q

R

S

T

U

V

Y

W

FIN DE LA LISTE ALPHABÉTIQUE.

TABLE DES MATIÈRES

LIVRE III.

DIX-HUITIÈME SIÈCLE.

FIN DE LA TABLE.

Paris. — Imprimerie de P.-A Bourdier et Cie, rue Mazarine, 30.